KB231444

ⓒ 한영희

2007년 중국을 방문했을 때 후배 소설가들과 함께

1986년 방이동 아파트에서 남편, 아들과 함께

2010년 중국 우전에서

ⓒ이병률

그리움을
위하여

박완서
단편소설
전집 7

그리움을
위하여

박완서 소설

문학동네

그리운 마침표

1999년 문학동네에서 단편소설 전집을 내게 되었을 때 나는 어머니 곁에서 살고 있었다. 그해 여름 삼십 년 가까이 쓰신 어머니의 단편소설 전체를 교정을 보면서 탄식을 자아냈던 기억이 있다. 한 작품 한 작품을 읽을 때마다 지나간 시대를 다시 살아야 하는 고통과 지루하면서도 곧 끝날 것 같은 조바심 때문이었다. 그러나 그때는 어머니라는 요술상자에서 또 어떤 것이 새로 나올까 기다리는 설렘이 있었다. 이제 단편소설 전집의 마지막 권을 내게 되면서 이제 다 이루셨다는 뿌듯함과 이제는 마침표라는 아쉬움에 마음이 저리다.

어머니는 늘 그랬다.

1999년 '작가의 말'에 "수준작이건 타작이건 간에 기를 쓰고 그 시대를 증언한 흔적을 읽는 것도 나로서는 흥미로운 일이었다"고 쓰고 있다. 그 한 문장이 어머니 문학을 한마디로 말하는 것 같다.

그후 두번째 개정판이 여섯 권으로 나온 것은 2006년이었고,

2012년 어머니의 일주기를 추모하며 마지막 남은 세 편의 단편과 다시 읽고 싶은 단편을 모아 소설집 『기나긴 하루』를 냈었다. 「빨갱이 바이러스」라는 제목에 나는 무엇에 찔리듯 가슴이 덜컹했고 마지막 단편 「석양을 등에 지고 그림자를 밟다」에서는 일찍 여읜 아버지의 기억으로 시작하여 아들을 잃은 슬픔으로 끝나는 자전소설에 마음이 저려왔다.

이번에 『친절한 복희씨』의 단편들을 합쳐 모두 일곱 권의 단편소설 전집을 마무리하는 『그리움을 위하여』를 내게 되었다. 2013년 마지막 권이 나오게 된 것을 생각하면 칠 년 간격으로 나온 것이 된다.

계획하지 않았던 그 치밀함이여, 문학의 꾸준한 충복과도 같았던 어머니.

돌아가시기 얼마 전 저에게 무심히 꺼내신 말씀이 있다. 그때 무슨 대화의 끄트머리인지 정확히 기억나지 않지만 촌철살인이라는 말이 나왔다. 평소 어떤 자리에서건 말수가 적은 어머니가 한마디 말을 던지면 그게 촌철살인이 되었다는 것이다. 그러면서 "촌철살인도 살인이잖니? 하면 안 되는 건데" 하시는 것이었다. 그건 마치 혼자서 하는 반성처럼 들리기도 했고 나를 타이르듯이 하신 말씀 같아서 잊히지 않는다. 어머니의 단편 하나하나

가 그 시대의 촌철살인인 때가 있었다. 그러나 시간이 흐르면서 부드럽고 유장하게 흘러가는 강물과 같아 그 강물 곁에 수양벚나무가 드리우기도 하고 작은 들꽃들이 속삭이기도 한다. 또 가끔 폭포를 이루어 정신이 번쩍 들게도 하지만.

"나도 사는 일에 어지간히 진력이 난 것 같다. 그러나 이 짓이라도 안 하면 이 지루한 일상을 어찌 견디랴."

어머니는 정말 사는 일에 진력이 났던 것일까? 정말 지루한 일상이었을까?

모든 것을 다 주고 마지막 기운까지 다 소진하고 가볍게 떠나신 어머니.

어머니의 마당에 모란이 뚝뚝 떨어지지만 살구가 여물어간다.

그동안 최선을 다해 독자들과 사랑을 나누게 해준 문학동네 여러분께 깊은 감사를 드린다.

2013년 5월, 아치울 어머니 집에서

호원숙

작가의 말

구 년 만에 또 소설집을 내면서 또 작가의 말을 쓰려니 할말이 궁했던지 문득 이게 마지막 소설집이 될 것 같다고 말하고 싶은 충동을 느꼈다. 그러나 곧 피식 웃음이 나면서 그런 객쩍은 짓을 안 하게 된 것은 아마 돌아가신 시어머니 생각이 나서였을 것이다. 그분은 연세가 일흔을 넘고 나서부터는 해마다 생신 때만 돌아오면 올해가 아마 마지막 생일이 될 것 같다고 비장한 어조로 말씀하시곤 했다. 그 마지막 생일은 그후에도 십수 차례나 더 계속되어 최초의 예언적 비장미를 잃었다. 왜 그랬을까? 그분은. 생신을 잘 차려달라는 엄포였을까. 아니면 반복되는 연중행사에 진력이 나서였을까.

나도 사는 일에 어지간히 진력이 난 것 같다. 그러나 이 짓이라도 안 하면 이 지루한 일상을 어찌 견디랴. 웃을 일이 없어서 내가 나를 웃기려고 쓴 것들이 대부분이다. 나를 위로해준 것들이 독자들에게도 위로가 되었으면 한다.

아차산 기슭에서 길고 지루한 여름을 보내고 나서

박완서

일러두기

『박완서 단편소설 전집』(전7권)은 1971년 3월, 작가가 처음으로 발표한 단편소설 「세모(歲暮)」부터 2010년 2월까지 발표한 단편소설 작품 전부를 연대순으로 편집하였다. 각권은 수록 작품들의 발표 시기에 따라 다음과 같이 나누었다.

1권 : 1971. 3~1975. 6
2권 : 1975. 9~1978. 9
3권 : 1979. 3~1983. 8
4권 : 1984. 1~1986. 8
5권 : 1987. 1~1994. 4
6권 : 1995. 1~1998. 11
7권 : 2001. 2~2010. 2

그리움을 위하여

올겨울 추위는 유별나다. 눈도 많이 왔다. 스키 캠프 간 손자들한테서 걸려온 전화 목소리가 낭랑하다. 눈다운 눈이 안 올 때는 제설기로 만든 눈으로 스키를 탄다는 걸 알고부터는 아이들을 스키장에 보내는 걸 마뜩잖아 했는데 올해는 하늘이 내리는 눈으로 스키도 타고 썰매도 탈 생각을 하니 나도 기분이 좋다. 집 앞에 숲이 있어 바라보는 눈 경치도 기막히다. 그래도 나는 눈이 무섭다. 친정어머니가 금년처럼 폭설이 내린 해에 눈에서 미끄러져서 엉치뼈가 망가진 후 노인으로는 견디기 어려운 수술을 여러 번 거쳤지만 결국 보행의 자유는 회복하지 못하고 십 년 동안이나 집 안에 갇혀지내다가 돌아가셨다. 지금 내 나이가 그 지경을 당하실 때의 어머니 나이와 같다. 노후에 보행의 자유를 잃는다는 게 어떤 것이라는 걸 알기 때문에 나는 눈만 오면 미리 집 안에 갇혀지내기로 작정을 하고 있다. 죽는 날까지 잃고 싶지 않은 가장 소중한 걸 대라면 서슴지 않고 보행의 자유를 대겠다. 어머니 돌아가실 때에도 눈이 많이 왔다. 어머니는 한겨울에 돌아가셨다. 영구차가 공원묘지 오르막길을 오르기가 여간 아슬아슬하지 않았다. 노인들이 춥지도 덥지도 않을 때 죽기를 소망하는 것도 봄가을이라고 죽기가 덜 서럽거나 덜 힘들어서 그러겠는가, 다 자식들을 생각해서지. 그러나 노인들의 소망과는 달리 혹한이나 혹서가 계속될 때 노인들의 돌연사가 가장 많다고 한다. 지난여름은 해마다 기온이 상승한다는 지구온난화 현상을 감안하더라도 예년에 없는 찜통더위가 입추 쳐서 지나고 나서까지 수그러들 줄 몰랐다. 작년의 그 유난스러운 더위가 이 엄동설한에도 문득문득 생각나며 가슴이 아려오는 것은 무슨 까닭일까.

　나에게는 옥탑방에 사는 사촌동생이 하나 있다. 둘 다 환갑 진갑 다 지나 같이 늙어가는 처지지만 동생은 나보다 여덟 살이나 아래다. 볼이 늘 발그레하고 주름살이라곤 없는데 살피듬까지 좋아서 오십대 초반으로밖에 안 보인다. 그러나 겨울나기는 많이 힘들어한다. 기온이 영하로 내려가면 무거운 것도 못 들고, 걷는 것도 느릿느릿 절룩거린다. 동생 말에 의하면 날씨만 추워지면 온몸의 마디가 안 쑤시는 데가 없다고 한다. 동생은 자기의 이런 병을 '웬수 관절이 또 도졌다' 또는 '이놈의 관절만 없다면'이라고 마치 관절을 몹쓸 병 이름처럼 표현한다. 하긴 집에 온 손님들이 시국 얘기를 하면서 IMF를 졸업했나 말았나, 설왕설래하는 소리를 듣더니 부엌에서 나한테 귓속말로 아암프가 어디 대학 이름이냐고 물었으니까. 우리 집에 손님으로 와본 사람은 다들 동생을 얹혀사는 군식구인 줄 안다. 그러나 동생이 남한테 붙박이 식모 취급당하는 건 싫어서 사촌동생이라는 걸 분명히 해두었기 때문에 어느 틈에 이모님이라고 부르게 되었다. 동생이 매일 오는 건 아니다. 보통 파출부처럼 일주일에 두 번 요일을 정해놓고 청소와 빨래 밑반찬 등을 해주고 가지만 손님을 청할 일이 있을 때나 명절 제사 같은 때는 수시로 부를 수가 있다. 요새 젊은이들은 제 자식 백일이나 돌잔치까지 호텔이나 이름난 요릿집에서 하지만 나는 그 꼴 못 봐준다. 밖에서 점심이라도 한 끼 사야 할 일이 있을 때뿐 아니라 누가 나에게 점심을 사고 싶다고 할 때까지도 나가기도 귀찮으니 집으로 오라고 부르곤 하는 것도 아마 그 꼴 못 봐준다는 강한 의사표시인지도 모르겠다. 그러나 집에서 밥 한 끼 먹이는 게 어디 보통 일인가. 믿는 구석이 없다면 감히 엄두도 못 낼 일이다. 동생은 음식 솜씨가 좋다. 구메구메 해놓고 가는 밑반찬은 누가 맛있다고 칭찬만 해주면 아낌없이 덜어줄 수 있을 만큼 넉넉하기도 하다. 그러나 손님들은 그게 다 내 솜씨인 줄 안다. 자식들이 잔손 갈 나이를 벗어날 무렵부터 시작해서 근 삼십 년 가까이 이어져오는 동창계 친구들조차도 내가 탈 차례가 되면 '네 손맛 좀 보게 너희 집에서 하자'고 은근히 압력들을 넣는다. 저희들은 집들이 잔치까지도 집 밖에서 하는 주제에. 우리 동창 또래들은 사는 형편들은 제각각이지만 시대를 잘 탔는지, 나이를 먹을 만큼 먹어서 그런

지 호텔 뷔페라면 최고의 식사인 줄 알고 웬 떡이냐 마구 식탐을 부리던 때가 언제 적이냐 싶게 다들 입맛이 여간 까다로운 게 아니다. 죽을 날이 가까울수록 고향 쪽으로 머리라도 두고 싶어하듯이 맛의 시간여행을 하고 싶은 거였다. 그런 골동품 혀들이 우리 집 음식 맛을 최고로 쳐준다. 하다못해 슴슴하고 물렁한 무나물 같은 하찮은 것까지 저희들은 죽었다 깨어나도 그 맛을 못 낸다는 거였다. 내가 개성 출신이라는 것 때문에 내 손맛을 그렇게 신비화시키는지도 몰랐다. 나는 그런 칭찬이 싫지 않았다. 싫지 않은 정도가 아니라 전통의 맥, 가문의 품격까지 얹어서 평가받고 있다고 여기고 싶었다. 순전히 칭찬을 듣는 맛에 툭하면 집에서 밥을 먹이고 싶어하는지도 몰랐다. 천격스러운 것이란 획일적인 것의 다름아니었다. 그러나 우리 집만의 음식 맛은 김치를 비롯해서 고추장 된장까지 하나같이 동생의 손맛이지 내 손맛은 아니었다. 나는 뜨끔도 하지 않고 천연덕스럽게 동생의 손맛을 표절하고 있었다.

동생과 나는 사촌 간이지만 같은 집에서 태어났고 한집에서 유년기를 보냈다. 그러나 나는 공부 잘하는 아이로 낙인찍힘으로써 집안일을 조금도 안 거들고 공부만 하다가 시집을 가게 되었다. 시집가서는 살림살이에 집착이 많은 시어머님과의 평화공존을 위해 살림살이에서 겉돌다가 남편의 수입이 늘면서 나 대신 시골서 상경한 소녀를 시어머니 조수로 붙여줌으로써 살림이라는 걸 배울 기회를 영영 놓치고 말았다. 내가 시집살이할 50년

대는 다들 살기가 지금과는 댈 것 아니게 곤궁했고 도농 간의 격차도 더 심해 집에서 한 입이라도 덜려고 도시로 식모살이 오는 소녀들이 넘쳐날 때였다. 공부에 별 취미가 없던 동생은 중학교도 낙방을 해 초등학교 졸업에 그쳤다. 숙부에겐 맏딸인 동생은 몸 약한 숙모를 거들어 집안일을 도맡아 하고 대학까지 간 두 동생 뒷바라지도 잘해서 딸년 대학공부까지 시켜서 남 좋은 일만 한 우리 어머니의 우월감을 납작하게 만들었다. 동생은 바지런하고 솜씨가 좋을 뿐 아니라 얼굴도 예뻤다. 그냥 예쁜 게 아니라 어른들이 인물값할까봐 전전긍긍할 정도로 예뻤으니까 시쳇말로 하면 섹시했었지 싶다. 아니나 다를까, 열두 살이나 더 먹은 유부남하고 열렬한 연애를 해서 숙부 내외를 기절초풍하게 놀래키다가 결국은 그 남자를 이혼시키고 정식 부부가 되었다. 각각 딴 집안으로 출가외인이 돼버린 우리는 일 년에 한두 번도 만날까 말까 한 사이가 되어 제각기 자식과 살림을 늘리며 살다가 그 자식들이 혼기가 되면서 다시 친하게 지내게 되었다. 시집살이에 부담이 없어진 대신 부모나 자식의 경조사에 동원할 인력이 필요한 나이가 되면 평소 격조하게 지내던 친척이나 동창이 아쉬워지게 마련이다. 고등학교 때 단짝 전화번호를 알아내어 긴 통화를 하거나 더 발전하여 친목계를 만들기도 하고 무리지어 관광길에 나서보기도 하는 게 바로 이런 중년들의 끄트머리 나이이다. 나하고 동생하고도 그런 나이가 되어 서로 찾을 것도 없이 저절로 가까워진 건 동생의 남편이 빚보증을 잘못 서서 살던 집에서 나앉고 나서부터였다. 넉넉지 못하다는 건 전서부터 알고 있었지만 노후에 집까지 없어질 줄은 몰랐다. 동생은 남매를 낳을 때까지 시부모와 큰동서 밑에서 고된 시집살이를 하다가 큰형이 혼자서 물려받은 시골 땅값이 오르는 바람에 겨우 작은 집을 하나 얻어가지고 세간을 날 수가 있었다. 동생의 남편은 착하기만 하고 경제적으로는 무능했기 때문에 동생은 그 집을 유일한 남편 덕으로 알고 여간 대견해한 게 아니었다. 집이 생기고부터 친정 나들이도 잦아졌고 별로 큰 집도 아닌데도 방방이 세만 줘도 먹고사는 건 문제없다고 친정 부모를 안심시켰다고 한다. 집을 날린 건 다행히 남매를 다 결혼시킨 후였다. 제대로 가르치지도, 잘해 보내지도 못한 사회 초년생들이라 모셔 갈 만한 여력은 없었지만 그래도 효성들은 지극해서 힘을 모아 마련한 모갯돈으로 얻어준 전세방이 우리 아파트단지에서 전철로 두 정거장밖에 떨어지지 않은 단독주택단지 옥탑방이었다. 나는 이사 갈 때 딱 한 번 가봤는데 지은 지 얼마 안 되는 집이라 옥상으로 통하는 야외계단만 좀 위태로워 보일 뿐, 널찍하고 깨끗한 방에 주방과 수세식 화장실이 딸려 있을 뿐 아니라 옥상을 온통 마당처럼 쓸 수 있어서 셋방이라는 구차스러운 느낌이 안 들었다. 동생이 그 동네를 택한 건 바로 이웃에 큰아들 내외가 살고 있어서였다. 그들은 구멍가게보다 조금 나은 미니슈퍼를 경영하면서 가게에 딸린 어둡고 작은 방에서 살림을 하는데 며느리는 임신중이었다. 장차 아이도 봐주고 아들이 배달 나가면 가게도 봐주고 싶어 아들 곁으로 온 거였다. 그러나 친구한테 속아 집까지 들어먹은 충격으로 제부가 몸져눕게 되고 그 약값이 만만치 않자 동생은 나한테 어디로 파출부라도 나갈 수 있었으면 좋겠다고 구차한 소리를 해왔다. 마침 나도 딸애가 뒤늦게 학위를 한답시고 겨우 젖 떨어진 어린것을 이 할미한테 전적으로 갖다 맡겼을 때라 어디 소개해주고 말 것 없이 내 사정이 급했다. 그후 나는 이게 웬 떡이냐 싶은 호강을 한 지가 어언 십여 년에 이른다. 시어머니가 돌아가시고 식모라는 직업도 사라진 후 나는 파출부 따라 식성까지 바뀌는 생활을 해왔다. 나는 내가 살림을 할 줄도 모르고 취미도 없기 때문에 누굴 가르칠 줄도 모른다. 정 음식을 맛없게 하면 저 사람은 음식을 못해도 청소 하나는 잘하지, 또는 다림질 하나는 끝내주지 하는 식으로 좋은 면만 보려고 애썼다. 다 못해야만 차라리 내가 하는 게 속 편할 것 같아 그만두게 하고 부지런을 떨어봤댔자 한 달이 못 가 또 딴 파출부를 구해들이곤 했다.

동생 덕으로 내 딸이 무사히 학위를 하고 나자 내 남편이 병들어 입퇴원을 되풀이하게 됐다. 동생은 한약도 잘 달이고 죽도 잘 쑀다. 남편이 병석에 있는 동안 동생은 나에게 내 자식들보다 더 의지가 되었다. 환자의 몸과 마음에 보비위보다 더 좋은 효자는 없다. 동생은 그걸 완벽하게 해주었다. 내 남편이 투병중인 동안 나는 동생의 남편도 병석에 있다는 건 안중에도 없이 될 수 있는 대로 일찍 오게 하고 밤늦도록 붙잡아두려고 했다. 설사 제부 생각이 문득문득 떠올랐다 해도 수고비를 넉넉히 쳐주니까 동생도 바라는 바이지 나를 심하게 여길 건 없다고 생각했을 것이다. 내가 과부가 된 지 삼 년 후에 동생도 과부가 되었다. 그 삼 년 동안 나는 동생이 내 남편한테 해준 생각을 해서라도 제부에게 신경을 안 쓸 수가 없었다. 우선 동생을 매일 쓸 필요가 없어졌는데도 매일 오도록 했다. 시혜보다는 정당한 수입을 보장해주는 게 동생을 돕는 길이었다. 문병도 가보려고 했지만 동생이 한사코 싫다고 했다. 동생의 말투로 미루어 남에게 보이고 싶지 않은 것은 환자보다도 사는 형편인 듯했다. 이사 갈 때만 해도 겉은 반드르르해 보였지만 워낙 날림집인데다 세줘 먹으려고 나중에 올린 옥탑방은 더 엉터리여서 여기저기 뒤틀리고 금 가서 겨울에는 수도와 화장실이 얼어붙어 못 쓰고 여름에는 비까지 새서 비닐 조각으로 임시변통을 해야 한다고 했다. 환자까지 있는 집 꼬락서니가 그러하니 다년간 누적된 누추가 어떠하리라는 건 짐작하고도 남았다. 보이고 싶지 않아하는 동생 마음에 따르는 게 수였다. 얼어붙는 상하수도 때문에 겨울이면 물통이나 요강까지 들고 옥외계단을 오르내리느라 동생의 관절염은 해마다 조금씩 더 나빠지는 것 같았다. 동생은 약을 입에 달고 살았다. 관절이 부드러워지는 봄여름에도 약국만 바라봐도 삭신이 쑤셔서 약을 안 먹고는 못 배긴다고 했다. 나는 문병은 못 갔지만 내 딴엔 남보다 후한 월급 외에도 도움을 주려고 은근히 제부에게 많은 배려를 하는 편이었다. 남편의 유품 중 따뜻하고 편한 옷을 죄다

보냈고, 집에서 별식을 할 때뿐 아니라 자식들이 나한테 보내는 고깃근이나 영양제도 늘 넉넉하게 나누었다. 약식이나 인절미 같은 것도 잘 먹고 소화도 잘 시킨다고 하기에 출입만 못 할 뿐 제부는 마냥 살 줄 알았다. 물론 그걸 동생의 복이라고 생각한 건 아니다. 오히려 그렇게 착하고 솜씨 좋은 동생이 어쩌면 복은 그렇게 지지리도 없을까 생각할 때마다 그걸 제부 탓으로 여기고 있었다.

명절을 앞두고 있어서 동생하고 준비할 게 이것저것 적지 않을 때 동생한테서 못 오겠다는 전화가 왔다. 매일 온다고는 하나 지 볼일을 못 볼 정도로 매여 있는 건 아니어서 시집 대소사나 친구끼리의 계모임에도 거의 안 빠지는 동생이었다. 그렇지만 사전 양해 없이 긴요할 때 빠지겠다고 한 건 처음이었다. 나는 벌컥 화가 났지만 환자가 아침에도 먹을 걸 안 찾는 게 암만해도 이상해서 집을 비우기가 싫다고 했다. 지척에 사는 아들 며느리는 됐다 뭐하려느냐고 역정을 내려다 말았는데 참길 잘했다. 제부는 그날을 넘기지 못하고 숨을 거두었다. 옥외계단으로 시신을 내가게 될까봐 늘 걱정하던 동생은 119를 불러 혼수상태의 병자를 병원으로 옮기고 그러고 나서 곧 임종을 맞았다고 했다. 만약 내가 성질을 부려서 동생이 남편 임종도 못 보게 했더라면 어쩔 뻔했나, 생각날 때마다 모골이 송연해지곤 한다. 나중에 들어서 안 얘기지만 제부는 죽기 전날 밤 느닷없이 동생의 손목을 잡고 사랑한다고 말하더란다. 기분이 이상해서 누구 보고 싶은 사람 없느냐, 아이들을 부를까 물어봤더니 아니 아무도 안 보고 싶다고 당신만 있으면 그만이라고 사랑한다고 강조하더란다. 그 다음날 아침 안 깨어나길래 죽을 줄 알고 모든 조치를 침착하게 취할 수 있었노라고 했다. 그후에도 동생은 아무한테나 사랑한다는 제 남편의 마지막 말을 되뇌이며 해해거렸다. 남편으로부터 그런 임종의 말을 들은 여편네 있으면 어디 나와보라는 투였다. 아무리 작은 것에 행복해하는 동생이라지만 저리도 속이 없을까 한심한 생각이 들었다. 동생에게 남겨진 건 더이상 퇴락할 여지도 없을 정도로 누추한 전셋방이 다였다. 그나마 전셋돈을 올려 달라지 않는 것만 다행이었다. 빼봤댔자 천만원도 안 되는 돈으로 얻을 수 있는 전세방이 서울 시내에 어디 있겠느냐. 주인은 곧 재개발이 되어 헐릴 집이라는 핑계로 고쳐주지도 않는 대신 돈도 더 달래지 않았다. 동생의 두 자식들도 저마다 옹색한 단칸방에서 제 자식을 둘씩 낳아 기르면서 반듯한 독채 전셋집을 얻을 만한 돈을 마련하는 걸 목표로 열심히 일하고 있었다. 동생은 자식들이 저 살 궁리만 한다고 섭섭해하는 소리를 한 번도 안 했다. 오히려 부모덕 없는 걸 원망하지 않고 씩씩하게 사는 걸 고마워했다.

관절 때문에 겨울나기를 유난히 힘들어하던 동생이 지난여름에는 더위를 못 참아하면서 그 좋던 얼굴도 점점 못쓰게 돼가는 게 눈에 띄었다. 남편의 상중에도 화색을 잃지 않고 무슨 잔칫날처럼 조문객을 챙겨 먹이려고 잠시도 엉덩이를 붙이지 않던 동생이었다. 어디 아픈 게 아니냐고 물어도 괜찮다는 대답이 기운이 하나도 없었다. 혈색 없는 얼굴에 푸석한 붓기까지 나타났다. 안 되겠다 싶어 심각하게 따져 물었더니 옥탑방의 더위는 밤에도 화덕 속 같다는 것이었다. 선풍기를 두 대나 틀어놓고 자는데도 환장하게 더워서 러닝셔츠를 물에 담갔다가 대강 짜서 입고 자면 그게 마르는 동안은 좀 견딜 만해서 잠을 청할 수가 있는데 아침에 일어나면 머리가 무겁고 기운이 하나도 없다고 했다. 젖은 옷을 입고 잔다는 소리는 충격적이었다. 나는 삼복더위가 가실 때까지만이라도 우리 집에 같이 있자는 소리가 입 밖까지 나오려는 걸 꾹 눌러 참았다. 우리 집은 단열과 통풍이 잘돼 있어 열대야 현상을 거의 못 느끼고 여름을 날 수가 있었다. 그러나 동생의 끝없는 수다를 참아낼 생각을 하면 절로 고개가 저어졌다. 평소에도 동생은 우리 집에 들어서자마자 거의 한 시간은 수다를 떨어야 일을 시작했다. 나하고 관계되는 사람 얘기라면 들을 만도 하겠는데, 거의가 나는 한 번도 본 적이 없는 시집의 친척들 얘기 아니면 친목계원들 얘기였다. 동생은 시집 쪽이 번족한데 이젠 대가 갈려 젊은이들 세상이 되니까 서럽게 된 노인도 많고 재산 관리를 잘못해 억울하게 된 노인이나 병든 노인도 여럿 생겨나는 것 같았다. 그러나 늙은이들 모인 데서는 어디서나 들을 수 있는 그저 그런 구질구질하고 시시콜콜한 얘기였다. 아마도 우리 집에 오는 횟수가 줄어들면서 친척 간의 왕래가 정상적으로 회복됐기 때문일 터였다. 그러나 동생이 그런 얘기를 할 때 그렇게도 신이 나서 한 얘기를 하고 또 하면서도 지칠 줄 모르는 것은, 제 잇속만 챙기고 제 마누라 말만 받들어 모실 줄 아는 요새 젊은것들 중에서는 그래도 내 새끼들이 그중 효자더라고 말하고 싶은 욕구 때문이라는 걸 나는 알고 있었다. 아닌 게 아니라 동생의 큰아들은 소원대로 방이 세 개 있는 독채 전세로 이사를 한 지 얼마 안 되었다. 나는 그때 으레 동생이 그 끔찍한 옥탑방을 면할 줄 알았다. 그러나 말이 방 세 개지, 하나는 창고로 쓰기도 작고, 중학교 갈 날이 머지않은 손자들 두 놈은 한 놈만 들어서도 집 안이 꽉 찰 만큼 숙성했다. 동생은 거기 같이 들어가 살 생각은 꿈에도 안 해본 것 같았지만 젖은 옷을 입고 잔다는 소리를 듣고부터는 여름 동안만이라도 와 있으라는 소리를 안 하는 아들 내외가 괘씸하기 짝이 없었다. 우리 집에 와 있으라는 소리를 꿀꺽 삼키고 만 것은 수다 때문이라기보다는 누가 더 동생에게 가까울까 하는 책임감의 문제였다.

와 있으라고는 못 했지만 며칠 바캉스를 다녀오겠다는 말에는 반색을 하며 그러라고 했다. 바캉스란 말이 동생 입에서 나오니까 그렇게 신선하게 들릴 수가 없었다. 남해의 작은 섬에서 민박집을 하는 친구가 있는데 그 섬은 주위가 청정해역일 뿐 아니라 여름에 서늘하고 겨울에도 영하로 내려가는 일이 없다면서 한번 꼭 놀러오란다는 것이었다. 넉넉잡아 일주일 정도 있다 올 줄 안 동생은 열흘이 지나도 감감무소식이었다. 민박집이 동생을 부른 것은 서늘한 여름을 나게 하려는 게 아니라 동생을 부려먹고 싶어서일 거라는 생각이 들었다. 한번 의심하는 마음이 생기자 점점 확신으로 변했다. 그렇게 좋은 섬이라면 올여름 같은 혹서에 오죽 피서객이 많이 몰려들겠는가, 민박집이 호황을 맞아 일손이 달릴 게 뻔했다. 그러잖아도 공밥을 얻어먹을 동생이 아니었다. 오죽 바지런을 떨며 구석구석 쓸고 닦고, 엽렵하게 투숙객들 시중을 들 것인가 보지 않아도 눈에 선했다. 그 속없는 것이 본업을 까맣게 잊고 팁 몇 푼 얻어쓰는 재미에 팔려 배알이라도 빼줄 듯이 해해거리고 있을 것을 생각하면 울화통이 치밀었다. 파출부란 제도가 있기 전 옛날, 요새 너도나도, 아무리 가난뱅이라도 밥만 안 굶으면 다 자가용 부리듯이 도시에선 집집마다 식모를 두고 살던 때가 있었다. 공단이 생기면서 그 흔한 식모가 귀해지기 시작하자 남의 집 식모를 빼돌리다가 탄로가 나서 친하던 이웃끼리 쌈박질이 나기도 했다. 나는 그런 일을 당했을 때처럼 그 민박집한테 맹렬한 적의를 느꼈다. 동생의 아들네로 전화를 걸어 섬의 민박집 전화번호를 알아냈다. 동생의 이름을 대고 바꿔달랬더니 심부름을 나갔다고 했다. 그 집에서 부려먹고 있다는 내 추측은 틀림이 없었다. 그래도 그렇지 환갑노인에게 심부름이라니, 설사 심부름을 나갔다 해도 잠깐 출타를 했다고 하면 듣기 좋을 것을, 하고 나는 민박집의 본데없음을 마음껏 경멸했다. 그날 저녁 동생에게서 전화가 걸려왔다. 밝고 들뜬 목소리로 그 섬이 얼마나 공기 좋고 서늘한지 자랑만 늘어놓고 그동안 내가 얼마나 불편했나에 대해서는 일언반구 언급이 없었다. 괘씸했지만 젖은 옷을 입고 더위를 참아낼 때 모른 척한 게 아직도 양심에 걸려 있어서 참고 들어주었다. 그 섬이 그렇게 쾌적하다면 추석까지라도 기다려야지 별수 있겠는가. 금년엔 추석이 일찍 들어 선들바람도 나기 전에 명절 준비를 해야 할 생각을 하면서 나는 심술궂은 미소를 지었다. 마냥 듣고 있을 수가 없어서 동생이 지상낙원처럼 말하는 섬이 어디서 어떻게 가는 곳이며 이름은 뭐냐고 물어보았다. 삼천포에서 여객선으로 두 시간가량 걸리는 섬으로 이름은 사랑도라고 했다. 나는 사랑도? 이름 한번 요상하다고 했더니 동생은 랑이 아니라 량이라고 고쳐주었다. 그러나 나는 외우기 쉽게 사랑도로 생각하기로 하고, 아무리 거기가 좋아도 너무 추석 임박해서 오지 말고 넉넉하게 남겨놓고 오도록 하라고만 당부하고 전화를 끊으려고 했다. 동생은 제 남편 제사나 차례를 분수에 넘치게 지내는 편이었다. 우리 집은 차례뿐 아니라 손님도 치러야 한다. 장보기까지 동생의 손길이 두 집에 고루 미치려면 적어도 닷새 전에는 와야 한다. 동생은 마지못한 듯 시들한 목소리로 추석 전에는 가야지 하면서도 석연치 않은 말을 덧붙였다. 언니, 힘들어서 어떡해. 나만 믿지 말고 사람을 구해봐. 사람을 구하라니 딴 파출부를 쓰란 얘기고, 지가 여지껏 고작 파출부 노릇이나 했단 소리가 아닌가. 내가 절 어떻게 대접했는데, 나는 치사하게도 그동안 내가 동생에게 베푼 갖가지 혜택을 일일이 떠올리면서 그 배은망덕에 이라도 갈고 싶은 심정이었다. 제부가 죽은 후 하루 걸러 오도록 하

26

면서도 수입이 줄지 않도록 일당을 올리고, 김장이나 명절 손님 초대 등 가외로 부를 때는 후하게 웃돈을 얹어줬으며, 비싼 옷도 조금만 싫증이 나면 저한테 아낌없이 물려줬으며, 집에 고기나 갈비가 남아돈다 싶으면 즉각 저한테 넘겨줬으며, 명절이나 크리스마스, 어린이날엔 내 손자는 안 챙겨도 넷이나 되는 제 손자들은 꼬박꼬박 챙겨서 설빔이나 선물을 장만했으며, 외국여행 갔다가도 제가 행여 며느리한테 얕보일까봐 며느리 주라고 비싼 영양크림 사오는 걸 한 번도 잊은 적이 없는 것 등등 열거하자면 한정이 없었다. 그게 어떻게 보통 파출부에게 할 수 있는 일인가. 그러나 그런 걸 잊지 않고 꼽고 있는 자신이 문득 남처럼 역겨워지는 걸 어쩔 수가 없었다.

과연 추석 미쳐도 더위는 가시지 않았다. 그래도 추석을 일주일이나 앞두고 동생은 돌아왔고 오자마자 우리 집 먼저 들이닥쳤다. 동생은 얼굴에서 푸석한 부기가 말끔히 가시고 보기 좋게 탄 얼굴에 희색이 만면했다. 동생의 건강뿐 아니라 내 생활의 평화와 질서까지 원상으로 돌아온 안도감에 나는 함박웃음을 띠고 동생을 맞아들였다. 그러면 그렇지, 반가운 김에 아유 못된 것, 난 네가 사랑도에서 사랑에 빠진 줄 알았지 뭐냐고 농담까지 할 여유가 생겼다. 그러나 동생은 화들짝 놀라며 언니, 내가 사랑에 빠진 걸 어떻게 알았어? 하며 신기해하는 게 아닌가. 농담을 진담으로 받을 때의 당혹감이라니. 동생이 혼자됐을 때만 해도 비록 꼴깍 넘어가기 직전이었지만 쉰자가 들어가는 나이였다. 그러나 이제는 환갑 진갑 다 받아먹은 뒤가 아닌가. 그 나이에 더군다나 섬에서 누구와 사랑에 빠질 수가 있단 말인가. 사랑도인지 사량도인지가 갑자기 근해의 파도 속에서 비너스가 요상하고 변덕스러운 화냥기를 바람에 실려보내고 있는 것 같은 비현실적인 섬으로 변했다.

언니, 난 처음부터 이런 일이 있을 줄 알고 섬에 간 건 아니야. 그렇지만 가보니까 민박집은 계획적이었더라구. 날 그냥 놔두면 안 되겠다 싶었나봐. 내가 언니한테도 못 할 소리도 그 여편네한테는 다 털어놓았으니까. 올여름이 좀 더웠우. 대식이 애비가 전셋집이나마 처음으로 구색을 갖춘 집으로 이사를 가게 되니까 기쁘고 대견하면서도 인사성으로라도 같이 살잔 소리가 한마디쯤 있을 줄 알았는데 며칠이 지나도 암말이 없더라구. 게다가 처갓집에서 떡하니 새집에다 에어컨을 들여놔줘서 내가 갈 때마다 시원하게 켜주는 것까지는 좋은데 옥탑방으로 돌아오기만 하면 펄쩍펄쩍 뛰게 덥고, 게다가 서럽기까지 한 거야. 그때마다 젖은 옷을 입고 더위를 견디기가 너무 비참해 전화통 붙들고 민박집에다 전화를 걸어 하소연을 하곤 했더랬어. 그동안 옷이 다 말라 다시 한번 적셔다가 입고는 통화를 계속한 적도 있는걸. 물론 내가 지금 어떤 꼴을 하고 있다는 중계방송도 빠뜨리지 않았지. 내가 누구유. 그 친구가 그러다 병나겠다고 섬에 와서 여름을 나고 가라고 하길래 생각하고 말 것도 없이 떠났던 거야. 오라는 데가 있는 게 그렇게 좋더라구. 폐가 될 걱정 같은 건 안 했어. 어디 가든 내 몸 하나만 안 아끼면 밥값할 자신은 있었으니까. 죽으면 썩을 놈의 손 뭣하러 아끼겠어. 언니, 언니, 언니도 여윳돈 있으면 그 섬에 별장 하나 사. 삼천포에서 배루다 두 시간도 채 안 걸려. 얼마나 좋다구. 난 사람들이 다 좋다는 제주도도 그닥 좋은 줄 몰랐는데 사량도는 첫밤에 마음에 쏙 들더라구. 여기가 바로 선경이다 싶었으니까. 순 서울 사람인 민박집이 하필 거기다가 노후설계를 하게 됐는지 이해가 되더라구. 얼마나 시원한지 서울의 찜통더위가 딴 나라 일 같더라구. 거긴 복더위도 없지만 엄동설한도 없대. 겨울에도 얼음이 어는 법이 없다니까. 들이 사철 푸르대. 그래도 가을 되면 나무들이 단풍은 든다나봐. 노오란 은행잎이 파아란 잔디 위에 떨어질 생각을 해봐. 내가 뭣에 홀렸다구? 아마도. 민박집이 얼마나 잘해주는지 도와주고 싶어도 할 일도 없더라구. 심부름하는 애녀석도 하나 있구 민박 손님들은 잠만 자지 밥은 안 해달라니까 할 일이 뭐가 있겠어. 언니, 난 아무리 할 일이 없어도 퍼질러서 낮잠이나 자고 그러지는 못하는 거 언니도 알잖아. 한시반시 안 놀리던 팔다리 너무 편하게 놔두면 안 될 것 같아 아침저녁 섬을 한 바퀴씩 돌면서 선창가 구경도 하고 들일하는 사람들과 만수받이도 하니까 서울서 더위 먹은 부기도 빠지고 밥맛도 좋아지더라구. 근데 이상한 게 내가 바람 쐬러 나갈 때마다 민박집은 꼭 딸 미팅 내보내는 여대생 엄마처럼 나한테 잔소리를 하는 거야. 화장하고 예쁜 옷으로 갈아입

고 나가라구. 그러잖아도 섬 여자들보다 얼굴이 하얗고 팽팽한
게 미안해죽겠는데. 언니 섬 여편네들 말도 말아. 내 나이면 새
까만 얼굴에 굵은 주름이 밭고랑 같다니까. 서울서도 아무도 나
를 육십대로 안 봤잖아. 다들 열 살은 젊게 봤는데 거기선 꺾어
진 육십으로 보는 사람까지 있더라구. 눈들이 삔 게 아니라 즈네
들하고 비교해서 그렇게 본 거지. 그렇게 지내길 일주일도 안 돼
서 청혼이 들어온 거야. 삼천포까지 배 타고 나가서 다방에서 만
났는데 낯익은 얼굴이더라구. 작은 섬이니까 빤하잖아. 내가 또
오죽 빨빨거리며 쏘다녔수. 홀아비인 줄은 몰랐지만 점잖기가
꼭 교장선생님 같아서 길을 비켜드리며 인사를 하곤 했던 분이
었어. 그게 다냐구? 물론 나를 맞선을 보이려고 삼천포까지 끌
고 나가기 전에 민박집이 오죽 나를 꼬셨겠어. 언니도 감언이설
은 무슨, 그게 아니라 한동네서 겪어본 그 노인네 마음씀씀이랑,
집안 사정이랑, 재산 정도랑 겪어본 대로의 그 노인 속내를 일러
주면서 나한테는 과분한 혼처라는 거지. 교장선생님은 아니었지
만 그 노인이 제일 되고 싶었던 게 교장선생님이었대. 상처한 지
는 일 년도 안 돼. 금년 2월이었다니까. 금슬 좋기로 동네서 소문
난 부부였다나. 남들은 어떻게 생각할지 모르지만 언니, 난 그
소리가 젤로 마음에 들더라. 우리도 소문난 잉꼬부부였으니까.
그래야 서로 꿀릴 게 없잖우. 다 된 밥인데 새삼스럽게 맞선은
뭣하러 봤냐구? 그래 맞아, 우리끼리는 민박집이 바란 것보다
더 쉽게 눈이 맞아버린 거야. 그러니까 삼천포까지 나간 건 맞선

이 아니라 상견례였어. 영감님은 오남매를 두었는데 아들 셋을 다 대학까지 가르치고 딸 둘은 고등학교까지만 가르친 대신 다 대학 나온 사위를 맞았는데 그이들이 삼천포에서도 살고 부산 마산에서도 사는데 그이들한테 먼저 나를 소개시키고 승낙을 받는 절차를 밟고 싶다는 거야. 자식들이 마다할 리는 없지만 그래야 앞으로도 내 입장이 떳떳하다는 거지. 오남매가 하나도 안 빠지고 동부인해 나왔으니 그 식구만 해도 열 명 아니우. 게다가 육지에 사는 아우 누이 들까지 나왔으니 얼마나 근검해. 교장선생님보다 더 잘나 보이더라구. 대학 졸업생들이 다들 절절매는데 총장님이라면 누가 뭐랄 거야. 영감님이 섬에서도 존경받고 있다는 게 느껴졌는데 처신을 점잖게 하는 것도 있지만 그 섬에서 자식들을 모조리 그만큼 공부시킨 집은 그 집 하나밖에 없다니까 그럴 만도 하지 뭐. 다방에서 음식점으로 옮겨앉아 회식을 하면서 영감님은 부득부득 나를 자기 옆에 앉히고 동지섣달 꽃본 듯이 눈을 못 떼지. 건장한 아들 사위 들이 차례로 잔을 올리며 어머니 어머니 붙임성 있게 굴지. 그래노니 시쳇말로 내가 뿅 가지 않았겠수. 언니, 언니는 왜 또 도끼눈을 뜨고 그래. 그 집 식구만 젤이구 우리 쪽 식구들은 뭘로 아냐구. 그건 아니지 영감님이 그렇게 경우 없는 사람 아냐. 부득부득 나하고 같이 상경해서 우리 식구한테 자기를 선보이겠다는 거야. 내가 안 그래도 된다고. 나 혼자 가서 승낙을 받고 오마구 했어. 솔직히 반대할 사람도 없지만 반길 사람도 없잖아. 내 자식들은 데면데면하고 친정붙이들은 다들 언니처럼 쌀쌀맞고, 시집은 대가 갈려 조카들만 남았는데 뿔뿔이 흩어져 제 살기 바쁜 그애들을 불러모아 숙모 시집간다고 광고를 치면 아마 날 미쳐도 더럽게 미친년 취급할 테고. 내 살던 데 보여주기도 싫고…… 사람 마음이 어쩌면 그렇게 간사스러운지 아무리 집 같지 않은 집이라도 온종일 뼈 빠지게 일하다가 밤에 기어들어가 다리 뻗고 누우면 세상 편한 게 내 집구석이다 싶더니만 이제 다시는 거기서 못 살 것 같아. 그럼 어젯밤 대식이네서 잤지. 아들 며느리 보는 앞에서 경환이 경숙이한테도 전화 걸어서 자초지종을 다 말해버렸어. 승낙은 제까짓 것들이 무슨 권리로 승낙을 하고 말고 해. 통고한 거지. 그래도 이런 일에는 여자 형제가 낫더라구. 경환이는 누나가 오죽해서 그런 결정을 하게 됐겠느냐면서 잘살기를 바란다고 하는데 정이 조금도 안 느껴졌어. 그래도 경숙이는 놀라서 울먹이면서 자기 집에 와서 자면서 자세한 얘기 하자고 하더군. 오늘 내일은 경숙이네서 잘 거야. 아냐 그 다음날도 언니네는 못 오지. 모레 내려가야 하니까. 모레 새벽에 떠나야 해안에 섬에 닿을 수가 있거던. 추석? 추석이야 물론 섬에서 쇄야지. 대식 애비가 즈이 애비 차례 어련히 지낼려구. 거기 영감님이 당신 마누라 차례를 내 손으로 차려주길 원해. 마나님 차례는 올해가 처음이지만 영감님이 모셔야 할 조상이 네 분이나 더 있는데 자식들이 미리 오지 않고 얄얄이 시간 맞춰 오는 바람에 죽은 마나님이 명절이나 제삿날은 육지 바라보느라 고개가 한 뼘은 늘어났대. 태풍이라도 와서 뱃길이 끊기면 못 오기 일쑤고. 자기는 죽은 마나님처럼 자식바라기만 하고 살지 않을 거래. 둘이서 오순도순 차리재. 나도 그 노인이 나를 안 놓치려고 그렇게 급하게 군다는 거 알아. 모레 꼭 삼천포에서 만나자고 몇 번이나 다짐을 받고 나를 육지로 보내준 거야. 삼천포까지 영감님이 자기 배를 가지고 마중나오기로 했어. 명색이 혼행길인데 어떻게 어중이떠중이 다 타는 여객선을 타게 하냐고. 만일 그날 내가 삼천포에 안 나타나면 내가 가족들의 승낙을 못 받은 걸로 알겠다고 했어. 그럼 영감님이 얼마나 풀이 죽겠어. 생각만 해도 불쌍해서 가슴이 저려.

더 들을 것도 없었다. 삼십여 년을 해로한 제 영감 차례를 내팽개치고 어느 개뼉다귀인지 모를 늙은 뱃사람의 죽은 마누라 차례를 지내러 가겠다는 게 어디 제정신인가. 너 환장을 했구나. 나는 차갑게 내뱉고 먼저 자리를 박차고 일어섰다. 동생이 열두 살이나 더 먹은 기혼자와 연애해서 온 집안을 발칵 뒤집어놓을 때 생각이 났다. 식구들이 그러건 말건 동생은 그 연애를 완성시켰고, 그 남편이 죽으면서 남긴 사랑한다는 말 한마디를 지금도 남들에게 풍기면서 자랑하기를 잘한다. 옥탑방의 지옥불을 건디게 한 힘의 반 이상이 아마도 그 말의 힘이었을 것이다. 그런 동생이 새로운 연애를 시작한 것이다. 그 남자는 칠십이지만 건장하고 점잖아서 앞에서 보면 교장선생님 같고, 뒤에서 보면 청년 같다나. 자기 소유의 어선을 가지고 있고, 바다 하나만 믿고 자식을 다섯 다 고등교육시킬 정도로 근면할 뿐 아니라 지금도 그가 놓은 통발에서만 유난히 많은 고기가 잡힐 정도로 바다에 관해서는 모르는 게 없는 능숙한 어부란다. 동생은 일어나 나가면서까지 영감님 자랑을 하고 갔다.

다음날 차편이 생긴 김에 추석 장을 보러 나갔다. 나는 일손 생각은 깜빡 잊고 예년에 하던 대로 구색 맞춰 제숫거리를 넉넉히 장만했다. 다용도실에 그걸 쏟아놓으니 엄청난 부피였다. 냉장실 냉동실로 나누어 넣는 것조차 생전 안 해보던 일처럼 난감하게 느껴졌다. 저걸 다 어쩌란 말인가. 사다만 내던지면 다듬고 지지고 볶고 맛있는 냄새를 풍기면서 제상과 손님상이 저절로 차려지던 때는 가버린 것이다. 친구들은 생전 진일을 모르는 나를 인복이 많다고 부러워했었다. 인복을 놓친 나는 지금 얼마나 불쌍한가. 엉엉 소리를 내서 울어도 시원치 않을 것 같았다. 제가 어떻게 나한테 이럴 수가 있는가. 나는 그동안 내가 저한테 베푼 온갖 혜택을 떠올리면서 제가 나한테 미리 아쉰 소리만 했더라면 뭘 못 해줬을까, 집도 사줬을 것처럼 내 후한 마음을 마냥 부풀렸다. 그러나 사다가 내던지기만 하면 진수성찬이 저절로 차려지던 지상낙원은 잃어버린 뒤였다. 그 좋은 솜씨로, 예전 같으면 궁중 숙수를 해도 손색이 없을 솜씨로 섬의 거칠고 단순한 뱃사람의 밥상을 차려주러 간 것이다. 이건 돼지에게 진주 정도가 아니다. 어찌 보고만 있을 것인가. 나는 질투로 분기탱천하여 동생의 친동기들한테 전화통을 돌렸다. 먼저 경환이한테 이게 얼마나 우세스러운 일이라는 걸 강조했다. 우리 집안이 어떤 집안이냐? 나는 구태여 가문에 전해내려오는 열녀나 정경부인까지 거슬러올라갈 것 없이 육이오 때 우리 집안 내에서 때로 생겨난 과부들을 생각해냈다. 어쩌면 그 많은 때과부들이 하나도 개가를 안 하고 수절을 했을까. 말을 하면서도 끔찍한 생각이 들었다. 안 한 게 아니라 못 한 거겠죠. 때과부는 때죽음 때문에 생겨난 건데 어디로 개가를 하겠우. 경환이가 느물댔다. 그리고 자기도 충격을 받았지만 우선적으로 고려해야 할 것은 누님의 행복이 아니겠느냐고 했다. 어쩌겠다는 소린지 감이 잘 안 잡혔지만 회사로 건 전화를 더 붙들고 늘어질 수가 없었다. 다음은 경숙이네였다. 전화를 받은 경숙이는 지금 언니는 이것저것 섬에서 부족한 걸 사러 나갔다고 했다. 마침 잘됐다. 너하고 의논하려고 걸었단다. 느이 언니 말이다. 이렇게 서두를 꺼내자 경숙이는 즉각 나도 심란해죽겠어, 그동안 나 사는 데 골몰해서 언니한테 제대로 신경을 못 써준 게 이렇게 마음에 걸릴 수가 없네, 하고 울먹이기까지 하는 게 말이 될 것 같았다. 여자끼리 통하려면 가문보다는 정서적인 호소가 나을 것 같았다. 그래서 이 일을 우리가 다 같이 적극적으로 막아야 하는 첫째 가는 이유로 정에 무르고 타산적이지 못한 그녀의 다정다감한 성격을 꼽았다. 너도 알지 느이 언니하고 느이 형부하고 우리 집안을 발칵 뒤집어놓고 결혼한 거. 그건 안 되는 결혼이라고 그렇게 말렸건만 기어코 그리로 시집을 가더니만 뭐 좋은 거 있더냐. 느이 형부 생전 마누라 지지리 고생만 시키더니 말년에는 병수발까지 얼마나 오래 시켰냐. 그래도 싫은 내색 한 번 안 하고 해해거리고 살았지만 아마 속으론 그때 어른들 말을 들을걸, 후회막심이었을 거다. 여기까지 말했을 때 경숙이가 발끈하는 목소리로 내 말을 잘랐다. 언니 무슨 말을 그렇게 하우. 마치 우리 언니가 평생 불행하게 산 것처럼 말하는데 우리 언니가 언니보다 좀 어렵게 살았다고 그렇게 깔보나본데 우리 언니 남부럽지 않게 행복하게 살았어요. 이렇게 나오는 데야 무슨 말을 더 하겠는가. 아아 내 꼴이 이게 뭐란 말인가. 처량하다못해 참담했다.

동생하고 전화로만 작별인사를 하고 외출중 택시 속에서 방송을 들으니 남해에 파랑주의보가 내려졌다 한다. 태풍이 북상중인 모양이다. 순간 하늘이 이 늙은 철부지들의 만남을 훼방놓았으면 하는 불티 같은 희망이 가슴을 짜릿하게 했다. 그러나 그 다음날, 동생은 무사히 도착했다는 전화를 걸어왔고, 그후에도 동생한테서는 적어도 일주일에 한 번씩은 전화가 걸려왔다. 워낙 수다떨기 좋아하는 동생이었다. 주로 제 자랑 그리고 내 걱정이었다. 사람 구했어, 아직도 못 구했다구? 이 세상에 웬 떡이 어딨우. 몇 번 갈아들이다보면 웬만한 사람 만날 거야. 언니도 그 성질 좀 죽여야 해. 나도 언니한테 얼마나 스트레스 받은 줄 알아. 그래 지금은 스트레스 안 받아서 좋겠구나. 나도 동생이 하라는 대로 성질 죽이고 유하게 대답할 줄도 알게 되었다. 그 먼 곳에서 택배로 뭘 부쳐오기도 했다. 아이스박스로 바다메기라나

물메기라나 하는 생전 들도 보도 못한 징그러운 생선을 부쳐오기도 하고, 깐 마늘을 부쳐오기도 했다. 그 섬 마늘은 단단하고 맛좋기로 전국적으로 소문난 마늘이라 혼자 먹기 아까워서 부치는데 일하기 싫어하는 언니 생각을 해서 까서 씻어서 깨끗이 행주질해서 보내니 꺼내 쓰기만 하면 된다고 했다. 그런 것들을 받고 나서도 내 쪽에서 섬으로 전화 거는 일은 없었다. 고맙지 않아서도 전홧값이 아까워서도 아니고, 그 영감이 받을까봐서였다. 전화상으로라도 그 늙은 뱃사람하고 수인사를 하기가 싫었다. 그러나 내 주위 사람에게 동생이 재가했다는 걸 알리지 않을 수 없는 경우가 생겼을 때는 그녀가 남해의 그림 같은 섬의 선주한테로 시집갔다고 말해주곤 했다. 내 체면을 위해선지 모르지만 대단한 격상이었다.

겨울이 시작될 무렵 동생한테서 제 남편 제사를 지내러 상경한다는 전화가 걸려왔다. 내가 알기론 그 영감이 전남편 제사를 지내라고 새 마누라를 육지로 내보낼 남자가 아니었다. 동생은 그 천진하고도 날렵한 말솜씨로 거짓을 꾸며대 그 영감을 감쪽같이 속였을 것이다. 어쩌면, 아니 틀림없이 이건 동생이 그 섬을 탈출하겠다는 신호라고 생각했다. 동생은 오겠다는 날보다 이틀이나 더 일찍 서울에 왔다. 영감을 속이고 온 것도 영감 곁을 도망친 것도 아닌 것 같았다. 아들네로 도착하자마자 걸려온 전화 목소리는 영감이 제숫거리와 서울 가서 옷 사 입으라고 찔러준 돈봉투 자랑으로 들떠 있었다. 나는 그 목소리를 들으며 명랑하게 조잘대는 시냇물 위로 점점이 떠내려오는 복사꽃잎을 떠올렸다. 다음날 물메기 말린 걸 한보따리 들고 내 앞에 나타난 동생을 보자 그저 반갑기만 해서 허둥대며 맞아들였다. 석 달 만에 만난 동생은 어찌나 생기가 넘치는지, 첫 근친 온 딸자식이라 해도 그만하면 시집 잘 갔구나 마음을 놓고 말 것 같았다. 나는 아끼던 포도주를 따서 건배하고 물메기 말린 것을 짝짝 찢어 안주 삼아 둘이서 한 병을 다 비웠다. 아직도 제삿날까지는 사흘이나 더 남아 있었다. 나는 해롱해롱해진 김에 생전 안 하던 짓을 해버렸다. 동생더러 나하고 같이 자자고 붙든 것이다. 그날 밤 자리 나란히 깔고 같이 자면서 동생의 수다를 끝까지 다 들어줬는지 끝나기 전에 스르르 잠들어버렸는지는 잘 생각나지 않는다. 그러나 동생에 대해 궁금한 건 다 알아버린 게 확실했다. 혹시나 하는 기대도 일말의 불안감도 가셔버렸으니 말이다.

언니, 그건 언니가 이상한 거야. 영감님이 날 그이 제사에 보내준 게 뭐가 그렇게 이상하다는 거야. 보내주긴, 내가 갔다온다고 했어. 나도 즈이 마누라 첫 차례 지내려고 풍랑을 무릅쓰고 갔는데 그 정도의 주장도 못 해. 추석 밑에 영감님하고 삼천포에서 만나 섬에 들어갈 때 나 죽을 뻔했다. 정말이야. 그때 파랑주의보가 내려서 여객선도 못 뜰 때였어. 영감님은 그전에 섬에서 나와 삼천포에서 날 기다리고 있었지. 내가 터미널에 내리니까 어찌나 기뻐하는지 마치 죽은 사람이 살아 돌아온 것 같더라구.

내가 언약을 지키리라고 백 퍼센트 믿은 건 아니었나봐. 안 나타
나면 서울까지 쫓아가봐야지 혼자 섬으로 돌아갈 순 없다고 생
각했다니까. 서울서도 못 찾으면 어쩔 뻔했냐고 물어봤더니 바
다에 빠져 죽었을 거래. 사내들 허풍은 늙어도 못 말린다니까.
그렇게 좋아하면서도 선뜻 배에 날 태우려들지를 않는 거야. 삼
천포에 큰딸이 사는데 거기서 하룻밤 자고 갔으면 하지 뭐야. 풍
랑이 심상치 않다는 거지. 아주 못 갈 정도냐고 물었더니 그렇지
는 않다길래 짐도 있고 피곤해서 이왕이면 내 집에 짐 풀고 푹
쉬고 싶다고 했더니 그렇게 좋아할 수가 없더라구. 그럼 그러자
고 배를 태우더군. 나중에 그러는데 내가 벌써 자기 집을 내 집
처럼 말하는 걸 듣고 이젠 됐다 싶었다나. 배가 어찌나 출렁이는
지, 우리 배를 타본 건 그때가 처음이었거든. 그래도 난 여객선
보다 작아서 그런 줄 알고 하나도 안 무서웠어. 내가 바다에 대
해서 뭘 알우. 영감님이 운전하는 배에 영감님하고 같이 탔다는
생각만 하면 겁나는 게 아무것도 없더라구. 배가 기우뚱하면서
파도가 덮칠 때마다 꺄악 소리를 지르며 재미나하니까 영감님이
화를 내면서 꼼짝 말고 엎드려 있으라고 하더군. 장난이 아니구
나 싶었지만 마음은 편안했어. 영감님하고 둘이서라면 죽어도
그만이다 싶은데 뭐가 무섭겠어. 한 시간 사십 분 걸린다던 배가
두 시간 반 만에 섬에 도착했는데도 나는 늦는다는 생각도 없었
어. 영감님이 나를 얼싸안으면서 인제 살았다고 등을 토닥거릴
때도 그 뱃길이 그렇게 위험한 건지는 몰랐지. 우리가 도착했단

소리를 듣고 이웃 사람들이 우르르 몰려왔는데 다들 영감님을 막 야단치는 거야. 민박집은 다짜고짜 영감님 등짝을 철썩철썩 때리면서 이런 풍랑에 배를 띄우는 사람이 어딨냐고 만약 두 사람이 어떻게 됐으면 중신을 선 자기가 어떻게 저 집 식구들을 대할 뻔했느냐고 막 소리를 지르는 거야. 영감님이 싹싹 빌면서 잘못했다고 하더군. 그 사람들 하는 양을 보니까 비로소 우리가 죽을 고비를 뚫고 왔다는 걸 실감하겠더라구. 언니 그 얘기가 그렇게 재밌우? 그럼 재미있는 얘기 또하나 해줄까. 며칠 전이었어. 한 동네 사는 큰아재라는 친척하고 면사무소가 있는 이웃 섬으로 볼일을 보러 간다고 전날부터 벼르더니 나도 같이 가야 한다고 아침부터 서두르는 거야. 단둘이서라면 모르지만 평소 어렵게 지내던 큰아재하고 같이 간다길래 내키지 않아했더니 꼭 같이 가야 된다고 두둑한 서류봉투까지 내 코트주머니에 집어넣어주면서 조르는 거야. 그래서 선창가까지 따라갔는데, 우리 배에서 큰 배로 영감님이 껑충 옮겨타고 나서 손을 내밀길래 나도 그렇게 가볍게 건너뛸 수 있을 줄 알았지. 근데 배와 배 사이가 너무 넓었나봐. 바닷물에 빠질 뻔하면서 어찌어찌 뱃전을 잡긴 했는데 아랫도리는 온통 물에 잠겨 버둥거렸지 뭐야. 영감님이 내 팔을 잡고 끌어올리려고 안간힘을 썼지만 역부족인 거 있지. 영감님이 사람 살리라고 막 악을 쓰더군. 마침 같이 가기로 한 큰아재가 왔기 망정이지 하마터면 바다에 빠져 죽는 줄 알았다니까. 큰아재의 도움으로 나를 건져올려서 흠뻑 젖은 아랫도리를 자기 잠바랑 큰아재 잠바로 꼭꼭 싸주면서 영감님이 엉엉 우는 거야. 나는 남자가 그렇게 눈물을 철철 흘리며 우는 거 처음 봤다우. 그러면서 죽은 마누라가 도와줬다나. 내 손목을 붙들고 마누라한테 도와달라고 이 사람마저 잃으면 못 산다고 빌었대. 언니도, 그게 뭐가 기분 나빠. 난 하나도 기분 안 나쁘더구만. 영감님이 워낙 정이 많아서 그래. 언니는 그 사람이 마누라 잃은 지일 년도 안 돼 새장가 들었다고 욕하지만 외로움을 이기지 못하는 게 왜 나빠. 그날 나를 데리고 면사무소에 가려고 한 목적이집문서를 내 이름으로 해주려는 거였더라구. 내 안주머니에 넣어준 게 집문서였던 거야. 다행히 그건 안 젖어서 그날로 계획한 일을 할 수 있었지만 나를 기쁘게 해주려고 그때까지 암말 않고있던 거지. 사실 민박집도 내가 내 낭탁을 너무 할 줄 모른다고걱정하고 경환이나 경숙이도 혼인신고는 할 거냐, 영감 죽은 후를 위한 대책은 뭐냐, 알고 싶어했지만 나는 무대책으로 그냥 간거였어. 호적을 옮기면 그쪽 오남매가 내가 재산이나 탐내서 시집온 줄 알 거 아냐. 그런 일로 서로 눈치보고 사이 나빠지는 것도 싫고, 내 아들하고 같은 호적에서 떨어져나가는 것도 싫고. 그래서 호적에 오르는 건 사양하겠다고 했더니 영감님도 동의하더라구. 남들이 중요하게 여기는 게 영감님도 그렇고, 나도 그렇고 하나도 안 중요하더라구. 그래도 영감님은 자기가 먼저 죽으면 나는 어찌 사나 내 걱정을 무지 해. 우리 집이 우리 동네서 민박집 다음으로 커. 짓기도 단단하게 지었고 아파트마냥 갖출 거다 갖췄어. 그 섬에서 땅값 젤로 비싼 선창가에 있고. 그래도 팔아봐야 이삼천밖에 안 나간대. 영감님 재산 중에는 뱃값이 되레 알토란 같다나봐. 그건 자식들 몫이겠지. 난 영감님이 나는 하나도 걱정 안 하는 자기 죽은 후의 내 살 걱정까지 해주는 게 신기하고 고마울 뿐 더 바라는 건 없어. 오늘 먹을 양식과 잠자리 걱정 안 하고 사는 게 얼마나 좋은지 난 그걸로 족해. 이게 꿈인가 생신가 자다가도 꼬집어볼 적이 있다니까. 영감님 참 좋은 사람이야. 집문서 옮겨주고도 천만원짜리 통장도 내 이름으로 해줬어. 그 밖에 적금도 하나 들어줬구. 그 나이에도 우리 섬에서 가장 고기 잘 잡는 어부야. 물메기는 무진장 잡아. 때가 되면 도미도 많이 잡는대. 시커먼 도미 말고 금붕어 같은 도미 말야. 도미 잡으면 내가 택배로 부쳐줄게. 언닌 맛있는 것만 좋아하잖아. 그 사람 그런 거 안 아껴. 올해 물메기가 많이 잡히니까 집집마다 돌린걸. 섬이니까 과부들이 많아. 영감님이 상처하니까 다들 나 안 데려가나 끼룩끼룩 영감님을 넘봤다나봐. 그런데 도시에서 꽃같이 예쁜 색시를 얻어왔으니 얼마나 속이 상하고 샘이 나겠느냐면서 홀어머니들한테 인심쓰라고 물메기도 돌리고 문어도 돌리고 그런다우. 그이 그런 사람이야. 서울서 마누라를 얻어들인 게 그렇게 좋은가봐. 나더러 당신은 어쩌면 노름도 못하고 술도 못하고 담배도 못하느냐고 무슨 보뱃덩어리 보듯이 본다우. 섬엔 세 가지 다 하는 여자들 천지래. 섬 남자들도 거기 사투리가 그런 건지, 친한 척하려고 일부러 그러는지, 한두 번만 만나 얼굴을 익혔다 하면 단박 반말지거리야. 왔나, 갔나, 묵었나, 봐라 이런 식으로. 영감님은 처음부터 석 달을 같이 산 지금까지 깍듯이 보소, 드소, 갔다오소, 하는 식으로 존댓말을 쓴다우. 그게 얼마나 듣기 좋다구. 우리 둘이 말을 많이 해. 할 얘기가 왜 없어. 지가 즈이 마누라 얘기하면 난 우리 남편 얘기도 하고, 한 얘기 하고 또 해도 싫증이 안 나. 우린 서로 얼마나 열심히 들어준다고, 듣고 또 들어도 재미나니까. 그러다가 누가 먼저 잠들었는지 모르게 잠들지.

나도 동생 얘기를 거기까지 듣다가 잠들었던가. 아니면 동생이 먼저 잠들었을까. 하여튼 아침에 깨어나 건진 게 거기까지였다. 그후 나는 동생을 더는 부릴 수 없다는 걸 인정하게 되었다. 그게 그렇게 기분좋은 일인 줄 몰랐다. 나는 동생에게 항상 베푸는 입장이라는 우월감을 가지고 있었다. 그건 상전의식이지 동기간의 우애는 아니다. 상전의식이란 충복을 갈망하게 돼 있다. 예전부터 상전들의 심보란, 종에게 아무리 최고의 인간 대접을 한다고 해도 일단 자신의 거룩한 혈통이 위태로워졌을 때면 종이 기꺼이 제 새끼하고 바꿔치기해주길 바라는 잔인무도한 것이 아니던가. 나는 상전의식을 포기한 대신 자매애를 찾았다. 여름에는 시원하고 겨울에도 춥지 않은 남해의 섬, 노란 은행잎이 푸른 잔디 위로 지는 곳, 칠십에도 섹시한 어부가 방금 청정해역에서 낚아올린 분홍빛 도미를 자랑스럽게 들고 요리 잘하는 어여쁜 아내가 기다리는 집으로 돌아오는 풍경이 있는 섬, 그런 섬을 생각할 때마다 가슴에 그리움이 샘물처럼 고인다. 그립다는 느낌은 축복이다. 그동안 아무것도 그리워하지 않았다. 그릴 것 없이 살았음으로 내 마음이 얼마나 메말랐는지도 느끼지 못했다. 우리 아이들은 내년 여름엔 이모님이 시집간 섬으로 피서를 가자고 지금부터 벼르지만 난 안 가고 싶다. 나의 그리움을 위해. 그 대신 택배로 동생이 분홍빛 도미를 부쳐올 날을 기다리고 있겠다.

그 남자네 집

1

아파트에 살던 후배가 땅집으로 이사 간다고 하길래 덮어놓고 잘했다고 말해주긴 했지만 정작 어디다 집을 샀는지 동네 이름은 별로 귀담아듣지 않았다. 무심한 것도 일종의 버릇인가보다. 내 노쇠 현상의 특징은 이름이나 숫자에 대한 현저한 기억력 감퇴라는 걸 깨닫게 되면서부터 그런 것들은 아예 건성으로 들어버릇한 게 굳어진 듯싶다. 그 대신 어떻게 생긴 집이며 마당은 있는지 방은 몇 개고 전망은 어떤지에 대해서는 꽤 꼬치꼬치 알고 싶어했다. 사실 말하고 싶은 건 그게 아니었는데.

나도 수년 전 오랜 아파트생활을 청산하고 단독으로 이사를 했다. 땅집에 누운 첫날 밤 도대체 뭘 찾아 먹으려고 여기까지 왔나, 내가 저지른 일이 하도 한심하고 딱해 잠을 이루지 못했다. 아름다운 전망, 상쾌한 공기, 조용한 환경, 적당한 고독 그런 것들은 오랫동안 내가 꿈꾸던 것이 아니던가. 그 밖에 뭘 더 바랐을까. 온갖 편리한 기능이 구비되고 투자가치까지 보장된 아파트에 살면서 줄창 이게 아닌데 싶었다면 이게 아닌 저것은 뭐였을까. 나만의 비밀스럽고 고유한 추억이 점점 안 중요해지다가 마침내 아무것도 아닌 게 돼버리는 텅 빈 느낌이 아파트 탓이 아니듯이 땅집이라고 그런 것을 저절로 품고 있는 것도 아닐 것이다. 지은 지 얼마 안 되는 단독주택일수록 아파트의 구조와 기능을 그대로 본떠 불편한 점이 조금도 없을 것 같지만 건물을 관리하는 책임은 전적으로 집주인에게 달렸다. 수도꼭지 하나 갈아끼울 능력이 없는 위인이라는 사실을 왜 이제야 깨달았을까. 실은 이사 온 첫날 밤의 불안 중 그게 가장 공포스러웠다. 마침 봄이었다. 다음날 아침 마당에 내려서자 에서 제서 흙을 뚫고 솟아오르는 여리고 예쁜 싹들이 보였고, 그것들이 이 세상 빛을 보길 참 잘했다고 저희끼리 좋아라하는 소리가 들리는 듯하면서 내 안에서도 땅집에 이사 오길 잘했다는 화답이 샘솟는 느낌이 왔다. 예기치 않은 기쁨이요 위안이었다. 후배는 나보다 이십 년은 아래다. 실리와 편리를 둘 다 희생하고 얻은 게 기껏 분꽃이나 채송화 나부랭이라 해도 하나도 손해본 것 같지 않은 나이가 되려면 아직아직 멀었다. 그런 조심스러운 의구심 때문에 도대체 당신은 뭘 찾아 먹으러 그 좋은 아파트 놔두고 땅집에 가려는 거야? 라는 난폭한 질문을 예비해놓고 있는지도 몰랐다. 내가 속으로 무슨 생각을 하건 말건 후배는 예정대로 이사를 했고 낯선 동네의 새로운 풍경을 얘기해주었다. 주로 점잖은 중산층들이 모여 사는 오래된 주택가라 분위기가 가라앉아 있을 줄 알았는데 대학이 가까워 그런지 온종일 창밖만 내다보고 있어도 그 활기 때문에 심심한 줄 모른다고 했다. 대학 이름을 물었더니 성신여대라고 했다.

성신여대면 돈암동에 있을 텐데? 나는 좀 놀란 소리로 물었다. 맞다고 했다. 그러나 지금은 여러 동으로 나누어져 제각기 다른 이름으로 부르고 있었고 후배가 가르쳐준 건 새 이름이었던 것이다. 나는 그쪽 지리에 훤했다. 위치를 자세히 물어보니 성신여대와 성북경찰서 사이였다. 내 처녀 적의 마지막 집도 성신여고와 성북경찰서 사이에 있었다. 나를 시집보내는 것과 거의 동시에 친정집도 딴 동네로 이사를 가버려서 다시는 가볼 기회가 없었다. 기회가 있다고 해도 피했을 것이다. 나는 오십 년 전 그 동네를 떠났다. 오십 년은 긴 세월이다. 돈암동은 외진 동네가 아니다. 도심에서 멀지도 않다. 혜화동 고개를 넘어 미아리·길음동·수유리로 통하는 대로를 거치는 일이 오십 년 동안에 어찌 한두 번만 있었겠는가. 그 길가에 내가 단골로 다니던 동도극장이 없어진 것도 오래전이다. 그게 없어진 걸 안 것은 버스나 전차의 차창을 통해서였을 것이다. 나는 몸을 꼬고 고개가 아프게 뒤돌아보면서 비 내리는 흑백 화면 속의 장 마레와 샤를 부아예를 안타깝게 배웅했었다. 그럼 후배가 이사 간 건 한옥이란 말인가. 한번 떠난 후 다시는 안 가봤기 때문에 오히려 생생하게 그 동네를 떠올릴 수가 있었다. 얌전하게 쪽 찐 노부인처럼 적당히 품위 있고 적당히 퇴락한 조선 기와집 동네를. 후배는 아니라고, 반지하와 이층은 세를 놓을 수 있게 지은 최신식 이층집이라고 했다. 그 동네도 한옥은 얼마 남아 있지도 않거니와 남아 있는 한옥도 조선 기와지붕만 겨우 남겨놓고 카페나 패스트푸드점, 의상실 등으로 구조 변경을 한 집이 대부분이라고 했다. 대학이 들어섰으니까 주택가가 대학촌으로 변한 건 당연지사라 하겠다. 그러면 그렇지, 내가 생생하게 떠올릴 수 있는 게 그 자리에 그냥 있었던 적이 어디 한 번이라도 있었던가. 서운하면서도 마음이 놓였다.

후배가 집 구경 오라고 날을 잡아주었다. 집수리와 마당 꾸미는 일 때문에 후배는 나에게 자주 전화할 일이 생겼고 그럴 때마다 나는 그가 묻는 말보다는 그 동네에 대해 이것저것 호기심을 나타내보인 것을 어서 집들이하라고 조르는 줄로 알아듣고 부담스럽게 여겼나보다. 초대한 손님은 나 혼자였고 아직 수리가 깔끔하게 끝난 상태가 아니니 점심은 집 근처에서 사먹고 집에서는 차나 마시자고 했기 때문이다. 그가 성신여대역까지 마중을 나와주었다. 어디쯤이라고 말만 해주면 찾아갈 수 있다고 말해도 듣지 않고 나와준 건 고마운 일이었다. 그를 따라간 동네는 내 머릿속에 입력된 그 옛날의 돈암동이 아니었다. 가볍고 세련되고 없는 것 없고 활기가 넘치는 전형적인 대학촌이 거기

펼쳐져 있었다. 그 대학의 길지 않은 역사에 비해 활기가 부글부글 넘치지 않고 오히려 자제하려는 품격 같은 게 느껴지는 건, 아주 드물게 눈에 띄는 거긴 하지만 모던하게 꾸민 쇼윈도 위로 고즈넉하게 내려앉은 조선 지붕 때문인 듯도 싶었다. 내 기억은 조선 기와지붕 그거라도 확실하게 거머쥐려고 허둥대고 있었다. 후배가 미리 답사까지 해보고 정했다는 음식점은 해물탕집이었다. 그의 선택은 탁월했다. 기본적인 몇 가지 해물에다 각종 야채와 양념을 기호에 따라 집어넣어가면서 손수 끓여먹을 수 있는 잡탕은 시원하면서도 깊은 맛이 있었다. 값도 적당했다. 값싸고 맛있고 풍성하기까지 하니 최고의 식사였다. 통유리로 된 창가 자리여서 노천카페 같은 기분이 나는 것도 나쁘지 않았다. 요샌 뭐든지, 먹는 것도, 입는 것도, 돈 버는 것도, 사랑하는 것도 여봐란듯이 하는 세상이니까. 저만치 산 밑으로 성신여대의 높은 축대가 보였다. 내가 살던 돈암동집 골목을 나오면 꼭 그만한 각도로 그만큼 떨어져서 성신여고를 바라볼 수 있었는데. 그럼 내가 나의 옛 집터에서 점심을 먹었나. 기분이 이상해지려고 했다. 내가 그런 얘기를 했더니 후배는 그럼 자기 집으로 가기 전에 우선 내가 살던 집부터 찾아보자고 했다. 안감내만 찾으면 그 집을 쉽게 찾을 줄 알았다. 성북동 골짜기에서 발원하여 삼선교·돈암교를 거쳐 우리 동네 앞을 흐르던 개천을 우리는 그때 '안감내(安甘川)'라고 불렀다. 안감내는 수량이 풍부하고 맑아서 동네 사람들은 큰 빨래만 생기면 그리로 들고 나갔다. 개천과 나란히 난 천변 길은 인도와 차도가 따로 있을 정도로 너른 한길이고 개천 쪽으로는 수양버들이 늘어져 있어 차가 많지 않은 당시에는 다른 동네 사람들까지 일부러 산책을 올 정도로 한적하고 낭만적인 길이었다. 내 머릿속 지도의 한가운데를 대동맥처럼 관통하던 안감내는 찾아지지 않았다. 그게 안 보이는데 무슨 수로 어디가 어딘지 분간을 한단 말인가. 안감내가 복개됐다는 건 진작부터 알고 있었을 것이다. 복개됐더라도 개천과 천변 길을 합치면 팔 차선 넓이의 대로로 남아 있어야 했다. 80년대 초 처음으로 유럽여행을 가서 센 강을 보고 애개 개 그 유명한 센 강이 겨우 안감내만 하네, 라고 생각할 정도로 내 기억 속의 안감내는 개천치고는 넓은 시냇물이었다. 집만 나서면 개천 건너로 곧바로 성북경찰서의 음흉한 뒷모습과 거기 속한 너른 마당이 바라다보였다. 그만한 거리감 없이 우리 식구가 거기서 허구한 날 그 건물을 바라보며 살 수는 없었을 것이다. 그 동네에 그렇게 넓은 이면도로는 없었다. 복개된 개천 자리 다음으로 표적이 될 만한 건 성북경찰서였다. 그건 금방 찾을 수 있었다. 내가 찾은 게 아니라 우리가 맴돌던 지점에서 후배가 조오기라고 손가락질해 보여주었다. 그제서야 내가 천주교회와 신선탕 중간 지점에 서 있다는 걸 알았다. 나의 옛집은 바로 신선탕 뒷골목에 있었고 그 남자네 집은 천주교당 뒤쪽에 있었다. 천주교당도 신선탕도 천변 길에 있었다. 교회는 증축을 했는지 개축을 했는지 그 자리에 있으되 외양은 많이 바뀌고 커

50

져 있었지만 목욕탕은 그때 그 모습 그대로이고 이름까지 그대로였다. 세상에, 오십 년 전 그 목욕탕이 그대로 남아 있다니, 오십 년이면 목욕탕이 온천이나 사우나나 찜질방으로 변하고도 남을 시간이 아닌가. 나는 그놈의 목욕탕 때문에 그 넓지 않은 이면도로가 안감내를 복개한 길이라는 걸 믿을 수밖에 없었다. 내 머릿속 지도의 거리는 실재하는 거리가 아니라 다만 확보하고 싶은 거리에 지나지 않았던 것이다. 신선탕 뒷골목의 옛 조선 기와집은 남아 있지 않았다. 그 일대가 다세대주택이 들어서서 정확한 집터조차 분간할 수 없었다.

후배네 집에 가서 집 구경도 하고 차도 마셨다. 넓지는 않지만 마당도 있었다. 전 주인이 가꾸지 않아 공터처럼 버려져 있어 후배는 아마 거기 반했을 것이다. 지대가 높은 편이어서 동네가 한눈에 들어왔다. 그 남자네 집은 어디쯤일까. 후배는 내년 봄 마당에다 이것저것 나무들을 심을 계획으로 들떠 있었다. 소나무·후박나무·왕벚꽃·영산홍에서 체리나무·앵두나무·대추나무 등 유실수로 옮겨가다가 작약·모란·창포등·숙근초까지 손바닥만한 마당을 놓고 한없이 가짓수를 늘려가는 후배를 바라보면서 나는 딴생각을 했다. 왜 그런 생각이 들었을까. 자꾸만 그 남자네 집은 남아 있을 것 같은 생각이 드는 거였다.

2

    그 남자네가 안감 천변으로 이사 온 것은 우리가 그리로 이사한 지 한 달도 안 돼서였을 것이다. 어머니가 철물전에 가는데 따라가서 바케스·쓰레받기·부삽·쥐덫 따위 너절한 것들을 들고 오다가 그 남자네가 이삿짐을 부리는 걸 만났으니까. 이사 오는 집 안주인이 우리 어머니를 보고 반색을 했다. 어머니는 달갑지 않은 얼굴로 마지못해 인사를 받았다. 그 집 안주인은 어머니보다 열 살은 더 들어 보이는 허리가 많이 굽은 노부인이었다. 먼 친척인 듯했다. 설사 촌수로 따져서 항렬이 어머니가 위라고 해도 손윗분인 건 분명한데 그렇게 데면데면하게 대하는 건 어머니답지 않았다. 옆에서 민망하기도 하고 우습기도 했다. 나는 어머니가 왜 그러는지 알고 있었다. 조금씩조금씩 집을 늘려가던 재미로 살던 어머니가 이번에는 당신이 납득할 수 없는 이유로 가세가 기울어 집을 왕창 줄여먹게 된 것이다. 전에 살던 동네보다 집값이 훨씬 싼 동네에다 며느리에 손자까지 본 삼대가 살기에는 턱없이 작은, 어머니 말을 빌리자면 코딱지만한 집으로 이사를 했으니 어머니가 남부끄러워하는 건 당연했다. 그래도 집안에서는 어머니의 기세가 그 어느 때보다도 등등할 때였다. 대식구가 셋방살이로 나앉지 않고 오막살이나마 집을 지니게 된 것은 어머니 공이 컸기 때문이다.
    어머니가 달가워하건 말건 노마님은 희색이 만면해서 우리더러 집 구경하고 가라고 부득부득 안으로 이끌었다. 이사하는 그 북새통에 스스러운 사람한테 집 구경을 시키고 싶어하다니, 사람이 너무 좋아 보이기도 하고 조금은 주책스러워 보이기도 했다. 장정들 여럿이 짐을 안으로 나르고 있었다. 그중엔 일꾼도 있고 아들도 있고 사위도 있었다. 이삿짐은 그 집의 살림 규모를 노골적으로 드러내게 돼 있다. 어머니는 품위 있고 화려한 화류 장롱, 고풍스러운 문갑, 길이 잘 든 사방탁자 등을 보고 기가 꺾였겠지만 나는 대강 묶기만 한 책들이 몇천 권은 될 것 같은 데 질리고 말았다. 노마님의 강권에 못 이겨 기웃거려본 집도 그 동네의 고만고만한 기와집들하고는 규모가 달랐다. 집 앞은 트럭이 몇 대 서 있어도 차나 사람 들의 통행에 불편을 안 줄 정도의 대로인데다 그 집은 대로에서 들어간 골목 안에 있었다. 막다른 골목이라고 볼 수 있었으나 골목이 넓고 골목을 같이 쓰는 이웃 없이 그 집 혼자 쓰는 전용 공간이어서 바깥마당처럼 보였다. 그뿐이 아니었다. 한길에서 그 집을 들여다보면 대문이 보이지 않고 고궁에서나 볼 수 있는 홍예문이 보였다. 홍예문은 사랑마당으로 통하는 문이었고 안채로 통하는 대문은 홍예문이 달린 담장과 기역자로 꺾인 곳에 달려 있었다. 난 왠지 문지방이 돌로 된 위압적인 솟을대문보다는 단아하고 고풍스러운 홍예문에 더 압도당하고 있었다. 추녀를 나란히 한 고만고만한 조선 기와집하고는 격이 달라 보였다. 마침 짐을 나르던 청년이 우리 곁에서 머뭇대며 알은척을 하고 싶어하는 눈치를 보이자 노마님이 우리

막내라고 인사를 시켰다. 서글서글한 미남이었다. 막내를 보는 노마님 얼굴은 흐뭇한 미소로 주름이 가득해졌다. 손자라야 알 맞을 것 같은 나이 차이 때문에 노마님이 좀더 주책스러워 보였다. 청년은 평상복에 교모를 쓰고 있어서 나는 냉큼 그가 어느 학교 다닌다는 것부터 알아보았다. 내가 다니는 여고하고 같은 동네에 있는 고등학교였다. 당시 광화문을 중심으로 신문로·안국동·계동·수송동 일대에는 열 개도 넘는 남녀 중·고등학교가 몰려 있었으니까 그 정도를 무슨 기이한 인연이라고 생각한 건 아니었다. 나는 그저 그가 다니는 학교가 우리 학교 애들이 별로로 치는 중간급 정도의 학교라는 것 때문에 열등감을 다소나마 만회할 수 있어서 다행이었다. 그런 일은 그후에도 또 생겼다. 그날은 안팎이 하도 어수선해서 중문간에서 안채를 기웃대다 나오고 말았지만 노마님이 하도 친절하게 집 구경을 시켜주고 싶어하던 게 어머니 마음에 걸려 있었나보다. 노마님은 어머니보다 예닐곱 살가량 손위지만 외가 쪽으로 조카뻘 되는 먼 친척이니까 남남처럼 지내도 그만인데 하도 친한 척하니 암만해도 한번 들여다봐야 할 것 같다더니 성냥을 한 통 사가지고 다녀온 듯했다. 그 집에 맏이가 중앙청의 고관이고 며느리도 예의범절이 깍듯하더라면서 부러운 듯 심란한 눈치였다. 그러면서도 토를 다는 걸 잊지 않았다.

"그러면 뭐하나? 시집갈 때도 친정 형편이 처지는데다가 인물도 신랑이 훨씬 잘나고 공부도 많이 했으니 잘 살아낼지 모른다고 어른들이 걱정해쌓더니만 여태까지도 영감 시집살이가 수월치 않은가보더라."

"그 노인네가 엄마한테 그런 얘기까지 해요?"

"꼭 얘기를 해야만 아냐? 며느리를 그만큼 음전하게 들이고도 진일을 못 면하는 눈치더라. 남한테 잘하는 것도 영감님하고 시집 식구들한테 기죽을 못 펴버릇한 게 아주 굳어버린 게지 뭐. 원 부잣집 마나님이 왜 그러고 사는지, 몽당치마에다 손은 갈퀴 같고."

내 주장이 강한 어머니다운 자기 위안의 방법이었다. 결정적으로 어머니에게 우월감을 안겨드린 것은 나였다. 대학 신입생이 되고 나서 어머니하고 구두를 맞추러 나가다가 그 노부인을 만났다. 어머니는 우리 딸이 서울대학에 들어가서 지금 구두 사주러 나가는 길이라고 자랑을 했다. 그냥 대학에 들어갔다고만 해도 될 텐데 명토까지 박은 것은 서울대학 이상 가는 대학은 없으니까 하는 어머니의 자만심 때문이었을 것이다. 노마님의 막내도 대학에 붙었다고 했다. 좋은 대학이었지만 서울대학은 아니었다. 어머니가 으스대는 걸 보고 나는 생전 처음 효도한 것 같은 우쭐하면서도 계면쩍은 기분을 맛보았다.

등교 시간만 되면 원남동에서 안국동까지의 한적하고 아름다운 길은 제복의 남녀 학생으로 넘쳐났다. 만약 그 밀도가 조금이라도 성기어지는 기미가 보인다면 그건 지각할지도 모른다는 신호니까 그때부터라도 뛰는 게 수였다. 우리 학교는 교장선생님까지 교문에 지키고 있다가 지각생에게 모욕을 주는 것으로 유명한 학교였다. 홍예문집 막내가 다니는 학교 아이들한테는 특별히 더 신경을 쓴 관계로 등굣길에 몇 번 눈길이 마주친 적이 있었다. 그애도 나를 알아보았는지 미처 확인할 새도 없이 황급하게 눈길을 피하긴 했지만. 그건 내가 특별히 얌전하거나 내숭스러워서가 아니라 당시의 금기사항이었기 때문이다. 둘이 똑같이 대학생이 된 걸 알고 제일 먼저 떠오른 생각은 이젠 마주쳐도 그럴 필요가 없다는 설레는 자유에의 예감이었다. 흰 교복깃을 안으로 구겨넣지 않고도 극장에 드나들 수 있다는 사소한 자유만 상상해도 가슴이 터질 듯한 초년생이었으니 그까짓 게 특별한 감정일 리는 없었다.

3

후배네 집은 아직 수리가 덜 끝난 상태였다. 뒤 베란다에 알루미늄 새시를 달고 간 뒤에 곧 흙차가 마당에 객토를 하러 왔다. 어수선한 김에 그만 일어서려고 했더니 후배가 부득부득 따라나오면서 지하철 정류장까지 배웅을 해주겠다고 했다. 아까 옛집을 찾는답시고 얼마나 길눈이 어둡게 보였던지 지하철 정류장도 못 찾아나갈 대책 없는 위인 취급을 했다. 나는 가다가 둘러볼 데가 있다면서 완곡하게 거절한다는 게 그 남자네 집 얘기를 비치고 말았다. 김아무개도 이아무개도 아닌 남자와 여자 사이에 있었던 일은 감추거나 줄여서 말하려고 하면 할수록 상대방의 호기심을 자극하게 돼 있는 것을. 후배는 연애소설에 맛을 들이기 시작한 소녀 같은 얼굴로 내 길잡이가 돼주었다. 나의 옛 집터를 알아놓았으니까 거기서 다시 출발하면 그 남자네 집을 찾는 것은 어렵지 않을 것 같았다. 그 남자네 집은 천주교당 뒤쪽, 성북경찰서 옆 양회다리로 통하는 큰 길가에 있었다. 그 집은 한길에서 한 걸음 물러나 있긴 해도 대로변에 바깥마당을 끼고 있는 집이었다. 그렇게 대지 넓은 집이 날로 번창하는 대학촌에 아직까지 가정집으로 남아 있길 바랄 수는 없는 일이었다. 물론 내가 생각하는 가정집은 후배가 이사 간 이층이나 삼층짜리 양옥집 정도지 조선 기와집은 아니었다. 내 예상을 뒤엎고, 이 시대의 도도한 흐름에서 홀로 초연히 그 남자네 집은 그냥 조선 기와집으로 남아 있었다. 대문이 한길로 면한 그 길가의 다른 집들이 다 사오층 높이의 빌딩으로 변해버려서 그런지, 한 걸음 물러나 있음으로 더욱 당당해 보이던 집이 푹 꺼져 보였다. 한길을 향해 개방돼 있던 바깥마당에다 철문을 해 단 게 옛날과 달라진 유일한 변화였다. 철문은 완강하게 닫혀 있었다. 철문 때문에 그 안의 조선 기와집은 좌우의 빌딩들과 나란히 있는 것 같으면서도 접근을 거부하는 은둔의 자세를 취하고 있었다. 철문은 가슴 높이부터 안을 들여다볼 수 있는 창살로 돼 있는데도 그 안에 나무를 빽빽하게 심어놓아 홍예문이 잘 보이지 않았다. 적어도 사람이 지나다닐 수 있는 길은 남겨놓고 나무를 심어도 심었으련만 가지가 하도 무성하게 뻗어 안을 엿볼 수 있는 시각적인 통로조차 없었다. 문득 집에도 영(靈) 같은 게 있을지 모른다는 생각이 얼음 조각처럼 가슴을 섬뜩하게 했다. 홍예문집은 사랑마당은 물론 안마당에도 유난히 나무와 화초가 많았다. 그 집 뒤꼍에는 겨울을 밖에서 날 수 없는 유도화·석류·파초 등을 갈무리할 수 있는 움까지 있었다. 5월에 사랑마당에 활짝 핀 라일락이 담장을 넘어오면 길 가던 사람들이 다들 홍예문 위를 쳐다보고 코를 벌름거리면서 걸음을 멈추거나 늦추었다. 옷이나 몸에 그 향기가 배기를 바라는 듯이. 나는 철문 기둥을 받치고 있는 초석에 올라서서 키를 돋우고 안을 기웃거렸지만 반듯한 조선 기와지붕을 확인한 것밖에는 아무것도 더 알아낼 수 없었다. 조선 기와지붕은 손이 많이 간다. 더군다나 요즈음에는 제대로 된 기와장이 구하기도 어렵다. 예전에도 기와장이 품삯은 미장이의 세 곱절은 됐다. 기술은 안 이어받고 품삯에 대한 풍문이나 믿는 얼치기나 걸리기 십상이다. 도심에서 빌딩 숲 사이에 어쩌다 남아 있는 조선 기와지붕의 그 참담한 퇴락상을 보면 전통가옥 보존 어쩌구 하는 소리가 얼마나 무책임한 개소리인지 알 것이다. 그 남자네 집은 거의 해마다 손을 봐준 것처럼 기왓골의 선이 가지런하고 윤기가 흘렀다. 돈과 정성이 꽤 드는 까다로운 치다꺼리를 마다 않는 주인이라면 팔리지 않아서 억지로 사는 게 아니라 조선 기와집을 사랑하는 유복한 사람일 것이다. 그 남자네 집이 주인을 잘 만났다는 게 기쁘다못해 감동스러웠다. 그 남자네가 그 집을 떠난 건 내가 시집간 지 얼마 안 돼서이니 문서상의 소유권이 바뀌어도 열 번도 더 바뀌었을 세월이 흘렀는데도 말이다. 그러나 바깥마당에 너무 빽빽하게 나무를 심어 홍예문을 들여다볼 수 없는 건 암만해도 섭섭했다. 나무는 사철나무처럼 잎이 두껍고 윤이 나는 관목이었지만 사철나무보다는 키가 컸다. 무슨 나무일까 내가 궁금해하자 후배가 보리수라고 했다. 그는 나무 이름에 해박했다. 나무만이 아니라 작은 풀꽃도 이름 모를 꽃으로 대강 보아 넘기지 못하고 꼭 그 이름을 알아내고야 마는 노력에는 집요한 데가 있다는 걸 알고 있었다. 그가 보리수라면 보리수가 맞을 것이다. 그러나 내가 아는 보리수하고는 얼토당토않았다. 나는 딱 한 번 보리수를 본 적이 있었다. 지금보다 훨씬 젊었을 적 힌두교 문화권의 더운 나라를 여행한 적이 있는데 어느 외딴 마을에서 관광버스를 멈추고 잠시 휴식을 취한 적이 있었다. 그때 이십여 명의 일행이 약속이나 한 듯이 강렬한 햇볕으로부터 몸을 피해 한곳으로 모인 데가 보리수나무 그늘이었다. 삼십미터도 더 되는 거대한 나무는 줄기가 울퉁불퉁 꼬이긴 했어도 잔가지 없이 곧장 자라 아득한 높이에서 풍성한 녹음을 우산처럼 펼쳐주고 있었다. 가이드가 보리수라고 그 나무 이름을 가르쳐주었다. 부처님이 그 아래서 정각을 얻고 성불했다는 보리수하고 동일한 보리수일 리는 없었지만 왜 하필 보리수나무였을까가 충분히 이해될 만큼 그 나무는 자비롭고도 권위가 있어 보였다. 그런 것이 신성이라는 거 아닐까. 그때의 인상이 하도 강렬해서 국내에 보리수나무가 있다고 생각해본 적이 없었다. 우리나라는 그런 거목을 키울 기후가 아니다. 그렇다면 밀러가 노래한 린덴바움? 그렇지만 그 집 바깥마당에서 홍예문을 가로막고 우거져 있는 나무들은 그 그늘 아래서 단꿈을 꾸기에는 너무 옹졸하지 않은가. 그 나무는 내가 품고 있는 보리수나무에 대한 두 개의 상이한 이미지 중 어떤 것하고도 닮아 있지 않았다. 그러나 후배가 툭 던진 보리수라는 이름을 나는 놓치고 싶지 않았다. 집에도 영이 있을지도 모른다는 생각은 얼음 조각이 아니라 불씨가 아니었을까.

집에 와서 수목도감을 찾아보았다. 자연 상태에서 자랄 수 있는 국내의 수목을 총망라한 도감이었는데 보리수도 나와 있었다. 사진을 봐도 그렇고 간단한 설명을 봐도 그렇고 그 나무들이 보리수라고도 아니라고도 못 하게 불충분했다. 그래도 가을이면 지름이 6~8밀리미터 정도의 구형 열매가 붉은색으로 변한다는 설명은 확실하게 머릿속에 챙겨넣었다. 세종로의 은행나무들이 자기 안에 깊숙이 숨어 있던 노랑 중 최고로 순수한 금빛을 환장을 한 것처럼 한꺼번에 분출하던 날 5호선 지하철을 타고 집으로 가다 말고 동대문운동장역에서 4호선으로 갈아탔다. 교보문고에서 산 책보따리가 제법 무거웠지만 달리 어쩔 도리가 없었다. 성신여대역에서 내렸다. 나는 결코 길눈 같은 건 어둡지 않았다. 곧장 그 남자네 집으로 갔다. 혼자여서 아무것도 은폐할 필요가 없었다. 여전히 철문은 굳게 닫혀 있었다. 수목도감에는 낙엽관목으로 나와 있었으나 그 두텁고 푸른 잎들은 약간 윤기가 퇴색했을 뿐 아직도 심술궂게 나하고 홍예문 사이를 가로막고 있었다. 그러나 이파리 사이로 삐죽삐죽한 잔가장귀엔 서너개씩 빨간 열매가 달려 있었다. 아마 여름엔 이파리하고 같은 색이어서 눈에 안 띄었나보다. 이 나무들은 얼마나 있어야 그 밑에서 단꿈을 꿀 만큼 자랄까. 한 오십 년쯤. 나는 보리수나무가 세월을 거꾸로 먹어 오십 년 전엔 그 무성한 그늘에서 관옥같이 아름다운 청년이 단꿈을 꾼 것 같은 착란에 빠졌다.

4

그 남자를 다시 만난 것은 우리 집에 아녀자만 남고 나서였다. 나는 아이들과 여자를 동격시하는 아녀자란 말이 싫었지만 차차 동의하게 되었다. 전쟁이 휩쓸고 간 후 집안 꼴이 그렇게 되었다. 남자들은 성북경찰서를 거쳐서 이 세상 사람이 아니게 되었다. 전쟁이 난 지 일 년이 넘었는데도 전선은 서울 북쪽 몇십 리 안에서 일진일퇴를 거듭하고 있었고 피난 못 간 서울 사람들은 가난뱅이들뿐이었다. 다들 가난할 때여서 진짜배기 가난뱅이는 오히려 귀했다. 생업에 종사하는 것은 여자들이었다. 우리 집만 아니라 이 도시에 남은 것은 아녀자뿐인 것 같았다. 뚝섬서 열무를 떼다가 팔면 반찬값은 떨어진다고 해서 올케하고 같이 새벽 장사에 따라나선 적이 있다. 안감내를 남쪽으로 남쪽으로 한없이 따라가면 개천이 어디론가 숨었다가 또 나타나곤 하면서 살곳이다리와 살곳이벌판이 나온다. 밭 주인은 돈 낸 것만큼 네모 반듯하게 열무밭을 떼어주면서 캐가도록 했다. 거기까지는 남들 하는 대로 하다가 그다음부터는 남들 하는 대로 할 수가 없었다. 남들은 더 달라고 아우성인데 우리는 덜 줄 수 없느냐고 뒷걸음질을 쳤다. 떼어주는 열무의 양이 엄청났기 때문이다. 우리가 이고 오던 열무를 수없이 땅바닥에 태질하면서 어찌어찌 집에 당도한 건 어둑어둑해질 무렵이었다. 남들은 열무 장사한 이문으로 쌀 사고 반찬 사다가 저녁밥을 지을 시간이었다. 팔 시간이 있었다고 해도 수없이 태질을 당한 열무는 이미 상품 가치를 상실하고 있었다. 나는 그후 미군 부대에 취직을 했다. 그전부터 부대에서 허드렛일을 하는 이웃 아줌마가 우리 처지를 딱하게 여겨 소개해주겠다는 걸 어머니가 굶어 죽어도 그 노릇만은 못 시킨다고 펄쩍 뛰어 못 하던 취직 자리였다. 아줌마는 나 같은 대학생은 청소보다 나은 자리도 있을 것처럼 말했는데 그걸 어머니는 양공주 자리가 났다는 것처럼 알아들었나보다. 열무 장사의 실패는 어머니에게도 충격이었던지 혹은 목구멍이 포도청이었는지 어머니는 못 이기는 척 설득을 당했고 그후 나는 미군 부대의 꽤 편한 자리에 취직이 되었다. 먹고사는 문제가 해결됐는데도 가난은 날로 남루해졌다. 딸이 미군 부대에서 벌어오는 돈으로 먹고사는 걸 식구들이 치욕스러워했기 때문이다. 그해 겨울 퇴근하는 전차 안에서 그 남자를 만났다. 남자가 먼저 반색을 했다. 그는 다짜고짜 나를 누나라고 불렀다. 누나라는 말은 묘했다. 마음을 놓이게도 섭섭하게도 했다. 늦은 시간의 전차 안은 텅 비어 있었지만 그 안에서는 서로 반가워서 어쩔 줄 모르는 것 이상의 감정 표현을 하지 못했다. 종점에서 내려서 불빛이 희미한 빵 가게로 들어갔다. 주인이 손수 만든 도넛이나 찐빵 같은 걸 파는 궁기가 더덕더덕한 가게였다. 시척지근한 막걸리 냄새가 진동하는 찐빵을 시켜놓고 나는 제일 먼저 나를 누나로 부른 까닭부터 물었다. 이유는 간단했다. 같은 해에 대학에 들어갔으니까 동갑일 텐데 자기는 일곱 살에 소학교에 들어갔으니 십중 팔구 나보다 한 살 아래일 거라고 했다. 그건 맞는 말이고 그럴 듯한 계산법이었다. 그는 군복을 입고 있었다. 졸병들이 입는 허술한 군복이 아니라 미군 장교나 입을 것 같은 날이 선 사아지 군복 바지에 반짝거리는 구두에다 안에 털이 달린 파카를 입고 있었다. 비록 미군 부대에 다니지만 미군 장교는 좀 그렇고 국군 장교하고 친할 수 있었으면 얼마나 좋을까 속으로 동경해마지 않던 때였다. 전시에 군복이 잘 어울리는 장교는 권력의 상징이자 백마 탄 기사였다. 그러나 장교가 아니라도 좋았다. 신분이 확실한 젊은 남자라는 것만으로도 '웬 떡'이냐 싶었다. 찐빵에 손도 대기 전에 그는 주인에게 싸달라고 하더니 나가자고 했다. 괜찮은 포장마차를 알고 있다고 했다. 그럼 처음부터 그리로 가자고 하던지, 그의 경박함이 못마땅했지만 아직도 그는 나의 '웬 떡'이었으므로 놓치고 싶지가 않았다. 삼선교까지 전차 한 정거장 거리를 그를 따라 되돌아갔다. 천변에 불빛이 보였다. 도깨비불처럼 귀기가 돌게 창백한 불빛은 칸델라 불이었다. 카바이드 냄새가 싫지 않았다. 찐빵집보다 더 허술한 천막집이었는데 이상스럽게도 궁기는 없었다. 나중에 안 일이지만 그 남자는 궁기를 가장 참을 수 없어했다. 궁기를 좋아할 사람은 없지만 그는 좀 유별나서 특정 냄새를 못 참는 것처럼 즉각 생리적인 반응을 나타냈다.

그날 나는 그 포장마차에서 처음으로 구공탄 불이라는 걸 보았다. 구멍마다 독한 불꽃이 올라오는 연탄난로 위 무쇠솥에서 오뎅 국물이 끓고 있었다. 앞치마를 두른 오뎅집 남자가 그를 무심하게 맞았다. 막사기대접에다 달걀과 덴푸라와 무 토막과 두부 튀긴 것과 정체 모를 고기의 힘줄 같은 걸 꿴 꼬챙이를 하나씩 넣고 뜨끈한 국물을 부어주었다. 오뎅 국물도 꼬챙이에 낀 것도 심지어는 달걀까지도 진한 간장빛이었다. 그러나 맛은 슴슴하고 들척지근했다. 주인은 벙어리처럼 말이 없고 무심했다.

"이번 난리에 느네 식구 중엔 다친 사람 없냐? 우린 아녀자만 남았는데……"

나는 그가 묻기 전에 냉큼 그 말부터 했다.

"우린 달랑 모자만 남았는데……"

"정말? 그 큰 집에? 그전엔 몇 식구였는데?"

"일곱 식구, 엄마, 아버지, 큰형 내외하고 조카들 둘."

"말도 안 돼. 아이들까지 다 죽었단 말야. 폭격도 안 맞았으면서……"

"아냐 죽긴 왜 죽어. 넘어갔어. 북쪽으로. 큰형이 좌익이었거든."

"중앙청 고관이라고 우리 엄마가 부러워했는데 그런 사람도 좌익이 될 수 있구나."

"고관은 무슨, 우리 형은 자타가 공인하는 수재였으니까 그 정도의 고관은 그쪽에서도 해먹겠지 뭐."

"그럼, 넌 뭐니? 니 정체는 도대체 뭐냐구?"

나는 핍박받아야 할 월북자 가족과 그의 번드르르한 군복 차림이 도무지 꿰맞춰지지가 않아 신경질적으로 따져 물었다. 빨갱이 가족이 당해야 할 고통과 수모와 감시라면 나도 이가 갈릴 만큼 알고 있었다. 그러면 그렇지 이 세상에 웬 떡이 어디 있을라구. 께적지근한 낙담으로 뚱 밟은 얼굴이 되고 말았다. 그는 대답하지 않고 꼬챙이에 낀 힘줄같이 생긴 걸 늙은이처럼 느릿느릿 신중하게 씹기 시작했다. 마치 그 안에 숨어 있는 미소한 고기맛도 안 놓치겠다는 듯이 그의 턱 운동은 철저하고 집중적이었다. 그러나 하나도 게걸스럽지는 않았다. 다 씹어 삼키고 나서 주인에게 한다는 소리가, "아저씨 접때 먹은 힘줄은 그래도 양키 군화 삶은 정도의 누린내는 나던데 이번 건 영 아냐. 꼬랑내만 조금 나는 게 혹시 마루 밑에서 옛날에 신던 아저씨 구두를 주워다 파낸 거 아뉴?"

"아차, 그런다는 게 그만 우리 어머니 고무신을 훔쳐다 삶아 냈는지도 모르겠네."

두 남자가 낄낄거렸다. 화음이 잘 맞는 웃음소리였다. 나는 잔뜩 신경을 곤두세우고 그들이 주고받는 수작을 지켜보았다. 뜻밖에 요새 읽은 책 얘기를 했다. 둘이서는 서로 책을 빌려보는 사이인 듯했다. 나는 그들이 나를 의식하고 꼴값을 떠는구나, 하고 같잖게 생각했다. 그가 주인 앞으로 돈을 밀어놓으며 일어섰다. 거스름돈을 주려 하자 어머니 고무신 사드리라고 손을 내저었다.

"장한 우리 상이군인 아저씨, 시골 국물이라도 한번 진하게 내드리는 게 국민 된 도린 줄은 알겠는데 당최 그놈의 마루 밑 밑천이 떨어져야 말이지. 번번이 미안하이."

주인이 하나도 안 미안한 얼굴로 머리를 긁적거리며 우리를 배웅했다. 나는 밖으로 나오자마자 그에게 따져 물었다.

"아니, 상이군인이라니 그게 무슨 소리야. 이렇게 사지가 멀쩡해가지고. 너, 그 어수룩한 사람한테 사기친 거지, 그치? 도대체 네 정체가 뭐냐. 말해봐 빨리."

그는 느리게 조근조근 말했다. 삼선교에서 안감 천변, 목욕탕, 뒷골목, 우리 집까지 오는 동안의 그의 이야기는 끝났다. 딱 고 길이에 분량을 맞춘 것처럼. 그 거리는 얼마 안 됐다. 따라서 그의 이야기도 간결하게 요약된 것이었다.

66

여름에 인민군이 들어오고도 어떻게 된 게 그의 형은 숙청 대상이 안 되고 계속해서 안정된 신분을 유지했다. 그러나 사람에게는 양다리밖에 없으니까 양다리 이상은 걸칠 수가 없다는 건 자명한 이치. 석 달 만에 인민군이 후퇴할 때 그도 따라서 북으로 가버렸다. 처음엔 처자식과 노부모를 남겨놓은 단신 월북이었다. 그러나 세상은 또 한번 뒤집혀 겨울에 인민군이 다시 서울을 점령했을 때 형이 가족을 데려가려고 나타났다. 처자식은 두말없이 따라나섰겠지만 부모는 달랐다. 왜냐하면 인민군이 후퇴하고 서울이 수복된 동안에 막내가 국군으로 징집됐기 때문이다. 막내가 국군이 되었기 때문에 그동안 그 집 식구들이 월북자 가족으로 받아야 할 핍박을 많이 줄여준 건 사실이지만 노부모에게는 이럴 수도 저럴 수도 없는 딜레마였다. 결국 노부부는 헤어지는 쪽을 택했다. 아버지는 큰아들네 식구를 따라 북으로 가고 어머니는 남아서 군에 나간 막내아들을 기다리기로 했다. 그런 연유로 그 남자가 넓적다리에 부상을 입고 명예제대하여 집으로 돌아와보니 그 큰 집에 늙은 어머니 혼자 달랑 남아 있었다. 그동안에 파파 할머니가 돼버린 어머니를 부둥켜안고 눈물을 흘리기는커녕 무슨 효도를 보려고 자기를 기다렸느냐고 드립다 구박만 했다. 저 노모만 없었으면 얼마나 자유로울까. 그 생각만 하면 숨이 막힐 것 같아서 요새도 맨날맨날 구박만 한다고 했다. 한번 뒤집혔던 세상이 원상으로 복귀해서 미처 숨 돌릴 새 없이 다시 뒤집혔다가 또 한번 뒤집히는 엎치락뒤치락 틈바구니에서 우리 집에서는 이런 일이 있었고 그 남자네 집에서는 그런 일이 있었던 것이다. 국가라는 큰 몸뚱이가 그런 자반뒤집기를 하는데 성하게 남아날 수 있는 백성이 몇이나 되겠는가. 하여 우리는 서로 조금도 동정 같은 거 하지 않았다. 우리가 받은 고통은 김치하고 밥처럼 평균치의 밥상이었으니까. 만약 아무도 죽지도 않고 찢어지지도 않고 온전한 가족이 있다면 우리는 그 얌체 꼴을 참을 수 없어 그 집 외동아들이라도 유괴할 것을 모의했을지도 모른다.

나는 그날 밤잠을 이루지 못했다. 그의 아름다운 얼굴에서 창백하게 일렁이던 카바이드 불빛, 불순한 것도 같고 우울한 것도 같은 섬세한 표정, 두툼한 파카를 통해서도 충분히 느껴지는 단단한 몸매, 나는 내 몸에 위험한 바람이 들었다는 걸 알아차렸다. 피차 동정 같은 건 하지 않았지만 닮은 불운을 관통하는 운명의 울림 같은 걸 감지한 건 아니었을까. 나는 마치 길 가다 강풍을 만나 치마가 활짝 부풀어오른 계집애처럼 붕 떠오르고 싶은 갈망과 얼른 치마를 다독거리며 땅바닥에 주저앉고 싶은 수치심을 동시에 느꼈다. 장작을 아끼기 위해 우리 식구들은 다들 안방에 모여 자고 있었다. 깊이 잠든 살아남은 식구들, 두 과부와 두 어린것 들의 평화로운 숨소리가 들렸다. 마침내 더는 나빠질 수 없는 밑바닥에 도착한 안도감과 평화는 같지 않을 수도 있었다. 그러나 살아남은 자의 슬픔보다는 평화가 얼마나 더 거룩한가. 나는 내 안에서 회오리치는 위험에의 갈망과 이렇게 맞섰다.

그 남자는 거의 매일같이 부대 앞에서 나를 기다렸다. 미군 부대의 잡역부들은 일자무식으로부터 대학을 나온 사람까지 다양했지만 다들 어딘지 켕기는 데가 있는 사람들이었다. 특히 병역 기피자가 많았다. 정식으로 허락된 건 아니지만 군복을 입을 수 있고 꼬부랑글씨로 된 신분증이 나오니까 요령만 좋으면 큰소리 쳐가면서 검문을 피할 수 있었다. 찌들고 떳떳지 못한 사람들은 군복이 썩 잘 어울리고 건강하고 거침없어 보이는 미남자에 대해 이것저것 궁금해했다. 동생뻘 되는 친척이라는 소리는 안 했으면 좋았을 것을. 아무도 안 믿었다. 사지가 멀쩡한 상이군인이라는 신분은 선망과 질시의 대상이었다. 마음대로 생각하라지, 우린 그런 것들을 즐겼다. 그런 것들은 우리의 행복감을 상승시켰다. 남이 처다보고 부러워하지 않는 비단옷과 보석이 무의미하듯이 남이 샘내지 않는 애인은 있으나 마나 하지 않을까. 그가 멋있어 보일수록 나도 예뻐지고 싶었다. 나는 내 몸에 물이 오르는 걸 느꼈다. 그는 나를 구슬 같다고 했다. 애인한테보다는 막내 여동생한테나 어울릴 찬사였다. 성에 차지 않았지만 나도 곧 그 말을 좋아하게 되었다. 구슬 같은 눈동자, 구슬 같은 눈물, 구슬 같은 이슬, 구슬 같은 물결…… 어디다 그걸 붙여도 그 말은 빛났다.

그해 겨울은 내 생애의 구슬 같은 겨울이었다. 안감냇가 말고 애인들이 갈 수 있는 데는 많지 않았다. 우리 둘 다 대학생이 되고 고등학교 때의 금기의 장소에 미처 익숙해지기도 전에 난리가 나고 서울은 폐허가 돼버린 것이다. 그나마 극장이 남아 있다는 게 천만다행이었다. 전시의 극장은 난방이 안 됐다. 그는 내 옆에 꿇어앉아 자기 털장갑을 뒤집어서 내 발끝에 씌워주곤 했다. 손가락장갑을 바닥만 뒤집으면 그 안에 다섯 손가락이 뭉쳐 있게 되고 그걸 발끝에다 신으면 아무리 꽁꽁 언 발가락도 스르르 녹으면서 훈훈해진다. 그는 어떻게 그런 신통한 생각을 해낼 수가 있었을까. 그건 일석이조였다. 언 발가락이 따뜻해졌을 뿐 아니라 내가 그토록 애지중지당하고 있다는 만족감까지 맛볼 수 있었으니까. 주로 중앙극장에서 영화를 보았기 때문에 곧잘 명동으로 진출할 수 있었다. 종로 거리가 완전히 파괴되고 시민들은 거의 다 피난을 가서 주택가에도 사람 사는 집이 얼마 안 되던 전시에 명동의 은성한 불빛은 비현실적이었다. 우리는 부나비처럼 불빛 안에서 자유를 만끽했다. 근사한 단골 다방도 생기고 비싼 제과점도 알게 되었고 양품점에서 앙증맞고 불필요한 소품을 사는 재미도 알게 되었다. 명동에는 그런 것들 말고도 미군 장교하고 살림을 차린 고급 양부인이 주 고객인 중후하고도 화려한 보석상도 있었다. 드넓은 한구석엔 응접실처럼 꾸며놓은 은은한 코너도 있어서 요염하게 화장을 한 고객들이 서양 배우처럼 세련되게 다리 꼬고 앉아 주인의 아첨을 즐기는 게 밖에서도 훤히 보였다. 서서 구경만 하는 고객은 안 보여서 우리는 감히 그 안에 들어가볼 용기가 나지 않았다. 그 대신 내가 쇼윈도에 붙어서서 눈독을 들인 귀금속들은 모조리 장차 내 것이 되었

70

다. 나는 보석보다 그의 허황한 약속이 더 좋았다. 비싼 보석에 눈요기 이상의 욕심을 내지 않았건만도 연애는 돈이 많이 드는 짓이었다. 그는 한 푼도 못 버는 백수였고 나는 돈을 벌긴 해도 다섯 식구의 밥줄이었다. 밥줄의 존엄성을 무시할 만큼 우리의 연애질은 외람되지 않았다. 상이군인에게 아직 연금도 없을 때였다. 그의 가장 만만한 돈줄은 늙은 어머니였다. 큰아들과 영감을 따라갈 것이지 무슨 효도를 받으려고 나 같은 걸 기다리고 있었느냐고 노모를 구박하던 그 남자는 툭하면 노모를 못살게 굴었다. 그에게 반찬 없는 밥을 안 먹이는 것만도 노모로서는 습관화된 살던 가락 아니면 유지하기 벅찬 노릇이련만 그는 그걸 과람해할 줄 몰랐다. 용돈에 목말라 노모를 괴롭혔다. 노모가 시장바닥에 옷가지도 들고 나와 팔고 광주리를 이고 다니면서 푸성귀 장사까지 한다는 걸 나는 어머니를 통해 알았다. 이사 올 때보다 허리가 더 굽어 거의 기역자로 보이는 노인이 무거운 걸 머리에 이어주면 발딱 일어서서 곧바로 걷는 게 너무 신기하다고 했다. 우리 집도 툭하면 어머니가 시장바닥으로 물물교환을 하러 나갔다. 서울이 텅 빈 것 같아도 동네 시장에 가면 사람들이 바글바글했다. 살기에 가까운 생기가 넘치는 그곳에는 사는 사람과 파는 사람이 따로 있지 않았다. 아무나 아무 데나 물건을 펴놓고 팔기도 하고 필요한 걸 사기도 했다. 재래시장의 가게 주인들도 거의 다 피난을 갔기 때문에 열려 있는 가게는 얼마 없었다. 죽기 아니면 살기식의 거친 상행위는 닫힌 가게의 추녀 끝이나 시장통 골목 등 아무 데서나 이루어졌다. 어머니는 그의 노모에게 임을 이어준 얘기를 하고 나서 한동안 쓸쓸하고 하염없는 표정을 지었다. 출세한 아들을 둔 부잣집 마나님과 비교해서 자존심 상해하던 어머니답지 않게 마음으로부터 동정심이 우러나는 것 같았다. 그러나 우리 어머니의 동정심이 자기 위안일 뿐 그의 노모에게 해당되는 건 아니었다. 허리가 굽어 실제 나이보다 훨씬 더 늙어 보이는 그 노인이 아들이 못되게 굴 때마다 마치 늦둥이 재롱 보듯 즐거워하는 걸 여러 번 보았다. 아들에게 주머니를 몽땅 털리고도 합죽한 입 언저리에 여러 겹의 파문 같은 주름을 지으며 웃는 모습을 보면 동정받아야 할 사람은 우리 어머니라는 걸 알 수 있었다. 그 남자는 살아 돌아왔다는 사실 하나만으로도 충분한 효도를 하고 있었다. 그래 그랬던가, 나는 그 남자가 노모를 가혹하게 착취하는 걸 부추겼다고는 할 수 없어도 말리지도 않았다. 그래도 누울 자리 보고 다리 뻗는다고 잔돈푼보다 큰돈에 궁하면 그 남자는 부산까지 원정을 갔다. 그 남자하고 큰형 사이에는 누님이 두 분 있었는데 한 분이 의사였다. 부산으로 피난 가서 큰 병원에 취직해서 계속해서 돈을 벌 수 있었기 때문에 그 남자에게는 가장 큰 돈줄이었다. 그 남자에게 의사 누님은 여러모로 쓸모가 많았다. 노모가 돈을 잘 안 주면 부산 가서 누나한테 달랠 거라고 공갈을 치면 귀한 골동품이라도 내다 팔아 돈을 마련해주곤 했기 때문이다. 속속들이 점잖은 노모는 아들이 시집간 딸한테 폐가 되는 걸 여간 싫어하지 않았다.

그러나 착한 딸은 어머니에게 생활비를 보태고 싶어 동생을 부산에 부르곤 했다. 그가 부산 간 날이면 나는 외롭고 쓸쓸해서 이불 속에서 몰래 숨을 죽여 흐느끼곤 했다. 아무리 시장바닥에 인간들이 악머구리 끓듯 하면 뭐하나, 그가 없는 서울은 빈 거나 마찬가지였다. 마지막 남은 남녀는 절대로 헤어져서는 안 된다. 하루만 더 그 무의미, 그 공허감을 견디라 해도 차라리 죽는 게 낫다고 생각할 정도로 하루하루 절박하고도 열정적으로 그를 기다렸다. 돌아오겠다는 날보다 더 있다 온 적이 없었건만 그는 돌아오자마자 벌을 받아야 했다. 일상적인 위안보다 더 큰 위안, 그건 휘황한 장소에서 분수에 넘치는 호화 취미를 즐기는 거였다. 그렇다면 그가 어머니와 누나를 무차별적으로 착취하도록 부추긴 건 내가 아니었다고는 못 하겠다. 그렇다고 분수에 넘치는 호사 취미에 대한 나의 욕구가 물질적인 것에만 국한됐던 건 아니다. 그는 시를 좋아할 뿐 아니라 외우고 있는 시가 많았다. 가로등 없는 골목길을 오 리를 십 리, 이십 리로 늘여서 걸으면서, 또는 삼선교의 포장마찻집의 새파랗고도 어둑시근한 카바이드 불빛이 무대 조명처럼 절묘하게 투영된 자리에서 그는 나직하고도 그윽하게 정지용·한하운의 시를 암송하곤 했다. 그는 그 밖에도 많은 시인의 시를 외우고 있었지만 내가 누구의 시라는 걸 알고 들은 건 그 두 시인이 고작이었다. 포장마찻집에서는 딴 손님이 없을 때에만 그런 객쩍은 짓을 했기 때문에 주인남자도 잠자코 귀를 기울였다. 다 듣고는 분수에 넘치는 사치를 한 것 같다고 고마워했다. 나에겐 그 소리가 박수보다 더 적절한 찬사로 들렸다. 우리에게 시가 사치라면 우리가 누린 물질의 사치는 시가 아니었을까. 그 암울하고 극빈하던 흉흉한 전시를 견디게 한 것은 내핍도 원한도 이념도 아니고 사치였다. 시였다.

뭐니뭐니해도 가장 돈 안 드는 사치는 그 남자네 집 사랑채에 있었다. 홍예문이 달린 사랑채는 니은자 구조로 돼 있었다. 안채의 기역자 구조와 맞물리면 미음자가 되지만 맞물리지 않고 넉넉한 공간을 두고 떼어놓았기 때문에 서로 독립적이었다. 사랑채엔 따로 사랑마당이 딸렸을 뿐 아니라 대문을 거치지 않고도 외부와 소통할 수 있는 홍예문이 있었다. 사랑마당을 바라볼 수 있는 툇마루가 딸린 큰방은 그의 아버지와 형이 공유하던 서재고, 큰방에서 안채를 향해 꺾어진 작은방은 그의 형이 처자식과 따로 홀로 취미생활을 즐기던 방이라고 했다. 형의 취미는 음악 감상이었을까. 그 방엔 당시엔 드문 전축이 있었고 빼곡하게 꽂은 음반이 두 벽 천장까지 닿아 있었다. 내 귀는 클래식에 전혀 훈련이 돼 있지 않았다. 그것 때문에 나는 은근히 그에게 열등감을 느끼고 있었고 그것을 눈치챈 그는 나에게 최대한으로 친절하려고 애썼다. 그러나 이래도 귀에 기별이 안 가고 배기나보자고 위협이라도 하듯이 들려준 베토벤의 9번 교향곡을 듣고도 너무 시끄럽다, 어머니 깨시겠어, 라고 소음 취급을 하자 어처구니없어하는 표정이 되었다. 그렇다고 아주 단념한 건 아니었다. 고등학교 음악 시간에 귀에 익은 〈들장미〉〈라르고〉〈보리수〉 같은 가곡을 들려주기 시작했다. 그는 음반을 조심조심 마치 애무하듯이 다루었다. 그는 전축이 돌아가는 동안 다음에 걸 음반을 골라서 호호 살짝 입김을 불어넣기도 하고 작은 솔로 닦아내기도 했다. 그 솔은 원래는 음반 청소용이 아니라 화장할 때나 쓰는 것일 수도 있었다. 서양 여자의 속눈썹을 연상시키는 정교하고 섬세한 솔이었다. 부드러울 것도 같고 빳빳할 것도 같은 그 솔에 닿으면 전류가 통할 것 같은 기분이 들곤 했다. 음반을 어루만지고 싶어서 그러는지 먼지를 닦으려고 그러는지 분간이 안 되는 그의 골똘하고도 탐미적인 손놀림 때문일 것이다. 그는 또 내가 이름을 알 리 없는 외국 테너의 기름진 미성도 애무하듯이 가만가만 관능적인 허밍을 넣으면서 들었다. 솔이 허밍인지 허밍이 솔인지 잘 구별이 안 됐다. 촉각과 청각이 서로 녹아들면서 아슬아슬한 도취의 순간을 만들어냈다. 그가 가장 자주 틀어준 음반은 〈보리수〉였다. 그 가사는 우리가 고3 때 배운 독일어 교과서에 나오는 시였다. 암 부룬넨 포어 뎀 토레 다 슈타트 아인 린덴 바움, 이히 트러이트 인 자이넴 샤텐 조 만헨 쥐센 트라움, 그 가사에다 그가 허밍을 넣는 걸 듣고 있으면 나는 온몸에 솜털이 곤두서는 것 같았다. 그 시절부터 우리는 얼마나 멀리 와 있나. 그 시절이 우리에게 정말 있기나 있었을까. 여긴 어딘가. 그건 일종의 위기의식이었다. 5월이 되자 사랑마당에서 온갖 꽃들이 피어났다. 그렇게 여러 가지 꽃나무가 있는 줄은 몰랐다. 향기 짙은 흰 라일락을 비롯해서 보랏빛 아이리스, 불꽃같은 영산홍, 간드러지게 요염한 유도화, 홍등가의 등불 같은 석류꽃, 숨가쁜 치자꽃, 그런 것들이 불온한 열정—화냥기처럼 걷잡을 수 없이 분출했다. 이사하고 나서 조성한 정원이어서 그 남자도 이렇게 꽃이 잘 핀 건 처음 본다고 했다. 그런 꽃들을 분출시킨 참을 수 없는 힘은 남아돌아 주춧돌과 문짝까지 흔들어대는 듯 오래된 조선 기와집이 표류하는 배처럼 출렁였다. 우리는 서로 부둥켜안고 싶을 만큼 아슬아슬한 위기의식을 느꼈다. 돈 안 드는 사치는 이렇게 위험했다.

휴전이 되고 집에서 결혼을 재촉했다. 나는 선을 보고 조건도 보고 마땅한 남자를 만나 약혼을 하고 청첩장을 찍었다. 마치 학교를 졸업하고 상급 학교로 진학을 하는 것처럼 나에게 그건 당연한 순서였다. 그 남자에게는 청첩장을 건네면서 그 사실을 처음으로 알렸다. 어떻게 이럴 수가 있느냐고, 믿을 수 없다는 표정을 짓고 나서 별안간 격렬하게 흐느껴 울었다. 그는 그동안 좀 바빴다. 정부가 환도하고 피난 간 누나들이 돌아오고 서울 집값이 오르면 팔려고 겨우 버티던 집도 복덕방에 내놓는 등 여자한테 신경쓸 시간 없이 지내는 동안에 그렇게 됐다고 생각하는 것 같았다. 그러나 그건 전부터 예정된 일이었다. 나도 따라 울었다. 이별은 슬픈 것이니까. 나의 눈물에 거짓은 없었다. 그러나 졸업식 날 아무리 서럽게 우는 아이도 학교에 그냥 남아 있고 싶어 우는 건 아니다.

5

그 남자네 집 바깥마당의 무성한 나무가 보리수임에 틀림이 없다는 생각이 들자 도망치듯이 그 집 앞을 벗어났다. 그러나 멀리 가지는 못하고 지금은 땅 밑을 흐르는 안감냇가를 중심으로 그 동네를 돌고 또 돌았다. 그 남자의 부음을 들은 지도 십 년 가까이 될 것이다. 그동안 우리는 한 번도 만나지 않았다. 나에게 그가 영원히 아름다운 청년인 것처럼 그에게 나도 영원히 구슬 같은 처녀일 것이다. 우리는 그때 플라토닉의 맹목적 신도였다. 우리가 신봉한 플라토닉은 실은 임신의 공포일 따름인 것을. 어디선가 연탄불 냄새가 났다. 휴전이 되고 연탄불은 급속히 확산돼 내 결혼생활은 연탄불과의 투쟁의 역사라고 해도 과언이 아니었다. 그러나 지금 끼쳐오는 냄새는 그런 지겨운 냄새가 아니라 카바이드 냄새도 섞인 그리운 냄새였다. 나는 부유하듯 다리에 힘 빼고 그 냄새에 이끌렸다. 연탄 갈비라고 간판을 붙인 집에선 연탄 화덕을 주룬히 추녀 끝에 내놓고 불이 괄해지길 기다리고 있었다. 복고풍이 마침내 연탄불에까지 이른 모양이다. 가게 안은 어둑해 보였다. 옛날 집 대문처럼 해 단 널빤지문을 열고 들어갔다. 바닥에 비질을 하고 있던 남자가 다섯시가 지나야 저녁 영업을 한다고 알려주었다. 실내 어디에도 카바이드 칸델라는 보이지 않았다. 아무 데나 앉아서 좀 쉬고 싶었지만 청소를 하고 있는 남자의 표정이 하도 시큰둥해 말도 못 붙여보고 돌아

나왔다. 세종로에 있는 것 못지않게 곱게 물든 그 동네 은행나무가 표표히 잎을 떨구고 있었다. 아늑함이 그리웠다. 부드러움도. 내부가 훤히 들여다보이는 커피집 문을 밀고 들어갔다. 창가에 앉았다. 안에서 본 은행잎 지는 거리는 아름다운 애니메이션 화면처럼 동화적이었다. 그 거리를 오가는 젊은이들의 발랄하고 거침없는 몸짓 때문일 것이다. 그애들과 나와의 거리가 연령 차가 아니라 엽전과 양놈이라는 종족의 차이만큼이나 아득하게 느껴졌다. 그 남자의 그닥 밝지 않은 소식을 간간이 들을 때마다 나도 마음이 편치는 않았다. 그때 왜 그랬을까, 되짚어 곰곰 생각도 해보고 너무 맺고 끊는 듯한 내 성깔이 남의 일처럼 정떨어지기도 했었다. 얼마 전 TV로 〈내셔널 지오그래픽〉을 보다가 오랫동안 궁금했던 것의 해답을 얻은 것처럼 느꼈는데, 그것도 거기 정말 정답이 있어서라기보다는 줄창 답을 구하는 마음을 가지고 있었기 때문일 것이다. 거기서 보여준 건 새들이 짝을 구하는 방법이었는데, 주로 수컷이 노래로 몸짓으로 깃털로 암컷의 환심을 사려고 온갖 노력을 다한다는 건 다 아는 사실이니까 그저 그렇고, 가장 흥미 있었던 것은 자기가 지어놓은 집으로 암컷의 환심을 사려는 새였다. 그런 새가 있다는 건 처음 알았다. 수컷은 청청한 잎이 달린 단단한 가지를 물어다가 견고하고 네모난 집을 짓고, 드나들 수 있는 홍예문도 내고, 빨갛고 노란 꽃가지를 물어다가 실내 장식까지 하는 것이었다. 암놈은 요기조기 집 구경을 하고 나서 그중 가장 마음에 드는 집을 골라잡기만 하면 짝짓기가 이루어진다.

그래, 그때 난 새대가리였구나.

그게 내가 벼락 치듯 깨달은 정답이었다. 나는 작아도 좋으니 하자 없이 탄탄하고 안전한 집에서 알콩달콩 새끼 까고 살고 싶었다. 그의 집도 우리 집도 사방이 비 새고 금 가 조만간 무너져 내릴 집이었다. 도저히 새끼를 깔 수 없는 만신창이의 집, 아직 태어나지 않은 내 새끼를 위해 그런 집은 버릴 수밖에 없었던 것이다.

앉은자리가 불편해지기 시작했다. 여긴 내가 있을 자리가 아니었다. 경양식도 같이 파는 찻집은 자리가 꽉 차 주로 쌍쌍인 젊은이들이 내가 앉은 테이블의 빈자리를 잠시 넘보다가 나가버리곤 했다. 주인의 시선이 따가울 수밖에 없었다. 연탄 갈비집도 영업을 시작했을 시간이다. 그 가게 앞을 카바이드와 연탄불 냄새를 그리워하며 천천히 걸어가는 늙은이가 눈에 선하다. 그는 누구일까. 애무할 거라곤 추억밖에 없는 저 처량한 늙은이는.

나는 마지못해 자리를 떴다. 쌍쌍이 붙어 앉아 서로를 진하게 애무하고 있는 젊은이들에게 늙은이 하나가 들어가든 나가든 아랑곳없으련만 나는 마치 그들이 그 옛날의 내 외설스러운 순결주의를 비웃기라도 하는 것처럼 뒤꼭지가 머쓱했다. 온 세상이 저애들 놀아나라고 깔아놓은 멍석인데 나는 어디로 가야 하나. 그래, 실컷 젊음을 낭비하려무나. 넘칠 때 낭비하는 건 죄가 아니라 미덕이다. 낭비하지 못하고 아껴둔다고 그게 영원히 네 소유가 되는 건 아니란다. 나는 젊은이들한테 삐치려는 마음을 겨우 이렇게 다독거렸다.

마흔아홉 살

　현관 바닥에 신발이 가득한 걸 보니 다들 온 모양이었다. 그
여자는 발끝으로 그것들을 양옆으로 밀면서 자기 신발을 가지런
하게 벗어놓을 수 있는 자리를 마련하는 동안 안에서 새어나오
는 얘기를 엿듣고 말았다. 엿들을래서 엿들은 건 아니었다. 그럴
생각은 추호도 없었다. 현관문은 처음부터 발끝으로 열 수 있을
만큼 틈이 나 있었다. 반상회나 그 밖의 모임이 있을 때는 뉘 집
에서나 다들 그렇게 했다. 아무리 문이 열렸더라도 양손에 짐만
들고 있지 않았다면 아마 일단은 초인종을 누르거나 현관문을
두어 번 두드리고 들어갔을 것이다. 그 여자는 열려 있는 자식의
방에 들어갈 때도 그런 식으로 인기척을 내는 게 몸에 배 있었
다. 물론 자식의 방에서 일기장이나 편지를 훔쳐보는 무식한 짓
따위도 하지 않았다. 몸에 밴 자신의 그런 교양 있는 태도를 늘
강하게 의식하고 있었으니까 훔쳐보고 싶은 욕망이 아주 없는

건 아닐 수도 있었다. 시방 그 여자가 헐레벌떡 들어선 오십 평 아파트 안방에 모인 여자들의 입초시에 오르고 있는 건 카타리나였다. 카타리나는 그 여자의 세례명이다. 카타리나가 어떤 성녀인지 그 여자는 잘 알지 못했고 또 알려고도 하지 않았다. 세례명을 정할 때 가장 좋아하거나 닮고 싶은 성녀를 선택한 게 아니라 발음상 그중 로맨틱하게 들리는 이름을 골랐다. 카타리나행 기차는 여덟시에 떠나네, 라는 노래 가사도 있는 걸 보면 이 세상 어딘가엔 카타리나라는 지명도 있을 것이다. 유럽어의 철자법으로는 전혀 별개의 카타리나인지도 모르지만 조수미의 목소리로 그 노래를 듣고 있으면 카타리나는 이국땅의 이름도, 14세기의 성녀 이름도 아닌 그 여자가 경험해보지 못한 삶의 몽롱한 비밀이 스며 있는 이름이 되었다. 그나저나 그 카타리나가 어쩼다는 것일까. 그 여자는 가슴이 쿵쾅대는 소리가 들릴 만큼 숨을 죽이고 꼼짝도 할 수 없었다. 인기척을 내기에는 이미 늦어버리기도 했지만 그들의 목소리에서는 맛있는 걸 저희들끼리만 휘딱 먹어치워버리려는 다급하고도 게걸스러운 식욕 같은 게 느껴졌다. 전혀 상관없는 사람 얘기를 하고 있다고 해도 끝까지 듣고 싶었을 것이다. 그러나 스캔들의 주인공 자신이 될 것을 알아차렸다면 그전에 중턱을 잘랐어야 하는 것을…… 때를 놓치고 나서 떠오른 생각이었다.

　—어머머…… 카타리나 그 천사 같은 여자가 어쩜 그럴 수가, 말도 안 돼.

—누가 아니래. 나도 내 눈을 의심했다니까. 어떻게 사람이 그렇게 겉 다르고 속 다를 수가 있는지, 완전히 딴사람이야. 나한테 현장을 들키고도 눈 하나 깜박 안 하더라니까. 어디서 그런 집게는 구했는지 이따만하게 기다란 집게 끝으로 시아버지 팬티를 집어가지고 그 어른 방에서 나오는데 어찌나 험하게 오만상을 찌푸리고 있는지, 난 카타리나가 빨랫감이 아니라 약 먹고 죽은 쥐나, 뭐 그런 끔찍한 걸 집어가지고 나오는 줄 알았다니까. 그래도 그게 다였다면 이런 말 꺼내지도 않을 거야. 글쎄 끝까지 그 영감님 속옷을 죽은 쥐 취급을 하면서 다용도실까지 뻗쳐들고 가더니 세탁기 안으로 냅다 뿌리치는데, 그 서슬이 어찌나 시퍼렇던지 그까짓 헝겊 조각에서 쨍그렁 소리가 나는 것 같더라니까.

—아, 알았다. 그 영감님이 속옷에 큰 거나 작은 걸 지렸을 거야. 그 연세엔 능히 그럴 수도 있을걸?

—아냐, 그게 아니라니까. 카타리나가 제 입으로 그랬어. 시아버지의 딴 빨랫거리는 다 참아주겠는데 팬티만은 이런 취급이라도 해야 직성이 풀린다구.

—세상에, 세상에…… 그 점잖은 노인네가 아들네 집에서 그런 구박을 받다니. 나는 카타리나가 그런 독종인 줄은 꿈에도 몰랐네. 이건 엽기다 엽기, 안 그래?

—그건 네 엽기 취미구, 지금 문제는 그게 아니잖아. 그 이중성이 문제지. 생각해봐, 우리가 무의탁이나 거동이 불편한 노인

들 목욕 봉사를 해보자고 힘을 모았을 당시의 주동자가 누구였는지. 카타리나였잖아.

—글쎄, 그랬나. 딱히 주동자랄 건 없잖아. 성당 피정 가서 같은 학교 학부형끼리 친해지고 어떤 학원이 좋은지, 어떤 선생이 족집겐지, 아이들 과외공부 정보 교환하다가 하나둘 대학에 집어넣고 나니 홀가분하다가 허전해지고 그래서 몇 번 같이 몰려서 나이트도 가보고 관광도 다니다가 이럴 게 아니라 뭐 좋은 일 할 게 없나 물색하다가 돌볼 가족이 없는 노인들 목욕 봉사를 다니자는 제안을 제일 먼저 한 것은 나야, 나.

—그래, 그건 네가 했다고 치자. 그때 그럴듯한 의견이 좀 많이 나왔냐. 입 가지고 듣기 좋은 소리 누군 못 하냐? 그 분분한 여러 좋은 의견 중에서 목욕 봉사를 확 낚아챈 게 카타리나였잖아.

—얘는 목욕 봉사가 무슨 월척이라도 되냐, 낚아채게.

—그래, 카타리나에겐 월척이었을 거야. 그때까지 듣기만 하던 카타리나가 그때부터 우리를 리드하기 시작하면서 일이 일사천리로 진행됐잖아. 네가 목욕 봉사를 제안한 건 연필 굴리기처럼 그냥 해본 소리일 게 뻔하고, 그걸 책임질 수 있는 정답을 만든 건 카타리나였다구.

—쟤는 누가 아직도 입시생 엄마 아니랄까봐 저 말투 좀 봐.

—그래, 난 아이를 셋씩이나 낳아서 아직도 현역이다, 어쩔래.

—어쩌긴, 부러워서 그래. 막내가 고3일 때는 언제 이놈의

84

고3 엄마를 면하나 지긋지긋하더니만 막상 면하고 나니 허전하고 허무하고, 분한 것 같기도 하고 억울한 것 같기도 하고, 아마 사오십대에 정리해고당한 가장의 심경이 바로 이런 거 아닐까 싶네. 우리 식구들한테 난 도대체 뭘까.

　—그만해, 너 철학과 나온 거 다 아니까 개똥철학 그만하고 본론으로 돌아가자고. 생각나? 목욕 봉사를 지금처럼 남자 노인만 대상으로 하자고 우긴 게 바로 카타리나였다는 거.

　—일방적으로 우긴 건 아니었어. 카타리나의 의견을 우리가 다들 그럴듯하게 받아들인 거지. 여자 노인들은 원래 씻는 걸 싫어하지 않아서 씻기기 편하고 딸이나 며느리가 스스럼없이 달겨들어 씻겨줄 수도 있지만 배우자 없이 홀로된 남자 노인들은 그렇지 못하다는 말에 우리가 다 고개를 끄덕였잖아. 딸도 아버지 씻겨드리기는 좀 그렇다는 건 사실이고.

　—그래, 그래서 우리가 본격적으로 일을 시작하면서 모임 이름을 만들 때도 듣기 좋고 수더분하게 효녀회라고 하자고 했더니 카타리나가 효부회로 하자고 주장했잖아. 애정보다는 의무의 느낌이 더 강한 느낌이 우리에게 알몸을 맡길 노인에게나 우리 봉사자에게나 덜 위선적이고 거리감도 생겨서 좋다고.

　—그것도 맞는 말이었잖아. 그래서 그때 카타리나에게 이참에 아주 회장 하라고 했고, 카타리나는 쾌히 승낙했고.

　—회장님 소리가 그렇게 듣고 싶었을까. 아무튼 이상한 사람이야.

—그건 너무하는 소리 아냐? 카타리나가 회장 한다고 우리가 월급을 줬어, 회비를 면제해줬어, 일을 덜 시켰어. 오히려 남이 하기 싫은 일을 혼자서 다 도맡아 했잖아. 노인용품은 또 얼마나 많이 기증을 받았냐? 그이 남편이 그런 제조업을 한다고 해도 반값도 아니고 완전 거저로 내놓기는 쉬운 일이 아니다, 너. 일을 그만큼 하고도 우리가 그동안 회비 명목으로 모은 돈 거의 안 썼어. 내가 경리니까 그건 보증해. 오늘 나 회계보고하면서 회비 조금 더 올려서 내년에는 해외여행 가자고 바람 좀 넣으려는 참이었는데.

　—얘는 순진하긴. 그렇게 해서 공짜로 남편 회사 피알할 속셈이었을 거야. 근래에는 우리가 봉사 나가는 날이면 그 회사에서 봉고차까지 내주었잖아. 즈네 회사 제품 이름이 덕지덕지 붙은. 카타리나도 노인들 목욕시킬 때나 하소연 들어줄 때나 그분들에게 이러이러한 게 있었으면 편리하다 싶은 걸 하나도 그냥 지나치지 않고 주의깊게 듣더라구. 얼마나 약은 사람인데. 그걸 아마 남편 회사에 아이디어로 제공할 거야.

　—그럼 팔아먹었단 소리 아냐? 설마.

　—그게 어때서? 생산업자로서는 신제품이 나왔을 때 실수요자의 반응을 즉각즉각 파악하는 게 얼마나 중요한 일인데.

　—봉사가 사실은 비즈니스의 일환이었다고 해도 좋다 이거야. 일석이조와 이중성은 다르다고 생각해. 카타리나가 목욕 봉사의 대상을 남자 노인에게만 국한시키자고 한 게 과연 딴 뜻은

없었을까? 난 처음부터 이상했어. 아무리 늙은이라고 해도 어떻게 남의 남자의 성기에 손을 대나. 그게 난 젤로 자신이 없었으니까. 생각만 해도 손끝이 오그라들었거든. 아마 다들 그랬을 거야. 나는 벗은 노인 얼굴을 마주보는 것도 민망해서 주로 등만 밀어드렸지만, 발을 공들여 닦아드린 일만 한 사람도 성기에 손댄 사람은 없었을걸. 아랫도리 전문은 카타리나였잖아. 카타리나가 얼마나 기쁜 얼굴로 아랫도리를 오래 주물러댔는지 다들 봤잖아.

—거기가 제일 뭐가 많이 끼잖아요. 뒤보고 나서 뒤처리를 잘하지 않은 노인들 거기를 깨끗이 해주려면 불려가면서 닦아야 하니까 오래 걸릴 수밖에 없을걸요.

조신한 목소리로 끼어든 건 동숙이었다. 아, 동숙이도 와 있었구나. 동숙이가 끼어들자 좌중이 갑자기 신중하고 진지해지는 게 느껴졌다. 그 여자는 더욱 긴장할 수밖에 없었다.

—그 정도는 나도 알아요. 그렇지만 유난히 오래 떡 주무르듯 했어요. 그렇게 성기를 주름주머니와 다름없이 여길 수 있는 사람이 어떻게 다만 성기가 닿았다는 이유 하나로 시아버지의 팬티를 그렇게 엽기적으로 학대할 수 있냐 말예요.

—넌 그럼 그 두 가지 물건 사이에 상관관계가 있다고 생각하는 거니?

—있지, 그럼. 카타리나에겐 분명 성적 욕구불만 아니면 왜곡된 성관계에서 오는 죄의식, 어쩌면 근친상간이나 유아기에 당

한 성폭행이나, 그런 어두운 과거가 분명 있을 거야.

—또, 또, 너 또 프로이트하고 엮어보려고 그러지? 누구 기죽일 일 있어?

웃음소리가 나면서 분위기가 풀어지려는 틈새로 동숙이가 끼어들었다.

—왜 이렇게 늦을까. 마중을 가봐야 할까봐요. 혼자 들고 오긴 무거울 텐데.

암만해도 그 자리가 불편한 듯 서먹한 목소리였다. 배달시켜도 되는 걸 누가 저더러 사서 고생하라고 했냐느니, 회장 노릇이 얼마나 힘들다는 걸 과시하려고 일부러 그런다느니, 깎아내린 김에 아주 깔아뭉개버리려는 소리는 확신에 차서 성토할 때보다 한결 나직하고 부드러웠다. 그 여자는 오히려 그 조심스러운 속삭임에 진저리가 쳐졌다. 아직도 양손에 무거운 짐을 든 채로 서 있었다는 걸 그제서야 깨달았다. 그동안 팔이 한 자는 늘어난 것 같았다. 십여 명분의 김밥과 떡과 과일과 음료수와 일 인분씩 따로 포장한 왜된장국까지 들어 있는 보따리였다. 미련하게 무거웠다. 배달을 시킬 줄 몰라서가 아니라 될 수 있으면 싸고 맛있는 걸로 사려고 길 건너 재래시장 단골집에 들르다보니 그렇게 되었다. 김밥 아줌마는 미리 주문받은 김밥을 혼자서 싸면서 반찬 장사도 하기 때문에 배달을 못 해주는 걸 미안해하면서 부득부득 왜된장국을 덤으로 주었다. 재래시장을 이 집 저 집 돌아다니면서 싸고 좋은 것으로 사는 재미와 마땅히 그래야 한다는 회장으로서의 의무감 때문에 짐이 무거운 줄도 몰랐다. 손에서 힘이 빠지자 두 개의 검은 비닐봉다리가 소리도 없이 바닥에 내려앉았다. 늘어난 팔은 원상으로 돌아올 것 같지 않았다. 뻣뻣하게 굳어서 구부려보아도 잘 구부러지지 않았다. 그때 안방 쪽에서 정말 마중을 나갈 참인지 동숙이 반코트에 팔을 꿰며 스르르 거실로 나타났다. 동숙이하고 시선이 마주치자 그 여자는 방금 온 것 같은 표정을 지어야 한다고 생각했지만 그건 불가능했다. 그건 아마 동숙이도 마찬가지였을 것이다. 둘 다 그런 면의 순발력은 평균 이하라는 걸 서로 알고 있었다. 효부회의 멤버들은 처음엔 성당의 영세 동기들로만 구성이 됐다가 자주 빠지는 사람, 이사 가는 사람이 생기면서 소문을 듣고 같이 일하고 싶어하는 사람 또한 그만큼 생겨서 늘 일하기 좋은 적정선인 십여 명을 유지하고 있었다. 동숙이는 그 여자가 끌어들인 고교 동창이었다. 성당 교우가 아닌 최초의 멤버였다. 고교 때 친한 사이는 아니었다. 대학을 갔는지 안 갔는지도 잘 생각나지 않는 걸 보면 고3 때 같은 반도 아니었던 것 같다. 거기에 대해서 아직 물어보지도 못했으니 같은 단지에서 살게 된 걸 알고 나서 전화질도 하고 왕래도 했지만 속내를 드러낼 만큼 가까워진 건 아니었다. 그래도 서로 통하는 걸 느꼈다. 같은 또래의 남매를 두고 있었고 두 집 다 막내를 부모의 욕심에 못 미치는 대학에 막 집어넣은 뒤였다. 찜찜하고도 허전한 느낌, 실패감도 성취감도 아닌 게 빠져나간 자리를 메꾸고 싶은 욕망의 허덕거림, 그러나 모호한 방향감각, 화끈한 것에 대한 소심증, 서로의 이런 공통점이 소싯적의 엎으러지는 우정과는 다른, 보듬는 친밀감을 만들어냈다. 동숙은 그 여자가 회장 노릇 하는 일에 기꺼이 동참해주었지만 딴 회원들하고는 아직도 서먹하여 깍듯이 예의를 지키며 지냈다.

동숙이가 미처 뭐라고 그러기 전에 그 여자가 먼저 얼른 현관을 도망쳐나왔다. 서로의 난처한 입장을 모면하는 길은 그 길밖에 없었다. 엘리베이터는 일층에 서 있었다. 동숙이하고 얼굴을 맞댈 자신이 없었다. 엘리베이터가 마침 십일층에 아가리를 벌리고 서 있다고 해도 타지 않았을 것이다. 그게 더 빠른 줄은 알지만 도망치고 싶은 급한 마음에 맞지 않았다. 자기는 가만히 있는데 계단이 저절로 발밑으로 말려드는 것 같은 느낌은 현기증일까, 속도감일까. 돌고 도는 물레방아를 미는 것처럼 계단은 끝날 줄을 몰랐다. 마침내 층층다리가 끝난 아득한 곳에서 동숙이 턱 쳐들고 기다리고 있었다. 피할 수 없이 동숙과 맞닥뜨리자 그 여자는 미안해, 라고 속삭였다. 동숙이 피식 웃자 그 여자도 따라 웃었다. 정말이야, 다시 힘주어 말하자 미안한 까닭이 분명해졌다. 차마 못 들을 소리를 엿들은 자신보다는 그 자리를 같이한 동숙이 얼마나 민망했을까, 동숙이를 앞에 놓고 어떻게 그런 말을 할 수 있단 말인가, 그것 때문에 미안하고 치가 떨렸다. 동숙이가 어깨를 감싸는 걸 뿌리쳤다. 미안한 것하고는 다른 떨림을 들키고 싶지 않았다. 너, 다 들었구나? 동숙이 조심스럽게 물었다. 동숙의 어깨 너머로 관리실 아저씨가 난롯가에서 졸고 있는 게 보였다. 건축할 때부터 관리실에는 난방시설을 안 해놔서 겨울이면 수위들은 연탄난로를 끼고 살았다. 가스 때문인지 경비상의 필요성 때문인지 유리창을 줄창 열어놓고 있었다. 별 게 다 신경에 거슬렀다. 그 여자가 대답을 미루고 뜸을 들이는 사이에 일상적인 표정으로 돌아온 동숙이 약간은 도전적인 목소리로, 앞으로 그 사람들하고 상종을 할 거냐 말 거냐고 물었다. 그 당돌한 물음에 그 여자는 모욕감을 느꼈다. 그 여자가 주도해온 목욕 봉사는 누가 뭐래도 보람 있는 일이었다. 왜 내 진부한 일상이 숭고를 좀 입으면 안 되나. 거룩한 직업을 가진 이가 가끔 쾌락을 입는 것을 눈감아주는 것만큼만 봐주면 되는 것을. 그 여자는 어느 틈에 방금 당한 인신공격을, 위선에는 엄하고 위악에는 너그러운 세태로 일반화시키고 있었다.

"그렇게 다그치지 마. 잘못을 엿들은 죄는 나한테도 있는 것이니까. 될 수만 있다면 안 들은 걸로 하고 싶어."

"알았어. 그럼 내가 얼른 가서 그런 방향으로 수습하고 올게. 지금이면 늦지 않았을 거야. 또 도망치지 말고 기다려. 그 더러운 기분은 당일로 풀어야 할 거 아냐. 혼자 삭이려고 하지 마. 병된다, 너. 시장통 김밥 아줌마 집 옆으로 난 막다른 골목 전통찻집에서 기다리고 있을래? 좀 구질구질해도 이 아파트단지 여자들이 잘 안 가는 데잖아."

아닌 게 아니라 깔끔하지도 세련되지도 않은 찻집이었지만 손님도 없어서 한결 마음이 가라앉았다. 동숙이네서 대추차를 대접받은 생각이 나서 두 잔을 시켰는데 식기 전에 나타났다.

"아니나 달라, 점심 보따리가 그냥 그 자리에 나자빠져 있더라구. 잘됐지 뭐. 내가 마중나가서 받아온 것처럼 했구. 넌 암만해도 집에 무슨 일이 생긴 것 같으니 가봐줘야겠다고 이내 돌아나왔어. 미련하게 배달시키지 않았다고 투덜대더라. 된장국이 식었다나 어쨌다나. 지금쯤 즈네들이 한 소리는 다 잊어먹고 아귀아귀 잘들 처먹고 있을걸."

김밥 아줌마가 스티로폼 접시에다가 김밥하고 순대를 들고 왔다. 웬일이냐고 묻자 동숙이가 대답했다.

"웬일은 웬일이냐? 내가 배달시켰지. 넌 욕만 먹어도 배부른 체질이면 안 먹어도 돼. 난 배에서 쪼르륵 소리가 난다. 너도 김밥 아줌마가 바쁘면 과일집에라도 부탁해서 배달을 시켰어야지. 그럼 그런 소리도 안 듣고 좀 좋아. 넌 너무 잘하려는 게 탈이야."

"맞아, 낑낑대면서 손수 들고 가 수고했단 소리 듣고, 회장님이 사온 김밥은 역시 맛있다는 소리 듣고, 그러면서 만족하고 싶어서 힘든 줄 모르고 신바람을 내다가 그런 꼴을 당하고 말았다는 거 알아."

"네 말투는 어째 벌써 용서한 것처럼 들린다."

"용서는 무슨, 누가 없는 죄를 꾸며댄 것도 아니고 다 진짠걸. 당분간은 좀 힘들겠지만 내가 못 들은 것처럼 하는 게 상책일 거야. 해온 일에 대한 책임감이 무엇보다도 중요하다고 생각해."

"책임감, 그거 참 듣기 좋은 말인데, 그게 혹시 권력욕이라고 생각하지 않니? 회장 자리를 막무가내 지켜내고 싶은."

그 여자는 벌린 입을 다물지 못했다. 못 들을 소리를 엿들었을 때보다 더 기가 막혔다.

"우리 효부회를 누가 알아주며 무슨 덕 볼 건덕지나 권한이 있다고 권력욕씩이나 갖다붙이냐? 그러잖아도 '장' 자를 붙여서 부르는 게 거북해서 이번에 그 문제를 거론할 참이었어. 마침 연말 모임이니까 임기 없이 맡은 거지만 번갈아가며 회장을 맡기로 의견을 모으기에 적당한 시기다 싶었거든."

"넌 참 눈치가 없구나. 너보다 그 사람들이 훨씬 더 빨라. 니가 어디서부터 엿듣게 됐는지 모르지만 네 험담이 나온 것도 바로 그놈의 회장 자리 때문이었어, 이 바보야. 나는 신자가 아니니까 성당하고 우리 모임의 관계는 잘 모르지만, 눈치가 본당 신부님도 관심을 가지고 지켜보다가 이렇게 잘나가는 모임은 지원하고 키워보고 싶어하신다나 어쩐다나. 교회 내에서 인정해주는 봉사 단체가 된 후에도 네가 회장직을 맡을 자격이 있나 없나 한번 생각해봐야 되지 않을까, 라고 누가 운을 뗐을 때만 해도 다들 너 말고 누가 있나, 하나 마나 한 얘기라고 시큰둥하더니만 그게 글쎄 느이 시아버지 팬티 때문에 단숨에 좌중이 활기를 띠면서 역전을 하더라구."

"너도 지금 내 앞에서 활기를 띠고 있어. 너도 내 편이 아니었니?"

"그 활기라는 게 바로 스캔들의 힘이야. 사람들은 일단 스캔들의 편을 들게 돼 있구. 섭섭해하지 마라."

"안 할게. 니가 그래도 내 역성들어주는 것까지는 엿들었으니까. 네 말대로라면 나를 가장 숭하게 말한 사람이 차기 회장감이겠구나."

"몰라, 그것까지는. 나까지 빠졌으니까 즈이끼리 북 치고 장구 치고 잘 해먹었겠지."

"아무나 할 수 있는 일이 아냐. 궂은일이 얼마나 많다구. 내 손길을 기다리고 그리워하는 노인분들을 지금 와서 어떻게 몰라라 할 수 있겠어. 정말이야, 그게 회장 자리보다 더 중요한 내 진실이야. 믿거나 말거나."

"난 믿어. 그리고 너만큼 그 일을 진국스럽고 완벽하게 할 사람도 없다는 것도 알고 있고. 그건 다들 인정하니까 즈네들이 하기 싫은 일은 계속해서 너한테 시키겠지. 아무도 네가 엿들었다는 거 모르니까, 너도 안 할 수 없을걸."

"왜 그렇게 생각해?"

"사람들이 회장 벼슬보다 더 좋아하는 건, 나 아니면 안 되는 일이야. 그 여자들이 쫑고 까부는 건 당연해. 네가 그 일을 할 때 보면 완전히 성녀의 경지야."

"별로 노력 안 해도 나는 노인의 아랫도리가 얼굴이나 딴 부위보다 주름이 더 조밀한 곳이라는 생각밖에는 안 들었어."

"그렇게 완벽한 박애주의자가 어떻게 시아버지 팬티를 그렇게 모질게 구박을 할 수 있나, 그게 바로 엽기가 되는 거 아니겠어? 아까 그 여자가 집게로 팬티 집어다가 팽개치는 네 흉내까지 내는데 얼마나 섬뜩했는 줄 알아? 난 느이 시아버지 잘 알잖아. 점잖고 품위 있으시고 말수 적으시고. 그 어른 인품도 인품이지만 네가 정성껏 거둬서 저 양반 저렇게 곱게 늙어가시는구나, 네가 내 친구라는 게 자랑스럽기도 하고 그랬는데, 얼마나 놀랐겠어. 하긴 그 여자 워낙 허풍쟁이니까 과장도 있었겠지만."

"허풍이 아냐. 그 여자가 내가 그 짓 할 때 쨍그렁 소리가 나는 것 같다고 했는데, 어떻게 그렇게 내 마음을 꿰뚫어 봤을까, 나 자신도 소름끼치더라니까. 그게 그냥 헝겊 조각이라면 무슨 재미로 그렇게 내치겠어. 어떤 때는 한낱 헝겊 조각이 양철통도 됐다가 유리그릇도 됐다가 하는 거야. 그래서 내칠 때마다 쨍그렁 소리, 와장창 소리, 별소리가 다 나. 소리와 함께 내 전 존재가 번쩍 섬광을 발하면서 폭발하는 것 같은 느낌, 그건 이루 말할 수 없는 쾌감, 거의 엑스터시의 경지야."

"점점, 넌 네가 변태인 줄 모르는 변태야. 잘 생각해봐. 예전에 시아버지한테 고약한 일을 당한 걸 감추다가 잊어버리고 만 게 아닌지."

"벌 받을 소리 작작 해. 그분은 정말 점잖고 착하고 소심한 분이야. 내가 얼마나 정성껏 모시는지는 네가 상상하는 거 이상일걸. 힘이야 물론 들지. 힘든 일일수록 때때로 쾌락이 필요한 거 아니겠냐. 이건 순전히 내 이중성의 문제야. 아무리 도덕군자라고 해도 아이 만들기 위한 섹스만 하는 건 아니잖아. 도덕군자에게는 섹스의 쾌락도 없다고 생각하진 말고 이해해줄 순 없냐."

"그게 왜 하필 시아버지 팬티냔 말야. 어떻게 성적인 상상을 안 하겠어. 망측하다고 피할 수 있는 게 아니라고 생각해. 시아버지 팬티가 남사스러우면 시아버지는 빼고 그냥 남자 팬티로 일반화해보자. 너 틀림없이 남자에게 억하심정을 품을 만한 사건이 있었을 거야. 두려워하지 말고 그걸 밝혀내야 돼. 네 정신건강을 위해서야."

"지금 네 표정은 마치 최면이라도 걸어서 내 과거의 어두운 터널을 들어가보고 싶은 눈친데, 내 과거엔 터널 같은 거 없어. 여학교 때 우리 집이 너무도 평범하고 정상적인 가정이라는 데 열등감까지 느꼈다니까. 성폭행은커녕 눈길을 주고 따라오는 남학생 하나 없이 여고 시절을 마감했으니까. 성적인 폭행이나 장난은 추녀나 노인도 당한다지만 난 아래위 남자 형제에 낀 외딸이어서 그랬는지 부모들의 과보호가 심했어. 학교에서 조금만 늦게 와도 엄마가 버스 정류장에서 기다리고 있었으니까. 얼마나싫었다고. 성교육은커녕 성적인 정보로부터도 철저히 차단돼서 길러졌어. 그래서 더욱 남자한테 꼬리를 칠 줄 몰랐을 거야. 대학교 가서 비로소 남자들과 자유롭게 섞일 수 있었지만 특별한 사이는 쉽게 안 생기더라. 미팅을 아무리 열심히 해봤댔자 애프터가 잘 안 들어오니까. 난 섹시하지 않다는 열등감만 늘어서 주눅이 들어 지내다가 다행히 대학교 졸업하기 전에 지금의 남편을 만났어. 처음으로 꾸준하게 날 좋아하는 남자가 생기니까 내가 너무 허둥거렸나 싶기도 해. 왠지 오빠가 중매하는 남자한테는 죽어도 시집가기 싫었어. 나 먼저 치우고 자기가 장가가야지 마누라 신상이 편할 거라고 내가 지 아랜데도 말끝마다 뚱차 취급을 했으니까. 그 오빠하고는 연년생이고 부모가 아들한테는 자유방임주의였으니까, 연애대장이었어. 난 그런 오빠가 부러웠구. 그래서 여봐란듯이 연애결혼을 하느라 임자 나섰을 때 좀 서두른 감이 없진 않지만 그렇다고 후회를 하는 건 아냐. 그인 한 번도 여자 문제로 나를 속 썩인 일도 없고, 성적으로도 불만이 없어. 그이가 나보다 좀 강한 편이지만, 그 반대보다는 그게 낫다고 생각해. 여자가 남자에게 게걸게걸하면 해결도 잘 안 될뿐더러 얼마나 비참하겠어. 남자가 게걸대면 여자는 자기 매력을 수시로 확인할 수 있으니까 좀 좋아. 그게 착각이라 해도 우선 심리적으로 안정이 되거든. 그렇다고 우리 그이가 경제적으로 무능한 남자도 아니잖아. 시부모님 덕분에 연탄 때는 작은 아파트지만 처음부터 따로 날 내 집도 있었구. 아이들 과외공부시켜 대학까지 보내놓고 나서 빚 없이 강남의 오십 평 아파트에 산다면 나름대로 성공한 인생이라고 생각해."

"그럼 시아버지 모시게 된 건 그분이 홀로되신 후부터였니?"

"네 관심사는 그저 시아버지로구나. 좀 비켜가면 안 되겠니?"

"왜 비켜가고 싶은데?"

"집요하긴……"

그 여자가 말끝을 흐리며 복잡한 표정이 되었다. 그걸 감추려는 듯 고개를 떨구면서 손으로 이마를 짚었다. 손바닥으로 얼굴을 가린 그 여자를 바라보면서 동숙은 뭐가 있긴 있다고, 내심 회심의 미소를 지었다. 그러나 그 여자가 말할까 말까 갈등하는 건 시아버지에 대해서가 아니라 시어머니에 대해서였다. 그 여자가 시아버지를 모시게 된 것과 무의탁 남자 노인 목욕 봉사를 시작한 것은 어느 쪽이 먼저였는지 잘 생각나지 않을 정도로 비슷한 시기였다. 시부모님 양쪽이 아직 정정하고 성격도 차갑다 할 정도로 독립적이어서 모셔야 할 시기가 그렇게 빨리 올 줄은 몰랐다. 노후설계를 잘하고 있으니 경제적으로 의존하는 일은 없을 거란 소리는 자식들이 궁금해하기 전에 시어머니를 통해 자주 들은 바가 있었다. 아무리 치밀한 설계라고 해도 노인네들이 하는 일이니 차질이 생길 수도 있으련만 시어머니는 그걸 거의 입버릇처럼 강조해왔다. 돌연 두 분이 사시던 집을 정리하고 헤어져 따로 살겠다는 뜻을 밝혀왔을 때도 으레 경제적인 파탄이려니 했다. 그런 일이라면 조금만 일찍 의논을 해주셨어도 집은 건질 수 있었지 않겠느냐고 남편은 안타까워했다. 남편에겐 대학교수인 누이동생이 하나 있었고, 그녀도 풍족하게 사는 편이었다. 그들 남매는 어릴 적 추억이 어린 낡았지만 뜰이 넓은 부모님의 집을 좋아했다. 특히 시집도 서울 토박이인 누이는 아이들을 데리고 친정 나들이를 자주 하는 편이었고, 자기가 어려서 타던 그네에 아이들을 태우고 밀어주고 있으면 고향이 시골인 것처럼 착각하게 된다고 좋아했다. 여북해야 누이는 진작만 알았으면 자기라도 사서 그 집을 보존했을 거라고 아쉬워했다. 그러나 그건 다 부모님이 말 못 할 경제적 사정 때문에 집을 처분했다고 가정했을 때 얘기고 단지 서로 얼굴을 안 보고 따로 살기 위해 그렇게 할 수밖에 없었다는 데야 무슨 할말이 있겠는가. 집은 좋은 값을 받고 팔았으니 따로따로 작은 아파트를 장만할 수도 있다. 허나 그렇게 되면 영감님이 빨래나 식사 등 불편할 때마다 빌붙을 테니 무슨 소용이냐고 했다. 서로 헤어져 살고 싶은 게 그 정도로 확고하다고는 그 사이에서 태어나 나름대로 행복하고 순조롭게 성장했다고 믿어온 자식들이 어찌 상상이나 했겠는가. 별거의 장소를 아버지는 아들네로 어머니는 딸네로 정한 것도 시어머니였다. 느이 아버지는 딸하고 사는 건 수치로 아는 분이니까. 평생 그래온 것처럼 그 양반이 싫어하는 걸 내 몫으로 정해야지 어쩌겠느냐고 했다. 마치 생선이나 배추김치도 가운데 토막은 영감님 드리고 내 차지는 대가리와 꽁지밖에 없었다고 술회할 때와 다름없이 짐짓 처연한 빛으로 그렇게 말했다. 저축해놓은 노후 자금이랑 집 판 돈은 공평하게 나눠 가졌으니까 조금도 경제적 부담은 주지 않겠다. 느이들은 그저 끼니 때 숟가락 하나만 더 놓으면 된다. 길러주고 가르친 부모를 위해 그 정도도 귀찮아할 자식들이 아니란 건 믿는다, 믿는다만 가진 돈을 내놓지 않는 것은 느이가 조금이라도 구박하는 눈치면 즉각 유료양로원으로 가야 할 돈은 쥐고 있어야 하기 때문이다. 늙을

수록 돈이 힘이란 걸 느이도 늙어보면 알 것이다, 쥐고 있어봤자 죽고 나면 느이 차지 된다는 걸 잊지 말아라, 그런 부연설명까지도 다 시어머니가 했고 시아버지는 가타부타 말이 없었다. 말을 섞기 싫어하는 것 같기도 하고 자기 의견이 없는 사람 같기도 했다. 두 사람을 같이 대할 때 시어머니의 왕성한 말발 때문에 상대적으로 점잖고 편안하게 느껴지던 시아버지의 의견 없음이 숨통을 압박해오는 것처럼 답답하게 느껴졌다. 두 분이 잘살 때였는데 아버지에 대한 험담을 늘어놓는 어머니에게 아들이 우리 어머니는 뭘 몰라, 우리 아버지 같은 공처가 애처가가 어디 있다고 그러세요, 라고 끼어든 적이 있다. 그때 시어머니는 정색을 하고 저 양반은 평생 내 말을 어디 개가 짖나 정도로 치부하고 살아온 분이라고 했다. 그건 맞는 말이었다. 시아버지의 마나님에 대한 이런 점잖은 치지도외(置之度外)에는 보는 사람까지도 도저히 참아낼 수 없게 하는 천부적인 교만함 같은 게 있었다. 여태까지 들어온 영감님에 대한 시어머니의 불평은 이기적, 독선적, 가부장적 등등으로 요약할 수 있는, 며느리 세대도 충분히 공감할 수 있는 것들이었지만 이번엔 그게 아닌데 싶었고, 자식들까지도 과묵함보다는 수다쟁이 편을 들고 싶게 만들었다. 실은 편을 들고 말 것도 없었다. 시어머니는 당신이 하고 싶은 걸 마지막 소원이라고 했고 그 말이 강력한 카리스마를 발했다. 두 분의 별거엔 아무런 문제도 없었다. 그 여자의 시아버지는 정말로 숟가락 하나만 더 놓는 정도밖에 며느리에게 폐를 안 끼쳤다.

방 청소도 손수 깔끔하게 했고 나들이옷은 세탁을 주었다. 창고처럼 쓰던 북향 방을 드렸건만 불평 한마디 없었고 매일 아들과 비슷한 시간에 나가서 저녁 시간에 맞춰 들어왔고, 밖에서 식사하는 날은 미리 알려줘서 찬밥을 만들지 않도록 했다. 가끔 온천도 다녀오고, 해외여행을 같이 갈 친구도 아쉽지 않게 가지고 있었다. 그럴 때마다 용돈을 드리려 해도 받지 않았다. 친구들이 아들네로 들어간 턱을 내라는데 네가 좀 수고해줄 수 있겠냐고 넌지시 물어왔을 때 그 여자는 기꺼이 그러겠다고 했고, 있는 솜씨 없는 솜씨 다해서 진수성찬을 차렸다. 친구분들이 다들 멋있고 돈도 있어 보이고 이름이 알려진 명사도 몇 명 있는 게 자랑스러웠다. 요리사를 부르고도 남을 넉넉한 수고비를 내놓고도 어찌나 고마워하는지 이 정도면 시어른 모시기가 누워서 떡 먹기라고 생각했다. 그런 좋은 분이 세탁기가 빨아줄 것을 믿고 속옷 좀 내놓은 걸 가지고 그렇게 못되게 굴었다면 천벌을 받아도 싼 일이었다. 헤어져 살면서 행복하긴 시어머니도 마찬가지였다. 그 집은 부부가 다 출근하기 때문에 매일 아줌마를 부르고 있었고, 그 일을 대신하겠다고 나설 시어머니도 아니었다. 그 집에는 시어머니에게 맞는 일이 있었다. 아줌마를 부리고, 손자들하고 식사를 같이하고, 방과 후 다녀야 하는 수많은 과외학원 교통정리를 하는 일 따위였다. 잘난 딸도 도저히 어쩔볼 수 없는 주부로서의 약점을 커버해주는 일이 얼마나 보람 있는 일인지, 시어머니의 하루하루 생기 있어지는 표정에서 잘 드러났다. 두 분의 왕래는 시어머니가 딱 자른 대로 전혀 없었다. 그 대신 아들네 식구가 어머니를 뵈러 가고, 딸네 식구가 아버지를 뵈러 오는 일이 너무 뜸하지 않도록 양가에서 신경을 썼기 때문에 제 살기 바빠 명절 때나 만나도 그만인 중년의 남매간이 그 어느 때보다도 친밀해졌다. 모두모두 행복했다. 시어머니의 결단은 그야말로 모두모두의 행복을 위한 탁월한 선택이었다. 그런데도 시누이가 어머니가 와 계시니 얼마나 좋은지 모른다고 야비다리를 치는 소리를 들으면 울컥 부아가 치밀면서 시어머니에 대해 참을 수 없는 적의에 사로잡히곤 했다. 시아버지 팬티는 자동적으로 시어머니 얼굴을 떠올리게 했다. 될 수 있는 대로 간략하게 말했는데도 동숙이는 충분히 알아먹은 표정으로 고개를 주억거렸다.

"원죄는 성적 스캔들이 아니라 고부간의 갈등이었구나. 시시껄렁하게."

"사람 마음이 그렇게 간단한 게 아니다, 너. 내가 하는 이상한 짓은 시어머니와 완벽하게 한편이 되어 시아버지를, 아니 그분의 남성성을 구박하는 의식일 수도 있다는 생각이 들어."

"그래봤댔자 결국은 고부간의 문제야. 이건 내 얘긴데, 요전 대통령 선거 때 있잖니. 난 일찌거니 이회창 찍어야지 정하고 있었어. 이유야 간단하지. 김대중 정권에 대한 싫증이 절정에 달했을 때니까 그 의사 표시는 마땅히 반대 당을 지지하는 거라고 생각했지. 근데 투표 전날 시어머니가 전화해서 이회창 찍어야 한

102

다, 명령조로 그러시는 거야. 네, 그러려고 해요, 이러면 되는 것을 왜요? 하고 물었지. 그랬더니 반듯한 집안 출신 아니냐, 이러시는 거야. 그때 속에서 불끈 뭐가 치밀더라. 아버지 일찍 돌아가시고 홀로된 우리 엄마가 경양식집 해서 우리들 키웠잖니. 결혼하고 시집의 반듯한 가풍에 따라 삼 년이나 시집살이를 했는데, 그때 제일 자주 들은 소리가 반듯한 집안 타령이었다. 내가 한 것은 뭐든지 다 반듯한 집안에서는 이렇게 안 한다고 타박을 했으니까. 하다못해 돼지고기도 상에 올리면 반듯한 집안에서 누가 이런 걸 먹냐고 남까지 못 먹게 했다면 말 다 했지. 지금은 장수식품이라고 잘만 잡숫더라만. 다음날 투표하러 가는데 어쨌는 줄 알아? 가랑이에 마구 신바람을 내면서 투표장에 달려가서 노무현을 콱 찍는데 그렇게 기분좋을 수가 없는 거야. 엑스터시까지는 안 가도 오래간만에 스트레스가 확 풀리는 기분이더라. 마치 복수라도 한 것처럼. 혼자서 괜히 실실 웃으면서 집에 와서 생각하니 내가 겨우 이것밖에 안 되나 비참해지더라구."

"왜? 잘못 찍은 것 같아서?"

"그건 아냐. 처음부터 이 사람 아니면 안 된다고 생각한 후보가 있었던 게 아니니까. 아무가 돼도 세상이 달라질 게 없다는 정치적 무관심이 집에서 살림 사는 일까지 맥 빠지게 하는 것 같아. 가뜩이나 재미없어죽겠는데."

"느닷없이 우리 대학 다닐 때 생각이 난다. 툭하면 계엄령 선포되고 대학문 닫던 그 끔찍한 70년대, 저것들은 공부는 안 하고 맨날 데모만 한다는 소리 들었지만 그때 우리 얼마나 치열하고 순수하고 신바람났냐. 모두 하나였구. 그때는 세대 갈등도 없었지 아마. 우리 아버진 공무원이었는데도 은근히 데모에 협조적이셨어. 학교 갈 때마다 데모에 앞장서진 말거라, 맨 뒤로 처지지도 말아라, 사진 찍히면 곤란하니까, 라는 잔소리는 들었어도 데모하지 말라는 소리는 들은 기억 없어. 구호 외치고 노래 부르느라 목이 잔뜩 잠겨서 들어가도 네가 부럽다, 밥 많이 먹고 힘내라고 격려까지 해주셨고. 술 드시면 내가 떨려나서 알거지가 되는 한이 있어도 이 세상 망하는 것 봤으면 원이 없겠다는 게 단골 술주정이셨으니까."

"그래 맞아. 그때 그게 진짜 신바람이었는데. 그런 우리가 왜 이렇게 기죽고 쪼잔하게 돼버렸나 몰라. 386들은 명칭까지 붙여가며 즈이끼리의 동질감을 과시하는데 우리 70년대 학번은 그러지도 못하고, 불의에 항거하는 젊은 열정만으로 어떤 암흑도 밝힐 수 있을 것처럼 물불 안 가리던 때가 정말 우리에게도 있기나 있었을까 싶다니까. 기껏 시어머니한테 어깃장이나 놓고, 넌 시아버지 팬티한테 분풀이나 하고."

"별수 없는 여편네 팔자 소관 아니겠냐."

"그렇게 생각하지 마. 난 그렇게 생각해도 넌 그러면 안 되지. 그때 불어넣은 정의감을 헛되게 소진하지 않고 어느 한구석에 간직하고 있는 게 그래도 여자들이라고 나는 생각한다. 네가 그 구설수만 분분하고 땡전 한 푼 안 생기는 목욕 봉사에 그렇게 헌

신적일 수 있었던 것도 그놈의 정의감의 찌꺼기 때문이었을걸. 소외된 사람 나 몰라라, 내 집구석 내 식구만 잘살면 그만으로 사는 게 어쩐지 편치 못해서 시작했을 테니까."

"무슨 정의감씩이나. 순전한 자기 위안이지."

"자기 위안이면 예술이게. 맞아, 넌 그 일을 예술처럼 하더구나."

"놀리지 마라. 그게 설사 예술이라고 해도 내 이중성은 용서받지 못할 거야. 난 왜 이렇게 겉 다르고 속 다를까. 어디까지가 진실이고 어디서부터 가짜인지 나도 모르겠는 거 있지."

"그건 네 인간성의 문제가 아니라 으레 그러리라고 정해진 고정관념과 사실과의 상관관계야. 너한테 말 안 했지만 나 손자 봤어. 내일모레가 백날이야."

"애가 어쩌면 이렇게 남의 뒤통수를 세게 칠까. 난 너한테 장가든 아들이 있는 것도 몰랐어. 중간에 하나를 잃어서 막내보다 한참 손위라길래 그런 줄만 알았지."

"나 졸업 못 하고 결혼했어. 그래서 첫애가 남보다 좀 이르긴 했어도 벌써 손자까지 본 건 연애하다가 애가 들어섰다기에 부랴부랴 식을 올렸기 때문이야. 며느릿감이 인물이나 집안이나 다 괜찮은 아인데도 개혼을 그렇게 쫓기듯이 하는 게 속상해서 될 수 있는 대로 조촐하게 했어. 지나고 보니 너무했나 후회도 되지만 어쩌겠어. 우리 막내 때나 만회해야지."

"너 보기보다 독종이구나."

"나한테도 내가 모르는 면이 많더라구. 나 유난히 아기 좋아하잖아. 쓰잘 데 없는 연속극도 아기가 나오면 그놈 자라는 재미로 빠뜨리지 않고 볼 정도니까. 대사가 있는, 말하는 어린이 말고 그냥 우유병 물고 이 사람 저 사람 무릎으로 옮겨다니거나 보행기 타는 아기 말야. 지하철에서도 가까이 아기가 있으면 눈 맞추고 어르는 재미에 내릴 역을 깜빡하기도 하고. 신생아실 들여다보는 재미는 또 어떻구. 그건 재미가 아니라 감동이지, 뭐. 가슴이 울렁대고 눈물이 그렁해지고 마니까. 이런 나를 아는 사람들은 이다음에 손주 보면 눈꼴 시어 어떻게 보냐고 놀리고, 나도 내가 으레 그러려니 했어. 근데 내 첫 손주하고 첫 대면할 때는 그런 기분이 전혀 안 우러나는 거야. 신생아실의 다른 신생아들은 다 예전처럼 예쁜데 내 손주는 안 예쁘니 내가 얼마나 난처했겠어. 전혀 예기치 못한 일이었으니까. 아기가 못생겼냐구? 아냐. 즈이 외할머니가 안고 들까불면서 자랑을 하는데 세상에 그런 미남은 없지 뭐. 쾌남, 꽃미남, 장군, 대통령…… 온갖 촌스러운 걸 다 갖다붙이더라. 아무리 그래도 내 마음은 뜨악하기만 하니 얼마나 당황스러웠겠냐. 티브이나 신생아실의 아기들은 추상의 아기들이고 내 손자는 현실의 아기인 거야. 그 차이가 엄청나더라구. 그 핏덩이는 채송화씨보다도 작을 때부터, 내가 지를 모를 때부터 어른 뺨치게 교활한 생존전략을 터득하고 한 발 한 발 접근해왔다는 느낌은 어찌나 고약하던지, 손자 보고 기껏 한다는 생각이, 저것만 안 생겨났어도 내 아들이 그 본데없는 여자에게 발목이 잡히지 않았을걸 싶은 내 마음은 정말 싫지만 잘 극복이 안 돼. 내일모레 백날 치를 생각을 해도 부담스럽기만 하지 하나도 안 기뻐. 만일 그애들이 내 속을 들여다본다면 얼마나 정이 떨어지겠니. 모든 인간관계 속엔 위선이 불가피하게 개입하게 돼 있어. 꼭 필요한 윤활유야."

"고맙다, 위로해줘서."

"위로하려고 한 말 아냐. 쇼크 먹으라고 한 말이지. 참, 한복집에서 백날옷 찾으러 오란 날이 어젠가, 오늘인가. 오늘이 무슨 요일이더라. 아줌마, 왜 벌써 내년 달력은 걸고 그래요. 우리한테는 금년이 황금 같은 핸데, 우리 집에선 금년 달력 적어도 삼 년은 더 써먹으려고 벼르고 있어요."

동숙이는 눈으로 달력을 찾다가 벌써 내년 달력이 걸린 걸 보고 주인아줌마한테 이렇게 지청구를 먹이고 먼저 나갔다. 누구 만날지도 모르니까 따로따로 가는 게 좋을 거라고 했다. 그 여자도 동숙이한테 지청구 맞은 내년 달력을 바라보면서 아직은 남아 있는 올해가 이미 빠져나간 것처럼 아쉬워했다. 올해는 일부종사의 따분한 팔자를 교란시킬 수 있는 불꽃같은 사랑을 기다려보기로 한 마지막 해가 아닌가. 세월이 빠져나간 자리의 허망함이여. 그 여자는 요새 부쩍 더해진 식탐이 걷잡을 수 없이 도지는 걸 느꼈다. 조금씩 같이 먹은 줄 알았는데 김밥과 순대는 거의 그냥 남아 있었다. 그 여자는 그 소박하고도 느글느글한 것들을 짐승 같은 식욕으로 먹어치우고 인삼차를 한 잔 더 시켰다.

금년부터 치수를 이십팔로 늘려 입었는데도 바지 허리는 만복을 이기지 못해 짤록하게 뱃살과 허릿살을 갈라놓고 있었다. 명치가 등에 붙을 듯이 날씬하다가도 생명만 잉태했다 하면 보름달처럼 둥글게 부풀어오르던 배는 이제 두꺼운 비계층으로 낙타 등처럼 확실한 두 개의 구릉을 이루고 있었다. 허리의 후크를 풀자 역겨운 트림이 올라왔다. 자신이 비곗덩어리에 불과한 것처럼 느껴지면서 메마른 설움이 복받쳤다. 위선도 용기도 둘 다 자신이 없었다. 울고 싶은 갈망과는 동떨어진, 여자들의 찧고 까불고 비웃는 소리가 귓전에서 잉잉댔다.

후남아, 밥 먹어라

공항엔 달랑 조카며느리 혼자 마중나와 있었다. 누구 팔에 먼저 안겨야 좋을지 모를 만큼 많은 일가친척들의 마중을 받은 삼년 전 귀국과는 딴판이었다. 삼 년 전 귀국은 아버지의 부음을 듣고 부랴부랴 달려온 귀국이었고 앤이 미국으로 시집간 지 삼십 년 만에 처음 한 친정 나들이였지만 상중인 집에서 그렇게 많은 사람들이 마중나올 줄은 몰랐다. 가족들 말고도 조문객들까지 묻어나온 듯 누가 누군지 하나도 알아볼 수가 없었다.

앤은 오남매의 가운데서 위로 언니가 둘 아래로 남동생이 둘이었다. 오남매에서 불어난 사촌 간이 열넷이나 되었고 그중 앤이 낳은 삼남매를 빼도 조카뻘 되는 아이들이 열한 명은 될 터였다. 다 앤이 이민 간 후 불어난 식구들이라 얼굴은 고사하고 이름도 모를 수 있었다. 그러나 앤은 열한 명 조카들의 신상을 환히 꿰뚫고 있었다. 누가 기혼이고 누가 미혼이며, 다니는 직장이나 학교가 어디라는 것 정도는 기본이고, 좋은 대학에 가 부모의 콧대를 한껏 높인 아이, 머리는 안 좋은데 집념은 강해 삼수까지 한 아이, 심성 좋고 학벌 좋은데 키가 작아 좋은 혼처가 안 들어와서 부모 속을 태우는 아이, 비만 치료중인 아이, 돈을 곧잘 벌다가 성형수술에 이골이 난 후 빈털터리가 된 아이, 준재벌급 집안으로 시집가면서 수준을 맞춘답시고 친정을 거덜낸 아이, 조카들에 대한 이런 시시콜콜한 정보와 그애가 뉘 집 자식이고 이름이 뭐고 어떻게 생겼는지를 정확하게 꿰맞출 수 있는 기억력을 가지고 있었다. 동기간과 조카 들의 생일까지 일일이 다 외진 못하지만 만약 그런 것들을 적어놓은 수첩을 어디다 놓고 찾지 못하면 식구들까지 동원해서 찾을 때까지는 그 생각 외에 다른 생각은 못 할 정도로 어쩔 줄 몰라했다. 피붙이들의 기념될 만한 날엔 비록 작은 거라도 며칠 전부터 요모조모 궁리하고 설레는 마음으로 고른 선물을 보내는 걸 잊어본 적이 없다. 남편은 자상하지는 않았지만 순한 사람이어서 너무 싼 물건을 부칠 때면 송료도 안 되는 선물을 안 반기면 어쩌나 넌지시 귀띔을 한 적도 있다. 그럼 앤은 너무도 당당하게 미젠데 그럴 리가 없다고 남편의 걱정을 일축했다. 앤의 수첩은 고국의 피붙이로부터 잊혀질까봐 시시때때로 더듬고 확인해보고자 하는 집요한 촉수를 간직하고 있는 그녀의 일부였다.

피붙이 중한 걸 시집가기 전엔 몰랐다. 중하기는커녕 이를 갈고 앙심을 먹은 적도 있다. 셋째딸은 선도 안 보고 데려간다지만 앤은 언니들보다 공부도 잘 못하고 영악하지도 못했다. 순해빠져서 샘도 없었다. 언니들은 둘 다 대학에 갔는데 앤만 고졸로 학력을 마감했다. 언니들이 나온 정도의 대학은 그녀도 갈 수 있었건만 무슨 배짱인지 수재만 가는 대학에 응시해 낙방하고 이차는 보지 않았다. 실업학교 기술직 공무원인 아버지의 월급으로 자그마치 오남매가 다 대학에 가겠다는 건 아버지의 목을 조르는 것처럼 잔인하게 느껴졌다. 아버지는 술만 한잔 들어갔다 하면 아무짝에도 쓸모없는 계집애들을 대학에 보내야 하는 자신의 팔자를 저주했다. 전생에 무슨 죄를 많이 졌기에⋯⋯로 시작하는 우울한 술주정을 듣고 있으면 자신이 아버지의 운명적인 재앙이란 생각이 들었다. 집안 형편이 그런 중에 위로 딸 둘이 대학에 갈 수 있었던 것은 어머니의 생활력과 무식의 덕이 컸다. 어머니는 돈 될 만한 일이라면 체면이나 귀천을 가리지 않았다. 미제 물건 장사를 화장품 장사로 전환했는데 다 보따리 장사였다. 한편 계도 여러 개 들기도 하고 스스로 오야 노릇도 했다. 오야 노릇을 하다가 계가 깨져 도망을 다닌 적도 있다. 아버지가 쪼들리는 살림살이를 타고난 팔자로 돌리고 체념한 것과는 달리 어머니는 원인을 분석하고 같은 실수를 자식에게는 물려주지 말아야겠다는 강한 의지를 가지고 있었다. 어머니의 분석은 단순하고도 명쾌했다. 못 배운 여자가 최선의 선택으로 기술자하고 결혼할 때에는 이 정도의 고생은 각오했다는 투였다. 아버지가 죽지 못해 사는 사람처럼 남까지 우울하게 한 것과는 달리 어머니는 고생을 고생인 줄 모르는 사람답게 씩씩했다. 앤은 어머니가 사계절 씩씩한 것은 뭘 모르기 때문이기도 하다고 여겼다. 앤은 언니들이 다니는 대학을 은근히 깔보고 있었다. 앤은 꼭 하고 싶은 공부가 있는 것도 아닌데, 순전히 간판을 따기 위해 그것도 남들이 알아줄 것 같지도 않은 시시한 간판 때문에 부모에게 못 할 노릇을 시킬 만큼 모질지도 못했지만 부모 동기간을 위해 내 한몸 희생할 각오를 할 만큼 착하지도 않았다. 부모의 등골이 빠진 등록금으로 다니는 삼류대학은 금의(錦衣)가 아니라 남루였다. 남루는 교복까지 언니 것을 물려 입어야 했던 고교 시절로 끝내고 싶었다. 그래도 낙방은 낙방이니까 체면상 실의에 빠져 있는 그녀에게 어머니가 넌지시 고맙다. 네가 효녀라고만 속삭이지 않았으면 머나먼 미국땅으로 시집 같은 거 안 갔을지도 모른다. 어머니가 그녀에게 비굴하고도 은근한 목소리로 고마워했을 때 그녀는 있지도 않은 희생정신을 들킨 것처럼 느꼈고 그 느낌이 여간 고약한 게 아니었다. 누가 누구를 위해 희생한단 말인가. 희생할 만한 가치가 없는 것들한테 속아서 희생당한 것을 빨리 만회하고 싶었다. 꼴도 보기 싫은 식구들한테 뭔가 본때를 보여주고 싶은 마음이 속에서 지글거릴 때 친척의 소개로 미국서 참한 신부를 물색하러 나온 신랑을 만나 단시일 안에 뜻이 맞아 혼사가 이루어졌다. 서로 맞아떨어진 건 뜻이라기보다는 조급증이 아니었을까. 그녀는 어머니가 고맙다고 말하면서 한참이나 쥐고 있던 손의 거칠고 끈적한 습기를 잊지 못했다. 하루속히 떨쳐버리지 않으면 미칠 것 같았다. 조실부모한 신랑은 군복무를 마치자마자 미국에서 식당을 하는 누나의 초청으로 이민을 가 이제는 누나의 없어서는 안 될 오른팔 노릇을 하고 있었다. 미국 생활에 대한 허황한 꿈을 가진 여자만 아니라면 같이 안 벌어도 먹여 살릴 자신이 있었다. 남자는 먼저 장모 마음에 들었다. 남자는 미국서 잘사는 것처럼 부풀릴 마음이 조금도 없었고, 장모의 그에 대한 평가는 안식구 밥은 안 굶기게 생겼다는 거였다. 전후 한때 밥이나 안 굶길 남자를 최고의 신랑감으로 친 적이 있었지만 그 정도의 궁상은 벗어난 70년대였다. 그런 촌스러운 소리가 미국물을 십 년 가까이 먹고 난 남자에겐 오히려 시대착오적으로 들리지 않고 신선하고도 정답게 와 닿았다. 그녀를 미국으로 시집보내기로 마음을 정한 어머니는 대학도 안 나온 딸이 그런 최고 인텔리 신랑을 만날 줄은 몰랐다고 만나는 사람마다 붙들고 자랑을 늘어놓았다. 어머니 눈에도 가식이라고는 없어 보이는 소박한 청년이 영어도 할 줄 아느냐는 질문에 밥 벌어 먹고살 정도는 한다고 대답한 게 어머니에게 그런 비약적인 사고를 하게 했다. 어머니가 뭘 너무 몰라서라기보다는 시대가 그렇게 어수룩한 시대이기도 했다. 대학 나와 판판이 노는 큰언니하고 재학중인 작은언니까지도 그녀가 재미교포한테 시집가게 된 것을 집안에 신데렐라가 난 것처럼 질시할 정도였으니까. 피붙이들의 착각과 선망 때문에 신랑쪽 하객이 거의 없는 결혼식이 섭섭한 줄도 몰랐다. 헹가래질을 당하는 것만큼의 불안감도 없이 공중에 붕 뜬 것 같은 무중력감이 그냥 즐겁기만 했다. 신랑은 매우 미안해하면서 신혼여행은 생략하고 곧장 미국으로 데려가고 싶다고 했다. 친정붙이 중 누구도 그 사실을 섭섭하게 여기지 않았다. 신랑 신부를 비행장에서 전송할 수 있다는 사실에 정신없이 들떠 있었다. 그건 여태까지 한 번도 경험해보지 못한 신분상승의 황홀경이었다.

만약 누군가 한 사람을 신나게 행가래 치던 사람들이 공중에 뜬 사람을 무사히 착지시키기 전에 일제히 그 자리를 떠나버린다면 어떻게 될까. 행가래질당한 사람은 아마 골통이 터지든지 척추가 부러지고 말 것이다. 김포공항을 뜬 지 거의 이십 시간 만에 LA공항에 내려 시집식구들의 대대적인 환영을 받은 그녀의 기분이 꼭 그러했다. 척추가 부러진 것 같은 충격적인 착지감은 그녀가 두 발 딛고 살아야 할 땅에 그녀의 피붙이는 한 사람도 없다는 사실이었다. 공항이 떠들썩하게 마중나온 사람들은 다들 신랑과는 사촌 이내의 친척들이었다. 그건 그녀에게도 해당되는 촌수였지만 피붙이는 아니었다. 피붙이끼리의 관계망 속으로 복귀한 신랑은 한국에서 볼 때와는 달리 편안하고도 의젓해 보였다. 그녀는 그런 신랑이 의지가 되기보다는 달랑 외톨이라는 소외감만 더했다. 신랑은 오남매 중 막내였다. 큰누나가 먼저 와서 음식 장사로 자리잡은 후 줄줄이 따라온 동기간들이 이제는 나름대로 독립해서 살 만한 듯했다. 독립을 못 하고 큰누나 밑에 있는 건 그녀의 신랑밖에 없었다. 욕심이 덜하든지 큰누나의 신임이 특별하든지 둘 중의 하나일 것이다. 신랑은 결혼식 올리기 전에 신부가 미국 가면 불가불 부대끼게 될 시집 식구들에 대해 간략한 사전 정보를 준 적이 있는데 표현을 조금씩 다르게 하긴 했어도 억척스럽지만 친절하다는 걸로 요약할 수 있을 것 같았다. 개인적인 특징은 다 잊었는데 큰누나를 처음 대면하는 순간 퍼뜩 그게 생각났다. 개같이 벌어서 정승같이 살자가 생활 신조라고 했던가. 여장부형의 당당한 몸집에 짙은 화장을 하고 알이 큰 준보석급의 장신구를 목에, 귀에, 팔목에 줄줄이 늘어뜨린 양이 난 개같이 벌어서 정승같이 산다. 어쩔래? 이렇게 시위를 하고 있는 것처럼 보였다. 하나 그녀가 큰누나한테 압도당한 건 그런 거침없는 생활력의 과시 때문만이 아니라 단신으로 미국땅에 건너와서 부모 없는 동생들을 다 끌어들여 거느리고 사는 그 강한 피붙이의 카리스마였다. 그녀를 환영하고 새 식구로 받아들이는 잔칫상이 큰누나 집에 차려져 있었다. 미국 내에서 치르는 또 한번의 결혼식이라고 볼 수 있는 자리니까 그녀는 미리 준비해가지고 간 한복으로 갈아입었다. 곱고 얌전하단 칭찬의 소리가 쏟아졌다. 그들은 큰 소리로 웃고 떠들고 조그만 의견 차이에도 으르렁거리며 덤벼들기도 잘했다. 점잖을 빼는 사람은 한 사람도 없었다. 먹는 건 또 얼마나 잘 먹는지, 푸짐하고 지글거리는 고깃덩어리를 소리내어 씹고 우거지처럼 아낌없이 먹어치우는 그들의 맹렬한 식욕은 맹수들의 향연을 연상시켰다. 새 신랑이 그중 비실이로 보였다. 행여 그런 신랑이 색시에게 변변치 못해 보일까봐 걱정이 되는지 큰누나는 누구에게랄 것도 없는 혼잣말을 중얼거렸다. 쟤가 어려서 젖을 실컷 못 얻어먹어 저렇다니까. 워낙 노산인데다 왜놈들이 망해갈 때였으니까 우유는 커녕 암죽도 변변히 못 먹였어. 쟤가 젖 달라고 마른 입술을 내휘두를 때 내 속이 다 바작바작 타들어가는 것 같았으니 우리 엄마 마음은 오죽했겠어. 또 그 소리, 신랑이 얼굴을 찡그리며 듣기 싫어하는 걸 보면 툭하면 듣는 소리인 듯했다. 그래도 누나는 한마디 덧붙이는 걸 잊지 않았다. 보긴 저래도 강단은 제일로 있다고. 그러면서 무어라 표현할 수 없는 애틋한 시선으로 동생을 바라보는 것이었다. 바로 저거다 싶었다. 피붙이 간에만 있을 수 있는 건 근본을 안다는 것, 그래서 비록 흉악한 범죄를 저질렀다 해도 어릴 적의 천사 같은 미소를 기억하며 착한 사람이라고 말할 수 있는 맹목의 믿음, 마지막 보호막 같은 거 말이다. 그녀를 위한 잔치답게 그들은 그녀에게도 자주 관심과 호의를 보이며 말을 시키기도 하고 대견해하는 시선으로 바라보기도 했다. 그러나 당하는 그녀는 그들 중 가장 처지는 비실이가 획득해온 전리품 취급을 받고 있는 것처럼 서럽고 비참했다.

　누나가 강단이 있다고 말한 것은 몸에 대해서가 아니라 성깔에 대해서가 아니었을까. 그녀는 살면서 차차 그렇게 생각하게 되었다. 아마 극성맞고 생활력 강한 누나들에게 질려서였을 것이다. 그는 여자는 집에서 조신하게 살림하고 애나 낳고 남자는 밖에서 열심히 일해서 처자식을 책임지고 먹여 살려야 한다는 가부장적 사고방식에 투철했다. 그는 그녀보다 여덟 살이나 위였다. 미국서도 노총각이었다. 동기간들이 교포 중에서 물색한 색싯감은 그에게 하나같이 건방지지 않으면 억척스러워 보였다. 둘 다 그가 가장 싫어하는 타입이었다. 그는 태어나자마자 젖도 실컷 못 얻어먹은 걸로 시작해서 조실부모, 이민, 식당 웨이터에서 지배인까지 어느 하나도 그가 원해서 된 건 아니라는, 원한 게 뭔지는 모르지만 다 놓쳤다는 원초적인 결핍감을 가지고 있었다. 원하는 게 뭔지 구체적으로 확실하게 알고 있는 이상 꼭 이루고 싶었다. 그 유일한 것마저 못 이룰 거면 왜 태어났나, 태어난 게 너무 억울한 것 같은 그의 심정을 큰누나는 이해해주었다. 누나가 이해해주었기 때문에 색싯감을 찾아 한국까지 갈 수 있었다. 누나는 그를 혹사했지만 보수는 충분히 주었다. 그러면서 입버릇처럼 말해왔다. 네 색시는 네가 어떻게 번 돈인지 모르고 그냥 그 돈을 소중하게 아는 사람이었으면 좋겠다. 그런 점에서 성격이 판이한 두 사람이 그리는 이상형은 결국 같은 사람이 되었다. 그가 한국에서 그녀를 처음 만났을 때 바로 이 사람이구나 싶었다. 그도 결혼을 전제로 하지 않은 연애경험은 몇 번 있었지만 찾아 헤매던 사람을 만난 것 같은 느낌은 그때가 처음이었다.

누나가 마련해준 그들의 신접살림집은 한국에서 같으면 꿈도 못 꿀 대저택이었다. 없는 것 없이 갖춰져 있고 정결하고 널찍널찍하고 편리하고 주위에 녹지대가 많아 공기가 상쾌했다. 계단

밑을 이용한 깊숙한 창고에는 새하얗고 보드라운 화장지가 길길이 쌓여 있었다. 그건 그녀가 감히 꿈도 못 꿔본 부(富)티였다. 황홀했다. 친정에선 재래식 변소에서 신문지를 뒤지로 쓰다가 미국으로 시집온 거였다. 언니들은 어쩌다 가본 호텔 화장실에서 흰 두루마리 화장지를 둘둘 말아 핸드백 속에 숨겨가지고 와서 화장을 지울 때만 아껴가며 썼다. 크리넥스를 쓴다는 건 곧 부의 척도였다. 신혼 기간 동안 차례를 정해가며 그들 내외를 초대해준 남편의 친구나 동기간의 집을 돌면서 느낀 것도 이 나라엔 어쩌면 이렇게 종이가 흔할까 하는 거였다. 저것들을 언니들한테 몇 통만 부쳐주면 얼마나 좋아할까. 눈을 빛내며 탄성을 지르고 나서 곧 질투심으로 배가 아플 것이다. 흔해빠진 것과의 긴장감을 계속해서 유지하기 위해서도 언니들은 있어야 했다. 아무리 없는 것 없이 살면 무엇하나. 그걸 보고 대견해하거나 샘을 낼 부모 형제가 없는데. 그녀는 집에서 특징 없는 오남매의 중간인 것처럼 학교에서도 특별히 잘하는 과목도 못하는 과목도 없는 존재 희박한 학생이었다. 남의 무관심에 익숙해왔기 때문에 남이 나를 부러워하기를 바라는 이렇게도 강력한 욕망이 자기 안에 숨어 있는 줄을 미처 몰랐다.

화장지 다음으로는 온갖 편리하고 아름다운 주방용품에 경탄을 하다가도 같이 신기해하며 탐을 낼 언니들이 못 보는데 이런 물건들이 무슨 소용이란 말인가. 맥이 빠지면서 그가 소유한 미제 물건들이 무의미해졌다. 미국생활에 익숙해지면서 다들 그 정도는 살고 있다는 걸 알게 됐지만 비교하고 싶은 욕망은 수그러들지 않았다. 이웃엔 한국 사람 중국 사람 인도 사람 들이 주로 살고 있어서 피부색 때문에 기죽을 일도 없었다. 신랑은 보기보다 예민한 사람이었다. 색시가 곧 권태로워지리라는 걸 알고 있었다. 그는 잠시도 한가할 틈 없이 바쁘게 살고 있었지만 실은 같은 일의 반복과 미래에 대한 꿈도 불안도 없는 생활을 권태로워하고 있었기 때문에 권태가 얼마나 지독한 불행감인지 알고 있었다. 식당을 쉬는 날 아내를 데리고 집에서 가까운 라구나 비치로 피크닉을 간 적이 있다. 이민 초기 이 큰 나라에서 툭하면 왜 그렇게 가슴이 답답해지곤 했던지, 가슴이 옥죄어 미칠 것 같을 때 그 바닷가에 가면 속에 맺혔던 게 탁 터지면서 갈매기처럼 미소하고 자유로워지는 걸 느끼곤 했다. 그는 아내에게도 그 아름다운 비치가 위안이 되길 바랐다. 어머, 지구가 정말로 둥그네. 그게 아내의 첫 탄성이었다. 뭘 보고 지구가 둥글다는 건지 처음에 그는 아내의 말을 이해하지 못했다. 아내가 수평선을 가리켰다. 섬도, 곶(岬)도, 시야를 방해하는 아무것도 없이 열린 수평선은 아닌 게 아니라 완만한 호(弧)로 보였다. 그는 그런 아내가 귀엽고 사랑스러웠다. 다음에 아내의 관심은 물새로 옮겨갔다. 무슨 갈매기가 저렇게 크냐고, 저렇게 큰 갈매기는 징그럽다고 말했다. 그건 그도 동감이었지만 될 수 있으면 아내의 마음을 신선한 감동 쪽에 붙들어두고 싶었다. 그래서 이건 태평양이고 이 바다는 한국에 닿아 있다고 말해주었다. 그들이 지금까지 지

구상에 생겨난 교통수단 중 가장 빠르다는 비행기로도 스무 시간이나 걸려서 날아온 바다가 고국에 닿아 있다는 말에 난 왜 그런 생각을 못 했을까, 바닷바람 때문인지 숨차게 말하며 그를 바라보는 아내의 눈길은 얼마나 유순한지. 모르는 게 아니라 단지 생각이 못 미쳤을 뿐인 것을 상기시켜줬을 따름인데 그걸 마음으로부터 고마워하는 여자가 안쓰러웠다. 해안도로 언덕에는 호화주택이 드문드문하고 노란 겨자꽃이 흐드러지게 피어 있었다. 제주도 같아. 아내의 목소리가 한결 명랑해졌다. 겨자꽃을 유채꽃인 줄 알았을까, 아내는 아마 제주도에 가본 적이 없을 것이다. 그도 신혼여행지로 꿈꾼 적은 있어도 가보지는 못했다. 아내도 그러리라 생각하며 유채꽃 대신 겨자꽃의 고장으로 데려온 것이 미안해 마음이 찔린 듯이 아팠다. 그는 아픔을 참을 수 없어 차를 세우고 아내를 안았다. 품속의 여자가 그렇게 애틋할 수가 없었다. 그는 그녀에게 처음으로 사랑을 느꼈다.

그는 식당에서 먹고 자다가 새신랑이 된 후에는 집에서 출퇴근했지만 세끼 식사는 여전히 식당에서 해결했다. 아내가 혼자 하는 식사를 대충 할까봐 신랑은 밑반찬이나 양념한 갈비 같은 것을 부지런히 식당에서 날라왔다. 그래도 그녀는 동네 공터에서 야생근대를 뜯어다가 된장국을 끓여놓는 걸 잊지 않았다. 근대가 남아돌아 데쳐서 말린 적도 있다. 그도 어느 틈에 그녀가 줄기차게 끓이는 된장국에 맛들여 될 수 있으면 아침저녁은 집에서 먹게 되었다. 아내의 정성을 헛되게 하고 싶지 않았다. 그러나 뭐니뭐니해도 아내를 가장 생기 있게 하는 건 태평양을 바라볼 수 있는 비치로 피크닉을 가는 거였다. 그는 비치에 가잔소리를 지구가 아직도 둥근가 보러 가자고 했다. 그는 농담을 잘못하는 사람이었다. 사랑이 그를 농담도 할 수 있게 만들었다. 그러나 아내가 수평선을 끌어당길 듯이 강하게 바라보는 걸 보면 가슴이 미어졌다. 지구가 찌그러지기 전에 그만 갑시다. 그는 슬프게 말했다. 여자는 시들시들 수척해갔다. 그 헛되고 힘겨운 끌어당김을 위해 여자의 생명력이 하루하루 소진해간다는 게 눈에 보이는 듯했다. 남자는 안타까웠다. 아내가 거죽만 남기 전에 고국의 피붙이들로부터 완전히 떨어져나온 게 아니라는 걸 확인할 수 있는 끈 같은 걸 마련해주어야겠다는 생각이 들었다. 그런 생각이 확실해진 건 아내가 미국 이름을 정할 때였다. 그녀는 여자가 결혼하면 남편 성을 따라야 한다는 미국식을 좀처럼 납득하려 들지 않았다. 그런 상실감을 무마하기 위해 친한 사이에 일상적으로 부를 수 있는 이름을 친정 성에서 따올 수도 있다고 말했다. 그녀의 친정 성은 안씨였고 그의 미국식 이름은 존이어서 존과 안이 다같이 짧고 부르기 좋아 잘 어울릴 것 같다는 생각도 일조를 했다. 그녀는 그의 제안에 기대 이상으로 반색을 했다. 그는 꼬박꼬박 안이라고 불렀지만 친척들은 앤 아니면 앤 아줌마라고 불렀다. 여자는 그 정도는 개의치 않는 듯했다. 남자는 어떻게든 정체성을 놓치지 않으려는 여자가 눈물겨워 더 확실하고 구체적인 끈을 마련해주고 싶었다. 처음에 아내가 크리넥스를 보고 감격한 나머지 언니들한테 부쳐주고 싶어했을 때는 말렸지만 그는 한국서 환영받을 만한 값싼 미제 물건들을 많이 알고 있었다. 남편의 도움으로 그녀는 차차 생기를 회복했다. 그녀는 집요한 열정으로 고국의 명절과 피붙이들의 대소사와 생일을 챙겼다. 태평양을 보러 피크닉을 가는 것보다는 프라이스클럽으로 쇼핑 가는 걸 더 좋아하게 되었다. 명절이나 생일 등 때마다 보내는 선물은 그녀가 신기하게 여긴 잔다란 생활용품이나 슈퍼마켓에 진열된 값싼 화장품이나 영양제 또는 선글라스나 장신구 같은 거였다. 어떤 선물에도 빠지지 않고 포함되는 건 초이스나 맥스웰의 인스턴트커피였다. 한국에서는 피엑스에서 흘러나온 걸 암시장이나 보따리장수를 통해 사 쓸 때라 그 가격 차이가 엄청났다. 봉지에 넣어서 더욱 싸게 파는 커피를 짐 속에 챙길 때마다 그녀는 마치 자기가 그 차익을 남겨먹는 것처럼 흐뭇해했다. 크리스마스를 앞두고는 각종 초콜릿을 큰 상자로 하나 가득 사모아 미리 배편으로 부치기도 했다.

선물할 일은 해마다 늘어났다. 앤이 제일 먼저 아이를 낳고 한국의 언니들도 시집을 가서 아이를 낳고 동생들도 약혼을 하고 결혼을 하고 부모들은 회갑이 되기도 하고 고희를 바라보기도 했다. 선물 목록 중에서 아이들 장난감이나 학용품이 차지하는 비율이 늘어났다. 그쪽에서도 고춧가루나 된장, 동생이 장가들 때 받은 예단 등을 부쳐왔다. 사진들을 교환하면서 이쪽의 사는 형편은 십 년 전과 달라진 게 없는데 그쪽은 해마다 잘살게 된다는 게 눈에 띄었다. 이사들은 잘도 다녔다. 뉘 집이 어디 살다 어디로 아파트 평수를 늘려 갔단 소리를 안 듣는 해가 없었다. 몇년에 한 번씩 늘려 가도 여러 집이니까 듣는 쪽에선 해마다 이사를 다니는 것처럼 느껴질 수밖에 없었다. 앤의 관심은 오로지 피붙이들한테만 가 있었지만, 존은 한국 사람들이 주로 드나드는데서 일하느니만큼 한국사회 전반에 대한 현장감이 한국 내에서만 살아온 사람보다도 뛰어났다. 그는 눈치껏 아내가 챙기는 선물의 질을 업그레이드시켰다. 단골을 정해놓고 명품의 세일 기간을 적절히 이용했고 약방의 감초 격인 가루커피도 원두커피로 바꾸었다. 이젠 사회적으로 한가락 하게 된 동생들이나 형부들이 미국으로 출장을 올 때도 있었다. 마당에서 연기를 풍겨가며 LA갈비를 구우며, 영어도 잘하지만 한국어밖에 모르는 엄마 말도 잘 알아듣는 아이들한테 이것저것 심부름도 시키고 잔소리도 할 때는 마치 미국땅을 다 정복한 것처럼 당당하고 흡족해 보였다. 앤은 이제 귀여운 여인이 아니건만 존은 한국땅에 대한 라이벌 의식을 버리지 못했다. 미국으로 시집온 지 이십여 년 만에 앤이 원하기 전에 존이 먼저 그러자고 해서 드디어 부모님을 초청하고 비행기표를 부쳤다. 앤은 눈물까지 그렁그렁하며 고마워했다. 존은 용의주도한 사람이었다. 장인 장모를 기쁘게 해드리기 위해 치밀한 여행계획을 짜놓고 충분한 저축을 한 것도 그랬지만, 그동안 아이를 셋씩이나 낳고 그 아이들을 잔손 안 갈 만큼 키울 때까지 아내에게 한 번도 친정 나들이의 빌미를 주지 않은 것도 그랬다. 그가 '나무꾼과 선녀'에게서 배운 건 아이 셋 낳을 때까지가 아니라 죽을 때까지가 가장 안전하다는 거였다. 그는 휴가를 내어 장인 장모를 모시고 샌프란시스코도 가고 요세미티도 가고 그랜드캐니언도 가고 라스베이거스도 갔다. 노인네들 눈엔 좋은지 만지 얼떨떨한 것도 어머니 아버지 모시고 오려고 아껴뒀던 곳이라고 말해 앤까지 함께 감동먹게 했다. 그건 사실이었다. 남들이 부모님을 초청해 호강시켜드리는 걸 볼 때마다 나도 꼭 한번 그래보고 싶다고 별렀으니까. 노인들이 귀국할 때는 네모나게 꽝꽝 얼린 LA갈비를 잘 포장해 부치는 짐에 넣어드렸다. 그동안 비행시간이 많이 단축된 것도 일조를 했겠지만 그 기상천외한 선물이 조금도 상하지 않고 도착해서 여러 집이 나누어 포식했단 전갈이 왔다. 그걸 그대로 자랑삼아 풍긴 게 잘살게 된 조국에서 반길 만한 마땅한 선물이 없어 고민하던 교포 사회를 한동안 풍미했다.

　그후 몇 년 더 있다가 장인이 위독하단 소식이 오고 아내를 보낼까 말까를 망설일 새 없이 곧 부음이 왔다. 앤은 존에게 같이 갈지 남을지를 물었지 자기가 못 갈 수도 있단 생각은 해보지도 않은 것 같았다. 세 아이들은 하나같이 동부로 가서 취직도 하고 대학도 다니고 있었다. 거칠 것이 없었다. 존은 지점을 몇 개씩이나 내놓고 은퇴한 누나를 대신해서 총지배인이 돼 있었다. 한가하달 수도 바쁘달 수도 있는 위치였는데 그는 바쁜 쪽으로 부풀려 말하고 아내 혼자 비행기를 태워 보냈다. 장례를 치르러 가는 상제답지 않게 흥분하고 들떠 보이는 아내를 배웅하면서 존은 막연하고도 우울한 자기모멸감에 사로잡혔다. 마치 이를 갈고 성공한 라이벌에게 아내를 빼앗기는 기분이 들었다. 집에 돌아와 홀로 끊은 지 오래된 담뱃갑을 헛되게 찾다 말고 자기의 이런 어처구니없는 망상에 실소를 금치 못했다. 호상이어서 그런지 장례와 삼우제를 치를 때까지도 전화기를 통해 듣는 아내의 목소리는 평상시나 다름없이 침착하고 명랑했다. 한국서도 이젠 곡을 안 하나보지? 그렇게 물어볼 정도로 아내의 목소리에 슬퍼한 흔적은 묻어 있지 않았다. 애통이 심하지 않은 걸로 미루어 삼우제까지만 보면 돌아올 줄 알았는데 어머니나 동기간들이 앞다투어 자기 집에서 다만 며칠이라도 묵어가라고 붙든다는 핑계로 차일피일하더니 사십구재까지 치르고야 겨우 돌아왔다. 돌아온 아내는 체중이 불어나 둔해 보였고 마중나온 남편을 보고 한 첫인사도 아아, 피곤해였다. 시차 때문일 거라고 눙쳐주면서 부아가 치밀었다. 아내는 정말 지치고 기운 없어 보였다. 도대체 무슨 짓을 하다가 왔기에…… 그는 마치 바람을 피우고 나서 시침떼는 아내에게 하듯이 곱지 않은 시선을 보냈다. 그는 한국하고도 서울을 마치 정숙한 아내의 마음을 빼앗은 외간 남자처럼 인격화하면서 걷잡을 수 없는 적의를 느꼈다. 회갑을 바라보는 나이답지 않은 맹목의 격정이었다. 한국에서 있었던 일을 시시콜콜 알고 싶어하는 그에게 돌아온 아내의 대답은 늘 대접받은 음식 얘기에서 맴돌았다. 큰언니네선 며느리가 정통 궁중요리를 선보였고, 작은언니는 허영심이 여전해서 요리사까지 불러다가 차렸고, 남동생은 어찌나 애처간지 앞치마를 두르고 아내하고 음식 장만을 같이하고도 맛있다고 칭찬해준 음식은 다 아내의 손맛으로 돌리더라는 둥. 어느 집에서나 극진한 대접을 받은 것 같았다. 그들은 집에서만 먹인 게 아니라 소문난 음식점도 골고루 끌고 다닌 듯했다. 어느 호텔의 프랑스식당 메뉴에서 음식값을 보고 기절할 뻔했다느니, 어느 호텔 뷔페식당에선 값을 생각하고 억울하지 않을 만큼 먹느라 배가 터지는 줄 알았다느니, 교외의 이름난 두부집, 산채백반집 온통 먹는 얘기 천지였다. 음식점이고 동기간 집이고 한우 고기를 썼다는 걸 어찌나 밝히는지 미제 고기만 먹고 사는 자기가 지지리도 가난한 것 같은 기분이 들더라는 얘기도 했다.

"허구한 날 그렇게 잘 얻어처먹고 다녔는데 왜 그렇게 초죽음이 돼서 왔냔 말야. 이 여편네야."

그는 아내가 뭔가를 숨기기 위해 딴청을 부리는 것만 같아 눈을 부라리며 때릴 듯이 위협도 해보았다.

"당신이 몰라서 그렇지 매일같이 이리저리 끌려다니면서 진수성찬만 먹는 일이 얼마나 피곤한 줄 알아요. 피곤해서 죽는 줄 알았다니까요."

아내는 정말이지 피곤하고 피곤해 보였다. 죽을 때까지 낫지 않을 것 같은 아내의 피곤증을 보면서 그는 피곤하도록 잘 먹는 나라는 도대체 어떤 나라일까, 그가 태어난 나라에 대해 생소한 혐오감을 느꼈다. 앤의 피곤증은 점점 깊어졌다. 음식에 대해서뿐 아니라 손때 묻은 살림살이, 깍듯이 도리를 지키던 시집 식구들, 남편까지 허드레 물건 보듯 시들하게 대했다. 저 여자는 누구인가. 라구나 비치의 수평선을 끌어당기고 말 것처럼 강렬한 눈빛의 잔광은 어디에도 남아 있지 않았다. 시들해하는 건 미워하는 것보다 더 견디기 힘들었다. 그리고 그 일이 났다.

그가 없는 사이 앤은 아이들이 어려서 쓰던 물건들을 다락방에서 내려다가 정원에 설치해놓은 소각통에 집어넣고 불을 지른 것이다. 장난감, 놀이기구, 아이들 키와 체중에 맞게 설계한 의자나 책상 등 그녀가 그 편리함과 우아함에 감탄 감탄하면서 장만한 것들이었다. 사용하는 동안에도 그런 것들은 그녀의 최초의 감탄을 배반하지 않았을 뿐 아니라 앞으로 몇 아이를 더 기르고도 남을 만큼 튼튼했다. 그래서 손자를 보면 대물림해서 주려고, 또한 한국의 동기간들이 손자를 보면 미제 물건 자랑삼아 선물로 보내려고 알뜰하게 모아둔 거였다. 가볍고 색상이 고운 그런 어린이용 가구들은 거의가 합성수지 제품이었다. 검은 연기와 고약한 냄새가 아름다운 풍치를 자랑하는 한적한 교외 마을을 덮치자 그녀는 고발당했고, 경찰에서 정신과 의사를 거쳐 심리치료사한테까지 넘어가게 되었다. 그 전문가는 한국에선 지방대학 영문과를 나왔는데 남편 따라 미국에서 살면서 마흔이 다된 나이에 다시 대학에 가 상담심리학을 전공해 학위를 따고 그 일을 하게 됐다고 했다. 수수한 여자가 잘난 척하지 않고 친하게 굴면서 남의 말을 잘 들어주었다. 남의 속에 든 이야기를 이끌어내는 특별한 재주가 있는 사람처럼 보였지만 앤의 마음의 병을 고칠 수 있을 것 같지는 않았다. 왜냐하면 병이 없다고 단정적으로 말했으니까. 스스럼이 없어지면서 앤을 언니라고 부르게 되었고, 자기의 사소한 고민을 털어놓으면서 앤의 조언을 구할 적도 있었다. 주객전도였다. 그가 언니라고 부르는 데 익숙해져서 앤도 그에게 반말을 하게끔 친해졌을 때 그는 앤에게 한국에 다시 한번 다녀올 것을 권했다. 자기는 대학생일 때 이모의 초청으로 미국 구경을 해봤는데 보는 것마다 어찌나 좋아 보이던지 한국에 돌아간 후에도 그것만 눈에 밟히고 한국의 모든 것이 후지고 너절해 보여 도무지 살맛이 안 나더라는 것이었다. 우울증에 빠진 딸을 보고 아버지가 무슨 생각을 했는지 다시 한번 갔다오라고 여비까지 마련해주어 두번째로 오니까 사람 사는 건 다 비슷하다는 게 비로소 보이더라고 했다. 앤은 그 팔자 좋은 얘기가 자신의 우울증과 무슨 상관인지 잘 이해되지도 않거니와 남편에게 더는 미안한 짓을 하고 싶지 않아 그냥 지나가는 말 정도로 들어넘겼다. 그녀의 증세가 그럭저럭 소강상태로 접어든 걸 그녀도 남편도 느끼고 있을 무렵 큰언니로부터 어머니의 건강이 급속히 나빠졌단 소식을 들었다. 소강상태란 덧들이지 않을수록 오래 유지되는 상태라는 걸 그들 부부는 암묵적으로 알고 있었다. 서로 눈치보며 조심스럽게 알아본 결과 몸도 안 좋지만 정신을 놓을 적도 많다고 했다. 모시던 아들네서 버거워해 큰언니네가 모셔왔는데 자주 집을 나가는 일이 생겨 시골 사는 이모네로 보냈다고 했다. 이모라면 어머니의 동기인데 어머니에게 언니가 한 분 있다는 건 알지만 서로 멀리 살아서 자주 왕래한 것 같지는 않다. 앤의 이모에 대한 기억은 집에 전화를 처음 놓고 어머니가 처음 한 전화통화가 시골 이모하고였다는 것 정도이다. 그때 이모네는 전화를 놓기 전이어서 이장네로 걸어서 불러낸 이모하고 하도 오래 통화를 해서 아버지가 옆에서 혀를 차던 생각이 나는 걸 보면 왕래는 자주 못해도 서로 그리워하는 자매간이었다는 건 틀림없다. 그뿐이었다. 아버지 장례 때도 이모를 본 것 같지 않고, 그후 한국에 머무는 동안도 이모 소식을 들은 것 같지도 궁금해한 것 같지도 않다. 여태까지의 그런 무관심 때문이었을까. 어머니가 거기 가 있다는 게 생뚱맞게 들렸다. 이건 구박이 아니라 유기라고 생각했다. 서로 잘사는 걸 그렇게 뽐내던 사남매가 어머니 한 분을 못 모시고 어머니보다 더 나이 먹은 노인한테로 보내다니. 전화로 길길이 뛰는 그녀에게 언니는 누누이 어머니가 원해서 그렇게 해드렸을 뿐이라는 걸 강조했다.

"내가 이럴 줄 알고, 안 알리려고 했는데 아무것도 모르고 있다가 돌아가셨다면 네가 또 충격받을까봐 알리는 거야. 아버지 장례 치르고 가서도 너 많이 힘들어했다며? 김서방이 얼마나 걱정한 줄 알아."

"그럼 쉬 돌아가신단 말야?"

"오래 사실 건 아니잖아. 연세가 있잖니? 우리 엄마처럼 경위

바른 분이 치매에 걸릴 줄 누가 알았겠냐?"

"몰라 몰라, 내가 가서 당장 모셔다가 미국 병원에서 고쳐놓고
말 거야."

"이 철부지야, 미국 대통령도 못 고치는 병을 네가 무슨 수로
고쳐. 김서방 속 좀 작작 썩이고 엄마가 정신 아주 놓기 전에 한
번 다녀가려면 다녀가. 그렇다고 억지로 오라는 건 아냐. 네 건
강도 생각해야 되니까 김서방하고 잘 의논해서 결정해."

"그러니까 엄마가 정신 아주 놓은 건 아니구나, 그치?"

"가끔 네 생각은 나시나봐. 우리 딸막내 어디 가서 밥이나 안
굶나, 하시면서 먼 산을 바라보신단다."

"딸막내가 뭐야?"

"네가 딸로는 막내 아니냐?"

"그럼 엄마가 내 이름도 생각 안 난단 말야?"

"누구 이름은 생각난다던? 글쎄 병수한테도 댁은 뉘시유, 하신
단다. 병수가 누구냐? 엄마가 하늘같이 받들던 맏상제 아니더냐."

그런 어머니가 딸막내를 찾는단다. 딸막내, 얼마나 예쁜 이름
인가. 막내딸보다 더 마음에 들었다. 진작 좀 그렇게 불러주지.
원망인지 그리움인지 모를 격정이 복받쳐 더는 통화를 잇지 못
했다.

"비행기에서 못 주무셨나봐요. 시차적응하려면 며칠 걸리실
텐데."

서울에 거의 다 온 모양이다. 할말이 없어 줄창 눈을 감고 있는 앤에게 조카며느리가 조심스럽게 말을 시켰다. 조카며느리는 큰언니의 며느리였다. 창밖에 대도시의 불빛이 찬란하고 차는 가다 서다를 되풀이했다.

"날 어디로 데려가는 거냐?"

"네?"

"우리 어머니한테로 곧바로 가고 싶은데."

"오늘밤은 저희 집에서 주무시고 내일 아침에 가셔요. 어머님이 그렇게 하라고 하셨어요."

"할머니 계신 시골이 그렇게 머냐?"

"여주. 안 멀어요. 한 시간에서 두 시간 사이. 내일 아침 출근 시간 전에 떠나 좀 밟으면 한 시간 안에도 갈 수 있을 거예요."

"너 참 운전을 편안하게 하는구나. 느이 시어머니도 가끔 모시고 다니냐?"

"잘 못 그래요. 바라시지도 않구요."

"공항이 멀어져서 그런지 김포로 들어올 때보다 마중들을 덜 나오는 것 같더라. 나 말고 딴 사람들도 말이다."

"이젠 외국인이고 내국인이고 거의 다 공항버스를 이용하지요. 리무진이 안 닿는 데가 없으니까요. 달랑 저 혼자 마중나온 거 섭섭하신가보다. 이모님 그렇죠?"

"너 혼자라서 섭섭한 게 아니라 핏줄들이 하나도 안 보이는 게 좀 허전하구나."

"미국서 이모부님이 어머님한테 이모님을 흥분시키지 말라고 신신당부하셨다나봐요. 참 애처가세요."

앤은 쓸쓸하게 웃기만 하고 대꾸하지 않았다. 그녀가 다시 한국에 나올 수 있기까지 두 사람 사이에 뻔질나게 전화통화가 있었다는 건 어렴풋이 알고 있었다. 오나 가나 병자 취급이 다시 그녀를 피곤하게 했다. 아닌 게 아니라 언니 집엔 언니네 식구들 외엔 아무도 와 있지 않았고 저녁상도 조촐했다. 며느리가 나란히 봐놓은 잠자리에 들어서도 언니는 회포를 풀 생각은 안 하고 하품 먼저 했다.

"엄만 어느 정도 나쁜 거야? 언니 며느리 착하던데 그런 착한 며느리도 눈치보였어?"

"눈치는 나도 보여. 여긴 미국보다 더 핵가족이야. 외시할머니가 당키나 하냐?"

"그럼 차라리 양로원으로 보내지 우리가 이모를 언제 봤다고 그리로 보내."

"그건 엄마가 원해서야. 그쪽에 가서서 겨우 안정되셨어. 몇 집이 다리 뻗고 자게 된 지 얼마 안 되니까, 이제 와서 효년 척 평지풍파 일으키지 마라, 알았지?"

"그 정도야? 우리 엄마가. 말해봐."

"이랬다저랬다 종잡을 수가 없어. 너도 보면 알 거야. 백문이 불여일견이지."

"엄마가 무슨 경치야?"

앤은 휙 돌아눕고 이내 언니의 코 고는 소리가 들렸다. 잠자리가 뒤숭숭했지만 아주 못 잔 건 아닌 듯했다. 지금쯤 출발해야 하는데 어쩌나 하는 조카며느리의 목소리에 깨어났다. 언니는 벌써 일어났는지 어제 남은 국이라도 데우지 미국서 온 분한테 아메리칸 브렉퍼스트는 좀 그렇지 않니, 하는 잔소리도 들렸다. 그런 두런거림이 싫지 않고 아늑했다. 앤은 벌떡 일어나서 간단히 소세만 하고 조반은 사양했다. 으레 언니가 동행해줄 줄 알았는데 다녀온 지 며칠 안 된다며 집에 있겠다고 했다. 왜 그렇게 야박하게 구는지 얄미웠지만 뭐라고 그러지 않고 꾹 참았다.

그녀에게 여주라는 고장은 별로 낯설지 않았지만 전에 와본 적이 있는 것 같지는 않았다. 아마 여주 이천 쌀이라는 소리를 잊지 않고 있어서 친밀감을 느끼는 듯했다. 기름이 자르르 흐르게 잘 지어진 이밥을 풀 때면 어머니는 여봐라 여주 이천 쌀은 다르지, 하며 만족해했다. 행여 조금이라도 윤기가 덜하거나 푸석푸석하면 속여먹었다고 싸전 욕을 할 적도 있었다. 어쩌다 목돈이 생겨 여주 이천 쌀을 가마니로 들일 때는 그리도 흡족해하더니만 안에는 쌀가마니를 싸놓고 밖에는 큰 맷방석에다 입쌀을 고봉으로 담아놓고 됫박질을 하던 옛날 싸전은 어디에도 보이지 않았다. 특산물도 바뀌었는지 도자기를 도매하는 집도 자주 보이고, 여주 특산 맛있는 고구마를 판다는 간판도 심심찮게 보였지만 고구마를 밖에 내놓고 팔지는 않는 듯 실물을 구경할 수는 없었다.

번창한 읍내에서 어머니가 있는 마을까지는 반 시간도 더 걸리는 것 같았다. 곡창지대니까 무조건 평야려니 했는데 차가 헐떡거릴 만큼 가파른 고개를 넘고 넘어야 하는 외진 동네였다. 외진 동네지만 몇 채 안 되는 집들이 다 번듯한데 어머니와 이모가 사는 집은 폐가처럼 퇴락하고 썰렁해 보였다. 이모네 자식들도 다 도회나 읍내로 나가고 이모도 따라나가 한동안 서울 큰아들네서 살다가 갑갑해 못 살겠다고 비워두었던 집을 조금 손보고 사는 중이라는 걸 조카며느리가 운전하면서 도란도란 일러주었다. 다행히 마을에 남아 있는 이모네 시집 쪽 친척들이 가까이에서 두 노인을 보살펴주고 무슨 일이 있으면 즉각 자식들에게 연락을 취해줘서 그나마 안심이 된다고 했다. 그 대신 양쪽 자식들이 그 친척이 섭섭하지 않을 만큼 보내는 돈도 쏠쏠하니까 노인들이 구박을 받는 일은 없을 거라는 소리도 했다. 그러니까 혹시 집이 비어 있을지도 모른다고 했는데 인기척에 두 노인이 안방에서 손잡고 나왔다. 처음엔 누가 어머니인지 앤이 분간을 못 할 정도로 두 노인은 닮아 있었다. 한 노인이 다른 노인에게

"네 미국딸 왔다. 너 보러 미국서 여기까지 왔대. 알은척 좀 해봐, 이 등신아."

그제야 앤은 등신이라고 불린 노인을 얼싸안으며 목멘 소리를 질렀다.

"엄마, 나야 나. 딸막내. 엄마의 딸막내. 뭐라고 좀 그래봐. 미국서 여기까지 엄마 보러 왔단 말야. 착한 딸막내가."

그러나 어머니의 표정에서 어떤 변화도 읽을 수 없었다. 세 사람은 어두룩한 안방에 들어앉고 조카며느리는 구경꾼처럼 조금 떨어져 서 있었다. 이윽고 어머니의 흐릿한 눈동자에 어떤 느낌이 돌아오는 듯하더니 밥 먹고 가야지 하면서 일어서려고 했다.

"이모, 엄마가 날 알아봤어요. 봐요, 밥 먹고 가라지 않아요."

"야, 그건 누구한테든지 느이 엄마가 하는 소리야. 느이 엄마가 할 수 있는 소리는 밥, 똥 그런 것밖에 몇 마디 안 돼애아."

이모는 흥분하는 애에게 이렇게 찬물을 끼얹으면서 뭉그적거리며 일어서려는 동생의 어깨를 찍어눌렀다. 조카며느리도 맞아요, 그 소리는 저한테도 하시는 걸요, 라고 서늘한 목소리로 맞장구를 쳤다. 딸막내 왔다고 아무리 외쳐봐도 그 이상의 반응은 얻어내지 못했다.

"야아 미국댁아, 넌 조금 나가 있었음 좋겠다. 동네 귀경도 헐 겸 우리 두 늙은이한테 고맙게 구는 우리 일갓집에 인사도 갈 겸. 느이들이 식전에 떠났단 소리 듣고, 밥은 지어놓으라고 벌써부텀 일러놨으니까 곧 올 거다. 니가 그러구 앉았으면 이 화상은 계속해서 밥 지러 나갈 테니 찍어누르기도 힘들어죽겠어야아."

앤도 더는 참을 수 없는 기분이어서 밖으로 뛰쳐나가긴 했어도 따라나올 줄 안 이모가 안 나오기에 친척집에 인사 가는 건 미루고, 동네 한가운데로 난 한길로 걸음을 옮겼다. 인가가 얼마 없는 동네 길답지 않게 반듯하게 포장된 넓은 길이었다. 아마 읍내로 통하는 버스 길인 듯했다. 처음엔 도망치듯 빨리 걷다가 마음을 가라앉히면서 차차 천천히 걸었다. 맑은 시냇물이 졸졸 새처럼 지저귀며 길을 따라오고 있었다. 길과 시냇물 사이 누렇게 시든 풀섶에 푸릇푸릇한 건 쑥잎일까, 민들레일까. 오면서 먼 산에 잔설을 본 것도 같으나 등덜미에 내려앉은 햇살은 무게가 느껴질 정도로 도타웠다. 무디어졌던 계절감각이 눈뜨는 것 같은 설렘을 따라, 걸어오던 길을 벗어나 시냇가를 바싹 붙어 길 없는 길을 걷다가 편안해 보이는 둔덕을 찾아 앉았다. 시차보다도 더 깊은 피로, 뭔지 모를 것을 찾아 여러 생을 헤맨 것 같은 지독한 피로를 이기지 못해 그녀는 따습고 폭신한 둔덕에 점점 깊이 파묻혔다. 얼마나 그러고 있었을까.

"후남아, 밥 먹어라. 후남아, 밥 먹어라."

어머니가 저만치 짧게 커트한 백발을 휘날리며 그녀를 부르며 달려오고 있었다. 아아 저 소리, 생전 녹슬 것 같지 않게 새되고 억척스러운 저 목소리, 그녀는 그 목소리를 얼마나 지겨워했던가. 밖에서 놀이에 정신이 팔려 있을 때나 동무 집에서 같이 숙제를 하고 있을 때도 온 동네를 악을 악을 쓰면서 찾아다니는 저 목소리가 들리면 그녀는 어디론지 숨고 싶었다. 왜 그냥 이름만 불러도 되는 것을 꼭 밥 먹어라는 붙이는지. 하긴 끼니때 아니면 찾아다니지도 않았으니까 그 소리가 꼭 끼니나 챙겨 먹이면 할 도리 다했다는 소리처럼 들렸다. 아침에 늦잠 자는 그녀를 깨울 때도 마찬가지였다. 학교 늦겠다 어서 일어나라 하면 될 것을 꼭 후남아 밥 먹어라로 깨웠다. 급한 건 학교가 아니라 밥이라는 듯이. 어렸을 때는 밥 먹어라 소리가 그리도 듣기 싫더니 자라면서 후남이라는 이름을 더 싫어하게 되었다. 학교 선생님이 출석을 부르다가 그녀를 한 번 볼 거 두 번 보면서 이상하게 웃는 것도 기분 나빴는데 너 사내 동생 봤냐? 혹은 너 몇째 딸이야? 이렇게 물어보는 어른도 있었다. 그녀의 동기간들은 다 병자 돌림이었다. 언니들 이름에도 병자를 넣어 지었는데 그녀의 이름만 얻어온 자식처럼 항렬자에서 제외시켰다. 밑으로 사내 동생 보라고 그렇게 지었다는 걸 나중에 알았다. 투박하기 이를 데 없는 어머니가 어쩌다 딸에게 애정표현을 할 때도, 밑으로 사내 동생을 줄줄이 둘이나 본 신통한 내 새끼, 하는 식이었다. 그럼 난 오직 사내 동생을 보기 위해 태어났단 말인가. 처음부터 자식의 고유한 존재가치를 인정하지 않은 이름을 지은 부모, 고유한 존재가치 없이 태어난 인생, 둘 다 싫었다.

"후남아, 밥 먹어라. 후남아, 밥 먹어라."

백발의 어머니가 젊고 힘찬 목소리로 악을 악을 쓰고 있었다.

하여튼 우리 엄마 밥 좋아하는 건 알아줘야 해. 아들자식을 원할 때도 그런 마음이었겠지만 딸들 앞에서 아들을 특별대우할 때도 변명처럼 말하곤 했다. 아아는 제삿밥 떠놓을 애니까라고. 아아, 가엾은 우리 엄마. 그녀는 달려오는 엄마를 한길 한가운데서 맞이했다.

"어디 갔었냐, 밥 뜸 드는데. 아아는 꼭 끼니때면 싸돌아다닌다니까."

그것도 어려서 많이 듣던 소리였다.

"엄마 나 알아? 나 후남인 거, 알아보고 하는 소리야."

"야아가 에미를 놀리네. 밥 다 타겠다. 어여 가자."

아닌 게 아니라 집 안에선 밥 뜸 드는 냄새가 구수하고, 부뚜막 앞에 서 있던 이모와 조카며느리와 그 밖의 낯선 여자들이 신기한 얼굴로 제각기 한마디씩 했다.

"미국딸 보고 정신이 돌아오셨나봐요. 안 그래요? 아주머니."

"얼마나 보고 싶었으면…… 진작 오시지."

"정신이 돌아온 건지, 더 달아난 건지 원. 난 십년감수했다. 귀한 손님 왔으니까 반찬 한 가지라도 더 챙겨오려고 야아네로 건너가서 찌개 간도 보고 나중에 고구마도 좀 쪄오라고 이르고 있다가 보니까 우리 집 굴뚝에서 연기가 나지 뭐냐. 마당에도 연기가 자욱하고. 불난 줄 알았어. 이 화상이 이제 안 하던 불장난까지 하니 어쩔꺼나 한달음에 달려와보니 멀쩡하게 밥을 짓고 있지 뭐냐. 곧잘 지었어. 안 쓰던 무쇠솥도 깨끗이 가셨나봐. 밥에 녹물이 하나도 안 든 거 보렴."

녹물은 안 들었는지 몰라도 밥 뜸 드는 냄새에는 무쇠 냄새도 섞여 있었다. 매캐한 연기 냄새도, 연기가 벽의 균열을 통과하면서 묻혀온 흙냄새도, 그 모든 냄새와 어우러진 밥 뜸 드는 냄새가 그렇게 좋을 수가 없었다. 아아 이 냄새, 이 편안함, 몇 생을 찾아 헤맨 게 바로 이 냄새가 아니었던가 싶은 원초적인 냄새, 이열치열이라더니 음식 때문에 뒤집힌 비위를 부드럽게 위로하

138

는 이 편안한 냄새. 어머니는 왜 아무 연고도 없는 이리로 왔을까. 나는 또 생전 처음 맡아보는 이 냄새가 왜 이렇게 좋은가. 어머니는 셋째딸을 낳을 때 또 딸일까봐 산파 비용 아끼려고 쌀 한 말을 이고 시골 친정집에 가서 몸을 풀었다고 한 적이 있었다. 외가는 가난했고 외할머니는 일찍 돌아가셔서 그녀는 철나고 한번도 외갓집이라는 데를 가본 적이 없었다. 난 혹시 이런 집 이런 방에서 이 세상 첫 빛을 본 건 아니었을까.

"나 안방에 조금 누웠다가 밥 먹으면 안 될까."

"그랴그랴, 몸 좀 녹여라. 뺨이 시퍼렇다. 밥 좀 눌으면 어떠냐. 무쇠솥에 눌은 밥은 별미야. 요샌 시골서도 그런 밥 잘 못 얻어먹어. 야아네서도 전기밥솥을 통째로 들고 왔잖냐."

후남이는 알맞게 부숭부숭하고 따끈한 아랫목에 편안히 다리 뻗고 누웠다. 그리고 평생 움켜쥐고 있던 세월을 스르르 놓았다. 밥 뜸 드는 냄새와 연기 냄새와 흙냄새가 어우러진 기막힌 냄새가 콧구멍뿐 아니라 온몸의 갈라진 틈새로 쾌적하게 스며들었다. 잠깐만, 어머니가 후남아 밥 먹어라, 다시 한번 불러줄 때까지 잠깐만 눈 붙이고 나면 모든 것이 다 좋아지리라.

거저나 마찬가지

나, 김영숙은 아직 사십대 초반인데도 건망증이 심하다. 그것 때문에 난 왜 이러지 하고 머리를 쥐어뜯어가며 짜증을 내는 일이 잦다. 그러나 남하고의 약속이나 꼭 해야지, 하고 자기하고 한 다짐을 까먹은 적은 없다. 따로 살건만도 부모 형제의 생일이나 부탁, 남하고의 약속을 허술하게 넘긴 적도 없다. 식구들의 생일에 꼬박꼬박 참석한다는 뜻은 아니다. 차려드리지도 가 뵙지도 못하면서 부모님 생신을 기억하고 그날을 보통날과 다르게 보내게 되는 건 더 힘든 일이다. 혈연이나 남과의 관계에서 건망증이 문제가 된 적은 없는 셈이다. 나의 건망증은 아주 사소한 것들이다. 열쇠나 안경, 가위나 빗, 숟가락, 국자, 마시다 만 커피잔, 먹다 만 빵조각, 읽던 책 따위가 내가 방금 쓴 근처나 늘 두던 자리에서 감쪽같이 없어지는 일 따위이다. 그런 것들이 안 보이면 어디 두었더라, 그 물건들을 최근에 쓴 때로 거슬러올라가 그때의 행동 반경을 생각해낼 생각은 안 하고 내가 맨 먼저 자신 있게 달려가는 데는 냉장고이다. 휴대폰이나 전기다리미를 어따 놓았는지 잊어버리고 찾다 찾다 나중에 냉장고 속에서 찾았다는 얘기가 건망증의 전형적인 증상처럼 되어 한동안 우스갯소리로 떠돈 적이 있다. 나는 한 번도 잃어버린 물건을 냉장고 속에서 찾은 적이 없건만 그 소리를 처음 들었을 때 남들처럼 웃어넘기지 못하고 충격을 받았다. 나도 조만간 그렇게 될 것 같기도 하고, 그런 적이 한두 번 있었던 것 같기도 해서였다. 그래서 제일 먼저 냉장고 속을 확인하고 안 보이면 일단 안심이 되긴 하는데 앞으로 어디서 찾을 것인가 우두망찰하게 되고 그때부터 가슴이 두근두근하고 피가 머리로 올라오면서 생각의 회로가 엉망으로 헝클어진다. 그리고 나를 이 지경으로 만든 집 안에 널린 일용 잡화 생필품에 대해 욕지기가 치밀 것 같은 혐오감을 느낀다. 그것들은 다 싸구려들이고 누군가가 불필요해서 유기한 것들이라는, 그것들의 근본이 나를 욕지기나게 하는 것이다.

그러나 가스 불 끄는 걸 잊어버린 것에다 대면 그 밖의 것들은 아무것도 아니다. 고추장을 푼 찌개 냄비를 가스 불에 올려놓은 채 두부를 사러 갔다온 적이 있다. 내가 사는 데는 경기도니까 듣기 좋게 수도권이라고 할 수 있어도, 뭐 하나라도 사려면 슈퍼마켓이 있는 읍소재지까지 나가야 한다. 거기까지 사 킬로미터가 넘는 외딴 산골이다. 공기 좋고 경치 좋다는 게 밖으로 알려지면서 집에서 바라보이는 곳에 펜션도 생겨났지만 아직은 건축

중이고, 바로 옆에도 집이 있지만 몇 년째 사람이 살지 않아 허물어져가는 폐가이다. 그 산골에 인가는 내가 살고 있는 집 한 채뿐이다. 책과 이부자리와 취사도구뿐 값나가는 물건이 없기 때문에 도둑은 안 무섭지만 그냥 사람이 무서워서 개울가로 산책을 나갈 때도 문 잠그는 건 안 잊어버린다. 내가 없는 동안에 모르는 사람이 들어와 우뚝 서 있다면 그 사람보다 내가 먼저 기절을 해버릴 것 같다. 산책을 나가고 싶어도 열쇠를 못 찾아 못 나갈 적도 있다. 그날은 열쇠는 금방 찾아 재수좋다고 생각했는데 가스 불 끄는 건 잊어버리고 만 것이다. 읍에 명색이 슈퍼마켓이라는 게 생기고 나서는 산모롱이에 가린 이웃 마을에 있던 구멍가게가 없어져서 처음엔 불편했는데 곧 슈퍼마켓까지 가는 길을 좋아하게 되었다. 그날도 서두르지 않고 천천히 두부 한 모가 목적이 아니라 산책이 목적이었던 양 한눈을 실컷 팔면서 갔다오는데 문틈이랑 창틈이랑 집의 구멍이란 구멍으로 검은 연기가 뭉게뭉게 피어오르는 게 아닌가.

식구들하고 같이 살 때 양은주전자를 태운 적이 있는데 바닥은 뻥 뚫어지고, 노란색이 하얗게 바랜 몸통도 너덜너덜 구겨져 있었는데 스테인리스는 꺼멓게 변색만 했지 형태는 멀쩡했다. 집주인은 그 냄비를 3중 바닥이라고 했던가, 5중 바닥이라고 했던가. 아무튼 비싼 거란 소리였을 것이다. 그 집의 주방 기구는 거의 다 집주인의 것이다. 철수세미로 문지르니까 반짝이는 본바탕이 보였다. 죽어라 힘을 빼면 감쪽같이 원상 복구를 해놓을 수도 있었다. 그러나 힘 빼기 귀찮아서 안 했다. 나도 배짱이다, 이거야. 그렇게 생각하니까 잠깐이지만 후련했다. 배짱부릴 줄 알게 됐다는 것 말고도 불을 낼 뻔한 일은 나에게 획기적인 사건이 되었다. 열쇠는 반드시 가스레인지 스위치에 걸어두기로 작정하니까 두 가지 건망증이 한꺼번에 해결이 되는 게 아닌가. 그두 가지 이상 중요한 건 없었다. 가위가 안 찾아진다고 큰일 날건 없었다. 하던 일을 안 하면 되고, 대신 칼이나 이빨로 해결할 수도 있는 일도 있었다. 가위를 열심히 찾다가 내가 무엇에 쓰려고 그걸 그렇게 찾았는지 까맣게 생각이 안 나면 그렇게 낭패스러울 수가 없었다. 그럴 때 끊어지기 직전의 신경줄을 눙쳐주는 방법을 최근에 개발했는데 그건 여기 있던 게 자취도 없이 사라졌으니 기적이다. 나는 종종 기적을 행하는구나, 그렇게 생각하기로 하니까 한결 마음이 편해졌다. 사람들은 왜 아무것도 없는데서 뭐가 생겨나는 것만 기적이라고 하는 걸까. 무에서 유가 되는 게 기적이라면 유에서 무가 되는 것이 기적이 못 되란 법 없지 않을까. 잃어버린 건 언젠가 엉뚱한 곳에서 나오기 마련이었다. 그럼 또 한번의 기적이 일어났다고 기뻐하면 된다. 집주인은 가끔 나에게 딱하다는 듯이 말하곤 한다. 너는 무슨 애가 그렇게 노력을 안 하고 사니? 그럼 이 모든 무력증이 노력의 결과가 아니란 말인가.

집주인은 나의 고등학교 선배 언니이다. 나중에 같은 고등학교를 나왔다는 걸 알아보고 특별한 친밀감을 느끼긴 했지만 학교를 다닌 시기가 같았던 건 아니다. 대학은 선배 언니가 훨씬 좋은 대학을 졸업했고, 나는 등록금 전액을 면제해주는 조건 안에 드는 좋은 성적 때문에 이류로 분류된 대학밖에 못 갔는데도 졸업을 못 했다. 대학 다니려면 등록금 외의 용돈도 있어야 하고 먹어야 하고 입어야 하고 다리 뻗고 잘 수 있는 잠자리도 있어야 했으므로. 등록금도 댈 수 없을 만큼 어려웠던 가정 형편이 가족의 생존을 위한 기본적인 것도 보장해줄 수 없을 만큼 더욱 남루해지면서 집에서는 똑똑한 딸이 혼자서라도 빠져나가 과외 교습 아르바이트를 해서 학교를 마칠 수 있기를 바랐다. 잘 가르친다는 소문만 나면 제 학비만 해결되는 게 아니라 식구들에게도 가뭄의 비 같은 도움을 줄 수도 있었다. 때는 마침 중고생 과외 열풍이 극에 달해 대학생 아르바이트가 호황을 누릴 때였으니까 나도 대학만 가면 으레 그런 돈벌이가 기다리고 있으려니 했다. 그러나 일류에 들지 못하는 대학에 다닌다는 게 그런 경쟁에서도 절대로 불리한 조건이라는 걸 곧 깨닫게 되었다. 치사한 걸 무릅쓰고 힘겹게 얻어걸린 자리는 겨우겨우 살면서 공부도 못하는 아이뿐이었다. 좋은 대학에 다니는 동창들은 좋은 보수를 흥정해서 선불로 받고 가르치는데 나는 그보다 한 단계 낮은 보수조차 성적이 오르면 주겠다는 후불을 전제로 하는 수가 많아 떼어먹히기 일쑤였다. 공부보다는 생각이 영 딴 데가 있고, 집도 넉넉지 못한 아이 성적을 올려주기가 쉬운 일이 아니었다. 그런 아이일수록 제 성적이 안 오르는 핑계를 대는 데는 선수였다. 착한 부모는 제 새끼 말만 믿고 남처럼 비싼 과외를 못 시키고 싸구려 이류한테 자식을 맡긴 걸 통탄하면서 싸구려나마 지불하는 게 아까운지 무쪽같이 떼어먹고 나를 잘라버렸다. 하소할 데 없는 무단 해고였다. 그런 경험이 거듭되면서 나는 이류를 택한 걸 후회했고, 이류에 정이 떨어지고 말았다.

가장이 몇 년째 몸져누운 우리 집안 형편을 딱하게 여겨 무슨 때마다 신경을 써주던 외당숙뻘 되는 친척이 나에게 그의 회사에 와서 일해보지 않겠느냐고 권해왔다. 내가 학교는 다니는 둥 마는 둥 과외 아르바이트를 걷어치우고 패스트푸드점에서 일하는 걸 목격하고 당장에 한 제안이었으니까 즉흥적인 동정일 수도 있으련만 그 아저씨는 성의를 다해 호의적으로 말했다. 회사에 자기편이 필요하다는 거였다. 좋은 조건이었고 그 아저씨가 믿을 만한 사람이라는 건 그전부터 알고 있던 터라 나는 끗발이 있을 것 같지 않은 대학하고는 양다리 걸칠 것도 없이 아예 중퇴를 해버렸다. 취직을 해보니 회사라기보다는 공장이었다. 내가 회사라고 알고 있는 데는 강북의 중심가나 강남의 고층 빌딩에 있는 엘리베이터 타고 올라가는 사무실이어야 하고, 사장실은 비서실 거쳐서 들어갈 수 있는 곳이어야 하고, 복도나 층계참에 자판기가 있어야 하고, 남자 직원은 담배를 피우고, 여직원은 그런 남자들을 흘금거리며 품평회를 하거나, 누가 리모컨으로 조정하고 있는 것처럼 질서 정연한, 아득한 지상의 차의 흐름을 조망할 수 있는 옥상이 딸린 곳이라야 했다. 아는 사람이 그런 회사에 있어서 가본 적이 있는 건 아니었다. 연속극에서 보고 익숙해진 웬만한 회사를 나름대로 정형화시켜본 거였다. 골고루 보잘것없는 친척 중에서 그 아저씨는 유일하게 큰돈 번 성공한 사업가로 알려져 있었으니까 그 정도는 과대망상이 아니었다.

아저씨의 사업체는 수출하는 의류를 납품하는 봉제 공장이었다. 살벌한 공장 지대에 위치한 공장은 종업원이 백 명도 넘는 제법 큰 규모였지만 사무실은 공장 옆에 혹처럼 붙어 있는 컨테이너 박스였다. 두 개를 잇대놓아 기차간처럼 보였다. 아저씨는 나에게 회계일을 보아달라고 했지만 은행 심부름이나 임금 계산이 주 업무였고, 어떻게 수지를 맞추는 회사인지 경영에 관해서는 자기만 알고 있었다. 아저씨는 노동시간에 따른 임금 계산 때문에 공원들과 마찰을 빚을 때마다 자기는 강경한 입장을 취하고 나에게는 공원들 편을 들도록 은근히 부추겼다. 아저씨는 내가 공원들하고 한통속이 되길 바라고 있었다. 자기 사람이 필요하다는 소리는 공원들 동정을 염탐해줄 첩자가 필요하단 소리였을 것이다. 아저씨는 노조가 생길까봐 두려워하고 있었다. 그 무렵 이력서에 나하고 같은 고등학교 출신으로 돼 있는 언니가 시다로 들어왔다. 나보다 훨씬 선배니까 올드미스인데 이제 견습공으로 들어온 게 안돼 보여 관심을 갖게 되었다. 비록 컨테이너 박스일망정 사장실하고 붙은 방에서 사무를 보는 사장 친척이니까 그 언니가 백으로 느껴주길 바라는 마음에서 후배라는 사실도 일찌거니 밝혀놓았다. 그러나 그 언니는 좀처럼 나에게 곁을 주지 않았다. 후배가 윗사람이 되었으니 기분이 더러웠을 것이다. 엄마가 한때 파출부 나갈 때 시골서 같이 자라던 소학교 동창 집에 가게 되었을 때처럼 기분이 더러웠던 적이 없다고 했다. 그런 열등감이라면 우리 모녀의 기본 정서였다. 나는 그 더러운 기분도 눙쳐줄 겸 용기도 내게 할 겸 언니는 다른 종업원들하고는 어딘지 달라 보인다. 근본은 못 속이나보다고 말해준 적이 있다. 위로하기 위한 말이었는데 맹탕 헛소리를 한 건 아니란 생각이 들 정도로 말해놓고 나니 정말 달라 보였다. 그 말을 받아들이는 태도 때문이었을 것이다.

"달라 보이는 게 당연하지. 너희들은 선택의 여지 없이 이렇게밖에 못 살지만 난 아냐. 난 내가 선택해서 이렇게 살고 있는 거니까."

나는 그 소리에 충격을 받았다. 그 소리를 할 때 순간적으로 내비친 먹물 냄새 때문이었을 것이다. 그건 고졸 학력의 표정이 아니었다. 다들 못 알아보는 걸 나만 알아본 것처럼 느낀 건 나도 대학을 못 나왔다는 열등감의 민감성 때문이었을 것이다. 혹시 이 언니가 우리 아저씨 회사에 위장 취업을 한 게 아닌가 하는 생각이 들었다. 중소기업 사장들이 위장 취업한 운동권 때문에 멀쩡한 회사를 말아먹을까봐 전전긍긍할 때였다. 우리 아저씨도 그런 불쌍한 사장 중의 한 사람이었다. 나는 나의 의구심을 아저씨한테 고해바치지 않았다. 나는 우리 아저씨보다는 선배 언니에게 더 도움을 주는 사람으로 변해가고 있었다. 나는 언니가 권하는 딱딱한 책을 잘 읽지도 않았고 별로 좋아하지도 않았다. 어디다 쓸 건지 모르지만 그 언니가 착취당하는 민중들의 의분을 고취시키는 선언문 같은 걸 보여주면서 느낌을 물었다. 너 정도가 알아듣고 마음을 움직이게 하는 문장을 쓰고 싶은데 그게 잘 안 된다고 했다. 유치한 문장을 쓰기에는 너무 먹물이 많이 배어 있다는 소리로 들렸다. 나는 별로 자존심이 상하지 않았다. 학교 다닐 때 친구들의 연애편지를 써준 경험이 욱신거렸다. 내 리라이팅은 기대 이상으로 그녀를 만족시켰다. 얼마 안 고쳤는데도 무릎을 치면서 감탄, 감탄하곤 했다. 차츰 인쇄해서 돌릴 문건 말고도 모임을 주도할 연설문 같은 것도 대강 초만 잡아놓고 나더러 살을 붙이라고 했다. 내가 그녀의 브레인, 아니지, 감성 노릇을 했기 때문에 오히려 나를 그녀가 하는 일에 가담시키지 않고 숨겨두려고 했다.

　"내가 작사가라면 너는 작곡가야. 우리 외할아버지는 말끝마다 한때 항일 투사였다는 걸 자랑하시는 분인데 말년에 보잘것없어져서 술만 한잔하셨다 하면 꼭 일본 군가를 부르셨어. 위로받고 싶은 불쌍한 표정으로. 가사를 한마디도 알아듣지 못하는 나도 그 곡조를 들으면 잠자던 피가 끓는 것 같기도 하고 어차피 한번 죽을 목숨이라는 허무감 같기도 한 묘한 기분에 사로잡히게 되더라. 틀림없이 천황을 위한 충성심을 고취하고 천황을 위해 용맹스럽게 전사하는 걸 최고의 가치로 찬양하는 가사일 테니까 그런 달착지근한 감상은 아마 곡조에서 비롯된 것이었을 거야. 자기 죽음에 도취해서 황홀하게 죽게 만드는 힘은 결코 가사에 있지 않고 곡조에 있었던 거지. 선동당한다는 걸 잊고 스스로 도취하게 만드는 힘은 음악에만 있는 줄 알았는데 네 글솜씨에도 그런 게 있는 것 같아. 내가 말하고 싶은 취지는 그대로 있는데 네가 조금만 손을 봐주면 감동이 생기거든. 그거 내가 발굴한 거니까 딴 데 함부로 써먹으면 안 된다. 알았지?"

내가 그녀의 사람이 된 건 그녀와 나만 아는 비밀인 줄 알았는데 어떻게 아저씨가 알게 되었는지 나는 회사에서 쫓겨났다. 그게 그렇게 회사에 해되는 일이었을까. 내가 회사에 해코지를 했다는 게 우리 집을 도와주고 싶어한 아저씨에게는 엄청난 타격이 되었던 것 같다. 네가 우리 회사 말아먹는 일에 앞장설 줄은 정말 몰랐다고 노발대발하면서 내 따귀까지 때렸고, 그 여파는 우리 집 식구한테까지 미쳤다. 이래서 예로부터 머리 검은 짐승은 거두지 말라고 했다는 말까지 하고 간 모양이다. 자식을 잘 가르치지도 풍족하게 먹고 입히지는 못했어도 의리 하나는 지키도록 가르쳤다는 확고한 믿음을 가진 우리 부모에게는 그 소리가 얼마나 모욕적이었는지 그 즉시로 나를 버린 자식 취급을 했다. 너 같은 자식 하나 없는 셈 치겠다는 소리에 나는 속으로 코웃음을 쳤다. 누가 할 소리인지 몰랐다. 그런 소리는 적어도 있는 집 부모나 하는 소리가 아니었던가. 가난을 찬양하는 건 부자들이나 즐겨하는 짓인 것처럼. 나보다 먼저 부모 슬하를 벗어난 내 바로 밑 동생의 자취방에서 힘들게 개개다가 얻어걸린 직장이 이벤트 회사였다. 주로 신장개업한 음식점이나 편의점 앞에서 초미니스커트 차림으로 요란한 음악에 맞춰 춤을 추는 바람잡이 일을 했다. 그런 일을 하기에는 환갑 진갑 다 지난 나이가 돼버려서인지, 나에게 정말 나도 모르는 소질이 있어서인지, 다른 일이 주어졌는데, 몸으로 바람을 잡는 일에서 바람 잡는 짧은 말을 지어내는 일로 승격이 되었다. 승격은 내가 지어낸 말이고 보수는 몸으로 일할 때보다 더 형편없었다. 그러나 그것도 먹물들의 일이라고 생각해줘서 그런지 몸으로 뛰는 아이들처럼 함부로 쫓아내지 못했고, 얼마 있다가는 거창하게도 대외홍보팀 팀장이라는 직함까지 달아주었다. 이용 가치를 길게 보는 것 같기도 했고, 미스 김이라고 부르기엔 나이를 너무 많이 먹어버린 것도 장(長)자를 붙여주는 데 일조를 했을 것이다. 회사가 망하기 전엔 안 쫓아낼 것을 믿어도 될 만큼 차차 나는 여러 가지 중요한 업무까지 휘뚜루 맡아보게 되었다. 심지어는 길바닥에서 춤추던 아이 임금을 떼어먹고 도망가 새로운 사무실을 얻는 일까지 거들게 되었지만 나는 조금이라도 내 소질을 살릴 수 있는 일로 입에 풀칠할 수 있다는 걸 보람으로 삼았다.

그 무렵 박기남이를 다시 만나게 되었다. 거리에서 춤출 때 만나지 않은 게 다행이었다. 더 일찍 만날 수도 있었는데 내가 떳떳해질 때까지 숨어 살고 싶었다. 유령 회사나 다름없는 이벤트 회사 팀장을 떳떳한 직업으로 여겼던 것은 떳떳해졌다고 믿고 싶은 마음이 급해서였을 것이다. 수소문하면 더 일찍 만날 수도 있었다. 길 가다 문득 저만치 기남이 같은 청년이 걸어오는 것 같은 느낌으로 가슴이 울렁거린 적도 한두 번이 아니었다. 가까이서 확인하기 전에 우선 몸부터 피했다. 만나고 싶은 마음보다는 만나서 그럴듯해 보이고 싶은 마음이 더 힘이 셌기 때문이다. 내 마음속에서 일어나는 일은 왜 늘 그 모양인지 모르겠다. 그래서 내가 살아온 길은 구불구불하다. 그건 극적인 것하고는 다르다. 극적인 삶은 아마도 푸른 하늘을 선명하게 긋는 비행운처럼 아름다운 직선일 것이다. 먼 곳에서 먼 곳까지의 거침없는 최단거리. 나는 아무리 아름다운 구름을 보고도 감동한 적이 없지만 비행운은 볼 때마다 내 존재의 무게가 사라지는 듯한 일종의 무아지경에 빠지곤 한다. 나의 구불구불은 아마도 어른들이 말하는 나이를 헛먹는다는 것하고 같은 뜻이 될 것이다. 헛먹은 나이가 체한 것처럼 매슥거릴 무렵 기남이를 만났다. 내가 그를 찾은 게 아니라 그가 나 있는 데를 알아냈지만 내가 어디 있다는 정보를 예전 동료 사이에 슬쩍 흘린 건 나였다. 얼마나 찾아 헤맸는지 아느냐는 그의 첫마디가 나를 달콤하고 행복하게 했다.

내가 아저씨네 공장에 있을 때 그는 그 공장 기술자였다. 재단이나 봉제를 하는 기술자가 아니라 기계가 잘 돌아가도록 돌보고 고장이 났을 때 고치는 일을 했다. 그는 박기사로 통했다. 그와 회포를 푸는 과정에서 아저씨네 회사가 아주 망한 걸 알게 되었고, 거기 연루되어 기남이도 경찰서에 불려 다니는 고역을 치렀고 선배 언니는 정말 위장 취업을 한 게 드러나 옥고를 치르고 지금은 더 큰일을 하다가 주모자로 잡혀가 아직도 옥살이를 하는 애인의 옥바라지를 아주 씩씩하게 하고 있다고 했다. 좋은 소식은 아니었지만 언니에게 애인이 있다는 말에 나는 마음을 놓았고 그와 해해거릴 수 있을 만큼 기분이 좋아졌다. 나는 그때 기남이를 좋아하면서도 선배 언니를 의식해서 드러내놓고 좋아하는 척을 못 했다. 나는 매사에 언니보다 한 수 아래라는 열등감이 있었고, 그는 선배 언니가 좋아할 타입이었다. 잘생기고 건강하고 성실하고, 무엇보다도 언니가 끔찍이 위해마지않는 못 배운 노동자 계급이었으니까. 언니의 정체를 잘 모를 때이긴 해도 그 잘난 언니를 라이벌로 생각했다는 건 내가 그만큼 기남이를 과대평가했기 때문일 것이다. 기남이를 다시 만난 지 얼마 안 있다 기남이 자취방에서 같이 살기 시작했다. 기남이로부터 구혼까지는 아니더라도 사랑의 고백이라도 듣는 순서조차 안 거치고 동거에 들어갔다. 이벤트 회사가 풍비박산이 나서 올데갈데없는 신세가 돼버렸기 때문이다. 회사에서 나에게 팀장자가 들어간 명함까지 박아준 지 며칠 안 돼서였다. 탄탄한 아스팔트길에서 허방을 밟은 것처럼 어이가 없었고, 그보다도 팀장이라는 호칭에 대한 내 애착은 더 기가 막혔다. 내 곁에 기남이가 있는 게 그나마 의지가 되었다. 그러나 내가 먼저 빌붙은 건 아니었다. 오히려 너무 불쌍해 보이지 않으려고 내 걱정보다 오죽했으면 그렇게 감쪽같이 망해버릴 수 있었을까 회사 걱정부터 했다. 요샌 위장 취업은 한물가고 위장 폐업이 성행한다더라. 이 바보야, 그러면서 기남이는 아무렇지도 않게 나를 제 자취방으로 데리고 갔다. 나는 기남이의 인간성을 믿었기 때문에 이것저것 따지지 않고 푸근한 마음으로 그에게 안겼다. 그는 결혼식이나 혼인신고를 안 했다고 해서 여자를 함부로 버릴 남자가 아니라는 걸 나는 알고 있었다.

그가 아저씨네 공장에서 박기사로 일할 때 백여 명의 공원들 사이에선 크고 작은 사고가 그치지 않았다. 거의 다 공원들 실수지 기계가 잘못한 건 아닌데도 그는 누가 시키지도 않은 책임감 때문에 괴로워하고 안타까워하는 걸로 공원들 사이에 평판이 나 있었다. 그건 까딱하단 남에게 바보처럼 보일 수도 있는 약점인데 공원들은 그를 깔보지 않고 좋아하고 따랐다. 남의 몸이 다치거나 아파하는 걸 차마 못 보는 측은지심은 어디서 배우거나 흉내낸 교양이 아니라 타고난 천성 같은 거여서 잘 통했던 것 같다. 한번은 여공의 네 손가락이 절단기에 잘린 적이 있는데 감독이나 절단기 책임자 다 제쳐놓고 그가 나서서 신속하고 냉철하게 대처하는 태도에는 평소의 그에게 있을 것 같지 않은 카리스마까지 있었다. 119가 일반화되어 있지 않을 때 그는 기절한 소녀의 손에서 잘려나간 손가락의 청결을 최대한으로 유지해 깨끗한 거즈에 싸고 부패하지 않도록 얼음에 채우라고 명령했고 다들 벌벌 떨면서 어쩔 줄을 모를 때 나는 마치 그의 입속의 혀처럼 그의 명령대로 빠르게 움직였다. 사람이 신속과 정확을 함께 할 수도 있는 거로구나 그때 비로소 알았다. 그는 근처에 있는 공단 단골 병원 다 제쳐놓고 사장 차를 무단으로 손수 운전해서 부천에서 머나먼 구로동까지 갔다. 어디서 얻어들었는지 거기 있는 큰 종합병원에 절단된 손가락을 감쪽같이 이을 수 있는 신기에 가까운 의술을 가진 성형외과 전문의가 있다는 걸 그는 알고 있었던 것이다. 수술이 성공해 소녀의 손가락에 피가 통하고 감각이 살아났을 때 그는 거의 생색을 내지 않았지만 걱정하던 동료들은 울고불고 박수 치고 난리를 쳤다. 내가 그때 선배 언니의 표정에서 기대에 어긋난 것 같은 실망의 빛을 보았다면 내 심보가 너무 꼬였던 것일까. 언니가 소녀의 회복보다는 그 일을 기화로 동료들의 분노를 총집결해 불을 지필 만반의 준비를 하고 있다는 걸 눈치채고 있었기 때문일 것이다.

그때 손발이 척척 맞던 그 일치감은 몸의 기억일까, 마음의 기억일까. 그건 잘 모르겠지만 내가 망설임 없이 너무도 쉽게 그와 몸을 섞고 동거에 들어간 이유는 그때의 기억 때문이라고밖에 할 말이 없다. 그러나 기남이는 지금도 그때처럼 그 일에 대해 덤덤하다. 자기는 공고도 안 나오고, 기계에 대한 아무런 자격증도 없는 아마추어가 전임자 밑에서 배운 눈썰미 하나로 기계들을 총괄하려니 늘 불안하고 사장한테도 공원한테도 똑같이 미안하고 사소한 기계 사고에도 죄책감이 먼저 들어서 그렇게 호들갑을 떨었을 것이라고 했다. 지금은 보일러일을 따라다니고 있었다. 둘이 먹고살 만큼은 벌어왔다. 나는 그에게 자격증 콤플렉스가 있다고 넘겨짚고, 이번에는 어떡하든지 배관공 자격증을 따도록 하라고 격려했다.

　나에게도 좋은 일이 생겼다. 인간관계에 허위의식이 별로 없는 그는 나와의 동거를 옛날 동료들한테 숨기지 않았고 선배 언니한테까지 소문이 들어간 모양이었다. 언니는 나에게 전과 같은 일을 시키고 싶어했다. 아마 그런 필요성 때문에 만나자고 한 것 같았다. 그렇다고 위장 취업의 시대가 또 온 건 아니었다. 만약 시대가 그렇게 답보 상태에 있다고 해도 언니는 앞으로 나갈 사람이지 거기 마냥 몸담고 있을 사람이 아니었다. 언니는 그동안 옥바라지를 끝내고 그 남자와 결혼도 하고 아이도 낳고 사회적인 위치도 제자리를 찾은 것 같았다. 나하고는 격이 달라 보였다. 바야흐로 운동권이 빛을 보기 시작할 때라 한때 수감생활을 한 그녀의 남편도 지금은 대학에 강의를 나간다고 했다. 벌써 한자리하는 옛날 동지들에 비해서는 품위 유지비도 안 나오는 수입이라 언니도 생활에 보탬도 될 겸, 자기 발전도 도모할 겸 번역일을 하고 있다고 했다. 나더러 그녀가 번역한 걸 윤문해달라는 것이었다.

　"언니야 그건 말이 안 되지. 성명서도 아니고, 대상이 대중이 아닐 거 아냐. 언니가 번역하는 거면 분명히 지식인들이나 읽는 사회과학 서적일 텐데 그걸 나 같은 게 어떻게 할 수가 있겠어. 윤문이란 건 읽는 대상에 수준을 맞추려고 하는 거 아닌가?"

　"걱정 마. 그런 거면 시키지도 않아. 우선 내 실력이 어려운 거 번역하기엔 달리니까. 나도 사람 볼 줄 다 알고 손해날 짓은 안

해. 돈의 문제가 아니라 명예가 걸린 문제니까. 길고 짧은 건 대 봐야 한다고. 엄살 먼저 떨지 말고 일거리를 우선 읽어나봐."

견본 삼아 보내온 번역 원고는 몇 꼭지는 그녀의 말대로 사회 과학 서적이 아니라 처세술 아니면 땅에 발붙이고 살아본 적이 있을 것 같지 않은 먼 나라의 도사급 성인의 설교집이나 명상록 같은 책들이었다. 극과 극 같은 두 종류가 일맥상통하는 데가 있 는 것도 재미있었고 내가 내 마음에 들게 고친다고 누가 될 것도 없지, 싶게 책 내용을 얕본 것도 용기가 되었다. 더 솔깃한 건 언 니보다 글재주를 타고난 동생이 자기 일을 많이 도와줬는데 그 동생이 금년에 신춘문예에 동화작가로 데뷔를 했다는 것이었다.

"내 동생, 문학을 하겠다는 생각 전혀 없던 애야. 유아교육과 나왔으니까 유치원 선생이 꿈이었겠지. 졸업하고도 마땅한 유치 원에 취직이 안 되니까, 어디 주부교실에 동화 구연이라나 그런 걸 가르치러 다니더라고. 나하고 달라서 같은 말이라도 듣기 좋 게 반드르르하게 잘하는 아이라는 건 나도 전부터 인정하고 있 던 터에 마침 내가 동창이 하는 아동물 출판사에서 일거리를 얻 어다가 동화를 번역할 때여서 좀 봐달라고 했더니, 요게 글쎄, 하룻밤 새 손봤다는데 영 느낌이 달라지더라고. 네 생각이 나면 서 내가 인복 하나는 타고났다 싶더라니까. 나도 재미가 들리고 지도 재미가 들려서 계속 일거리를 주었더니만 글쎄 지가 동화 작가가 돼버리더라구. 왜 있잖아? 서당개 삼 년이면 풍월을 읊 는다고. 누가 아니, 너도 이 바닥에서 잘하면 소설가나 수필가가

156

될 수 있을지. 그 바닥은 학벌 따지는 데가 아닌가보더라. 그렇게만 되면 나도 널 이용한 게 아니라 키운 게 되니 좀 좋아. 동생 시상식에 갔었는데 소감을 말할 때. 감사할 몇몇 사람 중에서 이 언니도 빼놓지 않더라. 너무 돈 쬐끔 주고 부려먹은 것 같은 가책이 없지 않았는데 결국 지한테 득 되는 일이었던 거야. 일은 지가 다 해놓고도 무명이니까 공역자도 못 되고 내 이름으로만 나갔으니까. 세상이 다 그렇잖아. 아무리 언니 일이지만 이용만 당하는 것 같고 그게 억울해서 아마 동화작가로 데뷔를 했을 거야. 데뷔는 했다지만 실상 내 동생 글재주는 너만 훨씬 못해. 그런 재주 뭣하러 썩히냐. 잘만 하면 우리 장박사도 너를 필요로 하게 될지 몰라. 그건 전적으로 너 하기 달렸어."

장박사는 언니의 남편이다. 나는 그를 만난 적도 어떤 사람인지 궁금해한 적도 없다. 나는 장박사한테까지 유용해지고 싶지 않다. 내가 되고 싶은 건 언니의 동생처럼 서당개 삼 년에 풍월을 읊을 수 있는 거였다. 겉으로는 안 그런 척했지만 속으로는 그 소리가 가장 달콤했다. 언니 말대로 나에게 돌아온 일거리는 내 지적 능력이 못 미치게 어려운 것들이 아니었다. 이런 걸 뭣하러 번역씩이나 하는 걸까 이상할 정도로 뻔한 소리나 이미 듣던 소리가 태반이었다. 저학년이나 유아용 동화책은 일도 아니었다. 나도 졸업은 못 했지만 영어는 좀 하는 편이어서 윤문뿐 아니라 오역도 발견해서 슬그머니 고쳐놓곤 했다. 그가 얼마를 받고 그 일을 하는지 모르지만 나에게 돌아오는 돈은 약소했다.

팁을 주듯이 거만하게 굴기도 하고 슬그머니 안 주기도 했다. 그래도 노는 것보다는 나았고 유령 회사 팀장보다는 보람도 있었다. 번역자가 내 이름으로 돼 있지는 않지만 내 글솜씨가 분명한 글이 아름다운 삽화와 함께 미려한 책이 되어 서점에 나온 걸 어루만져보는 맛은 섭섭하고도 대견스러웠다. 돈 되는 일보다 돈 안 되는 정체 모를 일거리가 더 많이 끼어들었는데도 그 일에는 마약 같은 중독성이 있었다.

"너 누가 뭐 하냐고 물으면 프리랜서라고 그래. 좀 거만하게 상대방을 약간 깔보는 태도로 그래보란 말야. 넌 자랑할 건 안하고, 창피한 건 감출 줄 모르더라."

"내가 뭘 감춰야 하는데? 나 창피한 거 하나도 없어, 언니."

"이런 맹꽁이, 프리랜서가 일용직 노무자하고 사는 게 그럼 자랑이냐?"

"언니가 그 사람을 그렇게 얕보면 어떡해? 그 사람이야말로 민중이야. 언니가 사랑하자고 외쳐마지않던 민중."

"아유 이 맹꽁이. 그래 나 민중 사랑한다. 내가 민중이 아니니까. 가난뱅이가 가난 좋아하는 거 봤냐. 부자들이나 한때 가난했던 걸 부풀려서 자랑거리로 삼지."

나는 모욕감을 느끼지 않았다. 그녀의 말투에서 질투심 같은 걸 감지한 것처럼 느꼈기 때문일까. 언니 부부의 이념이 맞아서 한 동지애적인 결혼보다 마음으로부터 반해서 한 우리의 동거에 나는 자부심을 느꼈다. 나는 그와의 동거생활에 만족했고, 나보다 더 행복한 사람 있으면 나와봐라, 외치고 싶을 만큼 몰입해 있었다. 프리랜서라는 말도 듣기 좋았다. 그게 바로 서당개 삼 년이면 풍월을 읊을 수 있는 일 년차나 이 년차쯤 되는 과정이 아닐까.

일만 바쁘지 어디다 프리랜서라고 이름 붙여 내놓을 일을 한 것도 아닌데도 프리랜서에게도 서재가 있어야 되겠다는 생각이 들기 시작한 것은 거처가 불안해지고 나서였을 것이다. 기남이의 자취방이 달라진 건 아무것도 없었다. 그의 월세방을 처음 보았을 때 생각보다 누추하지도 협소하지도 않았고, 작지만 부엌까지 따로 있는 건 여태까지 혼자 살았다는 게 믿기지 않을 정도였다. 옥탑방도 지하방도 아닌 출입문 계단까지 주인집과 분리된 이층집의 독립된 공간이었다. 그는 그걸 보증금 내고 월세로 들었고 그가 번 돈에서 꼬박꼬박 월세도 밀리지 않고 지불하고 있었다. 그러나 거기가 그만의 전유 공간이 아니란 걸 차차 알게 되었다. 잠자리가 필요할 때 드나들던 그의 친구들이 한두 명이 아니었다. 동거 초기에 그런 일을 눈치 못 챘던 것은 단골로 드나들던 친구들이 두 사람이 신혼 시절이라는 것을 감안해 봐줬기 때문이었다. 남들처럼 정상적인 신혼 기간은 채 석 달도 가지 않았다. 얼굴에 철판 깔고 재워달라는 친구가 없나, 바람벽만 보고 듣지도 보지도 않을 테니 나 없는 셈 치고 두 사람 깨를 볶든지 기름을 짜든지 마음대로 하라고 능글대는 친구가 없나, 다 늦게 와가지고 뭉그적대다가 슬그머니 고꾸라져 코를 고는 친구가 없나. 그러나 맨날 그런 건 아니었고 우리끼리 오붓하게 지낼 수 있는 날이 훨씬 더 많아서 나는 환대라고는 할 수 없지만 그런 무례한 친구들을 얼마든지 참아줄 수 있었다. 정말 힘든 건 기남이가 외박을 할 때 잠자리를 구걸하러 온 친구를 돌려보내야 할 때였다. 내가 혼자 있을 때도 기남이 친구를 두려워하거나 의심하진 않았지만, 그냥 잠시 들렀던 것처럼 황망히 돌아가는 착해빠진 친구들의 처진 뒷모습을 보면 걷잡을 수 없는 연민이 화풀이처럼 기남이에게 돌아가곤 했다. 저따위 친구밖에 없는 기남이와 장래를 같이할 생각 같은 건 안 하는 게 좋았을 것을. 지내보니 기남이가 일 나가는 데는 지방일 때도 있었고, 일이 너무 바빠 현장에서 잘 때도 있었다. 일거리는 불규칙해서 일이 아주 없을 때도 있었다. 그러니까 나하고 합치기 전의 기남이 자취방은 비슷하게 불규칙한 생활을 하는 친구들을 위한 만만한 합숙소 같은 구실을 해온 거였다. 무슨 말끝엔가 일정한 잠자리가 없는 건 끼니가 없는 것보다 훨씬 더 못할 노릇이라는 소리를 그가 한 적이 있다. 그 소리가 내 마음에 와 닿았다. 내가 거쳐온 일 중에 생각만 해도 닭살이 돋아 기억에서 지워버리고 싶은 건 길거리에서 반벌거숭이로 춤추던 일일 것이다. 그렇게 하기 싫은 일을 할 수밖에 없었던 것은 숙식을 해결할 수 있는 조건 때문이었다. 배고픈 설움이 제일이라지만 날 저물어서도 다리 뻗고 잘 잠자리가 없는 설움에다 대면 아무것도 아니다. 먹을 것은 몇 푼만 있어도 해결할 수 있는 먹을거리가 많은 세상이고, 구걸을 하거나 아닌 말로 훔쳐먹을 수도 있다. 잠자리는 얼굴을 안다고, 방이 많다고 내주지 않는다. 가족이나 내준다. 가족 사이로는 비집고 들어가 칼잠을 자도 푸근하다. 그게 바로 가족이 좋다는 의미인 것이다. 엄마의 뱃속도 잠자리고 이 세상에 태어나서 처음으로 인간 세상이 따숩고 포근하다는 걸 실감하게 하는 것도 잠자리이다. 가족이라는 말이 주는 무조건적인 평화롭고 따뜻한 느낌도 아마 이런 이 세상 최초의 감촉에서 비롯되었을 것이다.

이렇듯 좋게좋게 나를 다독거려도 그들보다는 한결 보람 있고 고상한 일을 하는 나의 집필 환경이 이렇듯 열악하다는 건 짜증나는 일이었다. 언니가 가져오는 일 중에 거저 시킬 것이 명백한 일거리는 요새 뒤숭숭해서 도무지 글이 안 써진다고 마치 전업작가 같은 핑계를 대곤 했다. 나도 집필실을 가져보려고 열심히 돈을 모은다는 것도 숨기지 않았다. 알량한 일 시켜먹으면서 내가 그걸로 먹고사는 것처럼 비치기 싫었다. 기남이의 체면도 그 정도는 세워주고 싶었고, 기남이도 친구 좋아하는 것만 빼고는 그 정도 부양의 의무는 열심히 지고 있었다. 또 돈을 모으고 있는 게 사실이기도 했다. 언니가 얼마나 모았냐고 물었다. 며칠 있으면 오백만원짜리 적금을 탄다고 말했다. 기남이하고 동거를 시작하고 나서 삼 년 동안 부은 적금이었다. 듣자마자 마침 잘됐다고 시골에 별장으로 쓰던 집이 한 채 있는데 그곳을 집필실로 쓰라고 했다. 나는 별장이 있다는 언니의 말이 솔직히 놀라웠다. 언니 형편이 나보다 나은 건 확실하지만 내가 고졸 학력에 맞게 가난한 것처럼 언니는 석사나 박사 학력에 어울리게 가난하려니 했다. 별장은 가당찮았다. 피붙이나 친한 친구가 영 안 어울리는 옷을 입고 나타났을 때 이를 어쩌나, 대신 창피해서 어쩔 줄을 모르는 얼굴로 언니를 쳐다본 건 아니었을까. 언니가 눈치 빠르게 정정했다.

"놀라긴, 듣기 좋게 별장이지 오막살이야. 지금은 좀 올랐으려나? 그때만 해도 거저주운 거나 마찬가지였어. 너도 오백만원 전세면 거저나 마찬가지다."

어떡하면 별장이든 오막살이든 거저주울 수가 있을까. 언니의 그런 운수랄까, 기민한 기회 포착 능력에 대한 시기와 찬탄이 오백만원 전세가 거저나 마찬가지라면 그거라도 낚아채고 싶다는 욕심을 부리게 했다. 나는 덜컥 언니하고 구두로 그 집을 내가 쓰기로 약조하고 며칠 후에 탄 적금을 건넸다. 거저나 마찬가지라는 것밖에는 영수증이나 아무런 문서상의 약정도 맺지 않았다. 우리 사이에 그런 게 뭐가 필요하겠어? 내가 계약서를 쓰자고 했으면 언니가 그렇게 말했을 테고, 언니가 계약서를 쓰자고 했더라도 내가 그 말을 했을 것이다. 그래서 둘 다 불필요한 말을 안 했다. 언제든지 이사 가도 좋다고 해서 집에 가봐야 최소한의 살림 도구라도 장만하지 않겠느냐고 했더니 냉장고, 세탁기, 가스레인지 등 오피스텔 수준으로 빌트인돼 있다고 했다. 이게 웬 떡이냐 싶었다. 컵 하나 공기 하나도 살 거 없다고 했다. 말하자면 빌트인된 로지라고 했다. 빌트인된 오피스텔이든지 로

지든지 다 그럴듯했다. 둘 다 프리랜서에게 잘 어울렸다. 둘 중의 하나는 내가 선택하기에 달렸다. 나는 비로소 프리랜서의 품격을 갖춘 것처럼 느꼈고, 구두만 높은 걸로 갈아 신어도 세상이 달라 보인다는 걸 깨달았다. 높은 구두는 생각보다 위험하거나 불편하지 않았다.

가보니 언니가 빌려준 집은 별장과 오두막의 중간쯤 되어 보였다. 오두막이라기엔 너무 크고, 별장이라기엔 구질구질하고 무질서했다. 서로 아무런 관계도 없어 보이는 세간들이 뒤죽박죽으로 뒤섞여 있었다.

"이 집 장만하고 나서 한동안 친구들이 버리긴 아깝고 쓰자니 구닥다리인 세간은 다 나한테 몰아주더라고. 내가 쥐띠잖아. 모아들이긴 선수고 버리진 잘 못해. 모아들이기만 했지 뭐가 어디 있는지도 잘 모르니까 앞으로는 네 맘대로 정리하고 살아. 외국에선 이렇게 가구 낀 집은 컵 수효까지 체크하고 목록을 만들었다가 집 비울 때 하나라도 없어지면 물어내야 하지만 내가 설마 그러겠냐. 이 큰 집도 거저나 마찬가지로 빌려줬는데."

그렇게 인심을 썼다. 나는 언니가 인심이 후하다는 걸 의심하지 않았다. 빌트인된 별장 집을 작업실로 쓰는 프리랜서로 만들어준 게 누구데 감히 의심을 하겠는가. 집이 발 디밀고 살 만하게 정리되기까지는 기남이 공이 컸다. 그는 정리벽 같은 게 있었다. 별로 깔끔하지 못한 친구들한테 개방하다시피 한 자취방이 그렇게 잘 정갈하게 유지되어온 걸 봤을 때부터 알아봤었다. 비어 있는 북향의 큰방에다 도처에 무질서하게 널려 있던 고물들을 꼭 필요한 것만 남기고 쟁여넣고 나니 집 안이 허전할 정도로 넓어 보였다. 그런 일을 그는 시원시원하게 해치웠고 집의 혈관이라고 할 수 있는 배관 배선을 손보는 것은 거의 전문가 수준이니까 지켜보기만 해도 믿음이 갔다. 도배하고 못 박고 칠하는 건 일도 아니었다. 그의 친구들의 도움이 필요한 일도 있었다. 새는 곳만 손보려고 한 지붕 공사가 커졌을 때는 그의 친구들이 떼로 몰려왔다. 순서가 좀 거꾸로 되어 내부는 살 만해진 때였으므로 내가 안에서 밥도 짓고 안주도 장만해 그들을 잘 먹였지만 따로 임금을 주진 않았다. 나는 이 큰 집을 거저나 마찬가지로 쓰게 한 언니의 인심을 믿은 것처럼 기남이 친구들의 호의를 믿었다. 의심을 조금이라도 했다면 저것들이 나만 빠져나오면 기남이 방을 제집 드나들듯이 할 생각을 하고 저렇게 신바람을 내는구나, 하는 정도였을 것이다. 그때는 옆집도 지금처럼 폐가가 안 됐을 때였다. 정정한 할머니 한 분이 살고 계셨다. 매일같이 집이 달라지는 게 신기한 듯이 구경 와서 기뻐하고 내가 아주 이사 오기를 손꼽아 기다렸다.

　다 된 집으로 몸만 들어갔으니 이사가 아니라 입주였다. 이사하고 나서 모두모두 행복해졌다. 나는 꿈에도 그리던 독채 집에서 주인 행세를 할 수 있게 되었고 기남이는 내 눈치 보지 않고 자기 방을 친구들과 나눌 수 있게 되었고, 우리 둘은 마음껏 사랑을 나눌 수 있는 공간을 갖게 되었다. 그의 친구들이 행복해진 건 말할 것도 없을 것이다. 기남이가 오는 날은 우리 집을 휴양지의 호텔방처럼 상상할 수도 있었다. 기남이는 자주 왔고 공사가 끊겼을 때는 며칠씩 우리 집에서 묵장을 쳤다. 묵장을 칠 때도 놀지는 않았다. 옆집 할머니하고 말벗을 하기도 하고 할머니가 가꾸는 채마밭에 같이 엎드려서 벌레를 잡는지 솎아주는지 한나절을 보내고는 싱싱한 열무나 상추를 한 소쿠리 얻어오기도 했다. 할머니한테 어찌나 잘 보였는지 기남이가 없을 때도 할머니는 나만 보면 푸성귀를 마음대로 뽑아다 먹으라고 성화를 했다. 서울서 할머니의 자손들이 수시로 드나들어 갖다먹지만 먹어도 먹어도 남고, 나눠도 나눠도 남는 게 농사라고 할머니는 가는 눈을 뜨고 자랑했다. 땅이 화수분이야. 할머니의 말버릇이었다. 할머니의 아들딸들도 내가 옆에 사는 걸 좋아하고 고마워하면서 주스나 케이크 따위 할머니 드릴 걸 사올 때 나 줄 것도 사왔다. 거저나 마찬가지 집에 사니 생활비도 훨씬 덜 들어 거저 사는 거나 마찬가지였다. 기남이는 할머니한테 배운 게 아까운지 우리 집 주위에도 밭을 만들었다. 집주인 언니는 대환영이었다. 집만 언니 건 줄 알았는데 집에 딸린 대지가 오백 평이 넘는다며 경계에다 펜스까지 쳐주었다. 꽃도 보고 열매도 따먹을 수 있는 과수도 언니가 사람을 시켜 심어주었다. 나는 창 밑으로 꽃밭을 만들고 기남이는 밭을 만들고, 봄이 무르익자 집 주위가 황홀해졌다. 죽는 날까지 이렇게만 살아도 여한이 없을 것 같았다. 나에겐 돈 되는 일보다 돈 안 되는 일이 더 많았지만 상관없었다.

기남이가 같이 살 때와 마찬가지로 최소한의 생활비를 보탰기 때문에 내 수입은 적어도 그만이었다. 부수입이었으니까. 가끔 여성지나 사보 같은 데 실린 꽤 괜찮은 글의 필자가 프리랜서로 소개된 걸 보면 나도 이왕이면 그렇게 떳떳한 자유 기고가가 되고 싶었고, 누가 시켜만 주면 못할 것도 없다고 생각했지만 욕심이 과하면 마가 낄 것 같아서 그런 생각을 황급히 지우곤 했다. 그 정도로 그동안은 내 생애에서 가장 만족도가 높은 시기였다.

옆집 할머니가 돌아가셨다. 손수 가족들에게 평소와 다른 몸의 이상을 전화로 알릴 만큼 뒷마무리를 깨끗이 하고 돌아가셨다. 달려온 가족들은 이미 숨을 거두신 후에 병원으로 모신 듯했다. 유족들은 처음엔 집을 그 모양으로 비워두고 싶어하지 않았다. 나에게 전세냐 사글세냐를 물었고 전세 오백이라는 걸 알고는 자기들도 그럼 그 값에 부동산에 내놓겠다고 했다. 읍내에도 부동산 하는 집이 있었지만 산모롱이에 가린 이웃 동네의 구멍가게도 부동산 소개를 겸하고 있었다. 인터넷에까지 띄웠다고 했다. 어쩌다 보러 오는 사람이 있긴 해도 집은 빈집으로 퇴락해만 가는 사이에 몇 해가 지났다. 그 집이 안 나가니까 나도 나의 오백만원이 그렇게 하찮게 취급당할 액수가 아니란 생각이 들기 시작했다. 사람이 안 사는 집의 퇴락은 신속했다. 그러나 옆집의 유족들은 가끔 들러서 집 주위를 돌보면서도 퇴락을 걱정하는 눈치는 없었다. 자기 집보다는 우리 집이 잘 있나 보러 오는 사람들 같았다. 전 같지는 않아도 나에게 먹을 거나 일용 잡화 같은 걸 선물로 사올 때도 있었다. 그들은 할머니가 생존해 계실 때보다 더 나에게 고마워했다. 내가 집과 뜰을 그림같이 가꾸면서 사니까 이 동네가 경치 좋다고 소문이 나 땅값이 급상승하고 있다고 좋아하면서, 손가락으로 저기는 평당 얼마에 팔리고 조기는 최근에 더 비싸게 팔렸다고 가르쳐주었다. 땅으로 팔 거면 보기 흉하게 내려앉은 집은 아주 헐어버리면 어떻겠느냐고 했더니 집을 멸실해버리면 새로 집 지을 때 복잡해지니까 땅값도 떨어진다고 했다. 결국 내가 사는 까닭도 두 필지의 땅값을 올려주는 데 있었다는 걸 깨달았다.

기남이가 일거리가 줄어들고 엎친 데 덮친 격으로 자취방이 있는 집이 재개발에 들어가 새로 집을 구해야 한다고 했다. 나의 거처가 안정이 됐으니 자기 걱정을 말라는 눈치가 그 집 보증금 헐어 쓰는 건 시간문제일 듯싶었다. 나는 화가 났지만 일정한 거리를 두고 바라봤다. 나는 적어도 프리랜서였다. 기남이가 서울 생활을 청산하고 서울서 멀지 않은 시골에서 과수원을 하며 거기서 나는 소출로 건강 음료를 생산하는 공장까지 가진 친척집으로 내려가겠다고 했다. 나는 그 친척이란 사람들을 한 번도 만난 적은 없지만 유일하게 기남이하고 안부를 주고받는 사람들이라는 건 알고 있었다. 그 친척마저 없었다면 자기는 고아나 다름없었을 거라고 말하는 걸 보면 정말 하나밖에 없는 친척인 듯했다. 자주는 아니었지만 기남이가 그 집 얘기를 하면서 표정이 부드럽게 풀리는 걸 보면, 나는 이제는 홀로된 엄마의 소원이 생각나 뭉클한 그리움에 사로잡히곤 했다. 엄마의 소원은 내가 결혼식은 안 하고 살아도 좋으니 제발 사진관에 가서 결혼사진 한 장만 박아다 달라는 거였다.

"월급은 얼마씩이나 준대? 덜컥 내려가지 말고 그거 먼저 정하고 가."

"경기가 나빠 공장 경영이 어렵다고 나더러 좀 도와달라는데 까짓것 따지게 됐어. 여기 임금 밀린 거나 청산되면 가겠다고 내 사정을 얘기했더니 급한가봐. 요새 다들 어려운데 어느 하세월에 받겠느냐고 그냥 빨리 오래."

그 집에선 아마 올데갈데없어 찾아간 기남이에게 아무것도 묻지 않고 따뜻한 잠자리를 제공해준 적이 있을 것이다. 그런 추측만 가지고도 나는 기남이를 말리지 못했다.

오늘은 그렇게 해서 친척이 있는 시골로 내려간 기남이가 오는 날이다. 일주일에 한 번은 다니러 오던 기남이가 이번에는 거의 한 달 만에 온다. 과수원이 한창 바쁠 때라고 했다. 기남이가 온다고 하니까 세상이 한층 밝고 아름답다. 이곳은 5월이 가장 아름다운 줄 알았는데 이제 보니 6월이 절정인 것 같다. 장다리가 나온 푸성귀밭에선 벌들이 잉잉대고 살구 철은 막 지났지만 자두가 예쁘게 익어가고 있었다. 비료를 안 해서 그런지 맛은 별로다. 과수원에서 일하게 됐으니 과일을 달게 하는 법도 가르쳐줄 것이다. 기남이는 아무것도 전공을 한 건 없지만 눈썰미 하나로 못 하는 게 없다. 숲에 기남이하고 오랜만에 회포를 풀 수 있는 향기롭고 오붓한 자리도 봐놨다. 때죽나무꽃이 하얗게 만개해 그윽한 향기를 풍기고 있는 곳이다. 오솔길로부터도 집으로부터도 안 보이는 호젓한 곳이다. 집 안 놔두고 왜 하필 여기냐고 물으면 때죽나무 때문이라고 말하리라. 그래도 일단 식탁은 아름답게 장식해놔야지. 나는 자두나무 밑에 수북하게 떨어진 자두 중에 예쁜 것만 골라 줍는다. 들어와 하얀 접시에 담으려는데 한쪽이 이지러진 자두가 보인다. 벌레 먹은 과일이 더 달다는 걸 나는 경험으로 알고 있다. 벌레 먹은 자두의 성한 쪽을 한입 덥석 문다. 자두의 단맛을 미처 혀로 느끼기도 전에 안에서 불개미떼가 쏟아져나와 사면팔방으로 발산을 한다. 이놈의 것들은 애초에 박멸을 하지 않으면 그 번식을 당해낼 도리가 없다. 한번은 비스킷 부스러기를 잘 처리하지 않아 혼난 적이 있다. 너무 작고 속도가 빠른 것을 손바닥으로 눌러 죽이기는 쉬운 일이 아니다. 반도 못 눌러 죽인 건 재빠르게 입술을 물고 달아난 놈 때문이었을 것이다. 곤충에 물린 데 바르는 약을 발랐건만 보기 싫게 부풀어오른 왼쪽 입술은 가라앉지 않는다. 이 지경까지 당하면서 자두 한 알을 놓고 불개미와 사투를 벌인 나를 누가 엿보았다면 내 꼴이 어땠을까. 사람의 눈높이보다 훨씬 더 높은 곳에서 바라보는 눈이 있었다면 불개미나 인간이나 비슷하게 미소하고 불쌍해 보였을 터이나 혼자 있을 때도 자꾸만 의식하게 되고 깜짝깜짝 놀라기까지 하는 건 그런 초월적인 시선이 아니다. 습관처럼 창밖과 양쪽에 코스모스를 심어놓은 오솔길과 오솔길이 끝나는 곳에 주차장으로 쓰는 공터까지를 한 바퀴 훑는다. 혼자 살면서도 수시로 드나드는 외부 사람을 시도 때도 없이 의식하면서 깜짝깜짝 놀라는 버릇은 집 안에 있는 물건들과의 불화와 거의 동시에 시작된 버릇이다. 오늘은 토요일이니까 주인언니가 부부 동반으로 놀러올 확률이 가장 높은 날이다. 주말 아니라도 그들이 제집 드나들듯 아무런 사전 연락 없이 드나든 지는 오래된다. 하긴 자기 집이니까.

내가 채소밭을 가꾼 게 잘못이었을까. 나는 언니가 다니러 올 때마다 뭔가 싸주고 싶어했고, 시장에서 파는 것보다 때깔이 형편없는 것을 마다 않고 주는 대로 가져가는 것만 고마워 무농약 채소의 우수성을 강조했다. 맛 들이면 사 먹는 것에다 댈 것도 아니게 고소하고 영양도 풍부하다고. 언니도 차츰 거기 동의해주게 되었다. 나는 신바람이 났다. 옆집 할머니 말 짝으로 땅은 화수분이니까. 넘치니까 덜어낼 수밖에 없고, 이왕이면 낯나게 덜어내야 하지 않겠는가. 내가 인심이 좋은 게 아니라 땅에서 인심 나는 거였다. 언니가 점점 더 욕심을 내기 시작했다. 먹을 만큼 이상을 가져가고 싶어했다. 먹어본 사람은 다들 사 먹는 것보다 맛도 있고 안심이 된다고 칭찬이 자자하다면서 내가 가꾸는 꽃밭까지 채소밭을 만들었으면 하는 눈치였다. 그뿐이 아니었다. 사람들을 데려오기 시작했다. 데려와서는 밥만 있으면 된다고, 밥하고 상추쌈하고 고추장만 있으면 된다고, 나한테 밥을 시키기 시작했다. 사람들이 내 눈치를 보면서 누구냐고 저 사람을

170

저렇게 부려도 되느냐고 물으면 괜찮다고 우리 집을 거저나 마찬가지로 빌려 쓰는 사람이라고 말하곤 했다. 처음엔 전세 든 사람이라고 했다가 이런 집은 전세가 얼마쯤 되느냐고 물으면 전세랄 것도 없어 거저나 마찬가지로 쓰게 한 거니까, 라고 했을 것이다. 그러다가 전세 든 사람에게 이렇게 일을 시켜도 되느냐고 묻는 이도 있었을 것이다. 그러면 괜찮아, 괜찮다니까, 거저나 마찬가지로 차지하고 있는 집이니까. 나는 언니가 뻔질나게 데려오는 사람들 때문에 거저나 마찬가지란 소리도 그만큼 자주 듣게 되었고, 나도 모르게 그 말에 길들게 되었다. 그런 게 체념이라는 것일 것이다. 언니가 남편까지 데려오기 시작하면서 내호칭은 별장지기로 바뀌었다. 그는 친구들에게 그 집을 별장처럼 쓰는 집, 나를 별장에서 그냥 사는 사람으로 부르는 것 같았다. 나는 그 남자가 출세 가도를 달리고 있다는 걸 그가 데려오는 사람들의 태도나 타고 오는 차만 봐도 알 수가 있었다. 고급 승용차로 주차장으로 쓰는 공터가 모자랄 적도 있었다. 찌개 거리를 사가지고 오기도 하고 마당에서 고기를 구워먹기도 했다. 마당에 바비큐 할 수 있는 시설과 비치파라솔도 설치하게 되었다. 그들은 나를 아줌마라고 부르면서 마음대로 뭐든지 시켜먹었다. 나에게 팁을 줄까 말까 언니의 남편에게 묻는 사람도 있었다. 그럼 팁은 무슨, 거저나 마찬가지로 사는 여잔데, 아마 그랬을 것이다. 나는 그것까지는 귀담아듣지 못했다. 아마 자존심의 찌꺼기가 귀를 막았을 것이다. 그들이 좋은 술을 곁들인 식사를 하면서 하는 얘기는 주로 그 근처 땅값에 관해서였다. 나이 먹거나 일찍 은퇴하게 되면 펜션이나 하나 가지고 싶다는 소망이 그들 사이에서는 가장 옹졸한 소망인 것 같았다. 직접 땅값을 알아보고 나서는 이 집 주인남자의 선견지명에 혀를 차곤 했다. 땅값이 장난이 아닌데. 그러면서 이렇게 호젓하고 자연이 훼손되지 않은 데가 서울서 불과 삼십 분이라고도 했고 사십오 분이라고도 했다. 아마 각자가 출발한 지점으로부터의 시간일 것이다. 다행히 남자들끼리만 오는 경우는 얼마 되지 않았다. 몇 쌍의 부부 동반이 올 적에 보면, 야외에 나가면 요리는 남자가 하게 되어 있다는 우리끼리의 상식이 전혀 들어맞지 않는 사회도 있다는 걸 알게 된다. 여자들은 다투어 팔뚝을 걷어붙이고 요리 솜씨를 부리느라 부산을 떨면서 나한테는 푸성귀를 뽑고 다듬고 씻는 일과 설거지만 시켰다. 그들도 이제 거저나 마찬가지에 길들여져 나에게 거침없이 그런 일을 시켰고 마음에 안 들게 한 것은 타박을 하기도 했다.

나는 비로소 '거저나 마찬가지'를 심각하게 의심하기 시작했다. 거저면 거저고 아니면 아니지 마찬가지란 무엇일까. 이 집을 정말 거저로 빌려준 거라면 나로부터 아무런 대가도 바라지 말아야 한다. 전세금이 살아 있어 내가 전세를 든 거라면 당연히 전세 들어 있는 동안의 내 프라이버시는 보장돼야 한다. 그러나 내가 이런 심각한 의문에 사로잡혔을 때는 이미 나의 오백만원은 없는 거나 마찬가지였다. 할머니가 돌아가셨을 당시만 해도 그 집을 오백만원에 전세놓으려 했지만 작자가 없어서 결국은 폐가가 되도록 방치할 수밖에 없었다. 그러나 그때하고 지금하고는 사정이 다르다. 이 집은 날로 반들반들해지고 이 근처의 땅값은 천정부지로 오르고 펜션까지 들어서고 있다.

자주 만나지 못하는 게 아쉽기는 해도 기남이가 그나마 일거리를 찾아간 게 생각할수록 다행이다 싶게 없는 사람들 살기는 날로 팍팍해지는데 언니네는 부부가 함께 승승장구하고 있었다. 예전에 같이 고생하던 동지들이 다 잘돼서 언니 남편도 꽤 높은 공직에 등용됐고 언니도 여성과 소외 계층을 대변하는 시민단체를 주도하면서 여기저기 매스컴에도 수월찮게 오르내리고 있었다. 그들이 잘돼가면서 나를 우습게 보기 시작했고, 그들이 잘돼가는 속도로 나는 전락해가고 있었다. 언니 이름으로 글이 나가게 되면서 나한테 윤문을 부탁하는 일도 없어졌다. 누가 묻지도 않았는데 내 문장은 논리가 빈약하고 너무 감성에 치우쳐 칼럼보다는 자서전 대필에나 알맞을 것 같아 알아보는 중이라고 했다. 그들은 이제 이 집을 전세놓았다는 사실을 잊어버린 것처럼 대놓고 별장이나 주말 농장 취급을 했다. 종당에는 내가 침실로 쓰던 안방까지 내주게 되었다. 몇 쌍이 부부 동반으로 놀러왔다가 언니네 부부만 처지더니 자고 가겠다고 해서 내가 안방으로 쓰던 방을 내줘야 했다. 자보니 기분이 얼마나 좋던지 어려운 후배가 결혼하면 여기 와서 첫날밤을 보내도록 하겠다고 벼르기까지 했다. 거저나 마찬가지의 함정은 이렇게 바닥도 끝도 없었다.

꽃이 만개한 때죽나무 아래는 순결한 짐승이나 언어가 생기기 전, 태초의 남녀의 사랑의 보금자리처럼 향기롭고 은밀하고 폭신했다. 기남이는 기다린 시간보다 늦게 왔고 일찍 가야 한다는 소리 먼저 했으므로 백자 과반에 깨물고 싶게 육감적인 자두로 장식한 식탁에 마주앉아 말로 푸는 회포의 시간을 생략하고 곧장 때죽나무 그늘로 데리고 갔다. 나는 누워서 올려다보는 경치만 생각했는데 그는 내가 누울 자리 걱정부터 했다. 풀이 무성해 푹신할 줄 알았는데 손바닥으로 더듬으니까 울퉁불퉁 바위 모서리와 잡석이 만져졌다. 그는 그런 것들을 제거하고도 마음이 안 놓이는지 입고 온 철 지난 낡은 점퍼와 티셔츠까지 벗어서 내가 누울 자리에 깔았다. 그가 만들어내는 분위기는 편안했지만 그의 숨결은 거칠지 않았다. 그다음에 그가 뭘 할지 뻔했다. 그는 내 생리 주기까지 정확하게 알고 있으니까 피임 기구를 꺼낼 것이다. 나에 대한 사랑이 부족해서 아이를 원치 않는 게 아니라 아이가 생겼을 때 내가 전적으로 짊어지게 될 고생을 원치 않는 것이라는 걸 나는 알고 있다. 타인에 대한 배려나 염려는 그의 천성이었다. 손가락이 잘려나간 견습공을 데리고 같이 병원으로 달려가던 날 생각이 났다. 그 생각이 날 때마다 남녀 간의 운명적인 사로잡힘과 일치감에 가슴이 뜨거워지곤 했는데 지금은 그게 안 됐다. 그의 박애정신에 나는 연애 감정으로 화답한 건 아니었을까. 어긋나는 걸 그런 식으로 봉합해서는 안 되지. 그의 박애정신에 침을 뱉고 싶었다. 돈 얘기처럼 인간관계 속에 숨은

174

그럴듯한 허위의식을 신속하게 걷어내는 것도 없다.

"먼저 애기 좀 해."

"뭐 궁금한 거 있어? 해봐."

"너 벌써 몇 달째 생활비 한 푼도 안 냈어."

"말했잖아? 경기가 안 좋다고."

"그럼 놀고먹어? 아니잖아. 일해줬으면 마땅히 임금을 요구해야 하는 거 아닌가."

"그 친척은 나한테는 가족과 마찬가지야. 식구끼리 고락을 같이해야지 어떻게 인정머리 없이 내 잇속만 챙기냐."

"아, 또 그놈의 마찬가지 소리? 정말 야마 돌겠네. 그 집 아들 작년에 유학 보냈다며? 불경기에 유학까지 보냈으니 더 돈에 째이겠지? 지 자식은 유학 보내고 너한테는 품삯도 안 주는데 네가 그 집 가족과 마찬가지라고? 너 바보니?"

"별안간 왜 그래? 네가 그랬잖아, 여기선 거의 생활비가 안 든다고."

"그래, 나 거저나 마찬가지로 산다. 어쩔래? 그렇지만 섹스도 공짜로 하긴 싫어. 그렇겐 안 할래."

"그럼 너 나한테 화대를 내란 소리니?"

"어쭈, 오버도 할 줄 아네. 너만 그러라는 게 아냐. 나도 거저나 마찬가지 섹스는 안 할 거야. 대가를 치르잔 말야. 책임을 지자고. 너 날 조강지처나 마찬가지라고 했지. 너 언제까지 조강지처한테 장화 신고 찾아올래?"

"아이를 갖자고? 꿈도 크다. 네 나이가 몇 살이냐?"

"너 날 모욕했어. 장화만 벗으면 용서해줄게. 길고 짧은 건 대봐야 하니까."

"우리처럼 못난 부모 만나는 애가 불쌍하잖아."

"못난 건 아녜. 못났으니까 자식 덕이라도 좀 보자는 거야. 아이가 우리에게 비빌 언덕이 될지 누가 알아. 우리는 아이 핑계로라도 달라져야 해. 어떡하든지 달라지고 싶어. 거저는 사절이야. 우리 거저 근성부터 고치자. 응? 싫음 그만두고."

나는 그가 머뭇거리지 못하게 얼른 그의 손에서 길 잃은 피임 기구를 빼앗아 내 등뒤에 깔고 눈을 질끈 감아버렸다. 내가 눈을 떴을 때 내 눈높이로 기남이의 얼굴이 떠오르든 때죽나무꽃 가장귀가 떠오르든 나는 후회하지 않을 것이다.

촛불 밝힌 식탁

　나는 초등학교 교장 자리에서 퇴직한 지 오 년 남짓 된 늙은이
이다. 고지식하게 고향 소도시를 못 면하고 그 언저리를 전전하
면서 교직생활을 하다가 교감으로 퇴직할 줄 알았는데 운좋게
정년을 삼 년 남겨놓고 교장이 될 수 있었다. 마누라는 그게 고
맙고 신기한 모양이다. 집에서나 밖에서나 아직도 나를 교장선
생님이라고 부른다. 퇴직하고 나서도 얼마간 학교 근처의 텃밭
딸린 집을 못 떠나고 있다가 서울로 온 것은 자식 가까이 살고
싶어서였을 것이다. 시골집과 마누라가 근검절약해가며 조금씩
사놓은 땅을 팔아 지금 사는 서울의 버젓한 아파트로 이사했기
때문에 내가 뭐 해먹고 살던 늙은이인지 아는 사람이 없고, 그런
걸 궁금해하는 사람도 아마 없을 것이다. 수위 아저씨나, 얼굴을
익혀 인사라도 하게 된 이웃 사람들은 나를 그저 할아버지 혹은
아저씨라고 부른다. 길 갈 때나 전철 안에서 누가 나를 불러야

할 일이 있을 때 할아버지라고 안 하고 아저씨라고 불러준 날은 나의 재수좋은 날이다. 그렇다고 내가 호칭에 민감하거나 까다로운 늙은이는 결코 아니다.

고교 동창끼리 부부 동반으로 모이는 모임이 한 달에 한 번씩 있는데 왕년의 지방 명문고라 출세한 친구가 꽤 된다. 나는 서울 사람이 되고 나서 어찌어찌 연락이 닿아서 끼게 된 거니까 자세한 속사정은 잘 모르지만 한 번이라도 출세라는 걸 해본 친구만 꾸준히 나오게 되어 그 모임의 명맥이 유지돼왔으리라는 생각이 든다. 마누라들이 남편을 말할 때 장관님, 차관님, 청장님, 시장님, 의원님 하는 식으로 남편이 거쳐온 관직 중 제일 높은 관직으로 부르는 게 그 모임의 관례인 것 같다. 장관 경력은 미처 두 달이 안 되고 그후엔 국회의원에 출마했다가 낙선하고 불운을 겪다가 지방대학 교수직을 마지막으로 은퇴한 친구도 마누라는 그를 교수님이라 부르지 않고 꼬박꼬박 장관님이라 부르는 모임이니까 교장선생님 정도는 초라한 호칭이다. 마누라가 그 모임의 흉내를 내서 나를 교장선생님이라 부르는 거라면 아마 나는 못 하게 했을 것이다. 마누라는 그전부터도 그랬고, 집에서나 밖에서나 그렇게 부르던 걸 못 고치고 있을 뿐이고, 나는 그 과시적인 자리에서 하나도 주눅들지 않고 나를 그렇게 불러주는 마누라가 사랑스럽다. 마누라가 주눅들지 않고 나 역시 장관님이나 의원님 소리에 닭살이 돋지 않게 되었으니 마누라가 얼마나 고마우냐 말이다. 나는 마누라를 아끼고 사랑하며 오래오래 행복하게 살다가 누가 먼저 저승에 가면 거기서 너무 오래 기다리게 하지 않고 앞서거니 뒤서거니 이 세상 뜨고 싶다. 왠지 요새 자꾸 그런 소원이 절실해진다.

내 볼일로 혼자 시내에 나왔다가도 마누라가 깜짝 놀라면서 좋아할 선물이 뭐 없을까 해서 그럴듯한 가게를 기웃거릴 적이 있다. 티브이 연속극을 보면서 익숙해진 요새 젊은 애들이 사귀는 풍속도의 영향일 것이다. 비싸지 않고, 예쁘고, 앙증맞고, 기발하고, 생필품이 아니면 좋을 것 같다는 생각을 하면서 선물용의 팬시한 물건들만 파는 가게들이 밀집한 거리를 어정거리다가 양초만 전문적으로 파는 가게 앞에서 걸음을 멈추었다. 나도 모르게 밀고 들어간 유리문이 가게 전체의 폭이고, 깊이는 그보다 훨씬 더 된다고 해도 전체 넓이가 한 평 정도밖에 안 되는 작은 가게였다. 작은 공간을 최대한 이용한 선반과 진열장을 아기자기하게 채운 초들은 불을 켤 수 있는 초라기보다는 보기만 해도 즐거운 점토나 밀랍으로 만든 조형물처럼 보였다. 색채도 가지가지거니와 모양도 물에 띄울 수 있는 작은 연꽃 모양으로부터 성탄절 장식용인지 팔뚝만한 원통 속에 창을 내고 그 안을 들여다보면 구유에 누운 아기 예수가 들어앉아 있는 초까지 아이디어도 다채로웠다. 어려서 어머니를 따라 절에 가던 생각이 났다. 나는 손위 누나보다 열 살 아래 막내이자 외아들이었기 때문에 어머니는 내 수명장수를 빌러 절에 다니셨다. 나를 위해 절에 바치는 건 아까울 게 없다 하시면서도 구멍가게에서 절에 가지고 갈 초를 살 때마다 작은 돈을 깎으셨다. 길쭉한 남색 갑에 양초가 여섯 자루씩 들어 있었다. 어머니는 한 갑을 사가지고 가서 두 자루만 부처님 앞에 켜고 나머지는 절에 놓고 오셨고 딴 신도들도 다들 그렇게 하는 것 같았다. 나머지의 그 많은 초들을 절에서는 무엇에 쓸까, 혹시 되파는 게 아닐까, 푼돈도 어려운 시절이었기 때문인지, 나의 소년 시절은 상상력조차 이렇게 메마르고 빈핍했다. 가슴이 알싸하면서 맥없이 눈물이 핑 돌았다. 어머니를 생각해서가 아니라 유난스러울 수밖에 없는 홀시어머니를 돌아가시는 날까지 지성껏 모신 마누라 때문이었다.

소녀들이 지저귀듯이 명랑하게 떠들며 몰려들어왔다. 통로는 소녀들을 비집고 나가기도 불편한 너비였다. 나는 얼른 아까부터 눈여겨보던, 소년 소녀의 머리 꼭대기로 심지가 나와 있지 않으면 그냥 귀여운 인형처럼 보이는 양초를 한 쌍 샀다. 오늘은 집 안의 전깃불을 다 끄고 이 촛불만 밝히고 우리 둘이서 오붓하게 저녁을 먹자고 하면 마누라는 알아들을까. 알아듣는 것보다 더 어려운 것은 받아들이는 일일 것이다.

우리 부부가 낯선 서울로 이사 온 것은 오랫동안 떨어져 살던 아들 내외와 가까이 살고 싶어서였다. 마누라의 영악한 재테크 덕에 아들을 결혼시킬 때 자그마한 아파트도 한 채 장만해주었겠다. 우리가 여생을 서울에서 보낼 뜻을 비치면 으레 같이 합치잘 줄 알았다.

아들이 얼마 정도의 아파트를 원하느냐고 부동산 업자처럼 사무적으로 물어보길래 "너희들 아파트를 팔아 보태면 비싼 동네의 평수 넓은 아파트도 살 수 있을 만큼 가지고 있단다. 돈 안 쓰는 재주하고, 모인 돈은 누가 집어갈까봐 얼른 땅하고 바꾸는 재주밖에 없는 너희 엄마 덕이고, 그동안 시골 땅값이 엄청 오른 덕이긴 하지만 내가 평생을 바쳐 일군 귀한 재산이기도 하니 너희들하고 같이 누리고 싶구나."

내 생각으로 결코 지나친 욕심을 부린 것 같지 않은데 며늘애가 눈을 똑바로 뜨고 말했다.

"아버님, 저희들이 맞벌이하면서 연년생으로 아이 둘 키울 때 얼마나 힘들었는 줄 아세요. 사는 게 사는 게 아니었어요. 친정 엄마가 파출부처럼 드나드시지 않았으면 우리 둘 중의 하나가 직장 그만둬야 했을걸요. 솔직히 저이 직장보다 제 직장이 도중에 그만두기 아까운 직장이란 건 아버님이 더 잘 아실 거예요. 그렇게 눈물나게 아이들 키워 이제 돈 들 일만 남았지 잔손 갈 일은 없어져서 숨 돌리게 되니까 같이 사시자고요?"

며느리는 우리 부부를 마치 이런 염치없는 늙은이들이 있나, 하는 시선으로 바라보면서 또박또박 말했다. 말이 난 김에 말인데 며느리는 중학교 사회 선생이다. 나는 무안하고도 참담해서 마른 입술을 축여가며 겨우 이렇게 말했다.

"우리도 며느리 시집살이할 생각 추호도 없다. 그래도 손주가 뭔지 그것들 드나드는 것도 보고 말벗도 됐으면 늘그막에 한결 덜 적막할 듯싶어 한번 해본 소리였으니 마음에 두지 말거라."

아들이 위로한답시고 한술 더 떴다.

"아버지 그건 손자가 예뻐서가 아닐 거예요. 아이들하고 정들 새가 없으셨잖아요. 직업병일 거예요. 평생 아이들하고 같이 사셨으니까 아이들이 빠진 생활을 상상을 못 하시는 거죠."

이런 쓸개 빠진 머저리 새끼 같으니라구. 그래도 며느리가 한결 다부진 데가 있었다.

"아버님, 이왕 이렇게까지 말이 나온 김에 제가 어려운 부탁 하나 드릴게요. 아버님은 쭉 지방에만 사셔서 잘 모르시겠지만 지금 우리 사는 아파트가 얼마나 후진 아파트라고요. 처음에 사주실 때 조금만 안목을 높여 사주셨더라면 투자가치도 있었을 텐데, 영 아니거든요. 우리 동네처럼 안 오르는 동넨 처음 봤어요. 왠 줄 아세요. 학군이 안 좋고 학원도 좋은 학원이 없기 때문이에요. 맞벌이까지 하는 우리가 어떡하든지 우리 힘으로 그놈의 동네를 면해야 하는 건데 과외공부비 때문에 돈을 모은다는 건 엄두도 못 낸다니까요. 아버님은 이제 가르칠 아이도 없는데도 좋은 동네에서 사시고 싶으신가본데 저희들은 오죽하겠어요. 그러니까 좋은 동네에서 합쳐 살 돈을 쪼개서 좋은 동네에 아파트를 두 채 장만하도록 하는 게 어떻겠어요. 물론 지금 사는 저희 아파트는 처분해서 보태야죠. 보태고말고요."

이렇게 해서 며느리가 봐놓은 학군 좋은 아파트단지에 아파트를 두 채 사게 되었다. 우리는 두 늙은이가 살 거니까 작은 걸로 아들네는 네 식구가 살 거니까 사십 평이 넘는 걸로 했다. 일이 그렇게 가닥을 잡자 일사천리로 진행이 잘되었다. 같은 단지라 해도 대단지라 얼마든지 떨어져서 장만할 수도 있었고 며느리는 그러고 싶은 눈치가 역력한데, 우리도 배알이라는 게 있는 늙은이고 또 칼자루를 쥐고 있다는 배짱 때문에 앞 베란다에서 뒤 베란다를 바라볼 수 있는 앞뒤 동으로 정할 수가 있었다. 마누라는 그런 소리를 어디서 얻어들었는지, 수프가 식지 않는 거리가 따로 사는 부모 자식 간의 이상적인 거리라고 좋아했다. 나는 마누라에게 그런 소리는 입 밖에도 내지 말라고 윽박질렀다. 왜냐하면 며느리가 가끔가끔이라도 따뜻한 음식을 해 날라야 될 것 같은 부담을 느끼기 알맞은 소리였기 때문이다. 그 대신 나는 불빛을 확인할 수 있는 거리라는 말을 썼다.

"나도 폐 될까봐 지척에 살 생각은 없었다. 그러나 늙은이 일은 모르는 일, 더군다나 우리 두 늙은이 중 하나가 죽으면 너희가 부담을 안 느낄래야 안 느낄 수 없게 될 터. 매일 문안은 못할지언정 불빛으로라도 오늘도 저 늙은이들이 살아 있구나 확인하고픈 게 자식 된 도리가 아니겠냐. 우리도 너희 집 창문에 불이 켜지면 내 새끼들이 오늘도 무사히 집으로 돌아왔다는 신호로 받아들이고 편안한 잠자리에 들 거 아니냐. 서로 불빛을 확인할 수 있는 거리에 산다는 것, 바쁜 자식과 할 일 없는 늙은이끼리 이보다 더 좋은 소통의 방법이 없을 것 같구나."

약간의 비양거림도 섞인 말을 손톱도 안 들어가게 야물딱지기만 한 며느리가 그냥 들어넘길 리가 없었다.

"앞으로 남자 평균연령도 아흔다섯까지 된다고 하는데 벌써 그런 말씀 하시는 거 아니죠."

사뭇 훈계조다. 이런 자세한 속사정까지 알 리 없는, 고교 동창들은 내가 아들네하고 불빛을 확인할 수 있는 거리에 살게 됐다는 소리만 듣고도 게걸스러울 정도로 부러워했다. 자식이 그 정도로만 부모하고 가까이 살자고 해도 효자라는 거였다. 효자 아들 됐다고 부러워하는 소리가 그냥 해보는 위로의 말이 아니라 정말 부러워한다는 걸 안 나는 남의 이목이 뭔지, 얼떨결에 모범적인 노후설계를 한 것처럼 자족하게 되었다. 으쓱하기까지 했다. 며느리도 가깝게 지내보니 결코 이악하기만 한 아이가 아니었다. 부모한테도 신세를 지거나 걱정을 끼치는 걸 극도로 싫어해서 좀 정이 없어 보일 뿐 경우 하나는 똑떨어지게 밝은 아이였다. 한 달에 한두 번은 꼭꼭 우리 부부를 초대해서 손자들과 함께 저녁식사를 같이하도록 했다. 아이들은 남매인데 잘 길러 건강하고 청결하고 예의발랐다. 그런 얘기를 동창회에서 하면 그 당연해 보이는 일까지 샘들을 내곤 했다. 과외공부에 바쁜 애들을 조부모와 같은 식탁에 앉힌다는 게, 그것도 정기적으로, 그건 보기 드문 효도라는 거였다.

들을수록 해괴한 소리뿐이었다. 아무리 촌구석에 있었다고는 하나 화전을 일구다 온 것도 아니고, 지리산 골짜기에서 서당선생을 하다 온 것도 아니고 현존하는 이 세상에 나가 사람 노릇을 하는 데 지장이 없을 만큼의 기본적인 인성교육을 시키는 곳의

장으로 있다 온 사람이 도저히 납득할 수 없을 만큼 어떻게 이렇게 고약하게 이 세상이 변했단 말인가.

그나마 내 자식이 그 고약한 세상에서 첨단을 가게 변하지 않은 것만도 다행이었다. 그것도 다 도시 친구들과 어울릴 기회가 자주 있으니까 깨닫게 된 거였다. 그러나 남이 부러워하고 좋다고 하니까 나도 좋은 줄 안 건 오래가지 않았다. 사람의 오관 중 가장 정직한 입맛이 먼저 입바른 소리를 하기 시작했다.

아들네 집에 처음 초대받을 때만 해도 아들네 식탁의 깔끔하고 장식적이고 국적 불명의 퓨전 요리를 신기해서 하나하나 맛보면서 그 요리법까지 묻던 마누라가 차츰 시들해하더니 나중에는 집에 와서 김치 국물로 입가심까지 하게 되었다. 그리고 손자들이야 그 맛밖에 모르고 자랐으니까 할 수 없다손 쳐도 내 새끼 불쌍해서 어쩌나 탄식을 하곤 했다. 그리고 마침내는 청국장을 맛있게 끓인 날 아들네 집에 그걸 갖다주고 왔다. 아들이 희색이 만면해서 그걸 반기더란 얘기를 자랑스럽게 하면서 앞으로는 종종 그럴 거라고 했다. 거기 재미를 들인 마누라는 아들이 좋아하던 음식을 하나하나 생각해내서 나르는 빈도가 점점 잦아졌다. 아들이 눌은밥을 좋아하던 걸 생각해냈다 하면, 아이고 불쌍한 내 새끼, 눌은밥도 못 얻어먹고 살다니, 하면서 새로 돌솥을 사다가 일부러 눌은밥을 만들어서 갖다주고 오기까지 했다. 나는 아들네로 음식 해 나르는 재미로 새록새록 살맛이 나 보이는 아내가 측은하고도 불안해 여보, 넘치는 건 모자라는 것만 못하다우, 하고 넌지시 귀띔을 하곤 했다. 그러지 않았으면 아마 매일 그 짓을 하고 싶어했을 것이다. 가끔 허탕을 치고 올 적도 있었다. 온 식구가 외식을 하는지 집이 비어 있더라고 했다. 정성을 다해 솜씨 부린 별식을 못 먹이고 온 마누라는 어깨가 축 처지고 황량해 보였다. 나는 그런 마누라가 보기 싫어 큰 소리로 화를 냈다.

"그냥 무턱대고 가면 어떡해? 우리가 왜 앞뒷집에 사는데. 아들네 집 창에 불이 안 들어오면 그건 아직 아무도 집에 안 들어왔다는 표시 아닌감."

"참 그렇군요. 그걸 왜 몰랐을까."

마누라가 다시는 허탕치는 일이 없도록 마누라가 아들을 위한 별식을 만드는 동안 나는 베란다에 나가 아들네 집 창문의 불빛을 살피는 역할을 맡게 되었다. 누가 시켜서가 아니라 나도 아내 못지않게 조바심이 나서였다. 무심히 볼 때는 몰랐는데 지켜보고부터는 창에 불이 안 들어오는 날이 점점 잦아지는 것 같았고, 그건 신기할 정도로 마누라가 별식 만드는 날과 일치하곤 했다. 아들이나 며느리는 정기적으로 우리한테 전화를 걸기 때문에 그 기회에 슬쩍 요새 너희 식구들이 늦게 들어오는 거 같더라고 했더니, 아이들은 과외 때문에 들어오는 시간이 워낙 들쭉날쭉하고, 저희들은 피곤하면 집에 가 밥해 먹기 귀찮아 서로 약속해서 밖에서 먹고 들어가는 날이 많다고 했다. 그 말투의 데면데면함이 감시당하기 싫다는 의사표시 같아서 나는 그럴 때는 우리한테 와서 먹고 가지 그러냐고 하고 싶은 걸 꾹 참았다.

아무리 부모 자식 간에도 감시하는 마음으로 지켜본다는 건 안 좋은 일이었다. 나는 언제부터인지 아들네의 불 꺼진 창이 딴 집의 불 꺼진 창하고는 다르다는 걸 알게 되었다. 칠흑이 아니라 모닥불의 잔광 같은 불확실한 밝음이 깊은 데서 일렁이고 있는 것 같은 느낌이 왔다. 퓨전 음식을 더욱 분위기 있게 만드는 아름다운 양초가 켜진 식탁이 떠올랐다. 그 식탁에 손자들도 함께 하고 있는지는 그닥 중요하지 않았다. 그건 사실이 아니라 망상일 수도 있었다. 망령 부리기에 이른 나이도 아니니까. 그렇다고 일찍 망령 나는 게 자랑일 수는 없지 않은가. 망상으로부터 하루빨리 벗어나야 한다고 생각했다. 마누라가 입맛으로 아들을 붙잡아둘 수 있다는 망집에서 하루빨리 벗어나야 하듯이. 모닥불의 잔광 같은 희미한 빛을 보았다기보다는 느낀 어느 날 저녁, 그날은 마누라가 아들을 위한 별식 같은 걸 한 날도 아닌데 나는 슬쩍 산책 나가는 척 혼자 나가 맞은편 아들네 아파트로 올라가 초인종을 눌렀다. 연거푸 두 번 세 번까지 눌러보았다. 아무도 문을 열어주지 않았지만 나는 느낌으로 안에서 웅성대는 인기척과 현관문에 달린 동그란 렌즈가 비정한 외눈으로 변하는 걸 알았다. 확인된 바 없는 느낌은 마누라에게 함부로 말하는 게 아니다.

그쯤 해서 조용히 물러나려고 엘리베이터에 올라 일층을 누르는데 마침 아들네 앞집 907호에서 아기를 안은 여자가 톡 튀어나와 같은 엘리베이터를 타게 되었다. 여자가 붙임성 있게 미소

짓길래 나도 답례로 무슨 말이든지 해야 될 것 같아, 908호 아직 아무도 안 들어왔나보죠? 하고 내가 할 일이 없어 엘리베이터나 타고 오르락내리락하는 실없는 늙은이가 아니라 당당하게 908호에 볼일이 있어서 왔다간다는 표시를 했다.

"앞집 선생님이요? 들어오셨는데. 방금 전에 저희 집으로 파한 뿌리 얻으러 오신걸요."

마누라도 알 건 알아야 한다. 하나 나처럼 충격적으로 알게 하고 싶진 않다.

우리도 젊은이들처럼 무드 한번 잡아봅시다. 이러면서 온 집 안의 전깃불을 다 끄고 소년 소녀가 마주보고 생긋 웃는 형상의 아름다운 한 쌍의 양초로 식탁을 장식한다면 알아들을까.

마누라에게는 알아듣는 것보다 받아들이기가 더 어려울 것이다.

쇼윈도에 비친 내 모습이 두 자루의 양초밖에 안 들었다기에는 너무도 무겁게 처져 보였다.

대범한 밥상

내시경이다, MRI다. 힘든 검사로 사람을 초주검을 만들어놓고 나서 겨우 한다는 소리가 살날이 앞으로 석 달밖에 안 남았다고 했다. 남편이 먼저 저세상으로 간 지 삼 년 만이었다. 남편은 당시의 남자 평균수명을 겨우겨우 채우고 갔지만 여자의 평균수명은 남자보다 훨씬 길고, 나는 남편보다 다섯 살이나 손아래니까 그이보다 단명하는 셈이다. 육십보다는 칠십이 더 가까운 나이에 죽는 걸 단명, 어쩌고 한다면 아마 저승사자가 다 웃겠지. 그러나 나는 저승사자를 웃기지는 않을 것이다. 충분히 살았다고 여기고 있고, 따라서 몸부림 같은 건 치지 않을 테니까.

남은 석 달이 문제였다. 좋은 일이든 나쁜 일이든 날 받아놓고 석 달은 쏜살같을 법도 한데 나에겐 지루하게만 느껴졌다. 너무 지루할 것 같아서 망연했다. 그건 아마도 남편의 마지막 석 달에 대한 기억 때문일 것이다. 나는 사십대에 유방암 수술을 받은 적

대범한 밥상 189

이 있는데 근래에 몸이 갑자기 쇠약해져서 검사를 받은 결과 여러 장기로 전이가 돼 삼 개월을 넘기지 못할 거라고 했지만, 그이는 멀쩡하던 사람이 건강진단 결과 췌장암으로 밝혀져 길어야 삼사 개월밖에 못 살 거라고 했다. 그런 그이에 비하면 나의 석 달은 예고된 석 달일 수도 있었다. 그이는 삼사 개월이 뭐냐고 삼 개월이면 삼 개월, 사 개월이면 사 개월이라고 정확하게 못을 박으라고 의사에게 요구했다. 마지막으로 꼭 해놓고 가야 할 일을 차질 없이 마치고 가려면 정확한 시간을 알아야겠다는 태도일 뿐 분노의 기색은 없었다.

그이는 잘나가는 회계사였다. 천성이 그런지, 직업병인지, 그이는 매사에 정확을 기하는 틀림없는 사람이었다. 평생 정확을 생명으로 하는 숫자하고 씨름해서 돈을 버는 그이가 안쓰러워서 나는 헤프게 쓰지 않고 스스로 중산층이라고 자족할 만큼만 사는 데 만족해왔다. 그이가 마지막으로 꼭 하고 싶은 일은 무엇일까. 기계처럼 정확하고 재미없게 살아온 그이의 숨은 욕망을 들여다볼 수 있는 기회다 싶어 사별이나 병수발에 대한 걱정보다는 호기심이 앞섰다. 그이는 남은 삼 개월, 아니 삼 개월하고 보름 동안을 숫자와의 씨름으로 꽉 채웠다. 우리 부부가 삼남매를 낳아 길러 다 출가시킨 후였다. 아이들은 부모 속 썩이지 않고 건강하고 심성 바르게 자라 좋은 직장 갖고 적령기에 제짝도 스스로 찾아내어 학비하고 결혼비용 대는 것 말고는 부모가 해줄 게 없었다. 그게 서운했던지 막내딸 시집보낼 때는 그이가 사윗

감을 마음에 들어하지 않아 분란이 좀 있긴 있었다. 나 보기에는 내 딸이 반할 만한 청년이었는데 그이의 보는 눈은 외모가 아니라 능력이었고, 능력 중에도 오로지 돈을 벌 수 있는 능력만을 보려들었기 때문에 눈 밖에 났다. 무얼 보고 전도양양한 청년의 앞날을 그렇게 단정지었는지 알 길이 없었지만 반대는 완강했고, 딸애는 집을 나가 살림을 차리겠다고까지 부모를 협박했다. 언니 오빠가 중재에 나서 아빠를 설득했고 결국 자식 이기는 부모 없다는 쪽으로 그이의 고집도 꺾이고 말았다. 그런 자식이 더 잘살았으면 얼마나 좋았을까. 그러나 그이의 사람 보는 눈은 숫자만큼이나 정확해서 막내네 집구석은 늘 뭔가 될 듯 될 듯하면서도 되는 노릇이 없어 항상 쪼들려 살았다. 자식을 여럿 둔 집이면 뉘 집에서나 있을 수 있는 통속적인 이야기였다. 시집도 별 볼 일 없는 막내가 친정으로 구걸을 안 오고도 최소한의 앞가림이나마 하고 사는 것은 제 언니 오빠들의 도움이 크다는 걸 나는 알고 있었다. 나는 막내가 불쌍하면서도 내 자식들의 동기간의 우애가 고맙고 대견했다. 이런 속내를 아는지 모르는지 무관심으로 일관하던 그이가 죽을 날을 받아놓고는 막내를 특별히 챙기기 시작했다.

그이가 여기저기 사 모은 땅이 제법 된다는 걸 나도 그때 처음 알았다. 그때까지 일부러 그이가 나에게 비밀로 한 건 아니고, 먹고살 만큼 집 안에 들여놓고 남은 돈으로 그이가 뭘 하는지 내가 관심이 없었기 때문일 것이다. 그이는 마지막 남은 시간을 그 땅을 삼남매한테 공평하게 나누는 일로 꽉 채웠다. 그이가 생각하는 공평은 없이 사는 자식에게는 더 주고 넉넉한 자식에게는 덜 주어서 삼남매의 재산을 비슷하게 만드는 거였다. 그이가 나에게 그런 뜻을 먼저 의논해왔을 때 나는 얼마나 기뻤는지 모른다. 늘 마음에 얹혀 있던 막내가 이제 고생을 면하게 된 게 기뻤고, 그이가 냉철한 사람이 아니라 따뜻한 사람이라는 걸 알게 된 것은 기쁨을 넘어 감동이었다. 상속으로 했는지 증여로 했는지, 나는 잘 모르는 일이지만 아무튼 사후에 자식들이 세금 한 푼 안 물도록 명의변경까지 완벽하게 끝내놓았다. 붙어 있는 땅도 아니고 전국 각지에 조금씩 흩어져 있는 땅의 평당 가격을 당시의 시가로 알아내어 평수에 곱하고 그 총액을 차등을 두되 그 누구도 감히 불평을 할 수 없도록 객관적으로도 정당한 차등을 두어 분배하기란 쉬운 일이 아니었을 것이다. 나 같은 사람은 생각만으로도 머리가 터질 것 같은 일을 뒤탈 없이 깔끔하게 처리하느라 그이는 자기에게 남은 시간을 남김없이 다 바쳤다. 그이도 자기에게 남은 시간이 얼마나 소중하다는 걸 모르지 않았을 것이다. 내가 만일 여행이나 음악회 같은 걸 같이 가고 싶어한다면 돌아오는 대답은 한결같았다. 이 금쪽같은 시간에 그럴 새가 어디 있어?

금쪽같은 시간을 다 바쳐 이룩해놓고 간 분재(分財)를 삼남매는 다들 만족스러워했고 그이는 마치 혹사당하던 회사를 정년퇴직하는 것처럼 홀가분하게 사무적인 태도로 이 세상을 하직했다. 할 일을 다 했다는 자부심이 그렇게 대단한 것이었을까, 나에게는 일말의 석별의 정도 내비칠 겨를 없이 총총히 떠나갔다. 그러나 그이의 사후에는 뜻하지 않은 것 천지였다. 재산이 공평해지자 당장 내 새끼들의 우애가 전 같지 않아지는 게 느껴졌다. 노력 안 하고 부자가 된 막내를 업신여기는 소리가 내 귀에까지 들렸다. 막냇사위가 다니던 회사를 그만두고 땅을 팔아 사업을 시작하고 집어넣은 밑천을 한 푼도 못 건지고 빈털터리가 되는 데는 삼 년도 안 걸렸다. 아들과 큰딸은 땅을 팔아먹지는 않았지만 누구 땅값이 더 오르고 덜 오르는 걸 둘이서 비교해가며 시기하기 시작했다. 그이의 사후 삼 년은 마침 전국 땅값이 정신없이 뛸 때였다. 그러나 고루 뛰었으면 아무도 뛴다고 하지 않았을 것이다. 걷는 놈, 기는 놈도 있으니까 뛰는 놈이 눈에 띄는 것이다. 그애들은 그 땅 없이도 넉넉하게 살 수 있건만, 아버지의 사후에 벌어지기 시작한 각자의 땅값이 공평하게 오르지 않는다는, 단지 그 이유 하나만으로 서로 적대시하고, 다시 못살게 된 동생의 불운을 고소해하고, 마치 당연하다는 듯이 동생을 도와주지 않게 되었다. 그이는 당시의 시가로 계산해서 공평하게 나누었을 뿐 사후의 앞날까지 내다볼 줄은 몰랐을 것이다. 당연하지, 죽은 후엔 앞날이란 것이 있을 순 없으니까.

나에게는 현재 살고 있는 아파트와 얼마간의 현금과 꽤 거액의 생명보험금을 남겨주었다. 그이가 하고 간 일 중 그거 하나는 올바른 처사였다고 생각한다. 현금을 은행에 넣어놓고 곶감꼬치처럼 빼먹다가 돈 떨어지면 아파트 팔아서 자식들이 얼굴 못 들고 다니지 않을 정도의 유료양로원에 들어가기에 적당한 재산이었다. 씀씀이가 허황되지 않은 대신 재테크 능력도 전무한 나에 대한 그이다운 배려였다. 나는 그놈의 땅이라는 게 얼마나 요물이라는 걸 알아버렸기 때문에 그이가 나에게 그걸 한 평도 안 준 게 조금도 섭섭하지 않고 오히려 고마웠다. 이 나이까지도 정기적으로 만나서 맛있는 집 찾아다니고, 집안의 경조사가 있을 때마다 돈으로, 사람 수효로 부지런히 서로 품앗이를 다니는 여고 동창이 여남은 명 되는데, 이 친구들 또한 나더러 죽은 남편 고마워하라는 소리를 요즘 들어 부쩍 자주 한다. 병수발 오래 안 시키고 남들이 아깝다 할 나이에 죽었으니 얼마나 고마우냐는 거였다. 은퇴해서 잔소리만 늘고, 바치는 건 맛있는 거하고 마누라밖에 없는 영감들이 차차 지겨워지기 시작할 나이들이고, 몇 년째 중풍이나 치매로 한참 정을 떼고 있는 영감님을 가진 친구도 몇 되었으니까 그런 말이 나올 법도 했다. 그러나 네 팔자가 상팔자라느니, 중년에는 홀아비된 남자가 몰래 웃지만 노년에는 과부된 여자가 대놓고 웃는다느니 하는 소리를 들을 때마다 나는 풍파 없이 살아온 내 삶이 허전해서 뼈가 시려지곤 했다.

처방된 약 때문이겠지만 체중이 줄고 전신이 차츰 무력해지는 느낌 외에 아직은 그닥 고통스럽지는 않다. 만일 내가 감당 못할 통증이 온다 해도 그보다 앞질러 더 강한 진통제를 쓰면 될 것이다. 나는 삼남매를 다 자연분만을 했는데도 통증과 싸울 자신은 없고 그럴 의욕도 없다. 단지 그 걱정 때문에 남은 석 달이 주체할 수 없이 길게 느껴진다. 첫날 보내기도 지루했다. 병원에서 그 소리를 듣고 온 첫날부터 나는 심심할 게 두려워 고작 생각해낸 게 비디오를 빌려다 보는 일이었다. 머지않아 딴 업종으로 바뀌게 싶게 가게 꼬라지부터 의욕 상실이 역력한 동네 비디오 가게의 진열장을 훑다가 〈데미지〉에 눈길이 꽂혔다. 영화관에서 본 적이 있는 영화인데도 또 보고 싶었다. 못 본 영화 중에서 골라잡는 정도의 모험심도 동하지 않았다. 허술한 골목을 휘적휘적 걷는 제레미 아이언스의 추레한 모습을 다시 한번 봐주고 싶었다. 다시 한번 보고 나서 그 장면만 리와인드시켜 또 보면서, 사련(邪戀)의 광풍이 휩쓸고 간 후, 반 넘어 폐허가 된 남자의 모습에 가슴이 짠하면서 울고 싶어졌다. 얼마 남지 않은 시간에 고작 남의 인생이나 재생시켜 볼 만큼 내 인생에서 결핍된 건 뭐였을까. 아니면 데미지 없이 인생을 퇴장한 남편에 대한 연민이나 반감에서였을까.

그다음에 적당한 날을 골라 자식들에게 알리고 효도할 수 있는 시간을 주는 게 아마 온당한 어미 노릇일 터이나 나는 거의 일주일이나 그 일을 미루고 있었다. 시한부 인생을 다룬 연속극은 거의가 죽을 사람이 먼저 알거나 가족이 먼저 알거나 간에 서로 그 사실을 숨기는 걸로 시간을 끄는 게 정석처럼 돼 있다. 하긴 그걸 쌍방이 동시에 알게 한다면 단막극이 되지 뭣하러 연속극이 됐겠는가. 늘려먹기 위한 연속극의 그런 진부한 정석을 경멸해마지않던 내가 지금 그 짓을 하고 있다. 나는 그 짓이 너무 피곤해 지레 죽을 지경이다. 어떻게 안 피곤하겠는가. 남편처럼 나도 병원에서 그 소리를 듣자마자 그렇게 경멸해마지않던 숫자와의 씨름을 시작했으니. 남편에겐 숫자가 평생 익숙한 상대였겠지만 나에겐 생소하고 버거운 상대다. 앞으로 팔십 구십까지 산다면 내가 가진 게 빠듯하지만 석 달 안에 죽는다면 상당한 현금을 남기게 된다. 집도 내 집이다. 남편이 그랬던 것처럼 나도 막내가 걸린다. 나는 세금을 어떻게 안 무는지는 잘 모르지만 현금은 생전에 찾아서 막내에게 건네면 감쪽같을 것 같다. 오빠나 언니나 제 서방에게도 알리지 말고 비자금으로 가지고 있으라는 당부의 말과 함께 그러고 싶지만 언 발등에 오줌 누기지, 그 집 구석 씀씀이에 그게 며칠이나 가겠는가. 막내에게 급한 건 비자금이 아니라 내 집 마련이다. 그럼 이 집을 내 생전에 막내에게 명의변경을 해주거나 상속을 해줄까. 그러자니 세금도 무섭지만 아버지의 처사 때문에 삐치고 어긋난 삼남매의 우애가 영영 돌이킬 수 없는 파국에 이르리라는 건 불을 보듯이 뻔하다. 시집 쪽으로 기댈 데가 전혀 없는 막내에게 그것 또한 어미로서의 할 짓은 아닐 것이다. 어떻게 하면 위의 큰애들도 섭섭지 않고 막내는 작은 집이라도 한 채 가질 수 있게 할 것인가. 결국은 남편의 전철을 밟아 내가 소유한 것을 삼남매에게 차등을 두어 분배하는 방법밖에 없는데 나에게 그런 수학은 너무도 어렵다. 예금 액수와 집값을 합한 몇 억이 머릿속에서 얽히고설키면서 토악질이

나지만 출구가 없다. 사람이 오죽 무능하면 전철을 밟을 생각밖에 못 하겠는가. 남편의 마지막 나날도 그러했겠지만 나도 끝까지 걸리는 게 자식들인데 돈이 걸린 문제는 자식들과도 터놓고 의논을 할 수 없다는 게 나를 꼬이고 꼬이다가 종영 시기를 놓친 티브이 연속극처럼 구제 불능 상태로 만들어가고 있었다.

지금 와서 그걸 알아서 무엇에 쓸까마는 돈의 치사한 맛도 뜨거운 맛도 모른다는 게 사는 데 있어서뿐만 아니라 죽는 데 있어서까지 중대한 결격사유처럼 느껴지면서 경실이가 보고 싶단 생각이 들었다. 경실이는 여고 동창이었지만 학교서 친하게 지낸 추억보다는 요새처럼 이사를 자주 안 다니고 한동네 눌러살던 시절, 같은 골목에 십 년을 넘게 같이 산 정 때문에 고향 사람 비슷한 친밀감을 가지고 있었다. 주거 환경도 바뀌고 서로 다른 사회생활, 결혼생활을 하면서 안부도 모르고 지내다가 다시 만나게 된 것은 동네 사람으로서가 아니라 동창 모임에서였다. 전체 모임은 아니고 아이들도 잔손 안 가게 길러놓고 살림도 웬만큼 일궈놓은 비슷하게 사는 동창끼리의 계모임 비슷한 모임에서였다. 계모임 비슷한 모임이라고 한 것은 계 하기에 알맞은 인원이 모여 돈을 모으긴 모으지만 돈에 연연하지 않고, 여행이나 취미생활, 맛있는 집 순례 등 재미도 있고 그럴듯한 일에 아낌없이 쓰는 모임이었기 때문이다. 그러고도 남는 돈은 해외여행을 목적으로 적립해놓고 있다. 해외여행 안 해본 친구도 없기 때문에 적립하는 액수에 조급한 친구도 있을 것 같지 않은 팔자 좋은 모임이었다. 그렇게 모인 상당한 액수를 처음 쓰게 된 것이 경실이네한테였다. 그 돈을 경실이네한테 조위금으로 내놓자고 제안한 것은 아마 나였을 것이다. 열 명이 넘는 멤버가 해외여행을 떠날 만큼 모이기엔 아직 먼 초기였지만 아무리 단체 조위금이라 해도 과하다 싶은 액수를 선뜻 내놓는 데 만장일치로 동의한 것은 경실이 당한 불행이 워낙 충격적이기 때문이었다. 그녀는 외동딸을 곱게 길러 착실한 사위 보아 손자도 보고 손녀도 보고 한집에 같이 살고 있었다. 엄마 덕에 아직도 직장생활을 계속하고 있던 딸이 벼르고 별러 제 남편 해외출장과 날짜를 맞춰 휴가를 얻어내어 해외여행을 간 비행기가 착륙 직전 공중에서 폭파하는 엄청난 사고로 탑승객 전원이 사망했다. 시신조차 수습하기 어려운 대형 사고였다. 경실이네 딸, 사위도 시신을 수습했다고도 하고 유품만 몇 점 찾아냈다고도 하지만 다 확실한 정보는 아니었다. 확실한 건 홀어머니를 모시고, 여섯 살, 세 살 어린 남매를 둔 젊은 내외가 이 세상에서 감쪽같이 사라졌다는 믿기 어려운 사실뿐이었다.

우리가 조위금을 전달하러 간 곳은 일주일 넘어 끌던 유족과 항공사 간의 보상금인지 위자료인지 하는 돈 문제가 원만하게 타결되어 마침내 치르게 된 합동장례식장이었다. 통곡, 몸부림, 혼절 등 유족들의 애통이 차마 눈 뜨고 볼 수가 없었다. 왜 안 그렇겠는가. 장례식장에 들어서기 전부터 우리는 주위의 침통하고 삼엄한 분위기와 들려오는 곡성만으로도 가슴이 떨리고 다리가 후들댔다. 다들 머뭇거리고 심장이 약한 친구는 꽁무니를 빼면서 차마 못 들어갈 것 같은 시늉을 하기도 했다. 할 수 없이 나하고 혜자가 앞장서자 다들 뒤따랐다. 나는 경실이하고 가장 가까워서 어쩔 수 없이 그렇게 됐고, 혜자는 우리보다 먼저 한 차례 문상을 다녀와서 어느 정도 분위기에 익숙한 것 같았다. 혜자가 먼저 문상을 간 건 경실이 때문은 아니고 친척 중에 이번 일로 참척을 당한 이가 있어서였다. 그때 잠깐 만나보고 온 경실이에 대한 혜자의 묘사는 너무 비현실적이어서 우스갯소리처럼 들렸고, 그 마당에 그런 농담을 할 수 있는 혜자가 혐오스럽기까지 했다. 차마 눈 뜨고 볼 수 없는 유족들의 애통 속에서 경실이만이 눈이 초롱초롱해가지고 밥을 아귀아귀 먹더라고 했다. 초롱초롱과 아귀아귀가 그렇게 그로테스크하게 들린 적은 일찍이 없었다. 혜자가 입이 좀 헤프기는 해도 뒤끝은 없는 친군데 무슨 억하심정으로 그렇게 친구를 고약하게 말했는지 이해가 잘 안 됐다. 그러나 막상 장례식장에서 조문객을 맞고 있는 경실이를 보자 제일 먼저 떠오른 단어가 초롱초롱과 아귀아귀였음을 부인 못 하겠다. 경실이의 눈이 초롱초롱한 건 아니었고, 물론 무얼 먹고 있지도 않았지만 말이다. 티브이 화면으로 본 것과 조금도 다르지 않은 유족들의 오열과 몸부림, 심지어는 제서 제서 까무러쳐 실려가는 일까지 벌어지는 장례식장에서 그들은 그 정적인 단아한 모습으로 단연 눈에 띄었다. 경실은 혼자가 아니라 어린 외손자 남매를 데리고 있었다. 이 어린 상주들을 가운데 두고 양쪽에서 손을 잡고 있는 또하나의 어른은 아이들 친할아버지일 것이다. 경실이가 딸을 출가시킬 때 무남독녀 외동딸을 역시 딸도 없는 집 외동아들에게 시집보내는 걸 꺼려 한동안 반대하다가 보낸 걸 알고 있는 우리는 그 사람이 친할아버지라는 걸 누가 가르쳐주지 않아도 알아보았다. 여섯 살, 세 살 어린것들을 가운데 두고 양쪽에서 손을 꽉 잡고 있는 네 사람의 구도는 너무도 확고하고 흔들림이 없어서 마치 옛날 가족사진처럼 보였다. 순간 우리는 다들 배신감에 가까운 실망감을 느꼈다. 잔뜩 기대하고 각오하고 있었던 일이 일어날 것 같지 않아서였을까. 아무튼 그럴 수는 없는 일이었다. 더군다나 경실이 사돈영감은 상처한 지가 일 년도 채 안 되니, 땅을 치고 하늘을 우러러 삿대질을 해도 누가 뭐랄 사람 없는 처지였다. 저렇게 침착하고 꿋꿋해서는 안 될 것 같았다. 그들은 침착할 뿐 아니라 젊어 보이기까지 했다. 입 싼 혜자가 기어코 한마디 내뱉었다.

쟤네들 저래도 되는 거니? 늦둥이를 낳은 중년부부라고 해도 곧이듣겠네.

듣고만 있을 우리들이 아니었다. 다들 한마디씩 죽은 사람만 불쌍하다고 맞장구를 쳤다.

그런데 고작 떠오른 게 경실이네 집이었다. 경실이가 우리 곁을 떠난 게 몇 년 전이더라? 중요한 건 그게 아닌데도 그걸 헤아려보려고 애써보지만 잘 안 된다. 그녀는 그 항공 참사 후 곧 서울을 떴고, 우리 계는 아직도 계속되고 있다. 무던하고 수수한 경실이는 말주변도 좋은 편이 못 되어 우리 모임에 꼬박꼬박 나올 때도 우리를 즐겁게 해주는 멤버는 아니었다. 오히려 우리 곁을 떠나고 나서 우리를 즐겁게 해주었다. 근래에는 좀 시들해졌지만 모임 때마다 그녀가 화제에 오르지 않은 적은 없었다. 주로 확인되지 않은 소문이었지만 돈과 섹스에 관한 소문처럼 흥미진진한 게 또 있을까. 나는 맹세코 소문보다는 경실이를 믿었기 때문에 듣기만 하고 화제에 끼어들기는 삼갔지만 그런 이야기를 듣는 게 재미없었다고는 맹세하지 못하겠다. 죽을 때까지 얘 재할 수 있는 흉허물 없는 여고 동창끼리라지만 육십보다도 칠십이 더 가까운 나이에 그 자리에 없는 친구의 스캔들에 입안에 군침이 돌고 상상력까지 왕성해진다는 것 자체가 경실이 우리 사이에 일으킨 물의 못지않은 우리들의 스캔들이 아니었을까.

소문을 물어들이는 건 여전히 혜자였다. 사고 당시 경실이 사돈영감은 지방도시 C시에 인접한 C군 군청 주사였다. 나는 주사라는 직위가 어느 정도의 높이인지 가늠할 수 없는데 혜자가 만년 6급이라고 얕잡아 말하는 투로 봐서는 그다지 높은 자리는 아닌 듯했다. 경실이가 서울 살림을 정리하고 사돈집이 있는 시골로 내려가 홀아비 사돈영감하고 살림을 합쳤다는 것이었다. 그게 도대체 있을 수 있는 일이니? 우리끼리니까 말이지 하도 해괴망측해서 입에 담기도 뭣하다. 그러면서 주위를 살피는 시늉까지 하면 세상에서 제일 고독하고 불쌍해 보이던 과부와 홀아비 사이에 느닷없이 썩어가는 과일 냄새 같은 부도덕의 낌새

가 감돌기 마련이었다. 그런 망측한 속내 때문인지 경실이는 장
례식 후에도 우리의 관심을 달가워하지 않았다. 우리는 비록 금
전적인 것일망정 최선을 다해 조위를 표했고, 그후에도 번갈아
가면서 지속적으로 안부를 묻고 무얼 도와주면 될지 알아내려
했지만 슬픔이 무슨 금조각이라도 되는지 마치 없는 것처럼 감
추려만 들었다. 그러다 홀연 시골로 사라진 것이다. 만약 혜자가
아니었으면 경실이는 곧 우리 사이에서 잊혀지고 말았을 것이
다. 사실상 거의 잊혀졌을 무렵 혜자의 아들이 유학을 마치고 돌
아와 전임자리를 얻은 대학이 서울에 본교를 둔 대학의 지방 캠
퍼스였는데 그 소재지가 C군이었다. 서울에서 출퇴근하기에는
좀 먼 거리여서 학교 근처에 원룸을 얻어 자취를 하고 있었고 그
게 경실이가 가서 살고 있는 사돈집과 한동네라고 했다. 경실이
가 혜자한테 그런 얘기를 했을 리는 만무고, 아마 얻어들은 소문
아니면 반기지 않아도 주책없이 들렀다가 눈치껏 보고 들은 것
에다 살을 붙인 것에 불과할 터이나, 두 사람은 정말 부부로 살
고 있더라고 했다. 그것도 아주 떳떳하게 깨가 쏟아지게. 인두겁
을 쓰고 어떻게 그럴 수가, 이건 상피 붙는 것보다 더한 스캔들
이다. 아무도 모르는 곳으로 도망쳐서 그러고 살고 있다면 모를
까 몇십 년을 눌러살았다는 보수적인 시골 동네에서 그게 과연
가능할까. 얼굴 가죽이 너무 두꺼우면 얇은 쪽에서 질려버리는
것도 모르니. 이렇게들 의견이 분분하자 나는 그래도 경실이를
두둔한다고 한다는 소리가 너 경실이가 그 영감하고 같이 자는

202

거, 봤니, 봤어? 였다. 혜자는 내 직설적인 물음에 대답하는 것조차 천박하다고 생각했는지 표정을 아리까리하게 가다듬고는 전혀 딴소리를 했다. 한번은 영감님이 손녀를 자전거에 태우고 읍내로 난 길을 가는 걸 봤는데 경실이는 대문 밖까지 나와서 그들이 멀어져가는 걸 마냥 손을 흔들어 배웅하고 영감님은 위태롭게 뒤돌아보고 또 뒤돌아보면서 하니 안녕, 안녕 하니, 하더라는 것이었다. 자는 건 못 봤어도 그건 두 눈으로 똑똑히 봤다. 한 폭의 그림이더라. 평화가 강물같이 흐르는. 그럼 됐냐? 내가 뭐라고 하기 전에 다들 한마디씩 했다. 늙은이들이 하니라니 미쳤군, 미쳤어. 미쳐도 더럽게. 아이고 닭살이야. 나는 암말도 못했지만 이미 등줄기에 닭살이 돋고 있었으므로 몸으로 동의한 거나 마찬가지였다.

혜자가 C군에 드나들기 시작할 무렵이었으니 아마 사고 당시 세 살이었던 손녀가 열 살은 되었을 무렵이었을 것이다. 그동안 그 양가 부모가 그 정도로 안정을 찾았다면 다행한 노릇이나 '하니'는 아무리 생각해도 해괴망측했다. 오히려 혜자는 사돈끼리의 망측한 동거를 기정사실로 받아들이고 기회 있을 때마다 들르고 그 식구들의 사는 모습을 전해주곤 했다. '하니'가 워낙 자극적이어서 그뒤에 전해들은 소리는 별로 재미있지 않았다. 지방에 살면서도 손자 공부를 잘 시켜 미국의 명문대학에 입학하게 되었다는 소식은 부러움까지 샀고, 손자가 이제부터 누이동생은 자기가 책임지겠다면서 같이 유학을 떠나고 싶어해서 둘을 한꺼번에 떠나보냈다는 소식을 전해듣고 다시 한번 억측이 구구해졌다. 두 늙은이가 눈치볼 거 없이 깨가 쏟아지게 됐을 거라고도 했지만, 대학생이 됐으면 성인이라고는 하지만 아직 제 앞가림도 어려운 나이인데 친할아버지 외할머니의 동거가 오죽 창피하고 견디기 힘들었으면 동생까지 데리고 떠나려 했겠냐고 가엾어하는 마음이 조실부모한 남매에게로 모아졌다. 그리고 마치 보물찾기처럼 그 많은 돈은 다 어디로 갔을까, 에 추리력이 모아졌다.

실은 처음부터 우리의 관심은 돈, 거액의 보상금에 있었는지도 모르겠다. 그 끔찍한 참척을 겪고도 눈이 초롱초롱해서 밥을 아귀아귀 먹은 것도 거액의 보상금 때문일 거라고 했고, 그후에도 외가 친가의 두 늙은이가 아이들 손목을 양쪽에서 부여잡고 한시도 놓지 않은 것도 그 아이들에게 지급될 돈에 대한 후견인의 권한을 절대로 놓치지 않으려는 행동으로 이미 자리매김한 뒤였다. 상식에 어긋난 이 일련의 있을 수 없는 일들을 모두 다 돈 욕심으로 풀자, 매듭을 잘 드는 칼로 내리친 것처럼 세상만사는 의외로 간단하고 어이없어졌다.

두 늙은이가 깨가 쏟아지게 살게 된 지 얼마 안 있다 사돈영감이 먼저 세상을 떴다. 지금은 경실이 혼자서 그 집을 지키고 있다. 그녀가 살던 아파트는 아직도 서울에 있다는데도 돌아오지 않고 그 집에 남아 있는 것도 혹시 그 집에 대한 욕심이 아닐까, 의심나는 점이 없지 않지만 다들 경실한테 시들해진 지 오래다.

아이들을 유학 보냈다는 소식을 마지막으로 현장중계를 하던 혜자가 아들이 결혼한 후 더는 C시에 내려갈 구실이 없어졌기 때문이다. 그후에는 도리어 내가 가끔 전화로라도 안부를 묻곤 했다. 전화로 듣는 경실이의 참한 목소리는 소문으로 듣던 그녀의 인상을 서서히 밀어내고 한동네의 오래 같이 살던 여고 동창의 친밀감을 회복시켜주었다. 말수가 적고 거짓말을 잘 못하는 그녀에게 돈 때문에 그렇게까지 했다는 게 사실인지 물어보고 싶었다. 나는 팔자가 좋아서였는지 세상물정에 어두워서인지 돈에 농락당한 적도 돈 때문에 수모를 겪은 일도 없다. 마치 내 팔자에 작은 옹달샘을 타고난 것처럼 먹을 만큼 퍼내면 그만큼 고이려니 하고 살아왔다. 돈이 어느 만치 중요한지 잘 모른다. 그래서 더더욱 그렇게 안 기른 줄 안 내 자식들이 돈 때문에 다투고 돈 때문에 의가 상하는 꼴이 실망스럽고 마음이 안 놓여 이대로는 편히 눈을 못 감을 것 같다. 돈 때문에 인면수심이 되는 것도 마다 않은 경실이의 말년을 내 눈으로 직접 보고 싶기도 하고 돈에 관한 한 도사가 다 돼 있을 그녀로부터 자문이나 하다못해 암시라도 받고 싶다.

아니 벌써 가을인가. 버스에서 내려서 논둑길을 걸으면서 비로소 계절을 느꼈다. 황금색과 녹두색 중간 정도로 여문 망망한 벼이삭에 파도를 일으킨 소슬바람이 부풀린 치마를, 보는 사람도 없는데 급히 다독거리며 흙 속에 누운 그이는 지금 어떤 모습을 하고 있을까, 문득 궁금해진다. 많이 상했을 육신은 잘 떠올릴 수 없지만, 이승이 많이 고달팠으리라는 생각은 늦게 든 철처럼 가슴속을 쿵 울리고 지나간다.

집들이 드문드문 떨어져 있어서 데면데면해 보이는 동네에서도 한참 떨어져 있어서 외딴집처럼 보이는 집 앞에 경실이가 나와 있다. 미리 전화를 걸었더니 버스 정류장까지 마중나오겠다는 걸 내가 극구 말렸는데 그래도 마음이 안 놓였나보다. 나는 내가 바로 찾아왔다는 표시로 손을 크게 흔들었다. 경실이도 같은 동작으로 알은체를 했을 뿐 달려나오지는 않는다. 나 역시 걸어오던 보폭을 빠르게도 느리게도 하지 않고 지나가는 사람처럼 걸어들어갔지만 마음은 충분히 따뜻해져 있었다. 주황색 지붕이 쌩뚱맞아 보이게 집은 허름했지만 양지발라 구질구질해 보이진 않았다. 토담 밑에 세워놓은 자전거 바퀴가 은빛으로 빛나는 게 이물스러워 보일 만큼 구태의연한 집이었다. 마루에 앉으면 하늘이 많이 보이는 재래식 기역자나 디귿자 집이 살림하는 여자들에게 불편한 건, 부엌을 드나들려면 마루에서 내려가 신발을 신어야 하기 때문인데 그거 하나는 제대로 개량해놓은 것 같았다. 안방에서 꺾여 부엌이 있던 자리는 창호지문이 달린 방으로 개조돼 있었고, 부엌은 꽤 넓은 대청마루의 반쯤을 차지하고 안방과 연결돼 있었다. 마루 뒤 유리 분합문을 통해 보이는 뒤란에는 창고 같기도 하고 별채 같기도 한 부속 건물도 보였다. 전기 보일러로 고쳤더니 그렇게 자리를 많이 차지하네. 내가 물어본 것도 아닌데 경실이가 그렇게 설명을 했다. 돌솥에서 밥이 노릇노릇 뜸이 드는 냄새가 났다. 시골에도 음식점은 있으려니, 나가 먹으려던 계획을 취소하고 마룻바닥 겸 부엌 바닥에 방석 깔고 앉아 그녀가 이것저것 밑반찬도 꺼내고 나물도 조몰락거리는 걸 지켜보았다.

"시골집도 이렇게 개조하니까 아파트 못지않네. 안주인이 음식 장만하는 동안 객이 구경하며 수다도 떨 수 있고."

"시골 사람들도 다들 이 정도는 하고 살아."

"그래도 뭐 사 먹긴 불편하잖니."

"사 먹을 게 뭐 있나. 널린 게 먹을 건데. 텃밭도 있고, 마당 댓돌 밑에 시퍼런 거 저거 다 먹을 거야. 나도 잘 모르다가 서울 사람들한테 배운 것도 많아. 성인병이나 암에 좋다는 건 시골 사람들보다 도시 사람들이 더 잘 알더라. 내 동생들 다 서울서 잘살잖니. 혼자 사는 동기간 생각한다고 주말마다 번갈아가며 먹을 거 바리바리 싸가지고 드나드는데 내가 이루 다 먹을 수가 있어야지. 동네 사람들 사는 사정 뻔하니까 저런 집엔 이런 게 아쉽겠구나, 이런 집엔 이만저만한 것이 필요하겠구나, 대강 어림짐작으로 나눠주면 그 사람들도 거저먹지 않고 꼭 뭐로든지 갚으려고 든다니까. 준 거보다 더 많이 받으면 여기선 흔하지만 서울 사람들한테는 귀한 거니까 내가 또 바리바리 싸줄 수가 있고. 요즘 서울 사람들 아무리 보잘것없는 푸성귀라도 자연산, 무공해

어쩌구 하면 껌벅 죽잖니. 돈 안 들이고 실컷 인심쓰고, 이러다
나 부자 될 것 같다."

"그렇게 부자가 되고 싶니?"

"아니 지금도 먹고 남으니까 부잔데 더 부자가 돼서 뭣하게."

"그건 내가 할 소리고, 지금 너 프라이팬에 볶고 있는 거 그거
뭐니? 냄새가 나쁘지 않네."

"곤드레라나, 만드레라나 그런 웃기는 이름인데 이것도 혼자
사는 노인네한테서 얻은 거야. 예전엔 흉년 든 해에나 먹는 구황
식품이었는데 암에 좋다던가, 당뇨에 좋다던가 소문이 나고부터
이것만 전문적으로 파는 음식점이 다 생겼다네."

"그럼 나도 많이 먹어야겠다."

"그래 많이 먹어. 뭐든지 걸리기 전에 예방이 제일이야."

"돌솥에 지어서 그런가, 잡곡을 많이 두었는데도 밥이 조금도
안 거칠고 혀에 착착 붙는다."

"그래? 돌솥에 짓기 잘했네. 영감님 돌아가시고 거의 안 썼어.
지키고 있어야 되니까 귀찮아서."

"설마 했는데 너 정말 사돈영감하고 같이 산 것 같다. 회상하
는 폼이."

"넌 왜 내가 사돈영감하고 한집에 산 걸 지금 처음 안 것처럼
말하니?"

"너무 부자연스러우니까. 망측하기도 하고."

"내 동생들은 한술 더 떠서 엽기라고 하더라."

"그럼 너도 세상 사람들이 뭐라고 하는지 알고 있었단 말이니?"

"그걸 어떻게 모를 수가 있냐? 내 친동기만 해도 사남매나 되고, 혜자가 우리 집에 뻔질나게 드나들곤 했는데."

"왜 그랬어? 한창 나이에 혼자되고도 딸내미 하나 바라고 스캔들 하나 없이 씩씩하게 잘도 살더니만 그 와중에 실성을 해도 분수가 있지 어떻게 사돈하고 그렇게 될 수가 있냐 말야."

"어떻게 됐는데?"

"시침떼지 마. 이제 와서 명예 회복이 될 것도 아니고. 웃지도 말고, 기분 나쁘니까."

"기분 나쁘게 하려고 웃은 건 아니고 진짜로 우스워서 웃었어. 나에겐 선택의 여지 없이 자연스러웠던 일이 남들에겐 그렇게 부자연스러워 보였다는 게 웃기지 않니."

"변명을 하려면 좀 그럴듯하게 해라. 안사돈끼리도 아니고 예전 같으면 대면하기도 조심스러운 안사돈과 바깥사돈이 이런 외딴집에서 한살림을 차린 게 엽기가 맞지 어떻게 자연스럽다고 우길 수가 있냐?"

"사람의 의지로 선택할 수 없이 저절로 돼가는 거면 자연스러운 게 아닐까. 처음 그 일 당했을 때, 세 살, 여섯 살, 저 어린것들 어쩌나, 그 생각 때문에 눈물도 안 나더라구. 사람들마다 불쌍해하는 눈길로 바라보며 혀를 차지를 않나, 눈물을 흘리지를 않나, 눈치가 빤한 어린것들이 즈이들 처지가 얼마나 달라졌다

는 걸 왜 모르겠어. 그때부터 세 살짜리는 내 손을 한시반시 안
놓고, 찰싹 붙어 있으려고 그러지, 그뿐인 줄 알아. 다른 한 손으
로는 즈이 오래비 손을 꽉 쥐고 안 놓지, 사내놈은 사내놈대로
누이에게 잡히지 않은 다른 한 손으로는 즈이 할아버지 손을 꽉
부여잡고 놓아주지 않지, 쇠사슬도 그런 쇠사슬이 없더라고. 그
게 아이들 나름의 생존전략이었을 거야. 두 아이들에게 묶인 우
리 두 늙은이는 꼼짝 못하고 그런 모습으로 장례식 치르고 그후
에도 같이 이동해 처음엔 우리 집으로 왔지. 그때까지 그애들을
내가 데리고 있었으니까. 그렇지만 친할아버지가 원한다면 둘
다 친가 쪽으로 줄 마음이었어. 애정으로는 외손 친손 차이가 없
다지만 아직은 나의 구식 관념상 아이들은 그 성을 따르게 돼 있
는 친가 쪽에 속해야 떳떳하게 자랄 수 있다고 믿었으니까. 얘,
너 딴 반찬도 좀 먹지 그 군둥내 나는 짠지 국물은 뭣하러 다 마
셔버리냐? 나중에 물 키려고."

"글쎄 나도 모르게 그 군둥내가 비위에 땡기네. 이거 어떻게
만든 거니?"

"만들고 말고가 어딨어. 무를 통째로 왕소금에 푹 절인 거지."

"그건 아는데 짠맛 말고 군둥내가 꼭 요만큼만 나게 하는 레시
피 말야."

"레시피 좋아하네. 그거 작년 것도 아니고 아마 재작년 걸 거
야. 김장 때가 쉬 돌아올 것 같아서 뒷마당에 묻어둔 항아리를
살피다가 밑바닥에 골마지를 푹 뒤집어쓰고 있는 무가 서너 개

남았기에 버리기도 뭣해서 씻어서 냉장고에 넣어두었다가 손님 맞을 준비한답시고 나박나박 예쁘게 썰다가 맛을 보니까 어찌나 소태인지 몇 번 물에 울궈내고 나서 다시 물 부어놨던 거야. 가미한 건 초 몇 방울하고 실파 썬 것하고 고춧가루 솔솔 뿌린 것밖에 없어."

"그럼 또 만들려면 한참 걸리겠네."

"왜 더 먹으려고? 물 부어놓은 거 한 대접이나 냉장고에 더 있어. 거기다가 가미만 하면 되는데 그만 먹어. 요새 짜게 먹지 말라고 난리더라."

"난리 치라지. 오래 살고 싶은 사람들 즈네들끼리. 근데 넌 혼자 살면서 뭣하러 김장까지 하냐? 심란스럽지도 않아?"

"그럼 어떡하니. 텃밭에 배추가 잘된걸. 영감님이 전에 하던 대로 약도 치고, 화학비료도 아주 안 준 게 아닌데도 서울 식구들은—동생네들 말야—벌써부터 무공해 배추라고 눈독을 들이고 있는데, 배추로 줘도 제대로 담가 먹지도 못할 화상들이 그러니 양념 갖춘 데서 아주 담가서 보내줘야지. 그래도 동기간이 고맙지 뭐니? 돈으로 따지면 몇 곱으로 갚아주려고 그렇게들 벼른다는 거 다 알아."

"넌 그럼 지금은 수입원이 전혀 없니?"

"왜 없어. 서울에 내 아파트 있잖아. 거기서 월세 나오는 거. 많지는 않아. 십 년 넘게 한 번도 올려달란 적이 없으니까. 그 대신 다달이 월말이면 칼같이 내 통장으로 입금이 돼. 아이들 미국

보내고 곧이어 영감님 돌아가시고 나서는 한 번도 찾아 쓴 적이 없으니까 그동안 좀 모였겠지. 땅이 화수분이야. 내가 물물교환을 잘해서 그런지 학비가 안 들어서 그런지 돈 들어갈 데가 거의 없네."

"이 집 말고도 영감님 땅이 많아?"

"몇천 평 되나봐. 마나님 돌아가시고 묘 쓰려고 샀다는 산 쬐금까지 포함해서 그렇다니까. 얼마 안 되지. 산도 재밌어. 너 온다고 해서 부잣집 마나님한테는 뭘 좀 싸줘야 시큰둥해하지 않을까 생각하다가 밤 때가 된 것 같아 산에 갔다가 아람을 곧 많이 주웠다. 얼마나 반들반들하고 예쁜지 몰라. 이따가 들고 갈 만큼 싸줄게."

"네 눈이 더 반짝인다. 너 여기 내려와 산 지 십 년이 넘는데 지긋지긋하지도 않아? 마치 올해 처음 전원생활 해보는 사람처럼 신기해하고 감동까지 하는 거 보면."

"하긴 그래. 영감님 살아 있을 때는 밭일은커녕 문밖에도 별로 안 나갔어. 나갈 일 없이 다 해다줬으니까. 참 자상한 양반이었어."

"동네 사람들 보기 창피스러워서 못 나간 건 아니고? 이쪽이 얼마나 배타적이고 보수적인 고장이라는 걸 너도 모르지 않았을 텐데. 더군다나 그 영감은 여기 토박이였다며. 철판 깔지 않고는 언감생심 이 집 안주인으로 들어앉을 엄두를 낼 수 있었겠어?"

"철판은커녕 의식도 안 하고 이 집 안방에 들어앉게 됐다면 어쩔래. 정말이야. 내 동기간들도 처음엔 나를 죽기 살기로 말리다가 나중엔 내가 실성한 줄 아는지 한동안 연을 끊고 살다가 관계가 회복된 지금까지도 그동안의 내 행적을 무슨 미스터리처럼 궁금해하니까 너도 나한테서 뭘 알아내고 싶어하는지 왜 모르겠어. 군둥내 나는 짠지 국물 그만 마시고 딴 반찬도 좀 먹어봐라. 곤드레나물도 괜찮지만 씀바귀 민들레잎도 된장에 찍어 먹으면 별미야."

"씀바귀 민들레 그거 봄에 나는 거 아니니?"

"양지바른 데서는 한겨울에도 나. 시퍼런 채로 겨울을 나기도 하고 새로 돋기도 하고."

"그래서 몸에 좋다는 건가."

"몰라, 독초 빼고는 약초 아닌 게 없더라. 암에 좋지 않으면 당뇨에 좋다 고혈압에 좋다 아무튼 말도 잘 만들어내."

"넌 하나도 안 믿는 눈치다."

"믿고 말고가 어딨어. 뜬소문 같은 건데. 그렇지만 밀가루도 소화제라고 속이고 먹으면 어느 정도 듣는다는 플라시보 효과라는 건 있겠지."

"너 이런 것만 먹어서 건강한 거 아니니? 하나도 안 늙었어. 서울서 우리 자주 만날 때는 내가 너보다 십 년은 더 젊어 보였었는데, 아니지 십 년이 뭐야, 언제더라? 그때 너하고 갤러리아 명품관에 갔을 때 우리 사이를 모녀 사이로 봤잖니."

"그건 넌 명품을 살 것같이 보이고 난 아니올시다, 로 보였으니까 그것들이 너한테 아부부터 하고 본 거지. 고런 것만 기억하는 걸 보면 너도 참."

"속물이다 이거지, 그래 좋아 속물의 천박한 호기심도 채워주라."

"뭘?"

"아까 얘기하다 말았잖아. 아이들이 중간에서 쇠사슬이 되어 사돈영감하고 널 묶은 것처럼. 그 쇠사슬은 유치원도 안 가고 놀이터도 안 가고 두 늙은이를 잡고 안 놓아주던?"

"정말 그랬어. 자식새끼 장례 치르고 난 두 늙은이 심정이 오죽했겠냐. 어린것들 때문에 실컷 울지도 못하고, 영감님이라도 시골집에 내려가서 통곡을 하든지 말든지 하고 나서 하루빨리 직장으로 복귀해야 할 것 같았지만 아이들이 놓아주지를 않아 우리 집으로 같이 왔지. 사돈집에서 하루 이틀 유할 수도 있는 거지, 안 그러니? 거기까지는 우리도 상식이 통하는 행동을 했다고 생각해. 밤에 잘 때가 문제였어. 장례 동안 네 사람이 붙어다닌 것처럼 그렇게 남매가 가운데 눕고 두 늙은이가 양옆에 누워 자기를 바라는 거야. 아이들이. 처음엔 안 된다고 했지. 계집애가 빤히 쳐다보면서 왜 안 되냐고 묻는 거야? 아녀석은 뭐 좀 철이 난 줄 알았는데 역시 더 무서운 얼굴로 왜 안 되냐고, 즈네들이 안 보는 사이에 도망갈 거냐고 따지는 거야. 왜 안 된다는 걸 설명할 수가 없었어. 그때 우리는 그애들이 절박하게 원하는 거면 다 옳은 일이었으니까. 아이들이 잠든 후에 우리 두 늙은이

중 한 사람이 딴 방으로 옮겨갈 수도 있었지만 안 그랬어. 우린 둘 다 생때같은 자식이 별안간 이 세상에서 사라진 느낌이 얼마나 무섭다는 걸 알기 때문에 그에 못지않을 어린것들의 공포감을 될 수 있으면 덧들이고 싶지 않았어. 혹시 아이들이 자다 깨면 얼마나 놀라겠어. 줄창 붙들고 있으려고 해서만 쇠사슬이 아니야. 좀 안정된 후에는 유치원도 가라면 갔지만, 전엔 유치원 버스만 태워주면 혼자 다니던 애가 꼭 할머니 할아버지 중 한 사람이 따라와서 지키고 있길 바랐고, 가끔 놀이방에 맡기던 계집애도 놀이방이라는 말만 들어도 경기를 하려고 하고. 이게 쇠사슬이지 이보다 더한 쇠사슬이 어딨냐. 그렇지만 집 안에 마냥 묶어둘 수만 없는 게 남자 아니겠어. 그 양반은 그때 아직 현직이었거든. 그래도 좀 철이 난 아녀석을 붙들고 설득했지. 할아버지는 직장으로 돌아가야 한다. 아빠도 없으니 할아버지라도 돈을 벌어야 하고, 할아버지 직장은 서울에서 다니기 멀다고. 그랬더니 글쎄 아녀석이 선심쓰듯이 흔쾌히 승낙하면서 다 같이 시골로 내려가자는 거야. 어미 아비 생전에 주말마다 시골에 다녀오더니 그때 정이 든 것도 있고, 다니던 유치원도 싫었던 모양이야. 유치원 선생님이나 아이들이 저한테 전보다 더 친절하게 해주는 게 싫다는 거야. 너희들이 할아버지하고 같이 살고 싶은 건 좋은데 그러면 할머니하고는 같이 살 수 없게 되는 거라고 했더니 또 왜 안 되냐는 거야. 아이들이 말간 눈으로 두 늙은이를 번갈아 쳐다보면서 왜 안 되냐고 따지니까 대답할 말이 없고, 아이들에게 설명할 수 없는 이 세상 상식은 무시해도 좋다는 식으로 생각이 단순하게 정리가 되더라고. 그래서 내려온 거야. 집 정리도 하고 말고 없이 몸만 내려왔으니까. 세간은 한방에 몰아넣고 나머지 방은 월세로 주는 것도 부동산에서 다 해주더라. 나는 월세 받아 수입 생기니 좋고, 영감님은 군청에 다시 나가 월급 타오니 좋고 아이들 하자는 대로 하니까 만사가 편하고 걱정이 없더라고."

"그렇게 돈이 좋다? 느이 두 늙은이 옭아맨 게 쇠사슬이 아니라 금사슬이었구나."

"근심이 없어졌다고 했지 슬픔이 없어졌다고는 안 했어."

"혼동해서 미안해. 여기 내려와서도 한방에서 네 식구가 잤냐?"

"한동안은, 애녀석이 초등학교 갈 때까지. 이제 학교 학생이 됐고 너는 남자니까 할아버지하고 같이 자면서 책도 읽어달래고 공부도 봐달라고 해야 한다고 타일렀더니 그때는 순순히 들더라. 그래도 가끔 베개 들고 안방으로 스며들곤 했어. 그애한테는 할미가 엄마였으니까."

"영감님은 몰래 스며들지 않고?"

"처음부터 네가 궁금한 게 그거였다는 거 알아. 한방에서 잠만 잤을까, 딴짓은 안 했을까. 잠만 잤어. 그렇지만 영감님이 딴짓을 하고 싶어했다고 해도 거절하지 않았을 거야. 그 짓이라도 그 영감님에게 위로가 될 수 있다면 말야. 그까짓 게 뭐 그리 대단

216

한 거라고 못 내주냐 못 내주길."

"목석처럼 살았다는 건지 성인처럼 살았다는 건지 나 같은 속물은 못 알아먹겠네. 네 말을 못 믿어서가 아니라 그렇게 아무렇지도 않은 사이에 여보 당신도 아니고 하니가 뭐냐? 닭살 돋게."

"하니? 으응. 세 살짜리가 말 배울 때부터 할머니는 하니, 할아버지는 하지라고 하는 걸 고쳐주지 않고 그냥 따라했을 뿐이야. 하지 진지 잡수시라고 해라, 하니한테 빠이빠이 해야지, 하는 식으로. 매사에 그런 식이었어. 그애의 어린양은 마냥 받아주고 싶어했고, 그애도 그걸 알고 우리 품을 떠나는 날까지 혀 짧은 소리로 하지, 하니, 했으니까. 그뿐인 줄 알아. 막내는 중학교 졸업할 때까지 학교고 학원이고 하지가, 영감님이 자전거에 태워가지고 다녔어. 학교도 그렇지만 학원도 다 읍내 나가야 있잖아. 조기유학시키려고 학원이다 과외공부다 온종일 아이를 조리를 돌렸으니까. 당신이 오래 못 살 거라는 걸 알았는지 줄창 끼고 다니고 싶어하는 것과는 딴판으로 떼어내고 싶어 조바심을 하더라고. 보통 부모들 같으면 자식이 독립할 시기를 대학 졸업하고 취직할 때나 시집 장가 갈 즈음으로 잡을 텐데, 이 양반은 큰애한테는 일찍부터 대학은 미국 가서 다녀라. 그래야 자립이 빠르다. 동생은 그때부터 네가 책임져야 한다. 이런 식이었어."

"둘 다 유학 보내는 건 도시에서도 웬만한 부자 아니면 힘든 일인데 영감님이 그렇게 돈이 많았니?"

"아이들 돈이 있잖아. 즈이 어미 아비 죽으면서 받은 보상금이

거액이었을걸. 그것 가지면 두 아이 대학 졸업시킬 만하다는 건 영감님만의 주먹구구는 아니었을 거야. 영감님 동기간들은 다들 미국에 사는데 그쪽에다가 후견인 부탁도 하고 학비 의논도 했을 거야. 여동생 하나는 부부의사로 잘산다니까, 아이들 돈을 떼먹지 않을 거란 믿음도 갔을 테고. 유학 간 데도 그이들하고 같은 도시 학교래."

"그럼 아이들을 그만큼 기를 동안 그 돈은 축내지 않았단 소리네."

"쓸 일이 있어야 쓰지."

"사교육비만 해도 적지 않았을 텐데."

"우리 돈으로 시킬 만했으니까 시켰겠지. 다 영감님이 알아서 했어. 이 싱크대 맨 아래 서랍 있잖아. 제일 깊은 서랍, 내가 거기다가 월말이면 서울서 월세 부쳐오는 걸 은행에서 찾아다가 현금으로 넣어놓고 아이들이 돈 달랠 때마다 거기서 꺼내주는 걸 보더니 영감님도 다달이 월급 타는 걸 찾아다가 거기다 넣어두더라. 당신 용돈이나 아이들 과외비도 일단 거기 넣었다가 그때그때 쓸 만큼 가져가데. 수북하던 현금이 거의 바닥날 만하면 또 월말이 돌아오고. 아껴 쓰지도 헤프게 쓰지도 않으니까 저절로 수입과 지출이 맞아떨어지더라. 영감님이나 나나 한 번도 돈 문제 가지고 의논한 적도 걱정한 적도 없어."

"그럼 도대체 무슨 얘기를 하고 살았냐?"

"직접적으로는 아무 얘기도 한 것 같지 않네. 오늘 저녁에 뭐

해 먹을까도 아이들을 통해 물어보고, 영감님도 오늘 점심땐 하니한테 수제비 해달랄까, 이런 식으로 말했으니까. 깊은 속내는 말이 필요 없는 거 아니니? 같이 자는 것보다 더 깊은 속내 말야. 영감님은 먼 산이나 마당가에 핀 일년초를 바라보거나 아이들이 재잘대고 노는 양을 바라보다가도 느닷없이 아, 소리를 삼키며 가슴을 움켜질 적이 있었지. 뭐가 생각나서 그러는지 나는 알지. 나도 그럴 적이 있으니까. 무슨 생각이 가슴을 저미기에 그렇게 비명을 질러야 하는지. 그 통증이 영감님이나 나나 유일한 존재 감이었어. 그 밖의 것은 하나도 중요하지 않더라. 남이 뭐라고 하든 그게 나하고 무슨 상관이야. 내가 아닌데. 소문뿐 아냐. 요새 산이 좀 예쁘냐. 저 앞산을 좀 봐라. 어쩌다 서울 가면 그 야경은 또 어떻구. 성탄절, 연말연시가 돌아오면 더할 거야. 동생네 가면 일부러 야경 보러 광화문 나가자고 내 기분을 부추긴 적도 있으니까. 산의 단풍이나 빛의 축제도 내가 지금 보고 있는 내가 있을 뿐 거기 실체가 존재한다는 실감은 안 들어."

"네가 거액의 보상금 때문에 사돈네하고 합치게 됐다는 소리가 정말이 아니라고 쳐도 아이들을 미국 보내고 나서 영감님하고 단둘이 남게 된 후까지도 여길 떠나지 않고 머물러 있었다는건 변명의 여지 없이 흑심이 있는 거 아니었을까."

"글쎄다, 마음이 무슨 빛깔인지 본 적은 없지만 흑심이라면 무슨 뜻일까 짐작이 안 되네. 아이들 보내고 나도 곧 여길 떠날 생각이었지만 월세 든 사람한테도 시간 여유를 줘야 할 거 아니니? 은퇴한 영감님이 집에서 편히 쉬지도 못하고 노인정이다 게이트볼이다 밖으로만 떠도는 게 좀 미안하긴 해도 월세 든 이가 기다려달라는 동안을 못 참고 보따리 싸들고 동생네 객식구 노릇 하긴 싫더라고. 근데 그동안에 영감님이 돌아가셨어. 자전거 타고 고개 넘다가 구르면서 낭떠러지로 떨어졌는데 발견됐을 때는 이미 숨을 거둔 후였어. 남들은 사고사라고 하지만 난 자연사라고 생각해."

"어째서?"

"그때 까만 옷을 입고 있어서 그랬던지 하도 말라 부피가 안 느껴져서 그랬던지 낭떠러지 위에서 바라본 그 양반의 모습이 꼭 나뭇가지 위에서 떨어진 까마귀 같았어. 김현승의 시에도 그런 구절이 있잖니. 나의 영혼/굽이치는 바다와/백합의 골짜기를 지나/마른 나뭇가지 위에 다다른 까마귀같이, 라는."

"다다랐다고 했지 떨어졌다고는 안 했어. 총이나 맞으면 모를까 새가 어떻게 나뭇가지에서 떨어지냐?"

"총은 안 맞고 자연사해도 죽으면 떨어질 거 아냐. 상처 하나 없는 고운 자연사였어. 어머, 밥 한 공길 다 먹었네. 더 먹을래? 호박잎쌈을 좋아하는구나. 이따가 호박잎도 좀 싸줘야겠다. 호박이 끝물이야. 저번에 호박넝쿨 걷으면서 연한 잎으로 따서 냉장고에 넣어두었던 거야."

"밥은 됐어. 눌은밥이나 줄래? 네가 이렇게 이 집과 농토를 차지하고 앉았다고 네 거 되는 것 아니잖아."

"이렇게 살면 내 거지 예서 더 어떻게 내 걸 만드냐?"

"그래도 이 세상엔 소유권이라는 게 있잖니. 네 소유로 만들지 않는다고 해도 아이들 몫으로 지분은 확실하게 해둬야 뒤탈이 없을 것 같은데. 영감님이 유서나 유언 같은 거 안 남겼어?"

"아니, 하루도 안 앓고 노인정에 가다가 굴러떨어져 죽은 양반이 어떻게 유언을 남겨. 유서 같은 거 쓸 사람은 더군다나 아니고."

"유선 어떤 사람이 쓰는데?"

"그따위 건 저승에 가서도 이승에 영향력을 행사하고 싶은 욕심을 못 버리는 사람이 쓰는 거 아닌가?"

"정신적 영향력은 과욕이라 쳐도 물질적인 건 교통정리를 해놓고 죽어야 할 것 같아. 그 양반이 안 해놓았으면 너라도. 넌 여기 말고도 서울에 아파트도 있잖아."

"재산은 더군다나 이 세상에서 얻은 거고 죽어서 가져갈 수 없는 거니까 결국은 이 세상에 속하는 건데 죽으면서까지 뭣하러 참견을 해. 이 세상의 법이 어련히 처리를 잘해줄까봐. 손자들 말고 그거 가로챌 사람 아무도 없어. 손자들이 너무 잘나거나 너무 못나서 제 몫을 못 챙겨도 그게 이 세상에 있지 어디로 가겠나?"

"세금 엄청나게 뜯기고 아이들한테 제대로 차례가 갈 것 같아?"

"법이 정한 대로 뜯겨야지 어쩌겠어. 법 때문에 아이들이 보상금도 그만큼 받았으니까. 여기서 서울 가는 거 다 거저다. 버스값 정도는 꼬박꼬박 통장에 입금되지 버스 한 번 타고 C역까지만 가면 노인표 한 장으로 서울까지 갈 수 있고, 서울서 이 집 저 집 동생네로 이동하는 것도 전철을 이용하니까 다 거저잖니. 누군가가 세금을 내니까 그런 혜택을 받을 수 있는 거 아닐까."

"애개개, 그까짓 쥐꼬리만한 혜택. 이 세상을 쥐락펴락하는 것들이 털도 안 뜯고 삼켜버리거나 즈이들끼리 왕창 인심쓰는 데 유용하는 액수에다 대면 그까짓 거 조금도 고마워할 거 없다, 너."

"쥐락펴락이 아니라 들었다 놨다 하던 인간도 죽으면 이 세상의 있는 것 털끝 하나도 움직일 수 없잖아. 그거 하나라도 확실하면 됐지 뭘 더 바라."

"넌 그럼 그렇게 열심히, 온갖 소문 무시하고 키운 손자들한테 바라는 게 아무것도 없니?"

"그건 나도 잘 모르겠어. 요새 내가 하는 짓을 보면 영감님이 그애들을 이 땅에서 떠나보내려고 돈 지키랴 자전거에 태우고 다니면서 과외공부시키랴 온갖 주접을 다 떤 것과는 역으로 그애들을 끌어당기려고 무슨 음모를 꾸미고 있는 건 아닌지, 요즘 내가 하는 짓을 수상쩍게 바라보곤 하니까."

"무슨 짓을 하고 있는데."

"교신(交信), 디카 들고 다니면서 앞산의 아기 궁둥이처럼 몽실몽실 부드러운 신록부터 자지러지게 붉은 단풍까지, 마당의 일년초가 피고 지는 모습, 숨어 사는 작은 들꽃들, 아이들하고 장난치던 시냇물 속의 조약돌들, 무당벌레, 풍뎅이, 지렁이, 매미 껍질, 뱀 껍질, 아이들하고 같이 보면서 가슴을 울렁거린 추억이 있는 것만 보면 닥치는 대로 디카로 찍어서 즉시즉시 아이들에게 보내곤 하니까. 이 할미는 잊어도 너희들을 키운 이 고향 산천은 잊지 말라고. 주접떨고 싶어서 여길 못 떠나나봐. 피곤해 보인다, 너. 과식한 거 아니니. 늙으니까 시장한 것보다 과식이 더 힘들더라. 푸성귀는 곧 소화되니까, 안방에 좀 누울래? 그동안에 너 줘 보낼 것 좀 챙기게."

"어쩐지 이 집 들어올 때부터 마당의 자전거하고 안방의 구닥다리 컴퓨터하고 동격으로 이상스러워 보이더라니."

친절한 복희씨

그는 멍한 눈으로 창밖을 보고 있다. 창도 그의 눈동자만큼이
나 멍하다. 대학이 지척에 있어 젊은 활기로 넘치던 동네에 인적
이 끊기니 단조롭다못해 바보 같다. 벌써 겨울방학으로 접어든
것이다. 이삼층짜리 다세대주택들은 처음에는 조금씩 다른 빛깔
로 지었겠지만 인기척이 없어지고부터는 일제히 회색빛을 덧씌
운 것처럼 음울해 보인다. 우리 집도 딴 이웃들처럼 우리가 사는
층 빼고는 원룸으로 개조해서 학생들한테 세를 놓아 먹고산다.
좀 무료하긴 하지만 안전한 노후 대책이라고 만족해하고 있다.
방학해서 학생들이 빠져나간 집 안엔 무엇이라 표현할 수 없는
적막감이 감돈다. 아무도 없이 그와 나 단둘이 있다는 게 나를
불안하게 한다. 그는 중풍에 걸려 오른쪽 반신이 흐느적대고, 제
입안의 침도 잘 수습하지 못한다. 뭐라고 말을 하기는 하는데 잘
알아들을 수 없이 버벌거린다. 나니까 대강 알아듣지 타인하고

는 거의 의사소통이 안 된다. 입술을 오므리지 못하니까 나를 '복희야'라고 부르고 싶을 때는 입가에 심한 경련이 인다. 나는 그게 불쌍하지 않고 고소하다. 처녀 적 그의 집에서 식모살이 할 때부터 함부로 부르던 이름을, 내가 그렇게 싫어하는데도 그의 마누라가 된 후에도 기분이 좋을 때나 화가 날 때는 연달아 불러대곤 했다. 반신이 무력해진 후에도 속에서 뻗치는 기운은 여전한 듯 말이 잘 안 돼 고함으로 변할 때는 유리창이 다 들들댄다. 원래 기운이 넘치는 장대한 남자였다. 개같이 벌어서 정승처럼 쓰는 게 이상인 단순한 남자가 늙고 병들어 썩은 포대자루처럼 처져 있는 걸 보면서 나는 측은하단 생각이 들기보다는 기괴한 환상에 시달린다. 저 남자는 도대체 무슨 생각을 하고 있을까. 그가 거침없이 말할 때도 그의 생각은 주로 욕망에 관해서였다. 물욕, 식욕, 성욕이 남보다 강하고 그걸 표현하는 데 망설임도 수치심도 없었다. 말로도 행동으로도 그런 욕망을 채울 길이 막혀버린 지금 그는 도대체 무슨 생각을 할까. 생각은 무슨, 그의 속이 텅 비어 있다고 생각해도 불안하고, 텅 비었다고 생각하고 그 안에다 뭘 자꾸자꾸 쑤셔넣고 싶어하는 나는 더 불안하다. 내가 불안한 건 그가 아니라 나다.

나는 벌레 한 마리도 못 죽이는 착한 여자다. 남들이 다들 그렇다고 그런다. 정말 벌레 한 마리도 못 죽이는 위인이 된 것은 사람들이 나를 그렇게 알아준 후부터이고 그전에는 가난한 보통 사람만큼 곤충 종류의 벌레를 죽였을 것이다. 왜 그냥 보통 사람이라고 안 하고 '가난한'을 보탰냐 하면, 보통 사람들도 이미 내복 갈피에 이가 서식하지 않을 만큼의 청결은 유지하고 살 때였는데도 우리 식구는 어떻게 된 게 저녁만 먹고 나면 내복을 홀라당 벗고 오순도순 이 사냥을 해야만 다음날 덜 긁적거리며 지낼 수 있을 정도로 구질구질하게 살았기 때문이다. 그렇게 없이 살았다고 해서 내 유년기가 우울하고 불행했던 것은 아니다. 우리 오남매가 흐릿한 전등불 밑에서 등에 멍 같은 점이 찍힌 보리알만큼 살찐 이를 두 엄지손톱 사이에서 오지직 소리가 나게 눌러 죽이며 낄낄대던 정경을 떠올리면 가족오락회의 추억처럼 그리운 미소가 번지곤 한다. 지금은 서울의 위성도시 중에서도 집값이 제일 비싼 고급 아파트단지가 된 지 오래지만 그때만 해도 농촌이었으니 비록 땅 한 뙈기 없이 사는 집구석에서 자랐어도 논에서 메뚜기도 잡아 구워먹었을 테고, 사내녀석들을 따라 개구리를 잡아 모닥불에 그슬려 그 뒷다리를 먹어본 적도 있다. 맛이 어땠는지는 생각나지 않지만 개구리를 잡아 불 속에 던질 때까지는 사내아이들과 다름없이 굴다가 막상 개구리 뒷다리를 입에 넣고 나서는 도저히 맛있게 먹는 시늉을 할 수가 없어 낭패스러웠던 일은 아직까지도 잊혀지지 않는다.

어디 그뿐이겠는가. 도시에서 배불리 먹고 깔끔을 있는 대로 떨며 살 만하게 된 후에도 어찌 파리나 모기를 철썩철썩 때려잡은 적이 없겠는가. 제일 처음 벌레 한 마리도 못 죽이는 병신 취급을 당한 것은 지금의 영감한테 시집오고 나서 얼마 안 돼서이다. 나는 열아홉 꽃 같은 나이에 초혼이었지만 그는 서른을 넘긴 띠동갑 홀아비였다. 그가 펄펄 기운이 넘치고 내가 영양실조기가 있는 심약한 계집애였을 때는 도리어 나이 차이를 의식하지 못했다. 그이하고 하고 싶지 않은 결혼을 한 건 사실이지만 나이 때문에 그를 꺼렸던 건 아니다. 요새 나는 자주 거울 앞에 서곤 하는데 오래 바라보진 못한다. 너무 젊어 뵈는 내가, 중풍이 걸린 후 몰라보게 퇴락해가는 그보다 더 낯설어 보인다. 나는 자신이 마치 늙은 왕의 죽음과 함께 순장당한 어린 궁녀만 같아 그 애처로움을 차마 오래 견디지 못한다.

그는 단출한 홀아비가 아니라 전처의 아들도 하나 딸려 있었는데 우리가 간단하게 백년가약을 맺은 지 며칠 안 됐을 때, 내일이 그 아이 생일이라면서 닭을 한 마리 사왔다. 지금처럼 위생적으로 냉동 처리한 닭을 통으로, 혹은 부위별로 팔 때는 아니었다. 시장통에는 닭장수 골목이 따로 있어서 가게마다 닭장 안에 가둬놓고 파는 산 닭 중에서 한 마리 골라잡으면 최소한 모가지를 비틀어서 잡아준다거나, 부탁하면 가게 안 연탄불에 얹어놓은 양은솥의 끓는 물에 슬쩍 데쳐내어 털을 깨끗이 뽑아주게 되어 있었다. 그런데도 애아빠는 마치 집 안에 두고 기를 것처럼 벼슬이 시뻘건 장닭을 한 마리 사다가 헛간 기둥에 매어놓으면서 내일 아침에 잡으라고 했다. 그 닭을 잡을 일이 태산 같아서 잡아서 국을 끓이라는 건지, 볶아먹자는 건지도 물어보지 못했다. 아이 생일날 새벽에도 장닭이 우는 소리에 깨어났다. 너무 자신 없는 일이라 그 일 먼저 해놓고 밥을 지으려고 마당의 수돗가로 도마를 갖다놓고 닭을 붙잡아다가 억지로 도마 위에 눕히고 식칼로 들입다 내려쳤다. 도마에 피가 낭자한 걸 보자 죽은 줄 알고는 진저리를 치면서 닭한테서 손을 뗐다. 그러나 닭은 푸드득 일어나 반쯤 잘린 모가지를 건들대며 마당을 가로질러 헛간 모퉁이를 향해 내닫는 게 아닌가. 닭은 헛간 모퉁이로 사라지기 직전에 흘긋 나를 돌아본 것 같았다. 닭의 핏발 선 눈과 마주치자 나는 그 자리에 주저앉으면서 어찌나 큰 소리로 비명을 질렀던지 온 집안 식구가 다 깨서 뛰어나왔다. 애아빠는 그때 방산시장에서 잡화도매상을 하고 있어서 점원으로 와 있는 군식구가 여럿 됐다. 아이의 외할머니가 안방 차지를 하고 있고, 우리는 건넌방을 쓰고 있었다. 건넌방에서 뛰어나온 애아빠가 사태를 알아차리고 핏자국을 따라가 뒤란에서 숨을 거둔 닭을 잡아오고, 나는 방에 데려다 눕혔다. 그때 나는 임신중이었다.

"원, 사람도 얼뜨긴."

조금 늦게 안방에서 아이와 함께 나온 아이 외할머니에게 아이아빠는 이 사람이 이렇게 얼뜨답니다, 하고 경위를 설명했다. 아이아빠나 외할머니나 내가 얼뜨다는 것에 호의적이었다. 시집간 딸이 죽은 후, 새로 들어온 사위의 후처에게 전처의 어머니가 어떤 표정을 지어야 하는지는, 그런 경우가 그리 흔한 건 아닐테니 정해진 건 없다고 해도, 그 노인은 거의 가여울 정도로 노상 경직된 표정을 짓고 있었는데, 그게 한결 누그러지는 게 느껴졌다.

"놀라셨죠. 제 잘못이에요. 벌레 한 마리도 못 죽이는 사람한테 닭을 잡으라고 했으니."

얼뜬 사람이 순식간에 벌레 한 마리도 못 죽이는 사람으로 변했다. 나는 이상한 가족 구성원 속으로 시집온 후 처음으로 편안한 마음으로 벌레 한 마리도 못 죽이는 사람 시늉을 하고 누워 있고, 노인이 행주치마 두르고 부엌으로 나가 외손자 생일상을 차렸다. 나에게도 하얀 닭고기가 둥둥 뜬 미역국이 차려졌지만 욕지기가 나서 입을 틀어막고 물렀다. 임신중이었으므로 그건 당연한 권리였다. 내가 애를 가졌다는 얘길 사위에게 처음으로 들은 듯, 노인은 한약을 지어온다. 생약으로 이상한 풀뿌리를 달인다, 있는 정성 없는 정성을 다하고 나서 나에게 아무 일이 없자 당신 집으로 돌아갔다. 나중에 안 일이지만 그가 상처하고 나서 삼 년 안에 새장가를 든 사람은 내가 첫번째가 아니었다. 나처럼 최소한의 육례를 갖춘 혼사는 아니었다고 해도 살림도 잘하고, 가게일도 곧잘 참견할 만한 여자를 들였다가 반년 만에 내치게 된 연유가, 성품이 독해서였다고 한다. 어린 전실 아들을 어찌나 모질게 학대했는지, 외할머니가 와보고 아이가 너무 꼬질꼬질해 목욕이라도 시켜주고 가려다가, 온몸이 꼬집혀 피멍 든 자국을 보고 놀라 사위한테 일러서 내쫓게 한 모양이었다. 그는 자식이라면 벌벌 떠는 사람이었고, 또 그만한 중심 상권에 자기 점포를 장만해 빈곤을 벗어나기까지는 처가 쪽의 덕이 컸기 때문에 장모도 그 정도의 세도는 부릴 만했다. 그후 내가 들어갈 때까지 안방 차지를 하고 외손자를 끼고 돌면서 집안의 대소사까지 건사하고 있었지만, 갈 데 없는 노인이 아니라 만장 같은 자기 집에 아들 며느리를 거느린 유복한 노인이었다. 안심하고 외손자를 맡겨도 된다고 판단한 이상 더 지체할 이유가 없었을 것이다. 비로소 나는 안방 차지를 할 수가 있었다. 내 아이가 주줄이 생긴 후에도 그 전실 자식과 내 아이를 차별해 기르지 않았다. 모질지 못한 건 천성이다 처도 벌레 한 마리도 못 죽인다는 건 사실과 달랐지만 그렇게 알려지자 행운이 뒤따랐는데 굳이 아니라고 우길 까닭이 뭐 있겠는가.

오늘은 두번째 일요일이니까 둘째네 식구들이 오는 날이다. 둘째라지만 전실 아들까지를 포함해서 둘째니까 내 속으로 낳은 자식으로는 맏이인 셈이다. 전실 자식과 내 자식을 차별해서 기르지 않았다고 했는데 사실이다. 내 자식이 생기고부터는 마음으로부터 그러기는 쉽지 않았지만, 주위 사람들에게 그렇게 보이는 게 내 신상에 편하다는 걸 안 이상 전실 아이를 더 사랑하는 척이라도 못할 것 없었다. 그 아이가 착해서 동생한테 샘내지 않고 예뻐해줬다는 것도 그 아이와의 좋은 관계에 도움이 되었다. 첫아들 다음에 첫딸을 낳고도 아들 둘을 더 낳아 전실 아들까지 치면 오남매를 두게 되었다. 딸은 미국 유학까지 보냈더니 거기서 신랑 만나 결혼해서 잘산다. 나는 딸 덕에 미국 구경한 적은 없다. 딸이 이삼 년에 한 번씩 다니러 온다. 남은 네 아들은 장가가서 제 가정을 이루면서 뻔질나게 드나드는 자식도 있고 어쩌다가 선물을 잔뜩 사가지고 오는 자식도 있었다. 우리가 가진 것도 자식 신세 안 지고 먹고살 만했으므로 자식들이 그러건 말건 개의치 않았다. 그렇게 제각기 생긴 대로 하던 효도를 어느 날 둘째며느리가 나서서 교통정리하더니 오늘날처럼 공평하고 규칙적인 게 되었다. 나는 그렇게 똑떨어지게 똑똑한 둘째며느리를 별로 좋아하지 않는다. 친실 자식까지도 차별하지 않고 공평하게 대할 수 있었던 건 며느리가 생기기 전까지고, 남의 자식들이 들어오고부터는 내 마음속에도 저울이 생기기 시작했다. 겉으로 나타내진 못하고 있지만 며느리에 따라서 예쁜 자식, 미운 자식이 생긴 것이다. 편애의 쾌감은 독하고 날카롭다. 첫째 일요일엔 첫째네가, 둘째 일요일엔 둘째네가, 이렇게 순번을 정해서 오기로 합의했다고. 마치 노인복지사처럼 나무랄 데 없이 공손하고 친절한 태도로 알려줬을 때 내가 뭐랬더라?

"공일이 닷새 든 달도 있던데 그런 공일날엔 뭐 할 거냐. 네 집이 모여서 얼씨구 소풍이라도 가지 그러냐."

"어머님도 참, 우리도 스트레스 안 받는 날도 좀 있어야죠. 그게 그렇게 억울하시면 미국 있는 시누님을 다달이 부르시든지요."

요렇게 싸가지 없는 며늘년을 내가 아무리 부처님 가운데 토막 같은 시어미라 해도 어떻게 안 싫어하겠는가.

정해진 시간에 인터폰이 울리고 거실 화면에 유치원 다니는 손자의 모습이 비친다. 화면 속의 그 아이는 점프를 하면서 손가락으로 V자를 그려 보인다. 잠시도 가만히 못 있는 것하고, 시도 때도 없이 V자를 그려 보이는 게 그 아이의 좀 별난 버릇이다. 위로 누나도 있는데 남매를 같이 데려올 적도, 부부가 같이 올 적도 없다. 아이가 별나게 굴 때마다 어미는 아이를 나무라는 대신 제 아빠를 닮았단다. 나 들으라는 소리일 것이다. 하도 정신 없이 길러서 나는 내 아이들이 그맘때 어땠는지 생각나지 않는다. 네 식구 중 두 식구가 번갈아 오는 것도 둘째네의 특징이다. 손자는 어미하고, 손녀는 아비하고. 손녀는 동생과 나이 차이가 많이 나는데다가 숙성해서 숙녀티가 난다. 하는 짓도 빈틈이 없다. 과일을 그림같이 깎다가 할아버지 입에 넣어드린다. 그러나 빨리 의무를 끝내고 일어서고 싶은 티가 역력한 걸 나는 매번 놓치지 않는다. 저게 어미 닮았지 싶지만 말은 안 한다. 나는 며느리 흉을 아들한테 보는 바보가 아니다. 뭐든지 되는대로 하는 게 없이 꼭 규칙을 정해놓고 거기 따르도록 돼 있는 게 그 집구석이다. 전실 아들한테서 본 큰며느리는 시부모 방문을 날짜 정해놓고 하는 것을 불편해한다. 정해진 날 못 올 적도 있고, 그럴 때는 나한테 미안해하는 게 아니라 동서의 눈치를 더 본다. 동서한테는 다녀간 걸로 해달라고 나에게 부탁을 할 적도 있다. 나는 일단 그렇게 입을 맞추고 나면 그 약속을 잘 지키지만 실수하는 쪽은 오히려 큰며느리이다. 조만간 무슨 말끝에고 탄로가 나고 만다. 나는 그렇게 허술한 큰며느리에게 공범자 같은 우정을 느낀다. 큰며느리가 둘째보다 더 마음에 드니까 큰아들은 내가 낳은 자식이 아닌데도 정이 간다.

손자가 제 어미를 앞질러 펄쩍펄쩍 뛰어들어오더니 흔들의자에 멍하니 앉아 있는 할아버지 무릎으로 뛰어올라 두 팔로 할아버지 목을 감고 양볼에 쪽쪽 소리가 나게 뽀뽀를 하고는 귀에다 대고 할아버지 사랑해요, 라고 악을 쓴다. 손자는 매번 똑같이 그렇게 한다. 그이는 말을 잘 못할 뿐 귀가 어둡다는 징조는 아직 없다. 그이의 표정이 웃는지 찡그리는지 잘 분간할 수 없다. 아이에게 사랑한다는 말만 시키지 않았어도 그애들의 방문이 한결 견디기 쉬우리라는 생각을 하면서 나는 영감의 고막에 동정심을 느낀다. 그만, 할아버지 피곤하시다. 사가지고 온 과일 나부랭이를 냉장고에 넣다 말고 며느리가 아이에게 명령한다. 아이가 살았다는 듯이 할아버지 무릎에서 뛰어내려 이리 뛰고 저리 뛴다. 나도 그 짧은 동안에 숨쉬는 것을 참고 있었던 양 비로소 긴 숨을 내쉰다. 손자가 제 어미에게 할아버지한테서 냄새난다고 이르는 소리를 들은 적이 있기 때문일 것이다. 그 아이가 지나치게 예민하거나, 노인한테서는 으레 냄새가 나려니 하는, 그 나이 또래의 맹랑한 선입관 때문이지 정말로 냄새가 날 리는 없다고 생각한다. 그런 소리 안 듣게 하려고 내가 얼마나 힘들게 그이를 거두는지 아무도 모를 것이다.

까딱 잘못하다가는 냄새 피우기에 알맞은 짓을 그이가 하는 것은 사실이다. 아직도 식욕이 왕성하고 소화가 잘되는 그이는 하루 한 번씩 찐득한 점토 같은 변을 변기 하나 가득 본다. 보행이 불편해도 제 발로 걸어서 화장실 출입하는 데 문제가 없고, 수시로 가벼운 산책도 할 수 있고, 변비 같은 것도 없으니 고마운 노릇이다. 문제는 뒤처리다. 마비된 오른손은 멋대로 흐느적대니까 그렇다 쳐도, 성한 왼손도 항문까지 잘 도달하지 않는지, 역한 냄새를 풍겨서 벗겨보면 아랫도리와 속바지가 누런 변으로 칠갑이 돼 있다. 휴지로는 도저히 깨끗이 마무리가 안 되니까 더운물로 씻어주기 시작했다. 그러는 수밖에 달리 방법이 없었다. 어차피 속옷을 손으로 빠는 것도 그만큼 인내력을 필요로 하는 거니까 밑을 씻어주는 게 한결 손이 덜 갔다. 그가 그걸 즐기지만 않았어도 그가 죽는 날까지든, 내 수족이 성한 날까지든, 마냥 그렇게 해줄 수 있었을 것이다. 그이는 내가 해주는 뒷물을 처음에는 약간 미안해하는 듯하더니 차츰 즐기기 시작한다는 게 느껴졌다. 발음이 확실하지는 않았지만 처음에 그가 내지른 소리는 아유 시원해, 아아 시원타, 정도였을 것이다. 너무 시원해서 그랬던가, 차츰 발음하기를 포기하고 신음 같은 흥얼거림으로 변했다. 나는 그 흥얼거림에서 성적인 낌새를 챘다. 나의 짐작은 틀림이 없었다. 하루에 한 번씩 보던 변을 두 번씩 보기 시작했다. 나는 그의 아랫도리에서 단호하게 내 손길을 떼야 한다고 생각했다. 서둘러 화장실에 비데를 설치했다. 얼마나 좋은 세

234

상인가. 세상에 그런 편리한 장치가 있다는 걸 당신은 아마 상상도 못했을걸. 용용 죽겠지 놀려주고 싶은 심정이었다. 그러나 그도 그렇게 호락호락하지 않았다. 어떡하든지 엉터리로 씻거나 안 씻어서 내 손이 가게 만들었다. 주름이 많은 아랫도리를 깨끗이 씻기는 일은 간단하지 않다. 시간이 걸리고 손길도 섬세해야 한다. 그동안 내가 참아내야 하는 것은 기분이 좋아 흥얼거리는 그의 교성만이 아니다. 나는 그동안 될 수 있는 대로 숨도 안 쉰다. 구린내를 안 맡고 싶은 것보다는 내 안에서 출구를 찾고 있는 잔인한 충동이 겁나기 때문이다.

요새 다시 예전처럼 납작하고 동그란 금속갑을 꺼내 그 안 하나 가득 말라붙어 있는 까만 고약 같은 게 잘 있나 확인해보고 위안을 얻는 버릇이 도졌다. 그건 내 인생의 슬픈 동반자이고, 오남매가 흐릿한 삼십 촉 전구 밑에 모여앉아 이 잡으며 킬킬거리고 자랄 때부터 우리 친정집에 있던 비상약이다. 엄마는 그걸 아편이라고 했다. 어릴 때도 엄마가 아편이라고 말할 때는 바깥의 인기척을 살피면서 목소리를 낮추는 걸로 봐서 불길하고도 신비한 느낌이 들었다. 조금만 쓰면 만병통치약이지만 많이 먹으면 고통 없이 죽을 수도, 남을 감쪽같이 죽일 수도 있는 약이라고 했다. 그런 무시무시한 약이 어디서 났느냐고 했더니 엄마는 시집올 때 친정에서 몰래 훔쳐왔다고 했다.

"외갓집에선 그게 어디서 났는데?"

"외할머니가 뒤란에다 몰래 앵속을 기르시지 않았냐."

"앵속이 뭔데?"

"양귀비라고. 꽃이 어찌나 요상하게 화냥년처럼 피는지 금방 눈에 띄지. 일정 때 왜놈 경찰한테 들키면 당장 때갔단다. 그래도 그 동네선 다들 조금씩 몰래 길렀다더라. 꽃이 지고 열매 맺으면 그 열매에다 상처를 내서 진을 받으면 그게 아편이란다. 순사한테 잡혀가는 걸 무릅쓰고 앵속을 기른 것은 토사곽란에 그것처럼 즉효약은 없었으니까. 지금처럼 마이신 같은 신통한 약이 없을 때였느니라. 어느 핸가 호열자가 돌아서 왜놈들은 걸렸다 하면 다 죽었는데, 우리에게선 걸린 사람도 하나도 안 죽고 살아나서 일본놈들이 약이 올라가지고 무슨 약을 쓰고 살아났나, 꼬치꼬치 묻고 다녔더란다. 굿하고 나았다고도 하고 고추장 먹어서 가볍게 걸렸다고도 하고 제각기 둘러대고 속으로 얼마나 고소해했는지 모른다고 하는 소리를 여러 번 들었느니라."

"그렇게 신통한 약을 훔쳐오면 어떡해."

"나 시집올 때는 페니실린, 마이신이 나왔을 땐데 그까짓 걸 약에 쓰자고 훔쳤겠냐. 많이 먹으면 죽을 수도 있는 독약이라기에 훔쳤지. 네 외할머니 외할아버지 싸울 때마다 너 죽고 나 죽자고 사생결단 싸웠고 그때마다 내가 울며불며 뜯어말려버릇해놔서 나만 없어지면 정말 무슨 일 날지도 모른다는 생각이 들더라. 홧김에 눈이 뒤집히면 목구멍이 타서 죽는다는 양잿물도 마시는데 그렇게 편히 죽을 수 있다는 아편을 왜 못 먹겠냐."

엄마가 부모님 목숨을 보전하러 훔쳐온 아편 덩어리를 나는 왜 재차 훔쳤을까. 집을 나올 때 나는 그 납작한 생철갑을 보따리 깊숙이 찔러넣고 줄행랑을 쳤다. 아마 도시가 무서워서였을 것이다. 은장도가 잘 들어야 맛이 아니듯이 가까이 지녔다는 것만으로도 마음이 든든했다. 만일 은장도의 날이 시퍼렇게 서 있다면 상대방을 겨누지 뭣하러 자기 명치를 겨누겠는가. 나는 송진 덩어리를 자꾸 주물러서 새까맣게 손때가 묻은 것처럼 생긴 이 오래된 아편 덩어리의 효능을 믿어 의심치 않는다. 그러나 나는 벌레 한 마리도 못 죽이는 착하디착한 여자다. 생철갑이 위안이 된 고비는 여러 번 넘겼지만 써먹을 엄두까지는 못 내봤다.

　서울 와서 처음 취직한 자리가 지금의 영감이 주인으로 있는 방산상회였다. 그 동네서 자전거 타고 배달 다니는, 한동네 살던 머스마를 길에서 우연히 만난 게 계기가 되었다. 단봇짐을 싸가지고 대처로 나올 때의 목표는 버스차장 자리였다. 방산시장 근처를 얼쩡댄 것은 그 근처에 시외버스 종점과 버스 사무실이 있기 때문이었다. 제 앉은키보다 훨씬 높게 짐을 싣고 달리던 머스마는 나를 보고 반색을 했고, 일자리를 구하러 다닌다는 걸 알고는 점원을 구하는 집을 알고 있노라고, 자기가 말하면 문제없을 거라고 했다. 나는 너무도 쉽게 될 것 같은 취직이어서 일단 팅겼다. 내 목표는 버스차장이라고. 그 소리를 듣고 그애가 어찌나 한심스러운 표정을 짓던지 팅기는 게 손해라는 걸 알아차렸다. 취직은 쉽게 되었지만 가게일보다는 가게 뒤에 딸린 안집의 부엌일을 더 많이 해야 했다. 주인아저씨는 상처한 뒤였지만 점원들을 비롯해서 서울로 공부하러 와서 신세지고 있는, 이 집과의 관계가 어떻게 되는지 알 수 없는, 또는 알 필요도 없는 군식구들이 득시글대는 복잡한 집이었다. 주인아저씨가 나를 아래위로 한번 쓱 훑어보고 나서 선선히 월급을 얼마 주겠다는 제안을 한 걸 보면 점원이 맞긴 맞을 것이다. 왜냐하면 식모살이는 대개 서울 가서 밥이라도 실컷 얻어먹으라고 월급 없이 내보내던 시절이었다. 처음부터 가게일보다는 부엌일을 시킬 요량으로 채용했는지는 모르지만 주인아저씨가 나쁜 사람 같지는 않았다. 군식구가 많은 것만 봐도 알 수 있었다. 우거지찌개라도 많이 해서 여러 식구를 배불리 먹일 수 있는 주인아저씨가 위대해 보여 그를 도와준다는 데 자부심을 느꼈다. 점원이면 어떻고 식모면 어떠랴 싶었다. 그 일에 보람을 느끼고 성심성의껏 일하는 동안 내 가랑이에선 불이 났고, 손등은 난도질을 해놓은 것처럼 트고 갈라졌다.

어느 날 저녁, 뜰아래에 있는 독방으로 밥상을 들고 들어갔을 때의 일이다. 그 방은 한 평밖에 안 되는 작은 방이었지만 서울 와서 대학 다니는 청년이 혼자 쓰기 때문에 깨끗이 정돈돼 있고, 발고린내 같은 고약한 냄새도 나지 않았다. 주인아저씨의 죽은 마누라의 친척 되는 대학생이라고 알고 있었기 때문에 점원들이나 딴 군식구들보다 계란프라이라도 한 접시 더 올리려고 신경이 써지던 청년이었다. 그 집엔 아직도 죽은 안주인의 그늘이랄까 권위가 도처에 남아 있었다. 조신하게 밥상을 놓고 나오려는데 청년이 나를 불러 세웠다. 그리고 손을 내밀라고 하더니 책상 위에 있는 화장수병같이 생긴 유리병에서 말간 액체를 자기 손바닥에 따라 그걸로 내 손등을 마사지하기 시작했다. 그의 손길이 닿자 내 손등이 당장 비단결처럼 부드럽고 매끄러워지는 게 느껴졌다. 그의 손길은 마치 몸을 돌보지 않고 고된 시집살이에 시달린 누이동생의 거친 손등을 어루만지는 착한 오라비처럼 극진하고 순수했다. 그의 표정 또한 내가 보아온 어떤 남자의 표정하고도 달랐다. 나는 그때 처음으로 옷이나 음식 외에 표정에도 고급스러운 것이 있다는 걸 알았다. 내 손이 가늘게 떨렸다. 사내들한테 손을 잡혀본 게 그때가 처음은 아니었다. 어려서부터 사내녀석들과 어울려 거칠게 놀았고, 서울서 나를 취직시켜준 머스마도 툭하면 내 손목을 잡아끌고 청계천가의 포장마찻집으로 오뎅 먹으러 가자 했고, 가게를 닫기 전 손님이 뜸한 저녁 시간이면 가겟방에 모여앉아 내기화투를 치던 인근 점방 점원들이 나를 끼워주면서 메밀묵 내기를 나를 위해 팔뚝 맞기로 변경해준 적도 한두 번이 아니었다. 팔뚝을 때리려고 내 손을 우악스럽게 잡으면 자지러지게 비명을 질렀지만, 조금이라도 살살 맞으려고 미리 부린 엄살일 뿐, 아프지도 가렵지도 않았다. 그렇게 목석같던 내 몸이 진저리를 치면서 깨어나는 게 느껴졌다. 나라고 그때까지 왜 사랑을 꿈꿔보지 않았겠는가. 내가 꿈꾼 사랑은 마음으로 하는 거였다. 그러나 이건 몸의 문제였다. 나는 내 몸이 한 그루의 박태기나무가 된 것 같았다. 봄날 느닷없이 딱딱한 가장귀에서 꽃자루도 없이 직접 진홍색 요요한 꽃을 뿜어내는 박태기나무, 헐벗은 우리 시골 마을에 있던 단 한 그루의 꽃나무였다. 내 얼굴은 이미 박태기꽃 빛깔이 되어 있을 거였다. 나는 내 몸에 그런 황홀한 감각이 숨어 있을 줄은 몰랐다. 이를 어쩌지, 그러나 박태기나무가 꽃 피는 걸 누가 제어할 수 있단 말인가. 나의 떨림을 감지한 대학생이 당황한 듯 내 손을 뿌리쳤다. 부끄러워 어쩔 줄을 모르며 일어서는 나를 불러 세우더니 나한테 발라주던 약병을 통째로 주면서 매일 저녁 바르고 자라면서 따뜻한 물에 손부터 깨끗이 씻은 후에 발라야 한다는 것까지 일러주었다. 대학생이 나를 염려해준다는 걸 알고부터 내 몸은 날로 귀해졌다. 생전 처음 느껴보는 신비 체험이었다. 그후에도 밥상을 가지고 그의 방에 드나들었지만 좀 나아진 손등을 보고 약을 잘 바르나보다고 안심하는 것 외엔 딴 얘기는 나누지 못했다. 내 몸이 자꾸만 귀해져서 천사처럼 날아오를 것 같은 황홀감을 느낄 적도 있었지만 내 혼자 생각이었다.

그날도 부엌 바닥에 쪼그리고 앉아 연탄불에 덥힌 따뜻한 물에 손을 담그고 느긋하게 때를 불리고 있을 때였다. 부엌 앞을 지나던 주인아저씨가 나를 유심히 보는 것 같았지만 나는 개의치 않았다. 그가 부엌으로 들어오길래 물이라도 떠먹으러 들어오는 줄 알고, 더운물에 손을 담근 채 조금 비켜앉았다. 그가 다짜고짜 내 손을 잡아끌며 목쉰 소리로 속삭였다. 너 왜 요새 자꾸 암내를 풍기냐. 나는 순식간에 안방으로 끌려들어갔다. 그의 장모는 외손자를 데리고 자기 집에 가 있을 때였다. 나는 남자 힘이 그렇게 센 줄 그때 처음 알았다. 나의 혼신의 저항을 뚫고 그가 내 안에 들어온 후에도 나는 악을 쓰고 비명을 질렀지만 그는 개의치 않았고, 아무도 나를 도와주러 오지 않았다. 그래봤댔자 네 망신이야. 그가 일그러진 표정으로 비웃으며 공격을 멈추지 않았다. 나에게 몸이 있다는 게 얼마나 황홀한 개안이었던가. 그게 불과 며칠 만에 이다지도 모멸스러워질 줄이야.

절대로 용서할 수 없다고 독하게 이를 갈며, 그의 체중으로부터 풀려났다. 그 지경을 당하고도 고개를 빳빳이 들고 그 방을 물러날 수 있었던 것은 나에게 생철갑이 있기 때문이었다. 굴속 같은 반평짜리 내 방으로 돌아와 제일 먼저 한 일도 생철갑이 잘 있나 확인하는 거였다. 그러나 그걸 손아귀에 쥐고 힘을 얻은 것은 잠시, 그 안에 든 것으로 뭘 어떻게 해야 복수가 되는지, 구체적인 방안은 떠오르지 않았다. 너 죽고 나 죽자고 마음먹으면 뭘 못하랴 싶긴 한데, 그자와 같이 죽긴 싫고, 혼자 죽긴 더 싫고, 그 얼마 안 되는 독약이 과연 사람을 죽일 만한 양이 되는지, 맛은 어떤지, 도대체 아는 게 없었다. 그 약갑은 내 손아귀에 있었지만 환상이지 실체가 아니었다. 그후에도 몇 번인가 더 안방에 끌려들어갔고 그때마다 그는 내가 첫날처럼 악을 쓰고 흐느끼길 바랐다. 첫날 밤처럼, 첫날 밤처럼, 그가 나를 덮칠 때마다 나에게 요구하는 이상한 주문이었다.

손에 쥐기만 해도 위로가 되고 힘이 되던 생철갑의 약발이 떨어지기 시작할 무렵 그의 장모가 아이를 데리고 안방으로 돌아왔다. 그리고 얼마 안 있다 홀몸이 아니란 사실을 알게 되었다. 나는 아이를 뗄 돈을 달라기 위해 그이에게 그 사실을 알렸다. 얼마간의 목돈을 쥘 수 있으리라 생각했다. 그걸로 정말 아이를 떼러 갈 수 있을지는 나중 문제였다. 그때는 아직 벌레 한 마리도 못 죽이는 얼뜬 사람으로 남이 알아주기 전이었기 때문인지, 내 속의 생명보다는 돈에 더 환장을 하고 있었다. 그이는 애 낳고 같이 살자고 했다. 나는 식도 안 올리고 그냥 살긴 싫다고 했다. 하긴 넌 숫처녀였으니까. 그냥 살긴 억울하겠지. 그래서 졸지에 시골에 알리고 동네 사람 다 불러서 잔치를 하게 되었다.

버스차장을 목표로 상경한 천방지축 촌년이 방산시장에서도 알부자로 알려진 가게 주인하고 비록 후처이긴 하지만 정식 결혼을 한 것을 두고 시골 동네에서나 시장통 사람들이나 다같이 승은을 입은 무수리 대하듯, 우러러야 할지 우습게 보아야 할지 어쩔 줄을 몰라했다. 나는 그들의 속을 빤히 알기 때문에 기대에 어긋나는 태도로 일관했다. 잘난 척도 못난 척도 하지 않았다. 거만도 겸손도 떨지 않았다. 아는 것도 묻고, 거친 상소리는 못 알아들은 척했다. 군식구들의 역할이나 성깔, 버릇, 능력에 대해 상세히 파악하고 있으면서도 이름도 외지 못하는 것처럼, 또는 이름과 얼굴이 헷갈리는 것처럼 얼뜨게 굴었다. 영악하게 잇속을 챙기는 시장통에선 얼뜨게 구는 것도 일종의 전술이었다. 우리 가게는 그 시장바닥에서도 몇째 안 가게 번성하는 집이었다. 그이는 돈을 잘 벌었지만 허술한 구석도 있어서 새는 데도 많았다. 그를 조정해서 군식구들을 줄였지만 그냥 내보내는 게 아니고, 딴 일자리를 구해서 내보내도록 했다. 전처의 처가붙이들은 내가 안방 차지한 후 얼마 안 있어 다들 떠났다. 그이의 장모가 나를 믿고 살림을 내줌으로써 그런 일들이 자연스럽게 이루어졌다. 그 대신 우리 식구가 불어났다. 생기는 대로 다 낳고 보니 전실 자식까지 합쳐서 오남매를 두게 되었다. 친정식구도 도와야 했다. 내가 이 고생을 하면서 엄마에게 딸이 시집 잘 갔다는 소리도 못 듣게 할 수는 없는 일이라고 이를 악물었다. 딸년들의, 특히 가난한 집 딸년들의 피 속에 유구하게 전해내려오는 희생정신으로부터 나라고 어찌 자유로울 수 있겠는가.

여편네가 돈을 흔하게 쓰려면 서방이 돈을 잘 벌어야 한다. 그이가 돈을 잘 벌게 하는 일은 간단했다. 그는 마치 노름꾼처럼 그날그날의 재수에 연연했는데 잠자리에서 잘해주는 게 그 비결이었다. 그가 나에게 바라는 건 첫날 밤처럼 비명을 지르는 거였다. 비명이나 흐느낌이 그의 성에 차지 않으면 풀이 죽었고, 장사가 다 안된다고 했다. 나를 만족시키지 못했다고 그렇게 의기소침해하는 걸 보면 그가 불쌍할 적도 있었다. 동물에 대한 연민 비슷한 거였다. 그는 내가 아무것도 느끼지 못한다는 걸 알지 못했다. 나는 그 짓을 하는 동안을 견디기 위해 내가 지금 하는 짓은 말이나 소를 혹사시키기 위해 모질게 채찍질하고 있는 것으로, 그리고 내가 지르고 있는 비명은 내 소리가 아니라 채찍질을 당하는 마소의 비명인 것으로, 가해자와 피해자를 뒤바꿔 생각했다. 착각도 길들이면 진짜 같아지는 법이다. 착각이라도 하지 않으면 그의 변태를 어떻게 살의(殺意) 없이 참아낼 수 있었겠는가. 그이가 의기소침해하든 더욱 용을 쓰든 말든 절대로 교성을 지르지 않은 적도 있었다. 그건 그에 대한 반항이 아니라 나에 대한 저항이자 최소한의 자존심이었다. 일찍 시작한 출산이라 일찍 단산하고 내 몸이 풍만해질 무렵부터 나도 아주 가끔이지만 그 짓에서 쾌감을 느낄 때가 있었다. 나는 그럴 때 전혀 신음소리를 안 냈다. 그러고는 일을 끝내는 즉시 욕실로 가서 오래오래 몸을 닦았다. 내 몸이 너무 징그러워 씻어내고 또 씻어내도 그 혐오감은 씻겨내려가지 않았다. 그러나 그가 시키는 대로 교성을 지르면서 치르는 요란한 정사 끝에는 마치 일용할 양식을 벌기 위해 과로한 막노동꾼처럼 씻고 말고 할 겨를 없이 진창 같은 잠자리에서도 곧장 단잠에 곯아떨어질 수 있었다.

개같이 벌어서 정승처럼 쓴다는 건 그의 철학 같지만 실은 내 철학이다. 나는 아이들을 최고로 기르고 싶었다. 장차 내 자식이 되기를 바라는 나의 이상형은, 나의 몸이 잠시나마 물오른 한 그루 박태기나무로 변신하는 기적과 환희를 맛보게 해준 대학생 같은 남자였다. 나는 그가 내 손등에 글리세린을 발라줄 때의 표정을 잊지 못했다. 준수하면서도 민감한 청년이 마음으로부터 우러나 남을 배려할 때의 따뜻하고 근심스러운 표정. 나는 그때만 그런 고급스럽고 섬세한 표정을 생전 처음 보는 것처럼 느낀게 아니라 그후 어디서도 만나보지 못했다. 인간의 얼굴이 그런 표정을 지을 수 있다는 걸 모르고 그 나이가 되었다는 게, 지지리 못살고 무식한 집에 태어나 고작 버스차장을 목표로 상경한 것보다 더 억울하게 여겨졌다. 그 대학생하고 다시 어째보겠다는 생각은 감히 품어보지 못했다. 임금님에게 잡혀본 손목을 비단 수건으로 싸매고 죽을 때까지 보물처럼 모시었다는 왕조시대의 어떤 기생처럼 그 기억은 내 마음속에 신전이 되어 있었다.

나는 장차 내 자식들의 얼굴에서라도 그런 표정과 만나고 싶었다. 내 자식들을 곱게 길러 좋은 대학에 보내 높은 교양을 쌓게 하려면 초등학교 때부터 투자를 해야 했다. 부자 아니면 안됐다. 나는 달리는 말에 채찍질하듯이 가뜩이나 욕심 많은 그이를 더 많이 벌어오도록 끊임없이 부추기고 닦달질했다. 기껏해야 시장 장사꾼이었다. 시장통 안의 부자일 뿐. 더 넓은 세상에서 우리네보다 윗물에서 노는 인간들의 복잡한 경제논리나 권모술수에 대해선 무지해서, 뻗어가는 경제성장 속도를 따라잡지 못했다. 점점 구멍가게 수준으로 폄하되는 시장 장사를 끝까지 붙들고 늘어져 오남매를 대학 보내고 어려운 처가의 학비도 보태면서 살 수 있었던 것은 그가 마누라밖에 모르는 우직함으로 장사에 있어서도 한 우물만 팠기 때문이었을 것이다. 나는 그를 모질게 착취했지만 그가 기꺼이 착취당하도록 할 만큼 했다. 내가 그이와는 상관없이 따로 하는 일도 있었다. 이 무식한 집안에서 그 대학생 같은 높은 경지의 교양인을 배출하려면 돈으로만 뒷받침해서는 부족할 것 같았다. 높은 데 도달하기 위해서는 밀고 끌어야 한다. 나 자신의 교양을 쌓는 일도 게을리하지 않았다. 중학교까지밖에 못 다녔지만 공부 잘한다는 소리를 듣고 싶어 하는 악바리 근성이 있었다. 아이들이 학교에 들어간 후에도 무시당하지 않도록 아이들이 동화책을 읽을 때는 나도 같이 읽고, 소설책을 읽을 때도 따라 읽었다. 그러는 사이에 내가 읽고 싶은 책도 따로 생기고, 세상사나 인생을 논하는 데 있어서는 웬만한 대학 나온 사람하고 맞먹을 교양을 쌓게 되었다고, 내 수준에 자신감이 생겼다.

그러면 뭐하나. 내 자식들이 차례차례 대학에 들어가게 되었을 때 나는 그 대학생의 얼굴을 잊었다. 그래서 나는 내가 목적을 달성한 건지 못 하고 만 건지도 알 수 없었다. 기대한 성취감 대신 슬픔만이 남았다.

그가 지팡이를 가리키며 뭐라고 악을 쓴다. 남들은 못 알아들을 소리지만 나는 그 소리를 산책, 산책으로 알아든다. 요새 그는 곧잘 혼자서 산책을 나간다. 물리치료 받으러 다니는 것도, 침 맞으러 다니는 것도 성질이 급해 며칠 해보고 효험이 없으면 욕만 한바탕하고 막무가내 안 다녔다. 그렇다고 그냥 놔두고 보자니 하루가 너무 지루해서 하루 몇 번씩 부축해서 동네를 한 바퀴 돌아주곤 했더니 이제는 혼자서도 곧잘 나돌아다닌다. 스웨터 위에 두툼한 파카를 입히고, 털목도리를 둘러주고 털모자까지 씌우고는 지팡이를 대령한다. 흐뭇한 미소는 그러나 일그러져 있다. 마누라의 위함을 받고 있다는 게 그를 만족시키고 있다는 걸 나는 안다. 나는 잠시라도 그의 숨결이 섞이지 않은 공기를 마실 생각에 손이 다 떨릴 정도로 조급하다. 그를 대문간까지 배웅하면서 차 조심하라고, 너무 늦지 말라고 이른다. 안으로 들어와 그가 뒤뚱뒤뚱 천천히 골목을 빠져나가는 걸 배웅한다. 멀어져가는 그를 한참 떨어진 데서 남처럼 바라보니까 저러다 회복되는 게 아닌가 싶게 다리에 힘이 오르고 있다는 게 느껴진다. 그가 안 보이기를 기다렸다가 비로소 나는 자유를 숨쉰다.

그동안의 감미로움 때문에 나는 그가 다른 때보다 일찍 돌아온 것처럼 느낀다. 그가 수상쩍은 듯이 내 아래위를 훑는다. 나는 그가 나를 그렇게 보는 게 제일 싫다. 부엌 바닥에 쭈그리고 앉아 손등의 때를 불리던 나를 다짜고짜로 잡아끌 때도 그런 눈으로 나를 바라보고 나서였다. 안면 마비로 정상적인 표정을 잃고 난 후에도 때때로 그런 표정만은 살아난다는 게 나를 소름끼치게 한다. 그가 나에게 뭐라고 명령을 하고 있다는 건 알겠는데 무슨 소리인지는 못 알아듣는다. 무슨 일로 그가 격앙돼 있는지 영문을 모르는 채, 나 또한 순순히 알아듣기 싫다는 꼬인 마음이니 소통이 원활할 리 없다.

그가 전화기 옆의 메모지에다 볼펜으로 글씨를 쓴다. 언제부터인가 정 안 통하는 말은 왼손으로 써버릇하더니 요새는 곧잘 알아볼 만큼 쓴다. 나하고 필담을 한 적은 없고 주로 아들이 왔을 때 써먹곤 했다. 아들들이 뭐 필요한 것 없느냐고 하면 종이에다 담배라고도 쓰고 술이라고도 쓰는데, 의사가 금한 걸 아들이 사다주길 바라서가 아니라 와아, 우리 아버지 왼손으로도 글씨 자알 쓰신다는 칭찬을 듣고 싶어서라는 걸 나는 안다. 혼자서 왼손으로 글씨 쓰는 연습을 하는 걸 본 적도 있다. 그가 생전 안하던 먹물들의 노력을 흉내내는 걸 보면서 그에게도 혈육과의 소통의 갈망이 있다는 게 신기하게 여겨지곤 했다. 나하고의 필담은 처음이다. 그가 쓴 글씨를 보니 약국에 갔다오라고 써 있다. 긴 골목 끝에서 왼쪽으로 돌면 바라보이는 약국일 것이다. 내가 그를 부축하고 산책할 때도 늘 통과하던 정해진 코스이다. 어디가 아프냐고 물었더니 아니라고 도리질을 하면서 어서 갔다오라고 고함을 친다. 내가 집에 있는 감기약, 기침약, 소화제, 설사약 등 상비약 이름을 대자, 그는 더 화가 나서 아니라고, 아직도 짚고 있는 세 발 달린 지팡이로 마룻바닥을 탕탕 구른다. 나도 지기 싫어서 박카스, 쌍화탕, 홍삼 엑기스…… 같이 산책할 때 그가 약국 앞에서 어린애처럼 사달라고 칭얼대면 사주던 것들의 이름을 줄줄이 댄다. 그가 참다못해 지팡이를 내던지고 다시 글씨를 쓴다. 기어코 나를 약국으로 내몰 모양이다. 가보면 안다고 써 있다. 기껏해야 박카스 한 병 때문에 저 난리를 칠 것이다. 그가 원하면 그까짓 박카스 한 병쯤 외상으로 못 줄 사이도 아닌데 그걸 안 준 약방 주인이 야속하다. 집에 있는 상비약과 모기향, 살충제 등은 다 그 집에서 산 거고, 둘이서 산책하다 눈이 마주치면 한두 마디 인사를 건네는 유일한 단골 가겟집에서, 성한 사람도 아닌 환자에게 어찌 그리도 모질고 인색하게 굴었을까. 나는 약사에게 그가 뭘 사고 싶어했는지 물어보기 전에 먼저, 너 그렇게 살면 안 된다고 준엄하게 꾸짖을 궁리부터 하느라 씨근덕대며 약국을 향해 달려갔다. 흰 가운을 입은 피부 고운 약사가 평소와 달리 어색하고 난처한 웃음을 웃으며 나를 맞이했다.

"도대체 얼마나 비싼 약이라고 여기까지 힘들게 온 노인 헛걸음을 시키고 그래요."

"비싸서 안 드린 게 아니라 위험하니까요."

그러면서 약사가 내민 종이엔 낯익은 그의 삐뚤삐뚤한 왼손 솜씨로 그린 '정력제비아그라' 그런 글씨들이 징그러운 벌레처럼 기어다니고 있었다.

"처음에는 그냥 없다고 말씀드렸는데도 구해달라고 부탁을 하시고는 자꾸 들르시는 거예요. 말씀은 어눌해도 말귀는 잘 알아들으시니까, 그 몸으로 그런 약 드시면 큰일 난다고 누누이 말씀드렸죠. 그랬더니 오늘은 또 종이를 달래시더니 마누라가 그걸 너무 좋아하니 좀 봐달라시는 거예요. 그래서 할머니를 좀 뵙자고, 할머니한테 직접 드릴 수는 있다고 말씀드렸죠. 연세 차이가 많이 나시는 것 같으니까 그 나름의 고충은 있으시겠지만 참으셔야지 어쩌겠어요. 정말 큰일 나는 수가 있거든요. 비타민 같은 걸

드릴 테니 그거라고 속이시는 것도 한 방법이지 싶은데요."

나는 무슨 말이 더 나오기 전에 약국 앞을 황급히 벗어났다. 내 딸보다 어린 약사의 능멸과 동정 어린 시선의 가시권에서 벗어나려고 달음질쳐 우리 집이 보이는 골목으로 꺾어들자 비로소 모닥불을 뒤집어쓴 것처럼 화끈한 치욕감이 온몸을 엄습한다. 이런 치욕보다는 차라리 분신의 고통이 견디기 쉬울 것 같았다. 죽이고 싶은 건지 죽고 싶은 건지 대상이 분명치 않은 살의가 극에 달한 채 집 안으로 돌진했다. 그가 기대에 찬 시선으로 나를 맞이한다. 무슨 생각을 하고 있었는지 침까지 흘리고 있다. 안방으로 들어가 드르륵 소리나게 서랍을 연다. 떨리는 손으로 생철갑을 꺼내 안에 든 걸 확인한다. 까만 고약 같은 덩어리는 오래전에 말라비틀어진 채 갑 속 가득 충만해 있다. 그걸 주머니에 넣고 다시 현관문을 나서는데도 그는 아무것도 묻지 않는다. 아마 돈을 안 가지고 가서 다시 가지러 온 것쯤으로 착각하고 있을 것이다. 그와 나 사이의 착각은 바로 우리의 운명이다. 나는 더는 그 운명에 휘둘리지 않을 것이다. 약국을 피해 반대 방향으로 꼬부라져 큰길로 나가면 바로 지하철 정류장이 아가리를 벌리고 있다. 나는 정처 없이 전철을 탄다. 무작정 타고 무작정 가는 동안에도 내 살의는 진정되지 않는다. 강변역이라는 소리가 죽고 싶다는 생각과 잘 맞아떨어진다. 다년간 위안받은 고약 덩어리지만 그 실효는 암만해도 믿기지 않는다. 아무래도 괜찮다. 더 크게 더 요긴하게 써먹을 수 있을 테니까. 강변역 어디에서도 한

강은 보이지 않지만 자꾸만 시퍼런 강물이 손짓하는 것 같아 목구멍에서 그르렁대는 소리가 난다. 한강물을 보기 전부터 물귀신의 끌어당기는 힘과 그걸 거부하려는 내 안의 힘을 팽팽하게 느낀다. 한강이 있는 쪽으로 걸어가고 있다고 생각했는데도 한강이 안 보이는 길을 무작정 헤매기를 한동안, 드디어 진퇴양난, 한강 다리로 건널 수밖에 없는 길로 접어든다. 어느새 날이 어두워 유유히 흐르는 강물 위로 수많은 한강 다리의 가지각색의 조명을 볼 수 있다. 세상이 아름다워서가 아니라, 내가 죽기도 억울하고, 누굴 죽일 용기도 없어서, 어쩔 수 없이 너 죽고 나 죽기를 선택한다. 나는 오랫동안 간직해온 죽음의 상자를 주머니에서 꺼내 검은 강을 향해 힘껏 던진다. 그 갑은 너무 작아서 허공에 어떤 선을 그었는지, 한강에 무슨 파문을 일으켰는지도 보이지 않는다. 그가 죽고 내가 죽는다 해도 이 세상엔 그만한 흔적도 남기지 못할 것이다. 그래도 나는 허공에서 치마 두른 한 여자가 한 남자의 깍짓동만한 허리를 껴안고 일단 하늘 높이 비상해 찰나의 자유를 맛보고 나서 곧장 강물로 추락하는 환(幻)을, 인생 절정의 순간이 이러리라 싶게 터질 듯한 환희로 지켜본다.

그래도 해피엔드

거실 유리창을 통해 43번 국도가 곧바로 바라다보인다. 이 집을 처음 보러 왔을 때부터 그게 제일 마음에 들었다. 비와 햇볕을 가릴 수 있는 지붕과 편히 앉아서 기다릴 수 있는 벤치까지 놓인 버스 정류장도 바로 코앞이다. 그 길은 서울로 통하는 길이다. 그 길을 통과하는 시외버스는 서울 근교의 크고 작은 시, 군에서 서울로 가는 버스여서 번호는 각각이지만 서울에서의 반환점은 한결같이 2호선 강변역으로 돼 있다.

저기서 아무 버스라도 타면 곧장 순환선인 2호선과 연결될 수 있다. 그 생각만 하면 남편도 나도 차도 없이, 앞으로 차를 가질 가망도 없이 — 돈 때문이 아니라 둘이 다 운전을 못하고 지금부터 배우기엔 너무 늙어버렸기 때문에 — 전원생활을 꿈꾼 무모함에 대한 불안감에 충분한 위로가 되었다.

버스는 이삼 분이 멀다 하고 자주 있었고, 강변역까지는 삼십 분이면 충분하다고 했다. 서울의 아파트에 살 때 주로 이용한 노선도 2호선이었다. 아파트는 잠실에 있었고, 2호선을 이용하면 한 번만 갈아타도 거의 못 갈 데가 없었다. 내가 주로 다니던 데에 걸리는 시간에다 삼십 분만 보태면 되었다. 삼십 분이란 약속 시간에 늦게 나타난 자가운전자들이 흔히 둘러대는 차가 많이 밀려서…… 라는 변명이 아무렇지도 않게 용서되는 가장 적절한 유예 시간이었다.

아파트 못지않은 편의시설을 갖춘 그림 같은 집, 널찍한 마당과 텃밭, 그리고 달고 맛있고 싸한 공기, 그 좋은 것들을 실컷 누릴 수 있는데다가 교통까지 편하다면 그건 금상첨화가 아닌가. 교통이란 물론 서울 가는 길을 의미했다.

나는 토박이 서울내기였다. 남편은 시골에서 초등학교를, 중소도시에서 중고등학교를, 서울에서 대학을 나와 줄곧 서울에서만 직장생활을 하다가 은퇴했다. 그동안에 시골의 부모님도 서울로 모셔다가 돌아가실 때까지 모셨고, 동기간도 서울 아니면 외국에 나가 살게 되어 명절에도 돌아갈 고향이 없게 되었다. 그래도 남편은 은퇴하기 전부터 노후를 낙향해서 보내고 싶다는 게 꿈이었다. 나는 낙향(落鄕)이라면 고향으로 돌아가는 건 줄만 알았는데 남편이 입버릇처럼 말하는 낙향은 그냥 거처를 시골로 옮기는 거였나보다. 남편이 마땅한 집을 찾아 시골로 돌아다니던 지난 한 해 동안, 나는 한 번도 따라나서지 않았다. 그건 시골로 이사 가는 데 대한 내 반대의사 같은 거기도 했지만, 믿고 맡겨도 될 것 같은 신뢰감이기도 했다. 남편이 천 리 밖 고향에서 집을 구하지 않고 서울 근교로만 돈다는 걸 알았기 때문이다. 집을 구하기 전부터 아파트 팔아서 떨어질 몇 억이 내 통장에 들어올 생각만 해도 황홀했다. 연금이 있어서 노후가 그다지 궁색할 것 같지는 않았지만 몇 억은 처음 만져보는 거금이었다.

이 아름다운 집에서 나는 신혼 시절처럼 예쁜 앞치마를 두르고 요리를 만들고 남편은 텃밭을 갈아 싱싱한 채소를 공급하면 생활비는 거의 안 들리라. 휴일이면 차를 몰고 찾아오는 아들네 딸네한테 무공해 채소도 싸주고, 손자들한테 살아 있는 자연공부도 시키리라. 목돈과 잘 자란 자식들을 둔 노후가 그림처럼 아름답게 떠올랐다.

어서 농사철이나 돌아왔으면, 농사지을 생각이 전혀 없는 내가 봄을 기다리는 건 할 일이 없어진 남편이 딱해서이다. 아직 그림은 완성되지 않았다. 들은 비어 있고, 잎 떨군 정원수와 동구 밖에서 마을로 들어오는 길가의 나무들은 언제 심었는지 늠름하지 못하고 비리비리하다. 꼭 겨울을 어찌 날까, 미리 떨고 있는 설늙은이 형상이다. 그래도 나무들이 헐벗은 계절이니까 집에서 국도와 버스 정류장을 저렇게 훤히, 저렇게 가까이 바라볼 수 있는 게 아닐까. 나는 낙향한 내 집이 서울과 얼마나 교통편이 좋다는 걸 내 마음에 각인시켜놓고 싶다. 서울이 너무 멀다는 건 그까짓 몇 억으로는 메워지지 않는 상실감이 될 것 같았다. 집에서 바라볼 수 있는 버스 정류장까지의 거리는 물론 직선

거리이다. 더군다나 내리막길이니까 이삼 분 거리밖에 안 돼 보인다.

하나 포장이 안 돼 고르지 못한 꼬불꼬불한 흙길을 높은 구두 신고 걸어내려가는 건 생각보다 쉽지 않았다. 오늘 모이는 친구들은 다들 동창이기 때문에 거의가 다 동갑내기들이다. 동갑내기들이 오랫동안 해외에 나가 살다가 잠시 귀국한 여학교 때 은사를 모시는 자리이다. 한껏 멋부리고 젊게 보이고 싶었다. 동창들은 거의가 다 무릎통증, 퇴행성관절염 등으로 높은 구두를 못 신었다. 높은 구두를 신고도 날렵하게 지하철 계단을 오르내리는 나를 다들 부러워했다. 관절에 아무런 문제가 없는데도 높은 구두를 신으면 고소공포증을 느낀다는 친구도 있었다. 우리는 다들 그렇게 한심한 나이였다. 나만 빼고는.

그렇게 되지 않기 위해서라도 부지런히 높은 구두 신고 외출할 일이라고 벼르고 있었건만 울퉁불퉁한 흙길을 위태롭게 걸어내려가면서 나도 오늘이 높은 구두를 신는 마지막 날이 될지도 모른다는 불길한 생각이 들었다. 서글픈 울화가 치밀었다. 남편이 예찬하는 이 동네의 장점 중에는 포장 안 된 흙길도 있다는 사실이 나를 그렇게 노엽게 했다. 나는 친구들 사이에서 베스트 드레서로 소문나 있었다. 곧 죽어도 촌티만은 내고 싶지 않았다. 이사 온 지 며칠 됐다고 벌써 촌티에 신경을 쓰고 있었다. 아무리 옷을 세련되게 입어도 신발을 노인용 샌들이나 운동화를 신었다면 완전히 스타일 구기게 돼 있었다.

천신만고 끝에 버스 정류장까지 온 것 같아도 시계를 보니 십 분밖에 안 걸렸다. 이사 온 지 한 달가량 되는데도 버스 타고 외출하기는 처음이었다. 그동안 서울 갈 일이 아주 없었던 건 아니지만 이사한 뒷정리를 도와주기 위해 자주 들러준 며느리나 딸이 타고 온 차를 이용할 수가 있었다. 정류장까지 십 분이나 걸렸다는 게 기대에 어긋났지만 일 분도 안 걸려 버스가 온 것은 만족스러웠다. 더군다나 이 길을 통과하는 버스는 몇 번 버스건 타기만 하면 2호선 강변역과 연결이 된다니 얼마나 편리하냐 말이다.

버스가 정확히 내 앞에 멎었다. 그러나 나 때문에 멎은 건 아니고 내리는 사람이 있어서 멎은 거였다. 중년 부인을 한 사람 내려놓고 문이 닫히려고 했다. 나는 손을 들어 타고 싶다는 시늉을 했더니 문이 다시 열렸다. 냉큼 올라타고 나서 고맙다는 인사말까지 했다. 그러나 운전기사가 다짜고짜 시비를 걸었다.

"할머니, 할머니는 버스를 어느 문으로 타는지도 몰라요?"

할머니라니, 아직 칠십도 안 됐고, 다들 오십대로 보고 딸하고 백화점에 가면 매장 아가씨들이 자매간인 줄 아는 나한테 감히 할머니라니, 더군다나 오늘은 있는 대로 멋을 부려 사십대로 보아주길, 잔뜩 기대에 부풀어 있는 나에게 이 무슨 모욕적인 언사인가.

"네? 문을 열어주시길래…… 열린 문으로 타는 거 아닌가요?"

여기저기서 웃음소리가 들렸다. 웃음소리는 탁하고 악의적이었다. 버스 안은 한산했다. 승객은 예닐곱 사람밖에 안 됐다. 아까 내린 손님은 여자였는데 남아 있는 승객들은 다들 남자들이었고 한마을 사람들처럼 서로 인상이나 옷차림이 비슷했다. 도저히 정이 들 것 같지 않게 생긴 시골 사람들이었다. 나는 오락에 굶주린 그들이 장난삼아 나를 갖고 놀려 한다는 걸 깨닫고 슬그머니 무서운 생각이 들었다. 할머니라고 부른 걸 속상해한 것이 방금 전이었건만 이왕 태운 거 늙은이 대접으로라도 눈감아줄 것이지, 하는 생각까지 들었다.

"할머니, 버스는 열린 문으로 타는 게 아니라 앞문으로 타는 거예요. 앞문이요, 앞문. 알아들었어요?"

나 귀먹지 않았다고 대들고 싶은 걸 참았다. 싱글대는 시선이 나에게 집중된 걸 느끼면서 버스 한가운데서 손잡이를 잡은 채 무력하게 흔들리고 있었다.

"할머니 앉아요, 앉아. 빈자리도 안 보여요? 뾰족구두 신고 비틀대다가 엉덩방아라도 찧으면 어쩌려고."

승객 중의 한 사람이 걱정하는 투가 아니라 놀리는 투로 그렇게 말하자 운전기사가 맞받았다.

"어쩌긴 뭘 어쩌겠어? 나만 덤터기 쓰는 거지, 뭐."

내가 그때까지 앉지 못하고 서 있는 건 앉을 줄 몰라서가 아니라 버스값은 내고 앉아야 할 것 같아서였다. 버스값 넣는 통은 앞문과 운전석 사이에 있었다. 뒷문으로 탔기 때문에 달리는 버스 안에서 뾰족구두 신고 거기까지 가기가 난감했다. 정말 벌렁 나자빠지기라도 하면 크게 다칠 것은 불문가지거니와 저들이 박장대소하면서 즐거워하는 수모를 어찌 견디랴. 나는 마치 악당의 소굴에 볼모로 잡힌 것처럼 잔뜩 졸아서 기사가 하라는 대로 서 있던 자리에서 가장 가까운 좌석에 엉덩이를 붙였다. 뒷문으로 탄 게 옳지 못한 일이라는 걸 몸으로 느끼고 있었다. 요금은 다음 정거장에서 버스가 설 때 내면 되겠지. 그렇게 생각하고 앉아서 핸드백에서 잔돈을 찾고 있는데 운전기사가 또 말을 시켰다.

"할머니 버스값 없어요?"

"아마 만원짜리밖에 없을 거야."

승객 중의 한 사람이 맞받았다. 기사하고 승객들은 마치 한마을에서 작당해서 어딘가로 심심풀이 삼아 나쁜 일을 저지르러 가는 사람들처럼 권태로워 보이면서도 손발이 척척 맞았다. 그런 소리까지 듣고 보니 잔돈을 찾는 손이 벌벌 떨리기까지 했다. 만일 정말 만원짜리밖에 없다면 나동그라져서 엉치뼈가 나가는 것보다 더 큰 낭패일 것 같았다. 다행히 떨리는 손이 천원짜리를 찾아낼 수 있었다. 벌벌 떠는 내 손이 확인한 핸드백 속은 온갖 잡동사니로 엉망진창이었다. 운전석 쪽에서 들리는 여자 목소리의 안내방송에 의하면 벌써 여러 번 정거장을 통과한 것 같은데 버스는 정차하지 않고 곧장 달렸다. 내릴 사람도 탈 사람도 없는 정거장은 그냥 지나치는 것 같았다. 이런 식으로 달리면 우리 집에서 서울까지는 생각보다 훨씬 빠르게 갈 수 있겠다 싶어 좋으면서도 이상하게도 숨이 막힐 것 같았다. 내가 천원짜리를 손에

258

쥐고 비로소 마음이 좀 가라앉아서 차내를 돌아보면서 세어본 승객은 나하고 운전기사까지 포함해서 아홉 사람이었다. 나는 마치 내가 여덟 명의 이상한 사람들로부터 괴로움을 당하는 외로운 피해자처럼 느꼈고, 그중에 누구라도 내리든지 더 타든지 해야만 이 숨막힐 듯한 악연의 구도에 균열이 갈 것 같았다.

경기도가 끝나고 서울이라는 표지판이 나왔다. 그것만 해도 살 것 같았다. 워커힐 정거장에서 처음으로 버스가 멎었다. 한 사람이 내리고 한 사람이 올라탔다. 그 짧은 정차 시간에 나는 재빨리 앞으로 가서 요금통에 천원짜리를 넣었다. 쨍그렁 하고 거스름돈이 떨어지는 걸 미처 받아 챙길 새도 없이 버스가 움직였다. 나는 얼른 손잡이를 부여잡고 몸의 균형을 잡았으나 위태롭게 나부꼈다. 앞쪽에도 빈자리는 얼마든지 있었지만 다음 역은 5호선 광나루역이라는 안내방송을 들었기 때문에 그냥 서 있었다. 2호선은 아니지만 5호선을 타도 어딘가에서 2호선을 갈아탈 수 있을 것이다. 어서 이 고약한 버스를 내리고 싶었다. 네거리에서 신호에 걸린 버스가 정차해 있는 동안도 내가 자리로 돌아가지 않고 서 있으니까 또 운전기사가 시비를 걸었다.

"할머니 왜 또 서 있어요? 텅텅 빈자리 놔두고."

"내리려고 그래요. 광나루역에서."

이번에는 나도 주눅들지 않고 뾰족한 소리로 대꾸했다.

"이 할머니가 누구 약을 올리기로 작정했나. 몇 번 말해야 알아들어요. 탈 때는 앞문으로 내릴 때는 뒷문으로 내리는 거라고…… 할머니 버스 처음 타봐요?"

버스가 서울특별시로 진입했다고 변한 건 아무것도 없었다. 또 그 길길대는 탁하고 악랄한 웃음소리가 들렸다.

"보면 몰라, 그 할머니 아마 미국서 왔을 거야."

"아니면 미국서 온 척하는 건가."

이건 승객들 저희끼리 주고받은 농지거리였다. 다행히 신호대기 시간이 길어서 앞문에서 뒷문 쪽으로 걸어갈 시간은 충분했다. 광나루역에서 뒷문으로 내리면서 또 무슨 시비를 걸어올까 봐 두려워한 나머지 안녕히 계시라는 인사말까지 한 것 같다. 바보같이, 내리자마자 곧 5호선으로 내려가는 계단이 보였다. 매연 냄새 자욱한 서울 공기가 다다달아서 깊숙이 들이마시면서 바로 이 맛이야, 자유의 맛을 만끽했다. 그러나 아직도 악몽의 찌꺼기는 남아 있어서 지하철을 생전 처음 타보는 사람처럼 이리로 내려가도 되나 눈치보다가 다들 그 구멍으로 빨려들기에 나도 따라내려가면서, 탈 때는 뒷문, 아니 앞문이던가. 내릴 때 앞문 아니 뒷문이지, 아마…… 좀 전에 혹독한 교육을 받은 걸 복습하려 했지만 혼란만 점점 더해갔다. 좀 전에 겪은 일이 백주의 악몽 같았다. 누군가에게 털어놓으면 좀 나을 것 같은데 너무 창피해서 아무 말이나 막 하던 맏딸한테도 차마 그 얘기만은 못할 것 같았다. 겨우 그까짓 일이 무덤까지 가지고 갈 비밀이 되다니. 가당찮게도 내가 살아온 비교적 평탄한 일생까지 무가치하고 보잘것없는 것처럼 여겨졌다.

전철 안은 내 집처럼 편안했다. 아마 몇 정거장만 더 가면 2호선으로 갈아탈 수 있는 왕십리역이 나올 것이다. 내가 원하는 어디든지 데려다주던 2호선이 그리웠다. 이십 년이 넘게 내 행동 반경을 2호선에 맞춰 살아왔을 뿐 2호선이 나를 어디든지 다 데려다준 건 아니건만 그렇게 생각했다. 고만 일로 벌써 교외의 그림 같은 내 집이 정떨어지려고 했다. 나는 정떨어져도 남편은 정 떨어지지 말아야 할 텐데. 남편보다 몇 해 먼저 낙향한 남편 친구 생각이 났다. 그가 노후를 보내기로 작정한 곳은 서울에서 천리나 떨어진 시골이었다. 거기가 그가 낳고 자라고 선영이 있는 땅이었으니 그야말로 진짜 낙향을 한 셈이었다. 그도 꿈을 갖고 낙향했으련만 그다지 행복해 보이지 않았다. 농촌이라지만 농사꾼은 없어서 도무지 정이 가지 않는다고 했다. 아마도 그가 들어가고자 한 곳은 고향땅이 아니라 고향 인심이었나보다. 내 남편은 그런 좌절을 겪지 않으면 좋으련만.

내 상념은 내 양옆에 앉은 남자와 여자의 휴대전화질 소리 때문에 중단이 되었다. 이럴 줄 알았으면 노인석에 앉을걸. 나는 내가 젊어 보인다는 자만심 때문에 될 수 있는 대로 노인석을 기피하는 경향이 있었다. 오늘은 전철 안도 한산한 편이어서 노인석에도 일반석에도 빈자리가 넉넉한 편이었지만, 노인석에는 자리가 있고, 일반석에는 자리가 없을 때도 일반석 앞에 가 섰다. 젊은이들 앞에 서서도 행여라도 자리 양보를 얻어내고 싶어하는 구차스러운 늙은이처럼 보일까봐 교만하게 턱 쳐들고 아무것도 안 비치는 깜깜한 창밖에다 시선을 고정시키는 게 나의 전철 타는 버릇이었다.

내 왼편의 남자와 오른편의 여자도 젊다고 할 수는 없었다. 둘다 마흔은 넘어 보였고 물론 둘이 동행은 아니었다. 둘 다 걸려온 전화를 받는 입장이었지만 그 전화 내용이 막상막하로 요상했다. 남자는 지금 운전중인 걸 강조하면서도 전화를 끊지 않았다. 그의 말에 의하면 그는 지금 엊그저께 새로 뽑은 에쿠스를 운전중이었다. 그 죽여주는 승차감을 실황중계하는 동안에도, 곧 내리실 역은 어디며, 내리실 문은 왼쪽이라느니 오른쪽이라느니 하는 방송은 차내에 고성으로 울려퍼지고 있었다. 휴대전화를 통해 상대방에게 그 소리가 안 들린다고 생각하고 저런 거짓말을 하는 걸까, 아니면 저 사람 직업이 연극배우여서 상대역하고 대사 연습을 하고 있는 것일까. 그러나 그는 사기꾼 같아 보이지도 연예인 같아 보이지도 않은 피곤하고 허름한 전형적인 도시인이었다.

남자보다 조금 늦게 전화를 받은 내 오른편의 여자는 받자마자 짜증부터 냈다.

아니, 이제 일어났으면 일어났지 당신은 전기밥솥 속에 지어놓은 밥도 혼자 못 퍼먹어요? 뭐라고요? 언제 지어놓은 밥이냐구요? 내 참 기가 막혀서, 고작 그거 물어보려고 바쁜 사람한테 전화 걸어요. 내가 지금 놀러 나온 줄 알아요. 밥이 오래돼서 딱딱하게 굳었으면 굳었지, 그게 왜 내 탓이야. 당신이 제때제때 찾아 먹지 않으니까 그렇게 될 수밖에. 딱딱하면 물 부어서 불려서 먹구려. 아니면 시켜 먹든지. 이제 자장면은 진저리난다고? 거봐. 자장면 진저리나게 먹는 동안 아까운 밥이 굳어버린 거잖아요. 정 못 먹겠으면 당신 좋은 거 시켜 먹구려. 냉장고에 잔뜩 스티커 붙여놨잖아요. 중국집 말고도 피자집, 통닭집, 오리집, 순대집, 김밥집, 없는 게 없으니까 맘대로 골라서 시켜 먹든지, 싫으면 말구. 흥, 웬 안 하던 돈 걱정. 동네서 아직은 그 정도의 신용은 유지하고 있으니까. 걱정 말고 식성대로 시켜 먹어. 또 또 잔소리. 끊어. 나 지금 고객 만나러 가는 길이니까, 심사 뒤집지 말고.

거의 갈아탈 역이 다 된 것 같아 내다보니 올림픽공원 지나 방이역으로 진입중이었다. 이를 어쩌나. 광장역에서 반대 노선을 탄 거였다. 안내방송이 내 옆의 남자의 휴대전화를 타고 상대방의 귀에 들릴 걱정만 했지 정작 그 내용을 귀담아듣지는 않았던 것이다. 잘못 탄 걸 어떻게 되돌릴 수 있다는 마련도 없이 우선 내리고 봤다. 다시 2호선이 그리웠다. 2호선은 방향을 잘못 타도 순환선이니까 마냥 앉아만 있으면 원하는 역에 도달하게 돼 있었다. 바깥만 내다볼 수 있어도 이런 실수는 안 하는 건데. 2호선 구간에는 지상을 통과할 적도 있다는 것까지가 그리웠다. 땅속에 그렇게 오래 있지도 않았건만 지상의 공기가 그리웠다. 반대 노선으로 가지 않고 지상으로 솟아올랐다.

시계를 보니 약속 시간까지는 사십 분 정도 남아 있었다. 이

낯선 역전에서 어떤 교통수단을 이용하는 게 가장 빠르게 목적지에 도달할 수 있을지 전혀 감이 잡히지 않았다. 치매에 걸린 상태가 바로 이런 거로구나 싶게 정신이 아득하고 머릿속이 맹하니 아무 생각도 떠오르지 않았다. 그때 구세주처럼 택시 한 대가 스르르 내 앞에 멎었다. 바로 이거다 싶었다.

오르락내리락도, 갈아탈 일도 없이 바로 목적지에 데려다주는 교통수단이 있다는 걸 왜 생각 못했을까. 약속 시간에 대가는 데는 전철만한 교통수단이 없다는 평소의 지론을 까먹고 택시에 올라탔다. 어서 오십시오. 어디로 모실까요. 역시 대중교통수단보다는 어디가 달라도 다른 게 마음에 들었다. 한 달에 몇 번쯤 택시 타고 다닌다고 거덜나지 않을 만큼의 여유 있는 노후를 보낼 수 있다는 안도감이 택시의 승차감을 더욱 편안하게 했다. 행선지를 말하고 사십 분 안에 갈 수 있느냐고 물었더니, 밀리지만 않는다면요. 라는 대답이 돌아왔다. 장담을 안 하는 태도까지 마음에 들었다.

택시는 강변북로를 쏜살같이 달렸지만 한남동서부터는 약간의 지체를 겪었다. 그럭저럭 오 분 정도 늦게 모임장소인 K회관 앞에 당도했다. 택시 요금이 장난이 아니었다. 만천이백원이나 나왔다. K회관은 대로변이었지만 택시가 가고 있는 방향과는 반대 방향에 있어서 U턴을 해서 세워주마고 했다. U턴 지점이 어디인지도 잘 모르거니와 택시값도 아까운 생각이 들어서 마침 횡단보도가 눈앞에 보이길래 여기서 내리는 게 더 빠를 것 같다는 말을 남기고 택시값을 던져주고는 차에서 내려 신호가 바뀌기 전에 허둥지둥 횡단보도를 건넜다. 저만치 K회관이 바라보이자 비로소 마음이 놓여 표정을 밝게 가다듬고 품위 있게 걸으려고 막 폼을 잡아가고 있는데 뒤에서 택시가 한 대 빵빵거리며 다가와 급하게 내 곁에 멎었다. 방금 전에 타고 온 택시였다. 기사가 유리를 내리고 천원짜리와 백원짜리가 섞인 잔돈을 내밀면서, 사모님 거스름돈도 안 받고 내리시면 어떡해요, 하는 게 아닌가. 그제서야 만원짜리와 오천원짜리를 내고 그냥 내린 생각이 났다. 너무 신기해서 그럼 이 돈 때문에 일부러 U턴까지 해왔단 말예요? 하고 물었다. 당근이죠. 그가 웃으면서 말했다. 생기긴 소박하다기보다는 촌스럽게 생긴 젊은이였지만 활짝 웃는 잇속이 희고 깨끗했다. 나는 그게 눈부셔 뭐라고 고맙다는 인사와 칭찬의 말을 합쳐서 한다는 소리가 엉뚱하게도 '우리나라 참 좋은 나라네'였다. 젊은이는 조금도 어리둥절해하지 않고

"사모님 어쩐지 멋쟁이다 싶었는데 외국에서 오래 사시다 오셨나봐요. 그렇죠?"

나는 긍정도 부정도 하지 않고 다만 활짝 웃어주었다. 그가 나에게 축복이 되었듯이 나도 그에게 축복이 되길 바라면서.

갱년기의 기나긴 하루

　찬바람 난 지 언젠데 자꾸 속에서 열불이 나려고 해서 손사래로 부채질을 하다 말고 내가 미쳤지, 나는 세면대로 가서 찬물로 북북 세수를 하고 외출 준비를 했다. 뭐가 미쳤다는 건지는 분명하지 않았다. 이 판국에 손사래로 바람을 내려는 건 확실히 미친 짓이지만 더 미친 짓은 남편에게 뭔가 하소연을 할 수 있다고 생각한 거였다. 오늘 온종일 내가 무슨 일에 붙잡혀 있어야 하는지 최소한 남편은 알고 있어야 한다고 생각했다. 그래서 출근하려는 남편에게 슬쩍 운을 뗀다는 게, 여보 나 왜 이렇게 울화가 치밀고 얼굴이 화끈거리지, 했더니 그가 한다는 소리가 갱년긴가 보군, 했다. 그래 갱년기일 수도 있었다. 그러나 그 화상이 그렇게 말하면 안 되지. 지가 여자에 대해 뭘 안다고. 의학적인 답변으로는, 나 지금 갱년기가 맞는 말일 것이다. 그러나 팔십 노인들이 모여 앉아 갱년기 타령을 하는 것을 참아내야 할 걱정으로

266

아침부터 울증에 빠져 있는 아내에게 그건 할 소리가 아니지.

실은 그다음에 한 짓이 더 한심했다. 시누이한테 전화를 건 것이다. 시누이하고 시어머니는 다 같이 '시'자 돌림이지만 두 사람이 앙숙이기 때문에 시누이한테서는 벌써부터 '시'자를 떼어놓고 생각하고 있었다. 여고 동창이기도 해서 시어머니가 뭐라든 결혼하고도 서로 이름을 부르며 지내왔다. 전화를 받자마자 시누이가 먼저 선수를 쳤다.

너 오늘 또 우리 엄마네 파출부 나가는 날이로구나. 네 목소리 듣고 그것도 모를까. 내가 누군데. 그 노인네 독립심 하나는 끝내주더니 요새 왜 자꾸 며느리한테 엉키려 들지? 너 힘든 거 나다 알아. 나한테도 좀 엉켰냐. 이혼하기 전까지는. 너 그때 속 편하게 지낼 수 있었던 건 내가 대신 받아줬기 때문이란 거 이제라도 좀 알아먹어라. 그렇다고 너까지도 이혼하란 소리는 아니고. 노인네 그래봤댔자 사라져가는 세대 아니냐. 너무 신경쓰지 말고 대충대충 넘겨. 까짓거 쿨하게 굴어. 쿨하게. 아니면 너도 나처럼 이혼을 하든지.

또 그놈의 쿨. 남은 더워 죽겠는데. 시누이는 저 하고 싶은 말만 하고 나서 일방적으로 전화를 끊었다. 진지하게 의논하고 싶은 일이 있어서 걸었는데 이쪽에다는 한마디도 말할 틈을 주지 않았다.

실은 이혼에 대해 물어보고 싶었다. 이혼에 따른 전반적인 문제, 심리적 후유증, 법적인 문제, 재산 분할, 가족의 역할 등등.

할말을 못다 해서 잠시 멍하고 있다가 안 하길 잘했다고 생각을 고쳐먹었다. 복잡하고 구질구질한 건 질색인 시누이였다. 서두만 듣고도 머리를 흔들고 끝까지 들으려고도 안 할 것이다. 남들의 통속적인 속내에 전혀 호기심 없는 태도 자체가 도덕적인 해결책보다 훨씬 도움이 될 적이 있었다. 지금도 그런가. 파출부 다음으로 해야 할 오늘 일에 대한 부담이 한결 가벼워지는 것 같았다. 쿨하게, 쿨하게. 바로 그거야.

사실 시누이가 이혼하기 전까지 시어머니는 며느리 같은 거 거들떠도 안 봤다. 한 인물 하는 시누이는 대학 때 부잣집 아들에다 키도 크고 인물도 잘나서 킹카로 통하는 동기와 소문난 연애를 해서 한때 어머니로 하여금 딸 가진 근심을 흠뻑 맛보게 했다. 어머니의 성화에는 아랑곳없이 그야말로 서늘하게 견디던 시누이는 그 킹카가 가업을 이어받은 후에 결혼에 골인했고, 연이어서 아들딸을 차례로 낳았다. 딸의 지위가 반석같이 굳어졌다고 판단한 시어머니는 기고만장해졌다. 나는 꿀릴 게 없이 살아왔다는 게 당신의 일생을 쇠꼬챙이처럼 관통하는 자부심인데, 아들에 관해서는 하등 내세울 게 없어서 적잖이 자존심 상했을 것이다. 집안에서나 대외적인 행사에서나 딸 사위를 내세우고 아들 내외는 치지도외했다. 그런 딸이 이혼을 한다고 했을 때 한바탕 난리를 예상했지만 아무 일도 일어나지 않았다. 아무 일도 일어날 수 없도록 모든 문제—자녀 양육 문제와 위자료 문제 등

268

을 그녀가 원하는 대로 받아내고 서류 정리까지 깨끗이 마무리된 후에 친정에는 통고만 해왔다.

그렇게 일이 다 끝난 후에도 그 잘난 사위에 대한 미련을 못 버린 시어머니는 사위를 한번 찾아간 모양이었다. 재결합까지 바란 건 아니지만 딸이 뭘 그렇게 크게 잘못했는지는 한번 들어보고 싶었노라고 했다. 그년이 제 입으로 실토할 년이 아니니까, 시어머니의 말씀이었다. 이렇게 마음먹고 찾아간 전 사위의 대답은 자기도 자기가 왜 이혼을 당했는지 모르겠노라고, 지금도 그 충격에서 헤어나지 못해 헤매고 있는 중이라고 하더라는 것이었다. 딸이 이혼을 당한 게 아니라, 한 거라는 건 시어머니에게 다소나마 위안이 됐던 것 같다.

그러나 그 연세에도 신세대에 대해 모르는 게 없다고 믿고 있는 시어머니지만 여자 쪽에서 먼저 아무 하자 없는 남편에게 이혼을 요구할 수도 있다는 건 좀처럼 믿기 어려웠던 것 같다. 그 돌이킬 수 없는 아쉬움에 대한 분풀이를 너 같은 건 내 딸 아니다, 라는 식으로 매사에 따돌리는 것으로 풀었다.

시누이는 오히려 그걸 즐기는 것 같았다. 엄마에게 내놓은 자식 취급당하니 살 것 같다고 했다. 넉넉한 위자료와 아이들 양육권까지 챙긴 그녀는 자식 뒷바라지도 잘해 좋은 외고도 보내고 명문 대학도 보냈다. 곧 유학을 보내거나 결혼만 시키면 완전 프리라고 꿈에 부풀어 있었다. 지금도 자식이나 남의 이목에 신경쓰며 사는 건 아니었다. 동창들 사이에서는 직접적으로나 한두 다리 건너서 알 만한, 꽤 괜찮은 유부남들하고 염문도 잘 뿌리고 헤어지기도 잘했다. 아마 차버렸을 것이다. 찼든 차였든 임자 있는 남자와의 염문에 지저분한 뒷소문이 없다는 게 신기하기도 하고 부럽기도 해서 그 비결을 물어보면 '쿨하게'였다. 만병통치, 그놈의 쿨은 도대체 어떻게 하는 걸까. 아무튼 부러운 능력이었다.

5호선을 타려고 지하철 계단을 내려가는데 휴대폰이 울렸다. 시누이한테서였다.

서둘지 마. 이제부터는 집에서 차리지 말고 나가 잡수라고 했어. 그 근처에 늙은이들이 좋아할 만한 식당도 가르쳐드렸고. 맛도 괜찮고 가격도 적절해. 내가 아주 예약까지 해놓았으니까 틀림없을 거야. 말이야 바른대로 말이지, 네 잘못이야. 처음부터 울 엄마를 그렇게 길들이는 게 아니었어. 만만하게 보이면 기어오르는 건 늙은이나 아이들이나 마찬가지야. 너도 자식 길러봤잖아.

그녀답지 않게 가벼운 설교까지 하고 나서 전화를 끊었다. 안 하던 짓이었다. 그거 하나 혼자 힘으로 해결하지 못하느냐는 가벼운 질책은 시누이 노릇이라기보다는 우정에 가깝다.

시누이로서보다는 친구로서 그 여성이 고맙고 의지가 되는 건 사실이다. 그러나 나도 고분고분한 성미는 아닌데 처음부터도 아니고, 시집살이 무섭던 옛날에도 고방 열쇠 물려받을 이 나이에 새삼스럽게 시어머니한테 꼼짝 못하고 쥐여살게 된 사정은 내가 생각해도 하도 치사스럽고 한심해서 설명이 불가능하다.

우리가 지금 살고 있는 아파트는 시어머니가 사준 집이었다. 시어머니는 죽는 날까지 돈은 움켜쥐고 있어야지 생전에 자식에게 물려줬다가는 땅을 치고 후회하게 된다는 믿음이 강한 분이었다. 정년까지 초등학교 교사생활을 했고 먼저 돌아가신 시아버지도 공무원이었다. 두 분이 다 돈을 벌고 자녀도 남매밖에 안 됐으니 가난하게 살았달 순 없지만, 동생들을 주줄이 거느린 맏아들 맏며느리답게 검약이 몸에 밴 분들이었다. 소풍 때 김밥 말고 통닭 한번 싸가지고 가서 여봐란듯이 펼쳐놓고 먹어보는 게 소원이었다는 소리를 남편한테 들은 적이 있다.

우리 친정집도 웬만하게 살았지만 김밥에 삶은 계란, 콜라면 족했지 감히 통닭은 꿈도 꾸지 못했다. 시대가 그랬다. 다들 그렇게 겨우겨우 살 때 남편이 통닭씩이나 꿈꾼 것은 그래도 들은 풍월, 먹어본 깐이 있어서였을 것이다. 남편은 자기가 소풍가는 날보다 교사로 있는 어머니가 소풍가는 날이 더 기다려지고 즐거웠다고 했다. 학부형들이 싸온 것을 아이들 먹이려고 이것저것 집까지 챙겨가지고 왔는데, 그중에 통닭이 있으면 환호성을 질렀다고 했다. 그러나 어머니가 쉿, 아이들 입을 틀어막고 다른 식구들 몰래 먹으라고 하면 그 맛은 별로였노라고 회상했다. 부자들이 많이 사는 학군에 있을 때는 통닭을 다섯 마리까지도 집으로 가져온 일이 있어 삼촌 고모 들까지 온 집안 식구가 둘러앉아 입가가 번드르르하도록 통닭을 뜯을 때가 제일 행복했고, 엄마가 오래오래 부자 동네에서 선생 할 수 있길 마음속으로 빌었다고도 했다.

남편의 그런 추억담이 아니더라도 부자 동네 학군에서도 잘 가르치기로 소문이 나 육학년 담임을 내리 삼 년씩이나 맡을 때가 교사로서의 시어머니의 전성기였을 것이다.

현직 교사의 과외는 금지돼 있었지만 학부모들의 간청을 못 이기는 척 자기 반 아이들 중 우수한 학생만을 골라 몰래 과외도 서슴지 않았다. 육학년 담임선생을 둘러싼 치맛바람과 성의표시의 도가 지나쳐 사회문제가 되고 마침내 중학교 입시가 없어질 그 무렵이었다. 시어머니는 그 시절을 마치 도깨비장난처럼 돈이 쏟아져들어오더라고 회상했다.

도깨비장난으로 생긴 돈을 도깨비한테 도로 빼앗기지 않으려면 땅을 사는 게 수라는 게 시어머니의 믿음이었다. 너희들도 어미 말 허투루 듣지 말고 잘 들어둬라. 도깨비는 변덕스러워서 재물을 주기도 잘하지만 뺏기도 잘한단다. 귀찮다고 아무 데나 부리고 간 재물을 돌려달라고 나타나면 저기 있다고 재물하고 바꾼 땅덩이를 가리키면, 그 땅 네 귀퉁이에다 말뚝을 박고 거기다가 줄을 매고 밤새도록 영치기영차 땅덩이 떼가려고 용을 쓰다가 새벽에 지쳐서 가버리고 며칠 밤 그러다 만다더라.

땅에 대한 시어머니의 그런 철학과 당시 공무원이던 시아버지의 정보랄까, 선견지명이 맞아떨어져 여기저기 땅을 조금씩 사 모은 건 사실인 모양이었다. 그것도 남편의 추측일 뿐 명색이 장남이 그 땅의 실체를 파악하고 있는 건 아니었다. 그의 대학 시절 어머니의 지나친 검약으로 메이커 있는 옷 한 벌 못 입어보고 친구들한테 밥이나 술 한번 호기롭게 쏘지 못해 투정을 부리거나 위축돼 있을 때마다 어머니로부터 들어야 했던 격려의 말을 그는 아직도 잊지 못하고 있었다. 기죽을 거 없다, 우린 땅부자야, 땅부자.

남편은 어머니의 위장 가난 때문이었는지 한때의 시대정신 때문이었는지 대학 시절 내내 운동권의 변두리를 돌다가 군대 갔다 와서 간신히 취직한 회사에도 오래 붙어 있지 못했다. 그래도 취직하길 참 잘했다 싶은 건 나에게 청혼할 수 있는 용기를 낼 수 있었기 때문이라고 아직까지도 가끔 말하는 걸 보면, 이 남자가 나하고 결혼한 건 잘한 일이라고 생각하며 사는 건 확실했다.

미안하지만 나는 아닌데. 남편의 월급쟁이 노릇은 오래가지 못했다. 제 돈 없이 동업으로 사업이랍시고 하면서 근근이 생활비는 벌어왔지만 여태까지 제집 장만을 못 했으니 땅부자 어머니한테 손 벌리고 싶은 고비가 어찌 한두 번이었겠는가.

그럴 때마다 남편이 나 들으라는 소리인지 자기 위안인지 한다는 소리는, 땅이 정말 있는지 누가 문서를 봤나, 가보기를 했나, 어떻게 알겠어. 있어봤댔자일 거야. 그 시절의 촌지나 과외 공부 값이 얼마나 된다고 그걸 모아 땅씩이나 샀겠어. 사봤댔자 생전 안 오르는 돌밭이거나 벽지의 임야겠지.

남편에게 어머니의 땅이 신 포도라면, 어머니에게 자식들은 땅 네 귀퉁이에 말뚝 박고 줄 매서 흔드는 도깨비가 아니었을까.

설마 돌아가신 후에는 그 땅이 있는 땅인지 없는 땅인지, 오랜 세월 자식들한테 세도 부릴 만한 경제적 가치가 있는지 없는지 그 정체를 드러내리라 체념하고 있었는데 다행히 그 시기가 어머니 생전에 왔다.

시누이의 이혼이 그 계기가 됐던 것 같다. 뽐내기 좋아하는 시어머니에게 만족감을 주던 딸이 이혼하자 그게 중대한 결격사유라고 생각한 듯했다. 출세를 했나 돈을 많이 벌었나 하다못해 다니는 회사가 남들이 다 알아주는 버젓한 회사인가, 다 아닌 아들이 그 나이에 집까지 없다는 게 뻐기기 좋아하는 시어머니에게 얼마나 자존심 상하는 일이었겠는가.

못난 아들의 자존심을 은근히 긁은 적은 많았지만 그때처럼 대놓고 분풀이를 한 건 그때가 처음이었다. 정신을 못 차리게 한바탕 야단을 치고 나서 땅 판 돈이라며 우리에게는 과분한 중형 아파트를 사주었다. 남의 말에 속아서 생전 돈 안 되는 땅을 산 줄 알았는데, 너희들 복인지 지금 와서 그게 이렇게 큰돈이 됐구나. 나중엔 이렇게 우리 생색까지 내주었지만, 그 꾸중을 들을 때는 정말이지 끝까지 참아내기 힘들어 그 돈 도로 내놓고 싶었지만 못 그랬다. 남편이 나 대신 그래주길 바란 것도 같고, 남편이 그러면 어쩌나 조마조마했던 것도 같다. 아무튼 우리의 참을성이 아파트 한 채 값이라면 우린 대단한 사람들임에 틀림이 없다.

그게 그리 오래되지 않은 근래의 일인데도 그 일을 계기로 이 집에 시집오고 나서 이십여 년 동안 한결같이 고부 사이를 평화롭게 유지시켜주던 불간섭주의랄까, 쿨한 관계가 순식간에 무너졌다.

부모 자식 간에도 자유를 사고팔 수 있게 하는 게 돈의 힘이라는 걸 뒤늦게 깨달았지만 돌이킬 수 없는 일이었다. 팔순이 다 된 노인에게 그렇게 많은 사교모임이 있는 줄은 몰랐다. 정기적인 것만도 한 달에 서너 번은 되는 것 같았고, 친구네 혼사 생일 입학 학위취득 등 축하를 핑계로 모이기도 하지만 언짢은 일도 위로한답시고 꼬박꼬박 챙겼다.

시어머니가 혼자 사는 널찍한 아파트는 강북의 도심에 있었다. 전철로 강북 강남 어디서든지 삼십 분 안에 올 수 있을 만큼 교통이 좋았다. 주위에 먹을 집도 많았다. 그런 관계로 다는 아니지만 정기적인 모임의 대부분이 그쪽의 먹자골목에서 이루어지고, 밥만 먹고 헤어지기에는 시간이 남아도는 노인네들이 헤어지기 아쉬워서 차 마시고 수다 떨기에 적절한 장소로 시어머니 아파트가 선택받은 건 하나도 이상할 게 없었다. 이상한 건 어느 틈에 그 모임에 나까지 엮여들게 되었고 지금처럼 시어머니 일정을 시시콜콜 알게 된 것이다.

아파트를 사주시고 나서 시어머니가 나에게 말씀하시는 투가 강압적으로 변한 것도 사실이고 내가 그걸 꾹 참고 받아들인 것도 사실이지만 이렇게까지 될 줄은 몰랐다. 처음 시작이 얼마나 모욕적이었는지는 잊혀지지 않는다. 시어머니 희수(喜壽) 때였으니까 아파트 사주신 지 얼마 안 됐을 때였다. 아무리 자식 신세 안 지는 걸 코에 걸고 사시는 도도한 분이라지만 생신만은 우리가 꼬박꼬박 챙겨드렸다. 거의 밖에서 치렀지만 그건 당신이 원하셔서 그랬던 거고 집에서 차리기 싫어서 그랬던 건 아니다. 그러나 이번만은 이름 붙은 생신이고 버젓한 아파트도 장만했겠다 집에서 차리겠다고 했더니 당신도 좋아하셨다. 집들이 겸해서 가족은 물론 가까운 친척까지 청해서 풍성하고 화기애애한 잔치를 벌여 시어머니를 흐뭇하게 해드렸다. 그후에도 내 음식 솜씨를 두고두고 칭찬해주신 것도 애써 차린 보람이었다.

문제는 그다음이었다. 꼭 대접해야 할 친구분들이 몇 분 기다리고 있다고 했다. 집에서 차려드려야 하나 했더니 그게 아니라 먹긴 밖에서 먹지만 딸이나 며느리가 참석해서 살갑게 대접도 하고 나중에 음식값도 내는 게 당신네들 생신모임의 관례라고 했다. 자식 신세 안 지고 산다는 걸 코에 걸고 사는 잘난 노인네들인 줄만 알았더니 자식 효도 받는다는 걸 자랑하고 싶어하는 귀여운 데도 있구나 싶어 기분이 좋았다. 그럼 지금까지 그 역할은 누가 했을까, 보나마나 시누이였겠지. 시누이 이혼 후에도 남들이 행여 수군거릴까 신경쓰면서도 맡길 데가 거기밖에 없었을 시어머니를 생각하니 불쌍한 마음까지 들었다.

그 잘난 시어머니를 불쌍해할 수 있는 행복을 누릴 수 있는 건 거기까지였다. 그날 시어머니한테 당한 모욕은 며느리로 하여금 다시는 그분과 화해할 수 없도록 만들었다. 4·4회 모임이니까 L 호텔 뷔페로 할 거라고 했다.

4·4회라는 모임 이름은 경성사범 입학년도인 1944년에서 따온 거라고 했다. 시어머니는 당신이 경성사범 출신이라는 걸 자랑스러워할 뿐만 아니라 일제시대에 들어갔다는 걸 반드시 밝히고 싶어했다.

일제시대에 경성사범 들어가는 건 하늘의 별 따기, 전교 일등이나 가능한데 그 전교도 시시한 학교는 안 되고 명문 국민학교라야 된다는 거였다. 그런 식민지적 사고방식은 내 알 바 아니지만 4·4란 이름은 그닥 좋은 이름 같지 않다고 했더니 또 한바탕 강의를 들었다. 우리나라나 죽을 사(死)자라고 4자를 싫어하지 일본말로는 4가 '요시', 좋은 거, 착한 거하고 통하는 길한 숫자라는 거였다.

4·4회 멤버는 다행히 많지는 않았다. 연세들이 높으니까 돌아가신 분도 있고 그분들의 특별한 우월감에 동조할 만큼 현재의 삶도 유복한 분들만이 동참하는 모임 같았다. L호텔이라면 점심값이 꽤 나갈 텐데, 내심 쫄지 않은 건 아니지만 그래도 처음 해보는 대외적인 효돈데 그 정도는 해야지, 집에서 요리 솜씨 부릴 때보다 훨씬 더 신이 났다.

노인네들이 식탐도 많고 예상했던 것보다 양도 큰 것에 놀랐다. 헌 부대에 곡식이 더 많이 들어간다는 옛말을 실감케 했다. 눈치봐서 잘 잡숫는 것을 접시가 넘치게 덜어다드려도 순식간에 없어졌다. 갈비는 물론 노인네들이 잡숫기 어려운 대게나 가재도 미처 채워드리기 전에 어찌나 잘 잡숫는지 아무리 뷔페라지만 너무 자주 드나들며 맛있는 것만 담아오는 게 눈치가 보일 지경이었다. 당신들도 좀 움직였으면 좋으련만 처음 한 접시만 손수 덜어오고 앉은 채 꼼짝 않고 맛있는 걸 마음껏 즐기시는 걸 보니 아무리 비싸도 돈이 안 아까울 것 같았다.

나름대로 보람 있는 효도를 한 것 같아 꽤 나가는 음식값도 아까운 줄 몰랐다. 카드로 긋고 영수증을 받는데 손님들을 저만치 앞세우고 뒤처졌던 시어머니가 종종걸음으로 돌아오더니 영수증을 날렵하게 낚아채서 당신 핸드백에 찔러넣으면서 날카롭게 속삭였다. 네 구좌로 부쳐주마. 더도 말고 덜도 말고 꼭 그만한 액수가 다음날 내 통장으로 입금돼 있었다. 그 순간 모욕당한 듯한 기분은 아파트를 당장 토해내도 시원치 않을 것 같았다.

희수 해에는 그 비슷한 모임이 몇 번 더 있었다. 희수니까. 나도 될 수 있는 대로 기쁜 마음으로 허울뿐인 맏며느리 노릇에 충실하려고 했다. 4·4모임 외에는 다들 L호텔보다는 싼 데서 했지만 여러 번 치르는 걸 보니 그게 다 내 주머니에서 나간다면 수월치 않은 액수일 테니 마냥 좋은 얼굴만 할 수는 없을 것 같았다.

역시 그분은 나보다 한 수 위였다는 걸 인정 안 할 수가 없었다. 평생 교직에 종사한 분이 그렇게 사교 범위가 광범위한 것은 공립학교의 성격상 옮겨다닌 학교가 그만큼 여러 군데였기 때문일 것이다.

희수 해가 지나자 한숨 돌리는가 했더니 올해부터는 4·4회가 발목을 잡았다. 시어머니가 오라는 데도 많고 나갈 데도 많아 집에서 식사할 일이 거의 없다는 건, 친정 쪽으로 동기간도 많고 교직사회에서 맺은 관계망이 광범위하고 하다못해 해외여행 갔다 올 때마다 새로운 친구를 만드는 그분만의 특별한 리더십 같은 것 때문일 터이나 결코 따뜻한 분은 아니었다.

내가 느끼기엔 그랬다. L호텔에서 영수증을 날렵하게 낚아챌 때 찬바람이 도는 것 같은 쌀쌀한 기운을 늘 몸 어딘가에 붙이고 살았다. 맺고 끊는 듯 분명한 성격을 당신도 느끼고 있는 듯 당신은 워낙 성질이 고약해서 어려운 세월 보내면서 빠듯하게 살 때도 계라는 걸 못 해봤노라고 했다. 나 보기에 영락없이 계 오야감인데, 그 옛날에도 땅을 사려면 그 첫걸음이 계가 아니었을까 싶었는데 그게 아닌 모양이었다.

4·4회가 정기적으로 모일 구실로 계를 만든 건 최근의 일이라고 했다. 그것도 누가 목돈을 타가기 위한 계가 아니라 돈만 다달이 갹출할 뿐 타가는 사람은 따로 정해져 있었다. 같은 경성사범 동기인데 교직을 중간에 그만두고 살림만 하다가 늘그막에 과부 되고 자식들도 병들거나 돈을 못 벌어 단칸방에서 비참한 노후를 보내고 있다는 걸 알아낸 것도 시어머니였고, 복 좋은 우리들이 보고만 있을 게 아니라 도움에 나서자는 제안을 한 것도 시어머니였다.

돕는 방법도 매우 합리적이었다. 매달 십만원씩 들고 나와 점심 먹고 나머지는 그 친구에게 보내기로 했기 때문에 먹는 것은 최소한으로 줄여서 싸구려로만 먹는다고 했다. 그 정도만 해도 감동 스토리인데 시어머니는 거기 만족하지 못하고 점심은 자기 집에서 낼 테니 모인 돈 전액을 보내자는 안을 냈고, 전서부터 시어머니 아파트를 가장 편하게 여겼던 멤버들로부터는 물론 대환영을 받았다. 그 멤버들을 더욱 편하게 해주려면 도우미가 필요했다. 늙은이가 부엌에서 움직이는 건 같은 늙은이끼리도 편하게 바라볼 수는 없는 일이니까.

내가 다달이 시어머니 아파트로 시누이 말 짝으로 파출부 나가게 된 경위가 대강 이러했다. 절대로 자식 신세 안 지고 사는 잘난 노인들의 잘난 노인다운 이 착한 일을 내가 미력이나마―한 달에 한 번이니까―거드는 일을 영광스러워하는 못 할망정 파출부라니, 그렇게 말하면 안 되는 줄 안다. 그러나 그날이면 아침부터 심사가 꼬이는 걸 어쩔 수가 없다. 신역이 고돼서는 절대 아니다.

오늘도 시어머니는 나 할 일은 수저만 놓으면 될 정도로 다 해놓고 기다리고 있었다. 그러나 심사는 나 못지않게 불편해 보인다. 아니나 다를까 시누이 때문이었다. 시누이 전화가 당장 효험을 보리라고는 생각하지 않았지만 차차 마음을 바꾸는 데는 도움이 되려니 했는데, 그게 아니었다. 흥, 제깟 년이 누굴 가르치려 들어. 어림없지. 혼잣말처럼 그러나 나 들으라는 소리가 분명한 말씀을 하며 흘끗 내 표정을 살피는 노안의 총기가 무서워서 생각지도 않은 자기변명을 했다. 실은 제가 그런 게 아니라요, 덕희 혼자서 제가 안됐다고 생각한 것 같아요. 아닌데. 아니면 됐다. 어서 상 보자. 시간 없다.

잘생긴 백자 볼에 풍성하게 담아놓은 잡채는 황백 알지단에 석이버섯 채 친 것, 실백까지 웃고명이 알맞게 올라앉아 아무도 손을 대거나 맛을 볼 수 없도록 고상을 떨고 있다.

참기름이 자르르 흐르고 양념이 다닥다닥 붙었지만 고춧가루나 고추장 양념은 배제한, 순 서울식 북어구이는 오븐에서 십 분 안에 그 부드럽고 순한 맛이 절정에 이를 것이다. 닭가슴살이 들어간 야채샐러드에 곁들인 드레싱은 시어머니 비장의 솜씨일터. 갈비찜이나 회 같은 비싼 음식은 돈이 없어서가 아니라 모임의 성격상 손님들이 미안해할까봐 안 차렸다는 걸 대번에 알 수 있다. 그 대신 손이 많이 가는 음식들이다. 가지나물도 그렇고 알찌개도, 온갖 야채가 고루 들어간 부침개도 그렇다.

하나같이 손이 많이 가는 음식들을 며느리 손 안 빌리고 당신 혼자서 완벽하게 차려냈다는 자부심으로 쌩쌩 찬바람을 일으키고 있는 시어머니 주변을 나는 헛되게 맴돈다. 내가 할 일을 찾아낼 수가 없어서 어쩔 줄을 모를수록 얼굴만 달아오른다. 그런 나를 가만 놔둘 시어머니가 아니다.

애야, 손님 초대한 줄 뻔히 알고 오면서 꽃이라도 한 다발 사오면 내가 얼마나 낯이 나겠니? 너는 다 좋은데 센스가 모자라.

남친이 자기를 좋아하는 여친에게 너는 다 좋은데, 성격도 좋고, 능력도 있고, 직장도 좋고, 생긴 것만 빼면 말이야. 이렇게 말했을 때 그 여자친구가 받은 모멸감이 바로 이런 거 아닐까. 당장 뛰쳐나가고 싶은 걸 참고 호흡을 조정하는 동안 친정엄마 생각을 했다.

남편의 청혼을 받아들이고 양가가 상견례를 치르고 나서 엄마는 별로 탐탁지 않은 듯 말했었다. 자고로 시어머니 자리는 좀 무식한 듯해야 며느리 신상이 편하다 했는데…… 엄마도 여고 졸업생이니 학벌로 따져서 사돈한테 뒤질 게 없었다. 엄마는 그때 그 자리에서 벌써 경성사범 출신의 비범함을 알아보고 질렸을 것이다. 한 번도 다시 떠올려본 일이 없는 오래전 일이 어제 일처럼 분명하게 생각났다.

4·4회 멤버들은 열 명 남짓했다. 똑똑한 사람들은 정확하기도 해서 앞서거니 뒤서거니 거의 한꺼번에 시간을 지켜 나타났다. 빈손은 없었다. 케이크나 쿠키, 과일 등이 들려 있었고, 부엌에서 요긴한 행주나 세제를 들고 오는 이도 있었다. 다행히 장미 꽃다발도 있었다.

나는 그 장미 꽃다발을 여왕처럼 우아하게 부풀리고 있는 망사 치마를 벗겨내고 나서 독한 가시에 찔려가며 불필요한 잎을 따냈다. 그동안에 시어머니는 투명한 크리스털 꽃병과 전지가위를 가지고 와서 지켜보면서 어느 정도 잘라내야 꽃병에 맞는 길이가 되는지를 지시했다. 시키는 대로 해서 꽃병에 꽂아 이미 차려진 식탁 한가운데 장식하니 비로소 상차림이 완성되었다.

그들은 집에 들어올 때부터 떠들던 수다를 식탁에서 먹고 마시면서도 멈추지 않았다. 주로 같이 늙어가는 동창들 얘기였다. 누구는 암, 누구는 치매, 누구는 뇌졸중에 걸리고, 누구는 과부가 됐다는 우울한 소식에도 그분들의 식욕은 주춤도 안 하고, 심란해지는 것 같지도 않았다.

정년까지 교직사회에서 버티면서 여러 학교를 거친 분들이니까 이름만 대면 모르는 사람이 없어서 화제도 무궁무진했다. 이름이 잘 안 통할 때는 창씨개명한 이름을 생각해내기도 했다. 개있잖아, 준교사 자격증으로 선생 된 애. 또는 지방 사범학교 출신 누구누구라고 출신 학교로 편을 갈라 말하기도 했다. 그때 그 노인네들 표정에 스치는 공통의 우월감을 바라보면 딱하기도 하고 느글거리기도 했다. 실은 나도 명문고 출신이지만 티 안 내고 살았다고 자부하는데 그럴 기회가 없어서 못 낸 거지. 동네 아줌마나 문화센터 같은 데서 같은 학교 출신이라는 걸 내세우는 여성을 보면 저이가 시험 보고 들어갔을까 뽑기로 들어갔을까, 그거 먼저 궁금해하는 주제에 말이다.

배불리 잡숫고 나서 남은 음식은 싸달라고 했다. 어떤 분은 잡채를, 어떤 분은 야채전을, 혹은 북어구이를 싸달라고 하면서 손님 치르고 나면 남은 음식이 제일 곤란하잖아. 이렇게 생색을 냈지만 집에 기다리고 있는 영감님이 있는 사람이 주로 싸달라는 것 같았다. 영감님이 계신데도 남은 음식 차례가 안 간 이에게는 넌 가다가 김밥이나 족발이라도 사가지고 가렴, 일러주기도 했다.

식사가 끝나고 자리가 거실 소파로 이동하자 나는 재빠르게 남긴 음식들을 락앤락에 옮겨담아 냉장고에 넣고 빈 접시들을 식기세척기 속에 요령 좋게 쟁여넣었다. 아직 빈자리가 많았다. 빈자리가 남았는데 돌리는 건 금지돼 있었다. 잘된 일이다. 나는 마음이 급했다. 원두로 할 것인가 인스턴트로 할 것인가. 커피 주문도 받고 과일도 깎아 후식 자리를 마련했다. 커피든 녹차든, 시어머니 의중의 가장 아름다운 잔을 대령해야만 뒷말이 없다는 것도 스트레스였다. 시어머니 생각으로는 그거야말로 센스의 문제일 터. 그러나 센스야말로 간섭을 가장 싫어하는 원초적인 감수성이라는 걸 그는 알까.

후식 자리의 화제는 단연 아픈 얘기였다. 고혈압, 당뇨, 불면증, 건망증, 난청, 퇴행성관절염, 심지어는 요실금까지, 병 자랑을 하기 시작하면 한도 끝도 없고, 거기 맞는 의사나 병원, 민간요법, 약초, 사기꾼 등 화제는 꼬리에 꼬리를 물었다. 병 자랑은 우리의 전통문화인 듯했다. 우리 친구들끼리도 모이면 병 자랑처럼 지칠 줄 모르는 화제는 없었다. 그래서 내가 참아줄 수 없는 건 병 자랑이 아니라 그 모든 증세를 갱년기 현상으로 돌리는 거였다. 갱년기엔 누구나 다 그래. 갱년기 현상은 조만간 지나가게 돼 있어. 갱년기를 잘 넘겨야 되는데, 정작 갱년기는 여기 이 부엌 구석에서 거봉포도를 송이째 내놓을 것인가 알알이 떼어서 내놓을 것인가를 못 정해서 속에서 열불이 나고 있는 난데. 나는 손사래로 부채질을 대신하면서 조용히 음습한 죽음이나 직시해야 할 노인들의 즐거운 착각도 이쯤 되면 초기 치매현상이 아닐까 걱정이 되는 한편 재미있기도 했다.

제동을 걸 사람이 없어선지 착각이 착각을 불러오기 시작하면서 화제에도 기름이 오르기 시작했다.

병 자랑이 서로의 용모에 대한 탐색으로 변했다. 그래 갱년기니까, 병 자랑보다도 미용에 대한 관심이 더 어울릴 거야. 너 그동안 보톡스 맞은 거 아냐? 벼르더니. 쟤 저번에 땡긴 거 이제 자리잡을 때가 됐는데 아직도 어색한 것 같지 않니. 쟤가 몇 년이나 젊어지나 봐가며 나도 해볼까 하는데. 난 지방에서 성형외과 해서 돈 엄청 번 우리 아들 친구가 지 병원에 내려와 입원해서 일주일만 있으래. 그동안에 감쪽같이 삼십 년은 젊어지게 해주겠다는데 엄두가 안 나. 영감이 자리보전하고 있는데 내가 그러고 나타나봐. 두번째 심장 발작 일으킬걸.

한 사람의 삼십 년 젊어지는 꿈은 갱년기 연령까지 삼십 년 전으로 끌어내려 처녀 때 자기가 한 인물 한 얘기, 자기를 따르던 숱한 남자들 얘기, 자기 때문에 약 먹은 남자 얘기, 아냐, 나도 그 남자 아는데 너 때문이 아니라 나 때문이었어. 어머머. 그 남자 약 때문이 아니라 늙어 죽은 지 언젠데 싸움 나겠네. 이런 식이었다.

연애는 영원한 회춘제인가. 노인들은 자기가 지금 몇 살인지 헷갈리고 왔다갔다하면서 보기 민망할 정도로 생기가 나 보였다. 그런 행복한 헷갈림은 여행가 남편을 따라 이 지구상에 안 가본 데가 없다는 비교적 점잖아 보이는 분에게 이르러 허망한 절정에 달했다. 그가 말했다. 느이들은 내가 별의별 나라 다 여행해본 줄 알지만 아직 못 해본 여행도 있단다. 뭔데? 어딘데? 젊은 꽃미남하고 눈이 맞아 무작정 도망치는 해외여행.

세상에 꿈도 크지. 미쳤어. 누가 그런 것 같은데 분위기가 곧 가라앉고 조용해졌다. 그의 말투에는 농담 따먹기와는 다른 아이러니가 있었다. 저들의 퇴영(退嬰)의 끝은 어디일까, 조마조마하던 차였다. 누군가 노래를 부르자고 했다.

어느 자리에도 꼭 노래 부르고 싶은 사람이 있다는 건 분위기 쇄신을 위해서나 전환을 위해 좋은 일이었다. 시어머니가 선창을 하고 다들 따라 불렀다. 그윽한 애조는 어디선가 들은 듯했지만 가사는 일본말이어서 알아듣지 못했다. 여러 절로 된 노래 가사를 다 아는 사람이 없는지 절이 바뀔 때마다 시어머니가 선창을 했다. 노래가 길어지면서 따라 부를 수 있는 사람도 점점 줄었는데 후렴만은 다 같이 목청을 높이고 표정까지 심각하게 가다듬어가면서 따라 부르는 것이었다. 노래가 끝났는데도 누가 먼저랄 것도 없이 후렴만을 반복해 부르기 시작했다.

내가 무슨 뜻인지 모를 후렴은 이러했다. '무까시노 히까리 이마 이즈꼬.' 나는 일본말을 하나도 못 알아듣지만 뒤에 꼬자 붙는 건 여자 이름이라는 것 정도는 알고 있었다. 시어머니도 친정

286

엄마도 어릴 적 친구를 하나꼬, 아끼꼬 하는 식으로 부르는 걸 들은 일이 있고 일본 영화도 더러 봤으니까. 아마 죽었거나 헤어진 여자를 애타게 그리워하는 노래 가사임이 분명했다. '이마'는 성, '이즈꼬'는 이름일 테지. 그래도 확실히 해두려고 '이마 이즈꼬'가 여자 이름인가봐요? 하고 좌중에 대고 물었다. 아니라고 하면서 '무까시노 히까리 이마 이즈꼬'라는 후렴 문장 한 소절을 통째로 해석해주었다. '그 옛날의 광영은 지금 어디에'라고 했다.

그렇다면 그 소절을 왜 그렇게 애타게 반복해 불렀을까. 저분들이 하자 없이 모범적으로 살아온 건 알겠는데 그래도 그렇지, 평생 초등학교 선생 노릇하면서 언제 한번 광내고 살아본 적이 있다고. 그러면서도 인생 전반에 대한 측은지심 같은 걸로 마음이 울적하게 가라앉았다.

시어머니가 나에게 이제 가도 좋다는 눈짓을 했다. 그런다고 당장 나오긴 좀 뭣해서 잠시 머뭇거리고 있을 때, 그제야 겟돈들을 모으다 말고 누가 느닷없이 말했다.

야, 그 배고프던 그 시절은 지금 다 어디로 갔을까.

시선이 아득해지는 그들을 뒤로하고 시어머니 아파트를 나오면서 생각했다. 그 노인들이 애타게 찾은 그 옛날의 광영이 그럼 배고픈 시절이었단 말인가. 말도 안 돼. 그러면서도 나는 쫓기는 기분이 들었다. 말도 안 되는 것한테 쫓기는 기분에서 벗어나려고 나는 조금 서둘렀다.

세미가 지적해준 데는 그녀가 근무하는 회사가 있는 빌딩 일
층에 있는 커피빈이었다. 밖에도 앉을 수 있는 자리가 마련돼 있
었지만 어둑한 안으로 깊숙이 들어갔다. 세미는 아직 나와 있지
않았다. 시계를 보니 내가 너무 일찍 온 거였다. 내 쪽에서 부탁
해서 어렵게 잡은 약속이니 설사 늦는다고 해도 탓할 수도 없다.

세미는 한 달 전까지 내 며느리였던 아이다. 아들 혼자서 집에
다니러 왔을 때, 세미는? 하고 물었더니 헤어졌다고 지나가는
말처럼 말했다. 제일 먼저 떠오른 생각이, 겨우 한 달에 한두 번
시부모 보러 오는 문제로 티격태격했구나 싶어 언짢은 걸 참고
세미가 싫다면 오지 말지 뭣하러 왔느냐고 우선 내 아들 마음부터
눙쳐주려고 했다. 그렇다고 부모 된 도리로 그렇게 어영부영 넘
어갈 건 아니다 싶어, 세미, 걔 오냐오냐 물렁하게 굴면 네 머리
꼭대기에 올라앉을 아이다 너, 바야흐로 일장연설을 하려는데
아들이 세미 지금 제 와이프 아니라니까요. 전처가 된 지 한참
되니까 함부로 말하지 마세요. 뭐야, 이놈아. 결혼이 무슨 장난
이야. 남편이 옆에서 거들고 나섰다. 흥분하지 마세요. 이미 끝
난 일이에요. 그러고는 벌써 전에 살던 오피스텔로 짐 옮기고 따
로 나와 있다고 했다.

그렇다면 물어볼 것도 없이 세미도 똑같이 했을 것이다. 하도
기가 막히니까 말도 잘 안 나와 속으로 침착하게, 서둘지 말고,
심호흡을 한 번 하고 나서,

감히 이혼이란 말을 누가 먼저 꺼냈냐? 겁도 없이, 그 말 먼저

꺼낸 사람이 누구냐고?

엄마, 그게 뭐가 그렇게 중요해요.

왜 안 중요해. 그릇이 깨져도 누가 깨뜨렸냐고 묻는 게 순서야. 책임의 소재는 분명히 해야 하니까.

엄마, 엄마가 무슨 재판관이에요. 따질 걸 따지세요. 우린 서로 같이 사는 데 멀미가 났을 뿐이에요. 우린 둘 다 어엿한 성인이구요.

글쎄, 누가 먼저 멀미를 냈냐니까.

어느 날 내가 멀미를 내고 있다보니 그 친구도 멀미를 내고 있더라고요. 멀미나는 차는 빨리 내리는 게 수지 누가 먼저 멀미가 났냐는 따져서 뭐하게요.

걔 참 앙큼하구나, 세미 말이다.

남의 자식 그렇게 말씀하지 마세요. 우린 지금 남남이라니까요, 완전.

그애들은 부모 속도 안 썩이고 부담도 안 주고 너무도 쉽게 결혼했다. 요즘 혼기보다는 좀 이른 나이긴 했지만 혼기를 놓치는 것보다는 낫다고 생각했다. 아들은 좋은 대학 경영학과 나와 재벌 기업에 취직했으니 월급도 많이 받을 것이다. 즈이 아버지와는 달리 재벌에 대한 적대감도 없고 경제관념도 야무져서 오피스텔도 세든 게 아니라 샀다고 했다.

며늘애도 제힘으로 장만했는지 부모가 사줬는지는 모르지만 자기 명의의 오피스텔에 살다가 둘이 결혼하게 되니까 두 오피스텔을 전세 줘서 합한 돈으로 살 만한 아파트를 전세 내서 신혼 살림을 꾸리다가 파경을 맞은 것이다. 이런 사정이니 아들은 결혼 때도 부모에게 신세를 지거나 걱정을 끼칠 일이 하나도 없었다. 그런데도 그때 난 왜 그렇게 심란했을까. 이러려고 그랬나. 부모한테 손 안 벌리고 인륜대사를 치르려는 아들이 대견한 것만은 아니었다. 남 다 하는 걱정을 나만 안 하는 게 왠지 불안했다. 이유를 알 수 없는 고약한 소외감이었다. 뭐가 잘못됐을까 곰곰이 생각해본다.

예단을 생략하자는 건 아들 가진 쪽에서 예의상 한번 해본 소린데 그쪽에서 백 퍼센트 수용했다. 기분이 나빠지려고 했지만 경험자들로부터 얻어들은 가장 천격스럽고도 복잡 미묘한 저울질에서는 일단 비켜난 것 같아 한숨 놓았었다. 그 대신 패물은 좀 해주려고 했는데 커플반지가 있으니까 됐다고 하는 걸 살살 달래서 귀금속상에서 만나기로 힘들게 날짜를 잡았다. 세미는 그 으리으리한 보석상을 한번 쭉 휘둘러만 보고는 됐어요, 됐어요, 뭐가 됐다는 건지 내 소매를 끌고 가까운 백화점으로 갔다. 그러고는 액세서리 파는 데서 장난감 같은 팔찌와 귀고리 목걸이 들을 성의 없이, 마치 쓸어담듯이 골라잡았다. 그래봤댔자 귀금속에다 대면 몇 푼 안 되지만 쓰잘 데 없는 것들을 하도 여러 개 사는지라, 얘야, 하나를 가져도 값나가는 걸 가져야지 그따위 것들 아무리 많아봐야 아쉬울 때 하나도 도움 안 된단다, 했더니, 세미가 그 동그랗고 맑은 눈으로 나를 빤히 쳐다보면서, 그

럼 궁할 때 팔아먹으라고 저한테 패물 해주려고 하셨어요? 이러
는 거였다. 참 맹랑한 아이구나 싶기는 했지만 욕심스러운 아이
는 아닌 것 같은 게 마음에 들었었다.

　이런 며늘아기니 설사 아들이 이혼을 당했다고 한들 거덜날
것은 없으리라. 거덜도 뭐가 있어야 날 게 아닌가. 아들딸 결혼
할 때마다 한 재산 기울여서, 기울일 재산이 없으면 빚을 내서라
도 떡 벌어지게 해주고, 예단입네 살 집입네 과분하게 장만하는
사이에 사돈집과 갈등을 빚기도 하고 자식들한테 정떨어지기도
하는 과정이 왜 있어야 하는지 알 것 같았다. 부모는 투자를 안
했으니 부모의 발언권이 약하고, 저희들끼리는 구속력이 없었던
게 아닐까. 결혼이 무슨 장난이냐고 일단 호통을 치긴 했지만 돈
문제가 얽히지 않은 결혼은 장난에 불과할 수도 있는 게 아닐까.

　드나드는 젊은 여자들은 하나같이 팬티가 보일락 말락 하게
짧고 나풀나풀한 치마를 입고 있다. 커피빈 안쪽 벽은 완만한 둥
근 곡선인데 선을 따라 턱을 만들어놓아 걸터앉을 수도 있게 꾸
며놓았다. 동성끼리나 사무적인 관계로 보이는 남녀만 테이블에
마주 앉고 사귀는 사이로 보이는 커플은 나란히 앉을 수 있게 해
놓은 그쪽에 가 앉아 있다. 남자 무릎 위에 올라앉은 계집애도
있고, 남자 목에다 제 팔을 감고 있는 아이도 있다. 그 자리는 남
녀의 친밀한 신체 접촉을 위해 꾸민 자리인 듯했다. 근데 가만히
보니 상대를 주무르고 있는 건 주로 여자고 남자는 수동적이다.

　아들이 처음으로 세미를 집에 데리고 와서 소개시키던 날 생

각이 났다. 세미도 우리 아들의 단단한 가슴팍이나 울퉁불퉁한 팔뚝을 괜히 탁탁 치곤 했다. 부드럽게 어루만질 때도 있었다. 무슨 애가 한시도 가만히 있지 못하고 산만하게 굴면서 내 아들을 함부로 대하는 것이 눈에 거슬렸지만 내 아들이 좋아하는 아이니까, 철부지의 천진난만한 버릇쯤으로 봐주려고 애썼다. 남들은 아들이 좋아하는 여자는 단점만 보인다는데 우리 부부는 눈에 콩 꺼풀이 씐 것처럼 아무것도 제대로 보려고 하지 않았다. 그것도 우리 식의 책임 회피가 아니었을까.

그때가 여름이었을 것이다. 그닥 더운 날은 아니어서 에어컨을 트는 대신 창문을 있는 대로 열어놓았었다. 저녁 먹고 난 후의 선들바람은 쾌적했다. 별안간 세미가 비명을 질렀다. 모기에 물렸다는 것이다. 어떡해, 어떡해, 난 몰라, 어떻게 집 안에 모기가 다 있어, 방방 뛰면서 난리를 치기에 나는 우선 곤충에게 물렸을 때 바르는 약을 물린 자리에 발라주려고 했다. 물것에 예민한 체질인 것 같았다. 희고 길고 매끈한 팔뚝에 두 군데나 방금 물린 자국이 콩알처럼 부풀어올라 있었다. 약을 발라주었는데도 팔짝팔짝 뛰면서 천금 같은 우리 아들에게 당장 그 모기를 잡아죽이라는 것이었다. 그래 그래, 오빠가 당장 잡아올게, 아들은 식당과 거실의 의자들을 넘어뜨리기도 하고 건너뛰기도 하면서 온 집 안을 난장판을 만들고 나서 기어코 모기 한 마리를 손으로 때려잡아 개선장군처럼 자랑스럽게 세미에게 갖다바쳤다. 바쳤다기보다는 손바닥에 묻은 모기 자국을 보여준 거였다. 그걸 본

세미가 다시 한번 어머머, 피, 내 피, 하면서 비명을 질렀다. 무슨 소리인가 했더니 그 모기는 세미를 문 모기라는 분명한 증거를 남기고 죽었다. 아들 손바닥에는 모기 자국보다 더 많은 붉은 피 자국이 선명하게 남아 있었다. 아들을 보니 세미보다 더 모기에게 빨린 피를 아까워하는 표정이 역력해서 혹시 아들이 그 피를 핥아먹는 게 아닐까 조마조마한 마음으로 지켜보았더랬다.

그때부터 난 그 아이가 마음에 안 들었다. 모기보다 더 앵앵거리던 혀 짧은 어리광하며, 남의 아들을 그 부모 앞에서 머슴 대하듯 하는 버르장머리하며, 공주병도 중증이었다. 그러나 남편은 귀여운 듯이 바라만 봤고 그애를 보내고 나서 우리 아들이 어쩌다 그런 아이를 좋아하게 됐는지 모르겠다고 마음에 안 차했더니 그가 한다는 소리가,

내버려둬. 곰하곤 못 살아도 여우하곤 살 수 있다지 않남. 엄마가 하도 무뚝뚝하고 둔하니까 제짝은 정반대로 골라잡은 거야.

그때 남편하고 한바탕 싸워서라도 그 혼사를 막아야 했거늘.

세미가 들어오고 있었다. 딴 계집애들처럼 나풀대는 초미니스커트를 입고 굽이 십 센티나 될 것 같은 구두를 신고 모델처럼 또박또박 우아하게 걸어들어왔다. 한때 며느리였던 여자와 마주앉는다는 건 모르는 사람끼리 합석하는 것보다 더 어색했다.

세미는 머리만 한 번 까딱하고 나서 만나자고 한 것은 네가 먼저니 말도 네가 먼저 하라는 투로 나를 빤히 바라보기만 했다.

면구스러워서 나는 시켜만 놓고 안 마시고 있던 카푸치노를 한 모금 홀짝 넘기면서 말문을 열었다.

어떤 커피로 할래? 여긴 커피 종류가 많구나.

요샌 다 그래요. 커피는 온종일 여러 잔 마셨으니까 녹차로 할 게요.

이런 데서 녹차도 파니. 얼굴이 좀 수척한 것 같구나. 살도 좀 빠지고.

그래요? 잘됐네요. 마음고생해서 그런 줄 아시나본데 아니걸 랑요. 요새 다이어트중이에요. 결혼생활 하는 동안 스트레스 받 아서 살만 쪘거들랑요. 아유, 끔찍해, 글쎄 이 몸매에 삼 킬로그 램이나 붙었었으니까.

직장 일은 잘되니?

그럼요. 요새 오직 일에만 매달려 있으니까 행복해요. 오빠한 테 얘기 들으셨을 텐데 왜 만나자고 하셨어요?

왜, 만나자 게 잘못됐냐. 아무리 너희끼리 좋아서 한 결혼이라 지만 정식으로 양가 어른 일가친척 모시고 한 결혼인데 우리에 게 한마디 상의도 없었으니 부모 된 도리로 자초지종을 알기나 하려고 불러냈다. 뭐가 잘못됐냐.

뭐 잘못하셨다는 게 아니라요, 오빠가 그 정도는 얘기하지 않 던가요.

듣긴 잠깐 들었지만 하도 말 같지가 않아서……

그럼 저라도 말 같은 얘기를 해달라는 말씀인 것 같은데.

왜 안 되겠니? 도대체 왜 이혼까지 하게 된 거니.

성격차예요. 순전히.

여긴 파경난 배우들의 기자회견 자리가 아니다. 그 성격차이라는 것, 내가 좀 알아들을 수 있게끔 구체적으로 말해줄 순 없겠니? 그렇게 눈만 깜빡거리지 말고. 어지럽다.

이를테면요…… 이를테면 제가 오랜만에 오빠하고 같이 집에서 저녁 먹으려고 장보고 온갖 솜씨 부려서 근사하게 저녁상을 봐놓으면 오빠는 먹고 들어오고, 내가 꼼짝도 할 수 없을 만큼 피곤해서 대충 먹고 들어가서 침대에 널브러져 있으면 자기는 쫄쫄 굶고 들어와서 집 밥이 먹고 싶어 죽을 뻔했는데 아무것도 안 해놨다고 화내고 문 박차고 나가버리고, 내가 외식하고 싶을 때 오빠는 집 밥, 내가 집 밥 먹고 싶을 때 오빠는 외식. 지가 집 밥 당번일 땐 땡땡이쳐도 되고, 난 안 되고. 매사가 이런 식이었다니까요.

고작 그게 성격차란 말이니?

고작 그거라니요. 그런 일이 누적돼보세요. 얼마나 힘든데요. 얼마나 힘들었으면 제 몸이 삼 킬로그램이나 불었겠어요.

그 정도는 성격차이가 아니라 소통의 문제 아니냐? 아침에 나갈 때나 중간에 서로의 일정이나 컨디션을 미리 알아볼 수도 있는 거 아니야. 그런 노력도 안 하고 어떻게 결혼생활을 유지시킬 수 있겠니.

연애할 때나 신혼 때는 서로 약속 안 하고도 그런 게 척척 맞았다니까요. 보고 싶은 영화, 먹고 싶은 음식, 걷고 싶은 거리, 그런 것들을 말 안 하고도 서로 척척 알아맞혔다니까요. 사랑하는 사람끼리는 서로 그렇게 텔레파시가 통하게 돼 있는 거 아닌가요. 연애도 아마 그 재미에 했을걸요. 그게 안 통하고부터 우린 서로의 사랑을 의심했고 같이 살 까닭도 못 느끼게 된 거죠.

더이상 대화를 계속할 수가 없었다. 벽창호끼리 마주 앉은 느낌이었다.

그날 밤 남편한테 세미한테 듣고 온 그 말도 안 되는 이혼 사유를 말해줬더니 그가 말했다. 남자들의 뇌는 결국은 엄마 닮은 여자가 마음 편하게 돼 있다더니 맞는 말이구만. 곰처럼 무뚝뚝하고 둔한 어미에게 질려서 아들이 여우 같은 여자에게 끌렸을 거라고 말할 때는 언제구. 이 집에서 못된 바람은 다 나에게로 불어온다. 대답 대신 큰 소리로 하품을 했다. 걷잡을 수 없이 잠이 밀려왔다. 자야겠다. 누가 업어가도 모르게, 입을 벌리고, 코 골며, 아 아, 간간이 신음하며, 남편이 관찰한 나의 자는 모습이다. 그러나 그도 나의 꿈속은 들여다보지 못한다.

빨갱이 바이러스

    외딴 시골길은 앞뒤가 확 뚫려 있는데도 나는 갑자기 속도를 줄이고 멈칫대며 차를 몰았다. 저만치 시골 버스정류장 지붕 밑에 모여 있는 세 여자 때문이었다. 버스정류장은 차도로부터 안전한 길가에 위치해 있기 마련이고, 더군다나 내가 가고 있는 방향과는 반대편 차선의 정류장이었는데도 나는 편안한 산책길에서 뜻하지 않은 장애물을 만난 것처럼 당황하고 있었다. 고속버스 터미널이 있는 양양 시내로 가는 시외버스는 이미 끊긴 뒤였다. 평상시 같으면 아직 끊길 시간이 아니었다. 이 인근 주민들은 마을회관 스피커를 통해 이미 다 알고 있는 사실을 모르고 저러고 있는 걸 보면 이 고장 사람들은 아닐 것이다. 버스를 놓쳤다는 것 말고는 세 여자의 공통점은 아무것도 없었다. 세 사람이 각각 딴 데를 보며 우두망찰해 있는 폼이 처음부터 일행은 아닌 듯했다. 왜 그들에게 끌렸을까. 군중 속에서 얼굴을 잊은 지 오

랜 고향 사람이나 초등학교 동창에게 끌려서 괜히 가까이 가보
고 싶기도 하고, 모른 척 외면하고 싶기도 한, 신경쓰이는 동질
감 같은 거였을까. 망설이느라 그들 앞을 조금 지나쳐서 차를 멈
추고 유리까지 내렸는데도 그들이 목 빼고 기다리고 있는 방향
과 반대로 가고 있는 내 차에 관심을 보이지 않았다.

내가 팔을 내밀고 큰 소리로 말을 걸자 일행 중 가장 젊어 보
이는 여자가 뭐라고요? 하면서 길을 건너 나에게로 왔다. 그 여
자를 멀리서도 젊게 봤던 것은 다른 두 여자의 펑퍼짐한 옷차림
에 비해 아직도 몸매에 자신이 있다고 과시하고픈 듯 꼭 끼는 옷
을 입고 있었기 때문이다. 가까이 온 여자는 젊지 않았고, 다리
까지 절고 있었다. 그 여자는 마치 다리 저는 걸 즐기듯이 애교
스럽게 걸어왔다. 십대들이나 걸칠 것 같은 짧은 재킷 밑에 받쳐
입은 나시는 가슴을 반도 안 가려서 희고 풍만한 가슴이 내 눈앞
에서 그 깊은 골짜기를 드러냈다. 어려서 소아마비를 앓았을 것
이다. 육십년대 초 예방접종의 혜택도 골고루 돌아가지 않았을
때 소아마비가 크게 유행한 적이 있었다. 우리 마을에서도 미처
걸음마도 하기 전의 젖먹이가 둘이나 걸린 적이 있었다. 씨족마
을이었으니까 친척뻘 되는 아이였을 것이다. 공포분위기 끝에
두 아이 다 살아나긴 했지만 후유증은 하나는 가볍고 하나는 심
했다. 가벼운 아이가 힘없는 한쪽 다리를 애처롭게 끌며 걸음마
를 배울 때, 두 발이 다 낙지처럼 흐느적대는 딴 아이 생각은 안
하고 큰 소리로 박수치며 격려하던 생각이 났다. 지금은 어디서

어떻게 사는지 소식을 모르는 먼 친척들 얘기다. 새삼스럽게 먼 친척들이 그립거나 궁금해진 건 아니고 그때 소아마비를 앓았다면 이 여자가 아무리 젊은 척해도 쉰은 넘었으려니, 나이를 탐색하는 마음 때문이었다. 어머머, 할머니가 운전을 다 하시네, '소아마비'도 내가 왜 차를 세웠나보다는 내 나이에 관심이 더 많았다. 저 나이라면 나에게 아줌마라고 해도 좋으련만 똑 떨어지게 할머니라니, 그 싹수머리 없는 말본새로 봐서는 쉰은 아직 멀었는지도 모르겠다.

"버스 기다리는 것 같은데, 끊겼는데."

나는 어정쩡하게 존댓말을 생략했다. 이유 없이 깔보고 싶은 여자였다.

"그럴 리가요. 나 여기 처음 아니거든요."

"여기 사람 아닌 건 알겠는데, 설마 엊그저께 여기 쏟아진 엄청난 폭우에 대해 모르고 온 건 아니겠지."

"그걸 어떻게 몰라요. 양동이로 쏟아붓는 것처럼 몇 시간을 내리퍼붓는 거 TV로 다 봤어요. 사람도 많이 떠내려가고, 그렇지만 그게 언젯적인데……"

저 화상은 설마 여기까지 공중으로 날아왔을 리는 없고, 이쪽으로 올 때까지 조약돌처럼 흘러내린 엄청난 바윗덩이와 뿌리 뽑혀 거꾸로 선 거목 들로 미증유의 폭우가 지나간 자리를 생생하게 드러내고 있는 골짜기골짜기를 눈깔은 어따 두고 못 본 것처럼 말할 수 있을까. 나는 그 무서운 일을 잊어버려도 좋을 만큼 오래전 일처럼 말하는 '소아마비'에게 말도 섞고 싶지 않은 혐오감을 느꼈다. 어느 틈에 나머지 두 여자도 길을 건너와 '소아마비' 뒤에서 근심스러운 얼굴로 우리가 하는 소리를 듣고 있었다. 그들이 찻길 한가운데 서 있는데도 오는 차도 가는 차도 없어서 신경쓰이지 않았다.

"시외버스 노선이 몇 군데 유실됐다는군요. 외진 데 있는 종점 근처가 더 엉망이래요. 그래서 매시간 한 번씩 운행하던 버스를 당분간 하루 세 번씩만 운행하기로 했다나봐요. 승객도 별로 없고요."

"올 때는 승용차로 와서 잘 몰랐어요."

스님들과 흡사한 회색 두루마기를 입은 여자가 말하자 다들 나도요, 나도요, 하고 승용차로 왔다는 것을 강조했다.

"바위나 토사는 중장비차로 치우면 차가 다니는 데 불편이 없지만 유실된 도로는 지리를 잘 아는 기사가 요령껏 우회할 수밖에 없어요. 위험하고 시간도 많이 걸린답니다."

저 보살님은 아마 고개 너머 회심암(庵) 신도일 것이다. 그렇게 넘겨짚는 건 별로 어렵지 않았다. 큰 절에 있던 비구니 한 분이 비어 있던 헌 집을 개수해서 작은 암자를 만든 지 몇 년 된다. 내가 시골집에 자주 오는 것도 아니고 올 때마다 가본 것도 아니지만, 어쩌다 산책 삼아 가봤기 때문에 그 암자의 변화랄까 발전이 더 잘 눈에 들어왔다. 처음엔 비구니 한 분의 힘으로 곧 쓰러질 듯이 퇴락한 헌 집이 날로 튼실해지고, 고풍스러워지고, 둘레의 땅들이 아기자기한 꽃밭도 되고 온갖 채소가 고루 자라는 채마밭도 되는 것만 신기하더니 불탄일 등 무슨 날만 되면 연등 달러 오는 신도, 치성 들이러 오는 신도 들이 제법 쏠쏠했고, 위패를 모셔놓고 제를 지내러 오는 신도들도 적지 않은 것 같았다. 기웃대다가 절밥을 얻어먹은 적도 있었다. 나이든 신도들 중에는 불심이 돈독하다는 표시인지 이 절의 단골 신도라는 걸 나타내려고 그러는지 스님들의 가사를 닮은 회색 두루마기를 입는 신도들이 많았다. 그들은 천주교도들이 서로 자매님이라 부르듯이 보살님이라고 불렀다. 나도 회색 두루마기를 속으로 '보살님'이라고 명명했다. 여름의 끝자락에 불어온 태풍의 영향으로 엄청난 비 피해를 당한 끝이라 초가을답지 않게 날씨가 을씨년스러웠다. '보살님'의 회색 두루마기는 바바리처럼 맞춤해 보였다. 그러나 그 밑으로 드러난 쫄바지와 산길에 어울리지 않는 뾰족하고 반짝이는 남색 구두와의 언밸런스 때문에 보살님의 나이는 가늠하기 어려웠다.

"이러고 있을 게 아니라 어디 잠잘 곳을 정해야 하지 않을까요. 어차피 오늘 해 안에 서울 가긴 틀린 것 같은데."

여태까지 암말 안 하고 있던 여자가 처음으로 말했다. 세 사람 중 제일 젊은 것 같은데 얼굴에 근심이 가득해 보였다. 아마 신병 때문일 것이다. 나는 아까부터 그 여자의 손등과 팔목에 난 뜸자국을 눈여겨보고 있었다. 칠부 소매 윗도리를 입고 있는 그 여자의 드러난 뜸자국은 불규칙하고도 생생했다. 안 보이는 속

살에는 더 많은 뜸자국이 있을 것 같은 생각이 들었다. 아직 젊은 여자가 무슨 몹쓸 병이 들었기에. 나는 얼마 전 TV로 본, 유명한 뜸선생 집 앞에 줄을 선 병자들을 떠올리며 생각했다.

"저요…… 이 근처에 어디 민박할 집 없을까요. 펜션도 괜찮고요."

'소아마비'가 말했다. 다른 두 사람은 그냥 난감한 얼굴을 서로 바라보기만 했다.

"민박집은 잘 모르겠고, 바로 요 너머 최근에 들어선 펜션이 있긴 있는데. 여기 촌사람들은 펜션이라고 안 그러고 러브호텔이라고들 하는 데긴 하지만."

"거긴 안 돼요. 나 거기서 나오는 길인걸요. 낮잠 자다가요."

"난 암자로 도루 가서 하룻밤 드새죠, 뭐."

누가 러브호텔로 끌기라도 한 것처럼 '보살님'이 질색을 하며 말했다.

"회심암이죠? 여기서 한 시간도 더 걸릴 텐데. 오르막하고 내리막은 또 달라요. 날도 벌써 어둑어둑해지구."

나는 그 소리를 '보살님'이 아니라 '뜸' 쪽을 보면서 말했다. '뜸'은 잘 데가 있나 해서였다.

"전 아무래도 괜찮아요. 이분들 중 아무나 따라가서 하룻밤 드새도 되고 재활원으로 되돌아가도 되고요."

"재활원이라면 저 솔뫼골에 있는 '천사들의 집' 말인가요?"

"네, 제가 거기 봉사 다녀요."

"좋은 일 하시네. 서울서 이 먼 데까지 보통 정성이 아니네요. 자주 오세요?"

"아뇨. 심심할 때만요."

'뜸'이 필요 이상 강하게 부인했다. 나는 '뜸'이 전혀 심심하지 않은 얼굴로 이까지 악무는 걸 보고 말았다. 그리고 문득 내 안의 상처가 남의 상처와 만나 하나가 되려고 몸부림치는 걸 느꼈다. 고약한 느낌이었다. 이들에게 끌리지 말았어야 하는 건데.

"괜찮으시다면 세 분 다 우리 집에 가서 묵으실래요? 아침에 터미널까지 모셔다드릴 수도 있구요."

"거저요?"

'소아마비'가 촉새처럼 나섰다. 다른 두 여자가 아이고 무슨 실례야, 저분이 어디가 장사할 사람으로 보여, 하면서 '소아마비'의 옆구리를 찌르는 게 보였다. '소아마비'가 운전석 옆에 앉고 '보살님'과 '뜸'이 뒤에 앉았다.

집에 가는 동안 나도 내일 서울 가니까 그들을 다 서울까지 데려다줄 수도 있지만 나는 내일 일찍 떠날 수가 없다고, 어쩌면 모레까지도 여기 있어야 될지도 모르는 사정을 설명했다.

나는 어제 왔다. 여기서 태어나서 중학교 마칠 때까지 태어난 집을 떠나보지 못하다가 고등학교 들어갈 때 비로소 강릉까지 진출할 수 있었다. 대관령을 넘어본 건 대학교 때문이었다. 집안 형편 생각하지 않은 채 기를 쓰고 대학에 간 건 공부가 하고 싶어서가 아니라 대관령을 넘고 싶어서였다. 대관령만 넘으면 안

전해질 것 같은 느낌을 어떻게 설명할 수 있을까. 설명이 안 되면 생략하고…… 그때 대관령을 같이 넘은 친구가 있었다. 여기서 같은 중학교를 다니고 강릉 진출도 같이 한 친구였다. 그 친구가 아니었으면 이 보수적인 마을에서 아들도 아닌 딸이 언감생심 대관령을 넘을 생각은 못 했을 것이다. 그 친구네는 우리 동네하고 사돈을 맺은 집이 많은 이웃동네였다. 사정이 빤했다. 그 친구 아니었으면 내가 감히 대관령을 넘을 엄두를 못 냈을 테고 그 친구도 마찬가지였을 것이다. 그후 오랜 세월이 흘렀다. 둘 다 대학도 마치고 서울 남자 만나 서울 사람이 됐다. 그러나 고향땅엔 친구의 친정집도 나의 친정집도 아직 남아 있다. 친구의 남편은 어떤지 모르지만 내 남편은 아내의 시골집을 좋아해 해마다 보수도 해서 옛날의 골격은 그대로 지닌 채 정정하게 늙어가고 있다. 우리 마을에 그렇게 오래된 집은 우리 집밖에 없다. 몇 집 안 남은 농가는 날림 티 나는 조립식 주택으로 바뀌었고 근사하게 보이는 통나무집도 한 채 있는데 그건 강릉 사는 지방대학 교수의 별장이다. 우리 집도 마을 사람들은 별장집이라 부른다. 마을 사람이라야 상주인구는 대여섯 명밖에 안 된다. 옛날엔 씨족마을이었는데 지금은 다들 성이 다르다. 그러니까 정체 모를 떠돌이들 차지가 된 것이다. 사실은 그래 싸다.

그래 싼 까닭도 생략하고…… 친구네는 집만 남아 있는 게 아니라 아흔 가까운 노모가 그 집을 지키고 있었다. 하나밖에 없는 오라비가 제 식솔만 데리고 미국으로 이민을 가버렸기 때문이다. 어머니를 안 모셔가려서가 아니라 노인이 막무가내 안 가려고 해서이다. 서울 딸네 집에 와서도 사흘을 못 견디는 노인이니 미국이 아랑곳인가. 당신 고집 때문에 혼자 사는 거라고 해도 딸에게는 모시는 것보다 더 큰 부담이었다. 그 아흔 노모가 이번 폭우에 행방불명이 된 것이다. 산사태로 마을이 통째로 파묻혀버렸다. 우리 마을보다 훨씬 작은 마을이었다. 그래도 이번 수해 중 최대의 비극이었다. TV에도 나왔다. 그 마을에 사람 사는 집이 몇 집 더 있긴 해도 상주인구가 아니어서 다들 부재중이었다. 더 기막힌 일은 집을 덮친 토사 밑에서 집의 잔해를 샅샅이 뒤져도 노인의 시신을 못 찾은 거였다. 현재는 발굴작업을 일단락짓고 주변 하천을 수색중이었다. 곳곳에 범람한 하천이 지금 겨우 제 본류를 찾았다고는 하나 아직도 상상할 수도 없이 빠른 유속은 마치 토악질하듯이 뿌리 뽑힌 나무와 농기구와 가재도구의 파편을 실어나르고 있다. 집이 통째로 떠내려오는가 하면 가짜 기와지붕이다. 어디 먼바다로 가서 용궁의 지붕을 이어도 될 만큼 플라스틱의 힘은 막강하다. 친구의 남편은 외국 출장중이고 혼자서 유해 수색작업을 지켜보고 있을 친구가 안돼 달려오긴 했어도 나도 도움이 되는 건 아니다. 다만 못 떠나고 있을 뿐이다. 친구는 밤에도 현장에 있어야 한다며 우리 집에 안 오고, 수재를 면해 성하게 남아 있는 그 마을의 빈집에 머물고 있다. 낮에 그 친구 곁에 머물다가 집에 오는 길이었다.

세 여자를 만나 나의 시골집까지 오는 동안은 간략하게 내 이야기를 들려주기에 알맞은 거리이다. 멀리 울산바위가 보이는 우리 마을은 앞벌만 빼고는 삼면이 짙은 숲에 둘러싸여 있다. 녹색도 극에 달하니까 지쳐 보인다. 힘겹게 저장하고 있는 과중한 수분을 언제 토해낼지 모르게 둔중한 빛을 하고 있다. 친구의 어머니 유해야 찾건 말건 내일은 나도 떠나리라, 망설이던 마음을 별안간 굳힌다.

앞벌 논배미 사이를 흐르는 도랑들도 격류로 변해 물소리가 요란한데도 이 옴폭한 마을에 고인 적막은 어쩌지 못한다. 적막이라기보다는 온 세상의 침묵이 다 모여서 짜고 짠 것 같은 견고한 침묵이다. 세 여자들이 툇마루에 걸터앉아 아늑한 동네와 나의 시골집을 찬양하고 선망하느라 떠들썩하지만, 철통같은 침묵의 겉껍질을 흐르는 물방울에 지나지 않는다.

시골집은 마을로 들어오는 길에서 슬쩍 비켜나 대문도 사립문도 없는 넓은 흙바닥의 앞마당에서 사람 키 높이로 축대를 쌓고 지은 집이라 규모에 비해 덩그렇게 보인다. 기역자집이지만 나무광을 겸해 필요 이상으로 넓은 부엌이 안방 머리에서 남향으로 삐져나와서 그렇게 보일 뿐 내용적으로는 일자집이다. 두 개의 널찍한 온돌방과 그 사이에 긴 마루가 다 같이 남향으로 나란히 배치돼 있고, 서까래와 기둥목이 아직 든든한 툇마루가 길게 처마 밑으로 노출돼 있다. 단순하지만 옹색한 집은 아니다. 여자들은 댓돌을 올라 툇마루에 걸터앉아 나의 시골집을 칭찬도 하고 부러워하기도 한다. 댓돌을 오르기 전에 쳐다본 기와지붕이 특히 인상적이었던 모양이다. 요즘 보기 드문 조선기와 지붕이라느니 아니 양기와일 거라느니 의견이 분분하지만 품위 있어 보이는 데 비해 유지하기가 힘들 거라는 데 의견이 일치한다. 다 틀린 말이다. 원래 있던 초가지붕을 걷어내고 올린 지붕은 조선기와도 양기와도 아닌 합성수지로 만든 가짜 기와이다. 공장에서 지붕 형태로 통째로 찍어나온다. 합성수지는 가볍고 힘이 세다. 이번 수해에 집이 형체도 없이 유실됐다 해도 지붕만은 끄떡없이 먼바다까지 떠내려갔을 것이다. 나는 마모도 소멸도 안 되는 것에 대한 병적이고도 비밀스러운 혐오감을 갖고 있었지만 관리하기에 편하고 저렴한 것을 선호하는 남편을 말리지 못했다.

나는 툇마루의 손님들에게 주스를 병째로 종이컵과 함께 내주고 냉장고를 점검한다. 먹다 남은 밑반찬이 넉넉하다. 다음에 언제 올지 모르지만 다시 올 때는 십중팔구 내다버리지 싶은 탐탁잖은 반찬들이다. 저 세 사람과 함께라면 개운하게 냉장고 청소가 될 것 같다. 내가 쌀을 씻는 기척에 '소아마비'가 부엌문을 기웃대더니 어머머, 어머머 재워주시는 것만도 고마운데 저녁까지 주시려나봐, 호들갑을 떠니까 다들 소매를 걷어붙이고 거들 채비를 한다. 나는 요새 그까짓 밥하기가 뭐 어려우냐고, 냉장고 청소를 겸해 저녁 먹이려는 거니 고마워할 거 없다고 솔직한 속내를 말하고 부엌에 얼씬거리지 못하게 한다. 부엌은 마당처럼 흙바닥이어서 혼자나 둘이서 먹을 수 있는 작은 식탁과 의자는 놓여 있지만, 시집 식구들이나 남편의 친구들이 놀러왔을 때 쓰는 큰 식탁은 마루방에 있다. 이왕 부러움을 산 끝이니 그들도 버젓한 식탁도 있고 그림까지 걸려 있는 마루방에서 대접해야 할 것 같다.

밥통은 플러그를 빼고 김치와 몇 가지 반찬은 밀폐용기째로 주섬주섬 쟁반에 받쳐놓고 가장 어린 사람을 부른다는 게, 어이 '소아마비' 나 좀 도와줘, 라고 말했다. '소아마비'가 방긋 웃으면서 얼른 와서 쟁반을 받아가지고 내가 일러주는 마루방으로 갔다. 나는 밥공기와 수저통, 물주전자 등 그밖의 것을 챙겨가지고 뒤따랐다. 마루방에도 작은 냉장고가 있고 음료수와 남편이 먹다 만 와인병 등이 들어 있었다. 와인 하실래요? 나는 술을 잘 못하지만 한번 딴 와인을 오래 두면 안 좋다는 남편 말이 생각나서 해본 소리였다. 어머머 와인씩이나, 부티 난다, 나는 부티 나는 건 뭐든지 좋아하는데, 제일 먼저 '소아마비'가 반색을 했다. 몇 개 안 되는 와인잔도 마루방 수납장에 있어서 모두에게 권하고 나니 병이 비었다. 못 마신다고 사양하는 사람들 것까지 홀짝홀짝 비워주고 난 '소아마비'가 밥을 몇 숟갈 뜨다 말고 뜬금없이 저 소아마비 아닌데요, 하는 것이었다. 당신들 놀랐지롱 하는 것처럼 장난기 어린 표정이었다. 시종 우울해 보이던 '뜸'이 숟가락을 소리나게 내려놓으면서, 그럼 배냇병신이었단 말야? 하고 듣기 거북한 과민반응을 보였다. 아뇨, 아파트 삼층에서 뛰어

내려서 엉치뼈가 왕창 나갔거들랑요. '소아마비'가 비음을 내며 몸까지 비틀었다. 내 눈엔 우선 그게 이상하게 비치는데 보살님은 곧이곧대로 받아들인 것 같았다.

"쯧쯧, 무슨 일로 그런 독한 마음을 먹었는지 모르지만 삼층 정도에서 뛰어내려봤댔자 안 죽을걸. 적어도 육층 이상은 돼야 완전하게 목숨 끊을 수 있을 거야. 그래도 그만하기 다행이지 뭐야, 머리나 척추를 다쳤으면 어쩔 뻔했어. 지난 일은 지난 일이고 앞으로라도 딴마음 먹지 말고 악착같이 살아야 돼. 업보란 죽는다고 피해지는 게 아니야. 또다른 악업을 지을 뿐이지. 나무관세음, 나무관세음…… 알아들었수? 내 말 허투루 듣지 말구."

'보살님'의 설교가 길어지려고 하자 '소아마비'가 저 그런 사람 아니걸랑요, 하면서 아무도 못 끼어들게 빠른 소리로 자초지종을 이야기했다.

'소아마비'의 고백

남편이 의처증이 심했어요. 때리거나 그러지는 않았지만. 안 한 게 아니라 못 한 거죠. 저를 어떻게 때려요. 저를 얼마나 사랑하는데. 결혼도 그 사람이 하도 따라다녀서 동네 창피하기도 하고, 딴 데로 시집가도 편히 살게 놔줄 것 같지 않다고 부모님이 먼저 손을 들고 허락하셔서 하게 된 거였죠. 저도 싫지는 않았어요. 다니는 회사도 튼튼하고 그 사람도 키만 좀 작다 뿐이지 얼굴 번듯하고 건강하고. 결혼할 때도 우리 부모님은 한 푼도 못 쓰게 하고 싸데려가다시피 했으니까요. 우리 집도 부자는 아니지만 딸자식 맨몸으로 내줄 정도로 형편없는 집도 아닌데 일전도 못 쓰게 하는 거예요. 그렇게 저를 데려가는 것만 감지덕지하니까 저도 제가 특별한 매력이 있는 게 아닐까, 우쭐하게 되더라구요. 신혼여행 갔다 와서 출근할 때는 회사 가기 싫다고 몇 번 떼를 쓰다 나가고, 회사 가서는 하루 몇 번씩 아무 일 없냐고 전화를 해쌓고, 신혼 시절만 해도 그러려니 했는데 권태기가 와도 좋을 만큼 살았는데도 똑같이 그러니까 점점 짜증이 나다가, 아, 이 사람이 정상이 아니다 싶어서 친정엄마한테 하소연하면 야, 넌 엄마 아빠가 서로 소 닭 보듯이 사는 것만 봐서 뭘 몰라, 연속극도 못 봤냐, 다들 그렇게 깨가 쏟아지게 사는걸, 난 세상 헛살았다 싶더라, 이런 식이에요. 이게 깨가 쏟아지는 거라면 그렇게 알고 참자, 참자, 하면서도 내가 온종일 뭐하고 살았나 시간별로 알고 싶어하고, 자기가 칼같이 퇴근해서 들어오는 시간 맞춰 나는 오뚝이처럼 꼼짝 않고 기다리고 있어야 하고. 무엇보다 제가 힘든 건 그 사람이 전화걸 때 없었다면 그동안 어디 가서 뭐했고, 누굴 만났고 몇시에 돌아왔고, 그 정도의 외출에 그렇게 시간이 많이 걸렸을 리 없다고 추궁을 당하면 아 참, 오다가 동창 누굴 만나서 차를 한잔 마셨다고, 마치 초등학생이 방학만 되면 실행도 못 할 일정표 짜듯이 저하고 같이 있지 않은 시간을 시간별로, 분별로 아귀를 맞춰서 제출해야 직성이 풀리는 거예요. 점점 미칠 것 같아지더라구요. 하루에도 몇 번씩 내가 결혼 잘못했구나, 이게 감옥이지 감옥이 따로 있나, 혼자서 가슴을 쳤죠. 처 갓집에도 여전히 잘하니까 엄마한테는 하소연해봐야 통하지 않고, 친구에게도 내가 이러고 산다는 걸 털어놓는 건 자존심 상하는 일이고, 혼자서 시들시들 마르고 그러는 사이에 덜커덕 애가 생기고 만 거예요. 그후 한 해 걸러로 애가 둘이나 더 생기는 사이에 내 새끼를 같이 예뻐하고 같이 걱정하고 책임져줄 가장인데 그 정도의 횡포는 참아줘야 하지 않을까, 하는 체념이 스스로 생기더라구요. 엄마는 이제야 철들었다고 안심하고. 사실 저는 살림 알뜰하게 하고 내 몸치장하는 데는 도가 텄지만 어디 가서 돈 한 푼 벌 자신은 없거든요. 뭐니 뭐니 해도 여자 기죽이는 데는 경제력이 제일이잖아요. 그 사람도 그걸 느꼈나봐요. 여자를 제 손아귀에 꽉 쥐고 싶은 사람이 왜 그걸 모르겠어요. 월급쟁이 해서는 애들 잘 기를 자신 없다고 다니던 회사 제품 대리점을 하나 따가지고 회사를 그만둔 거예요. 훨씬 더 바빠진 것까지는 좋았는데 대리점을 바로 우리 아파트 상가에 얻은 거 있죠. 점심은 거의 집에 와서 먹고, 그이가 가게를 비울 수 없을 때는 가게까지 한상 차려서, 마치 음식점 종업원처럼 이고 나가야 하고. 날마다 일정한 시간에 장보러 그이 가게 앞을 지나가야 하고. 우리 집에서 지하 슈퍼까지 가려면 꼭 그이 가게 앞을 통과해야 하거든요. 한번은 그이 가게에서 보이는 길가에서 지나가던 어떤 남자하고 같이 하늘을 쳐다본 일이 있었어요. 그럼요, 전혀 모르는 남자다마다요. 길 가던 웬 남자가 하늘을 쳐다보고 빙긋빙긋 웃기에 무심히 나도 쳐다봤죠. 꼬리 달린 연 두 개가 하늘에서 엉켜서 싸우고 있는 거예요. 나도 그 남자처럼 빙긋빙긋 웃으면서 쳐다봤죠. 우리 아파트에서 가까운 고수부지에 연날리기장이 있거든요. 단지 외간남자하고 같이 하늘을 쳐다봤다는 이유 하나만으로 그 자리에서 머리채를 잡혀가지고 집으로 끌려왔다니까요. 맞아요. 의처증도 이쯤 되면 중증이죠. 저도 그날만은 순순히 당하기만 하지 않고 죽기 살기로 대들고 보따리까지 쌌더랬죠. 하도 세게 나오니까 실토를 하는데 자기도 어쩔 수가 없대요. 제 계집이 남자만 보면 꼬리를 치는 걸 어떻게 보고만 있냐는 거예요. 제발 꼬리만 치지 않으면 자기 병은 저절로 나을 테니 이번 일은 용서해달라고 비니 어쩌겠어요. 내 꽁무니에 정말 꼬리가 달린 걸까. 내가 너무 엉덩이를 흔들면서 걷는 걸까. 항상 뒷모습에 신경이 쓰이더라구요. 어떤 때는 에라 모르겠다, 될대로 되라고 평상시처럼 내 멋대로 걷다가 혹시 누가 뒤에서 따라오나 돌아봐도 섭섭하게 아무도 안 따라오는 거 있죠. 그이도 참고 나도 참으면서 겨우겨우 소강상태를 유지하고 있을 때 그 일이 난 거예요. 무슨 일이냐고요? 내가 이렇게 될 수밖에 없는 일 말예요. 아파트 현관문을 안 잠그고 있었나봐요. 우리 아파트는 옛날에 지은 거라 저절로 잠기지 않아요. 안에서 열어주지 않으면 열쇠가 있어야 되니까 수시로 들락거리는 아이들 때문에 안 잠겨 있을 때가 많아요. 내가 워낙 문단속 같은 데는 신경 안 쓰는 편이거든요. 남편도 마누라 단속에 비해 문단속엔 허술한

편이에요. 밤에도 안 잠그고 잘 적이 많은걸요. 막 슈퍼에 가려고, 그날따라 살 게 많아서 식탁에서 메모를 하고 있는데 문소리만 나고 인기척이 없는 거예요. 고개를 들었더니 웬 남자가 징그럽게 웃으며 날 내려다보고 있지 뭐예요. 소름이 쫙 끼쳤어요. 얼굴만 보고도 알겠더라구요. 그 남자가 원하는 게 뭔지. 내가 도망치려고 일어서자 내 팔목을 꽉 잡더군요. 나는 우선 남자의 팔목을 사정없이 물어뜯고 나서 사람 살리라고 목청껏 악을 쓰면서 뒤 베란다로 달려가서 뛰어내렸어요. 완전 제정신이 아니었고 그후엔 당연히 정신을 잃었죠. 엉덩이만 나간 게 아니라 뇌진탕 증세도 있어서 며칠 만에 깨어났어요. 남편이 울면서 기도하고 있더군요. 종교는 무슨 종교요. 하느님 부처님 다 불렀겠죠. 그후 전 열녀가 된 거예요. 아무한테나 열녀 났다고 풍기고 자랑했으니까요. 하마터면 아파트 진입로에 열녀문 설 뻔했다니까요. 그후 제 신상이 이렇게 편해진 거죠. 마음대로 놀러 다니래요. 묻지마관광도 두말 않고 보내준다니까요. 근데 참 이상한 거 있죠. 남편 입에서 꼬리친다는 말버릇이 쑥 들어가고 나서 비로소 그게 무슨 뜻인지 알게 됐어요. 그게 무슨 뜻이냐 하면요, 내가 유혹하고 싶은 남자는 얼마든지 유혹할 수 있는 타고난 능력과 소질이 나에게 있다는 뜻이었어요. 정말 그래요. 내가 꼬시고 싶은 남자 못 꼬신 적 없어요. 불쌍한 우리 남편은 마누라 열녀 만들고 나서 여자 보는 눈이 완전히 멀어버린 거구요. 어제도 외간남자하고 놀러와서 펜션에 묵었어요. 벼룩이도 낯짝이 있으니까 그 남잔 아침나절 먼저 가고 난 실컷 낮잠 잔 다음에 저녁 때 가려고 했는데 이렇게 되고 말았네요. 그런 눈으로들 보지 마세요. 가끔 이렇게 스트레스 해소하는 것 말고는 저 살림 잘해요. 제 돈 절대 외간남자한테 쓰지도 않고요. 남자도 바람둥이가 아내한테 더 잘한단 말 있잖아요. 여자도 마찬가지예요. 홈 스위트 홈, 콧노래가 나올 만큼 즐거운 우리 집이라니까요.

소아마비가 말을 마치자 '보살님'은 나무관세음, 나무관세음 중얼거렸고 '뜸'은 겁먹은 얼굴로 먼저 들어가 쉬겠다고 했다. 밥이 어디로 들어갔는지 모르게 우리의 숟갈질은 끝난 지 한참 된 것 같았다. '뜸'은 표정만이 아니라 몸까지 떨고 있다는 게 느껴졌다. 불쾌한 걸로 치면 내가 더할 것이다. 남편은 나에게 결벽증을 넘어 도덕적인 강박관념이 있다고 할 정도로 요즈음 흔해빠진 혼외정사 따위 도덕적 문란에 대해 듣는 것도 즐기지 않았고 입에 담는 것은 더더욱 싫어하는 성미였다. 어떻게 저런 망측한 소리를 점잖은 어른들 앞에서 얼굴 하나 안 붉히고 나불대는 걸까. 속으로 ×만도 못한 년, 하는 쌍욕이 저절로 나왔다. 우린 다들 '소아마비' 쪽으로 시선과 몸을 집중하고 너무 붙어앉아 있었다. 그의 고백을 솔깃하게 즐긴 게 아니었을까. 이 탁한 공기를 바꾸고 싶었다. 다들 피곤할 것이다. 들어가 자야 할 시간이라 해도 뭐라지 않을 것이다. 여자끼리였다. 넷이 묵기엔 방도 넉넉하고 이부자리도 충분했다. 둘씩 둘씩 방을 써도 되는데 나는 '뜸'이 건강한 몸이 아니라는 걸 감안해서 마치 여관집 주인처럼 독방을 드릴까요, 하고 물었다. 왜요? 하고 '뜸'이 되물었다.

"많이 피곤해 보여서요. 뜸 뜨는 데도 체력 소모가 많다면서요. 어디가 안 좋으신지는 모르지만 효험은 좀 보셨나요?"

처음 볼 때보다 병색이 더 완연해지는 '뜸'에게 동정심과 부담감 같은 걸 느끼고 있었다. '소아마비'보다 더 나이들어 보이는 것도 아닌데 꼬박꼬박 존댓말을 쓰고 있었다.

"내가 아까부터 가르쳐드리고 싶었어요. 용한 침쟁이를 알고 있거든요. 뜸으로 고칠 수 있는 병은 침으로도 고칠 수 있다고 해요. 뜸 뜬 데를 보아하니 생판 돌팔이지, 그렇게 용한 뜸쟁이도 아니구먼 뭐. 그냥 놔두면 사람 잡을 것 같아서 내 하는 얘긴데……"

바야흐로 '보살님'이 용한 침쟁이를 소개해주려는 순간 '뜸'의 표정이 결연해지면서 말했다. 입술이 애처롭게 씰룩댔다.

'뜸'의 고백

이건 뜸 뜬 자국 아니라 남편이 담뱃불로 지진 자국이에요. 그인 툭하면 나를 이렇게 담뱃불로 고문한답니다. 저 같은 년은 고문당해 싸구요. 나도 바람을 피웠냐고요? 바람은 아무나 피우나요. 내 주제에 무슨 바람이에요. 난 서른 넘어 선봐서 결혼했어요. 수수하지만 착한 남자하고요. 이 세상에 흔한 보통 부부였어요. 아이가 안 생겨 걱정하고 기다리다가 삼 년 만에 임신이 되고 첫아이를 낳았는데 아이가 보통 아이하고 달랐어요. 뇌성마비라나, 머리통도 보통 신생아답지 않게 작고 눈동자도 두 눈이 각각 딴 데를 보고 손발이 뒤틀리고, 우리 눈에도 사람 되긴 틀렸더라구요. 그래도 사람 만들어보려고 애쓸 만큼은 써보았어요. 의사라도 희망적인 얘기를 해주든지 최선의 방법을 일러줬더라면 그대로 했을 텐데 무작정 있는 그대로의 그애를 인정하는 도리밖에 없다는 거예요. 고칠 수 없다는 걸 알고 나서 남편은 제발 그애를 어디 고아원 앞에 내다버리라는 거예요. 외국 사람들은 불구도 잘만 입양해간다더라 하면서요. 술 먹고 들어오면 오늘도 안 내다버렸냐고 생지랄을 하고. 사는 게 사는 게 아니었어요. 견디다 못해 어느 날 정말 내다버렸어요. 전부터 점찍어두었던 입양기관 앞에다요. 남편은 아이 어디 갔냐고 묻지도 않고 마치 우리에게 그 아이가 없던 때로 돌아간 것처럼 굴더군요. 그래도 불안해서 그 사실을 감쪽같이 숨기려고 이사까지 갔죠. 사람이 짐승만도 못하다는 걸 그때 알았어요. 그 와중에도 또 아이를 만들었으니까요. 제발 이번만은 건강한 아이를 낳게 해달라고 기도하는 마음은 그이도 마찬가지였겠죠. 기도가 헛되지 않아 둘째는 정말이지 예쁜 천사 같은 딸이었어요. 그이도 그때부터 마음을 잡고, 툭하면 그만두던 직장을 착실하게 다니게 됐죠. 사람 사는 행복이 이런 거로구나 싶게 오랜만에 찾아온 평화가 고맙고 달기만 하더라구요. 또 아이가 생겼어요. 이번엔 아들이었고 그애 또한 무럭무럭 건강하게 자라면서 집 안에 웃음 꽃이 피자 우리 같은 죄인이 이렇게 행복해도 되는 걸까 자다가도 소스라쳐 깨어나질 않나, 낮에도 문득 남편이 교통사고를 당하거나 않을까, 해고를 당하거나 않을까, 방정맞은 생각이 들기 시작하면 안절부절 아무것도 못 하고 재롱 피우는 새끼들도 다 귀찮고. 이런 증세를 견디다견디다 못해 순전히 나 살자고 내가 버린 아이를 찾아나선 거예요. 찾는 데 좀 시간은 걸렸어도 그리 오래 걸리진 않았어요. 그애는 주로 중증 장애인만 돌보는 데로 보내졌더군요. 그게 바로 요 너머에 있는 '천사들의 집'이에요. 나만 아는 그애의 신체적 특징도 있고 해서 난 어렵지 않게 그애를 알아볼 수 있었죠. 그 기관이 가톨릭 계통에서 운영하는 데라 나는 가톨릭 영세까지 받고 봉사자가 돼서 그 집을 수시로 드나들게 됐죠. 부부는 일심동체라더니, 내가 안정을 찾자 무슨 눈치를 챘는지 남편의 생지랄이 도진 거 있죠. 내 자식 어따 갖다버렸나 대라고, 술만 먹고 들어오면 이렇게 내 살을 지진답니다. 술 안 먹을 때는 멀쩡해요. 아이들하고 놀아주기도 잘하고, 언제 그랬더냐 싶게 저를 위해주고 지진 자국이 덧나지 않게 연고도 사다가 정성스레 발라주고. 그럴 때 보면 눈물까지 글썽해요. 내 상처는 몸 밖에 있지만 그의 상처는 몸속에 있다는 걸 느끼죠. 우리 둘 다 견디기 위해선 상처가 필요한 사람들이에요. 그까짓 거 말하지 그러냐고요? 못 해요. 아니, 절대로 말 안 할 거예요. 나한테는 그애를 버리고 얻은 두 아이가 그애 못지않게 중요하거든요. 두 아이는 상처 없이 키우고 싶어요. 내가 버린 아이는 잘 지내요. 똥오줌도 제대로 못 가리지만 천사 대접 받으면서 살고 있죠. 나는 그애를 편애하지만, 순전히 편애하는 재미로 살지만 그애는 어떤 봉사자에게나 공평하게 천사의 웃음을 웃죠. 그래서 그애하고 같이 있는 동안은 나도 천사가 돼요. 나에게는 그런 효자가 없답니다. 만약 그애가 어디 있다는 걸 남편이 알아보세요. 모든 것이 엉망진창이 돼버릴걸요. 그인 나처럼 강하지 못해요. 나는 우리 네 식구의 가정도 지켜내야 하고 내가 버린 아이의 행복도 지켜야 해요.

우린 아무 말도 할 수가 없었다. 침묵이 버거울 때를 맞추어 보살님이 나무관세음, 나무관세음…… 하면서 자리를 뜨려고 했다. 그때 '소아마비'가 그냥 가시면 어떡해요? 하고 보살님의 회색 옷자락을 장난스럽게 붙잡고 늘어졌다.

"졸려서 그러는데 그냥 가잖으면?"

"듣기만 하셨잖아요. 보살님도 한마디 하셔야죠. 전 아까부터 보살님이 할말이 제일 많은 분이라고 여겼는데…… 해보세요. 듣고 싶어요. 사람들 마음속엔 참 겹이 많거든요. 나도 진짜 내가 누군지 모르겠더라. 보살님도 한 겹쯤 벗어봐요. 어서요. 그래도 나체(裸體) 안 나올 테니, 안심하고."

"무슨 실례야. 점잖은 분한테."

내가 나무라자 뜻밖에도 보살님이 나도 점잖은 사람 아닙니

318

다, 하면서 말문을 열었다.

'보살님'의 고백

그래요. 사람은 참 겁이 많지요. 맨몸뚱이가 나올 때까지 벗으려면 이 밤이 모자랄 테니 이 승복 한 겹만 벗어볼게요. 저 수리산 골짜기에 있는 암자는 죽은 영감님이 퇴직금으로 사놓은 집이었어요. 딸린 텃밭과 임야도 좀 되고요. 그때 남편하고 친분이 있는 이 고장 군수가 그 근처에 뭐가 들어선다는 정보를 주어서 산 것 같은데 우리 영감은 그 땅이 마음에 들어서 산 거지 뭐가 들어서서 땅값이 오르지 않아도 타격받지 않을 만큼 노후 준비가 돼 있는 양반이었어요. 여름에는 거기 와서 농사 흉내도 내면서 우리도 이만하면 잘 늙었다고 만족해하는 재미만 해도 들인 돈이 안 아까웠죠. 성수기엔 우리 식구 말고도 와서 놀다 가겠다는 친구들이 줄을 서서 비어 있을 틈이 거의 없었죠. 영감님 친구나 내 친구 들이나 그까짓 별장은 있어 무엇하나, 이렇게 별장 가진 친구가 있는데, 하면서 만족해하는 선량하고 욕심 없는 친구가 대부분이었어요. 우린 별장이라고 부르는 것보다는 산장이라고 불러주길 바랐죠. 그게 그거지만 각자 취향이라는 것이 있으니까요. 그 집에 딸린 산에서 송이도 좀 났기 때문에 재주껏 송이를 채취해서 생으로도 먹고, 재래식 부엌 아궁이에 장작을 때다가 사윈 불에 얹어 구워서 왕소금에 찍어 먹는 맛에 재미를 붙이면 다들 좋아 죽고 못 살더라구요. 겨우내 때고도 남을 장작을 들여놔주는 친구도 있고, 내가 신경쓸 새 없이 어느 틈에 대형 냉장고에 고기랑 과일을 채워주는 친구도 있고, 우리 아는 사람들은 죄다 큰 부자는 없어도 남에게 신세지는 건 극도로 싫어하는 사람들이었으니까요. 다 영감님 인복이었죠. 그 집을 좋아하는 모임까지 만들어가지고 영감님 칠순도 거기서 할 거라고 벼르더니 칠순을 못 넘기고 영감님이 먼저 가셨어요. 그분과 함께 그 집의 전성기도 가버렸죠. 아들네도 딸네도 일 년에 한두 번은 그 집에 제 식구들을 데리고 왔지만 어딘지 의무적이었어요. 손자들은 산보다 바다를 더 좋아한다나봐요. 큰아들이 인도네시아 지사로 발령이 나서 제 식구 데리고 삼 년 예정으로 그쪽에 나가 살게 되었어요. 내가 봐줘도 되는데 그 더운 나라에 어린것들을 다 데리고 가는 게 좀 그렇더라구요. 몸이 약한 큰손자는 내가 데리고 있고 싶었어요. 우리 같은 구닥다리 세대에겐 맏손자의 의미가 각별하잖아요. 그 녀석도 저를 유난히 따랐구요. 반년 만에 그애만 즈이 애비가 도루 데리고 왔더라구요. 그애 밑의 두 애는—그애들은 쌍둥이였어요—현지 학교에 잘 적응을 하는데 그애는 학교 가기 싫어하고 할머니만 찾는다고. 나한테 맡기면서도 제발 오냐오냐 끼고돌지 말고 엄하게 키우라고 설교까지 하더라구요. 나도 오기가 있는지라 삼 년 후에 가족이 합쳤을 때, 제 동생들은 영어를 자유로 나불대는데 개만 못하면 기죽을 것 같아서 딴 과목은 학원만 보내고 영어는 입주하는 독선생을 붙였답니다. 선생은 어려서 이민가서 영어는 원어민 수준인데 한국에서 취업하고 싶어 돌아오긴 했지만 아직은 여기저기 학원강사로 돌 뿐 제대로 된 직장을 못 잡았으니 숙식을 제공하고 용돈 수준의 사례만 하면 될 거라는 게 소개한 사람한테서 들은 조건이었어요. 제 새끼가 늙은이하고만 있게 된 걸 걱정하던 자카르타의 아들 내외도 대찬성이었죠. 졸지에 세 식구가 됐죠. 젊은 남자가 집에 있으니까 좋더라구요. 집에선 한 끼만 먹겠다고 해서 저녁 반찬에 신경쓰는 것도 처음엔 부담스럽더니, 저 사람 덕에 우리 식구가 반찬 없는 밥 안 먹고 챙겨먹는다고 돌려 생각하니 그 또한 좋더라구요. 여름에 우리 산장으로 피서만 안 왔어도 좋았을 것. 명색만 방학이지 손자도 선생도 쉴 틈이 너무 없어서 뭔 놈의 세상이 이런가, 안 되겠다 싶어 내가 어렵게 아이하고 선생하고 같이 쉴 수 있는 날을 뽑아내어 겨우 마련한 여름휴가였죠. 여긴 그때부터도 서울보다 비가 많은 고장이었나 봐요. 오던 날 밤부터 쏟아지던 폭우가 그 다음날까지 계속돼서 계곡에 나가 놀 수도 없고 등산도 할 수 없고 집에 틀어박혀 TV나 볼밖에 할 일이 없더군요. 손자는 제 방에서 혼자 컴퓨터 게임을 하고 있고, 난 선생하고 나란히 앉아서 TV를 보고 있는데 밖에서는 천둥번개가 무섭게 치더군요. 천둥번개 때문인지 선생하고 나하고의 거리는 차츰 좁혀져 거의 붙어앉았다시피 했어요. 처음엔 홈드라만 줄 알았어요. 미국의 한적한 교외의 중산층 동네가 나오고 황금색으로 물든 가로수 길을 매끈한 차가 미끄러지듯이 지나가고 그림 같은 집 앞에 파티에서 돌아오는 다정한 중년 부부가 내려서 명랑하고 들뜬 목소리로 집에 남아 있는 딸의 이름을 부르면서 현관문을 열자마자 무참하게 살해된 딸의 시신이 천장에 거꾸로 매달려 있는 거예요. 나는 그들의 비명소리보다 더 큰 비명을 지르며 선생의 품속으로 파고들었죠. 선생의 상체가 나를 감싸고 부드럽게 다독거리는 게 느껴져 눈을 뜨니 화면은 경찰이 도착한 장면으로 바뀌었더군요. 나는 내 경솔이 민망스러워서 변명처럼 한다는 소리가, 아이고 놀라라, 이것 좀 봐요, 하고 선생의 손을 끌어다가 나의 가슴에다 대고 내 심장이 얼마나 벌렁거리는지 느끼게 했죠. 선생이 먼저 손을 빼더군요. 내 얼굴이 불같이 화끈댔는데 그건 아쉬움이었어요. 그때 내 나이 이미 육십대 중반이었는데 어쩌자고 남자와 여자의 육체적 접촉에 그런 황홀한 기쁨이 숨겨져 있다는 걸 그때 처음 안 것처럼 느꼈을까요. 죽은 영감하고 연애결혼은 아니었어도 의좋은 부부였고 부부생활에도 아무 문제 없이 아들딸 잘 생산했는데 그게 다 헛산 것처럼 무의미해지더라니까요. 미쳤지요. 그 나이에 내 인생의 전부를 부인해도 그만인 사건을 만들었으니까요. 그후엔 세상이 다 달라졌죠. 양양까지 장도 같이 보러 가고 반찬도 같이 만들고 설거지도 하고. 그전에도 선생은 미국서 자란 티 나게 그런 일들을 자연스럽게 도와줬었는데 그 일이 있은 후부터는 일을 핑계로 그의 몸과 닿을 때마다 떨리는 쾌감 때문에 그 모든 일들이 오락처럼 즐겁기만 했죠. 같이 자보고 싶다는 생각은 안 했냐고요? 아뇨, 전혀 안 했어요. 남편과 살을 섞었던

322

일까지 불결하게 느껴진걸요. 그때 나는 완전히 어른의 세계가 열리기 전의 이팔(二八)로 돌아갔으니까요. 꿈 같은 여름휴가가 끝나고 내일이면 서울로 돌아가야 하는 그 전날 밤, 양양으로 장을 보러 가자고 선생을 꼬셨죠. 건어물이 서울보다 싸다는 이유였지만 내 속셈은 따로 있었던 것 같아요. 아마 한번 더 안겨보고 싶었을 거예요. 번쩍번쩍 야한 조명이 빙글빙글 도는 나이트클럽 앞에서 구경 삼아 한번 들어가보자고 했죠. 좁은 공간에서 비비적대며 광란하는 젊은이들 사이로 용감하게 섞여보았지만 리듬감이 부족한 나는 어색하게 겉돌다가 그를 잃어버렸죠. 그는 젊은이답게 능숙했죠. 블루스를 출 때는 젊은이들이 많이 줄어서 홀이 한결 헐렁해졌어요. 선생이 나더러 같이 추자고 하데요. 블루스는 더군다나 못 춘다고 했더니 신발 벗고 자기 발등에 올라타라는 거였어요. 하라는 대로 했죠. 선생도 나도 몸무게에 신경 안 썼어요. 마치 내 몸이 그네를 굴려 허공으로 치솟은 이팔의 춘향이가 된 것처럼 치마폭에 바람이 잔뜩 들어서 붕붕 떠다녔으니까요. 너무 즐거워 이렇게 즐거워도 되는 걸까 더럭 겁이 나더군요. 낮에 한바탕 폭우가 지나간 날이었어요. 건어물은 샀는지 말았는지 생각도 안 나네요. 무도회에서 돌아오는 젊은 한 쌍처럼 상기된 뺨을 밤바람에 식히며 산장에 돌아왔을 때 집이 비어 있는 거예요. 손자의 이름을 소리소리 부르며 찾아 헤매다가 불길한 생각에 경찰에 신고해 도움을 청했지만 다음날 찾은 건 개울 하류 바위틈에 걸려 있는 그 아이의 시체였죠. 우리가 밤늦게까지 안 오니까 아마 마중을 나갔겠죠. 그 기막힌 소식을 듣고 인도네시아에서 아들만 오고 며느리는 안 왔더라구요. 누가 보기에도 내가 그닥 큰 잘못을 한 걸로 보이진 않았나봐요. 아들이 오히려 미친 듯이 울부짖는 저를 위로하더군요. 그 지경까지 가서도 난 선생이 나를 옆에서 지켜주고 다독거려주는 게 기분이 좋았어요. 그 맛에 더 난동을 부렸는지도 모르지요. 선생도 아마 그걸 눈치챘을 거예요. 손자 장례 치르고 나서도 한동안 우리 집에 더 머물렀으니까요. 언제 어떻게 그 꿈에서 깬 줄 알아요? 어느 날 선생이 정색하고 나에게 돈을 꿔달라는 거예요. 아이가 죽고 나서도 그애 선생이었을 때 주던 만큼의 사례를 했는데도 그러지 뭐예요. 취직이 뜻대로 안 되니 사업을 해보고 싶다나, 하면서요. 적지 않은 거액이었어요. 비로소 정신이 퍼뜩 들면서 발바닥이 땅에 닿더군요. 순식간에 내 안에서 정욕과 물욕이 비기고 텅 비는 걸 느꼈죠. 거절하고 적당한 퇴직금을 줘서 그를 내보냈죠. 도대체 사람이라는 건 뭘까. 정욕과 물욕을 현세에서 벗어나는 게 가능한가. 그런 오죽잖은 고뇌 끝에 산장을 큰절에 기증해서 암자를 이룩한 후에는 거기다 손자의 위패를 모셔놓고 수시로 드나들며 명복을 빌죠. 이러다 머리 깎고 중이 된다고 해도 내 죗값이야 어디 가겠어요. 사실은 그러지도 못해요. 아직도 가진 게 꽤 되니까요.

'보살님'의 고백이 끝나자 다들 나를 쳐다봤다. 이번엔 네 차

례라는 채근 같기도 하고, 저 여자도 설마 입을 열겠지, 지켜보
려는 짓궂은 호기심 같기도 했다. 인간이기에 인간이 아니었던
시간에 대해 말하고 싶은 욕망은 정욕보다도 물욕보다도 강하다
는 걸 나는 안다. 그러나 나는 그 욕망에 굴하지 않을 것이다. 여
태까지도 잘 방어해왔다. 이러한 나를 야유하듯이 '소아마비'가
말했다.

"내가 아까 말한 거 여태까지 아무한테 말하지 않던 거예요.
눈치채고 있는 사람도 없어요. 완전범죄였는데 말해버리니까 되
게 개운하네요. 살 것 같아요."

다들 아무한테도 말하지 않았고, 죽을 때까지 말하지 않을 줄
안 걸 말해버리고 나니까 이렇게도 살 것 같다는 데 동의했다.
아무리 그래도 나는 말하지 않을 것이다. 남편 말대로 나는 도덕
적인 강박증이 있는 사람인지도 모른다. 그들이 한 고백은 차마
입에 담을 수 없는 망측한 스캔들인 건 분명하다. 내 보기에 그
들은 그런 망측한 이야기를 부끄러워하기는커녕 과장까지 해가
며 털어놓았다. 필시 소문날 걸 두려워하는 마음이 없기 때문일
터. 어디 사는 누구인지 주소도 이름도 성도 모르는데 누가 어떻
게 소문을 내겠는가. 그들의 보안은 이렇듯 완벽하지만 나는 다
르다. 나는 천년 묵은 고목처럼 한자리에 뿌리박고 누대를 살아
온 이 고가의 주인이다. 상속녀. 그것만으로도 나의 존재증명
은 충분할 것이다.

"난 보시다시피 세상물정 모르는 꽉 막힌 여자랍니다. 살림밖

에 몰라요. 여러분처럼 화려한—아니지 참, '뜸'씨에겐 미안—과거가 없어서 미안해요."

그렇게 양해를 구하고 나서 하품을 하고, 부엌하고 붙은 안방에다 그들 세 사람의 자리를 나란히 깔았다. 이부자리를 따로따로 깔고도 여유가 충분히 남아 있었지만 나는 혼자 자고 싶었다. 마루를 사이에 둔 건넌방은 안방보다 훨씬 좁다. 그러나 침대가 있어서 남편하고 함께가 아닐 때는 거기서 혼자 자버릇한 방이다. 금방 잠이 올 것 같지가 않아서 툇마루 밑에서 고무신을 찾아 신고 마당으로 내려선다. 이지러지기 시작한 달이 휘영청하다. 준수한 산봉우리들에 안긴 동네이다. 안방에서 자는 세 여자의 편안한 숨소리가 들릴 듯이 고요한 밤이다. 당신들은 왜 나에게 그런 무섭고 천박한 비밀을 털어놓은 거죠? 날 언제 봤다고, 날더러 어쩌라고? 마치 유도신문을 무사히 빠져나온 것처럼 아찔하다.

그날 밤도 저 산봉우리들은 저러했을까. 그날 밤의 산봉우리는 저렇게 무심하지 않았다. 암벽은 곤두서 있었고 숲은 선혈이 낭자해서 몸을 뒤틀었다. 단풍철이었다고 해도 밤중에 붉은빛이 그렇게 드러나 보였을 리 없건만 내 심상엔 그렇게 남아 있다. 그날 밤 내 마음에 인화된 산이 진짜고, 여기 올 때마다 대하는 현실의 산이 가짜 같다. 마치 화집이나 미술관에서 세잔이나 고흐가 그린 풍경화를 보고 깊이 감동받은 일이 있다면 그후 그 그림에 영감을 준 현실의 경치 앞에 설 기회가 생겼을 때, 현실이 가짜고 그림이 진짜인 것 같은 착란이었다.

나는 이 집에서 태어났다. 내가 태어날 때의 이 집은 사랑채와 부속건물을 합해 남아 있는 안채의 세 곱은 되는 규모였다고 한다. 소유하고 있는 땅도 많아 식량난이 극심했던 일제 말기에도 굶주림은 몰랐다고 한다. 해방이 되자 남들이 배고플 때 우리만 배를 채운 벌을 톡톡히 받았다. 그때 이 고장은 삼팔선 이북의 땅이어서 김일성이 통치했다. 토지는 소작인들 차지가 되었고 집은 머슴들이 차지했다. 그때만 해도 삼팔선이 허술해서 산을 타고 남으로 야반도주하는 집이 몇 집 걸러로 생겨나곤 했다. 지주 아니라도 일제 때 면 서기만 했어도 반동으로 모는 세상이었다. 옹색하고 남루한 집에서 겨우 비바람이나 피하게 된 신세는 집안의 최고 어른인 할아버지도 마찬가지여서 '멸문지화(滅門之禍)로다, 멸문지화로다'라는 중얼거림을 줄곧 입에 달고 살았다. 그나마 누가 들으면 어쩌려고 그러시냐는 구박이나 받기 십상이었다. 역사의 소용돌이도, 위대한 혁명도 우리 할아버지에겐 한낱 가문에 미치는 재앙으로밖에 안 보였던 것이다. 그나마 우리 식구가 굶지 않고 목숨을 부지할 수 있었던 것은 일제 때 서울 가서 전문학교까지 나온 삼촌이 고향에 와서 야학을 하면서 가르친 청년 중에 그 체제에 잘 적응하고 득세까지 한 이가 생겨난 때문도 있었을 것이다. 식구들이 다 죽상이 되어 전전긍긍할 때 그 삼촌 홀로 희망을 잃지 않고 씩씩했으니까. 그 와중에 삼촌은 결혼까지 했다. 솔가해 남쪽으로 내려갈 기회만 엿보던 소심한 아버지는 그 꿈을 단념했다. 식구가 다 없어진다면 모를까, 남아 있는 식구가 있다면 고초를 각오해야 했다. 가까운 친척이나 친하게 지내던 이웃이 가족보다 더 모진 닦달질을 당해야 하는 경우도 있었다. 번성하던 마을이 인구로나 인심으로나 삭막해지기 시작한 게 그 무렵부터였을 것이다. 그러나 어찌 그후에 닥친 6·25 전쟁 때만이야 했겠는가.

우리 식구는 인민공화국에서 6·25를 맞았다. 인민군이 승승장구한다고 했다. 신혼의 삼촌도 인민군으로 나갔다. 대구, 부산 함락은 시간문제고 남한 전 국토를 해방시킬 날도 머지않았다고 했다. 남쪽으로 내려가지 않길 참 잘했다고 아버지는 가슴을 쓸어내렸다. 그 기세대로라면 제주도까지 해방시켰을 무렵에, 패잔한 인민군이 야밤을 틈타 북으로 향해 마을을 통과하고 나서 며칠 동안 마을이 텅 비었다. 우리 식구 말고도 사람 사는 집은 여럿 됐지만 누가 통치하는지 모르는 세상은 빈 거나 마찬가지였다. 빈 세상이 학정(虐政)보다 더 두려워 사람들은 집 안에 꼭꼭 숨어살았다. 국군은 외국 군대의 지원을 받고 그렇게 승승장구한다고 했지만 소문이었을 뿐 이 마을에서 외국 군인이 어떻게 생겼는지 본 사람은 없었다. 압록강가까지 몰린 인민군은 중공군의 도움을 받게 되었다고 했다. 산골이지만 농지도 넉넉해 살기 좋은 마을이었지만 대처로 통하는 교통이 불편해선지 중공군 또한 소문이었을 뿐 볼 기회는 없었다. 내 평생 이렇게 추운

겨울은 처음 봤다고 어른들이 말하는 소리를 자주 들었다. 외부와의 소통 부재 때문에도 그해 겨울이 유난히 춥게 느껴졌을 것이다. 예년보다 봄도 늦게 왔다. 내일 지구가 망해도 땅을 놀릴수는 없는 농사꾼들이 기지개를 펴며 밭 갈고 씨 뿌릴 엄두를 낼무렵, 이 마을은 인민군 세상이 됐다가 국군 세상이 됐다가를 반복하는 격전지가 됐다. 양민의 희생을 원치 않기는 국군 쪽이나인민군 쪽이나 마찬가지여서 주민들이 남이나 북으로 피난가주기를 바랐지만 할아버지 통솔하에 있던 우리 집은 그동안도 집을 떠나지 않고 똘똘 뭉쳐 굳건히 버티었다. 그 덕에 우리 집은휴전 후엔 저절로 남한 사람이 됐고 집과 땅도 찾았다. 우리를내쫓고 인민위원회로 쓰던 사랑채는 불을 지르고 떠나서 없어졌지만 덩그렇게 높이 지은 안채는 성하게 남아 있었다. 요즘 설악산 쪽으로 놀러가는 사람들은 무심히 지나치는 삼팔선이었다는표지판 이북, 휴전선 이남의 남한땅은, 오십여 년 전 그런 자반뒤집기 전란을 견뎌낸 국토인 것이다.

인민군에 나가 싸운 삼촌은 북으로 돌아갔을 것이다. 미리 약속이 돼 있었는지 삼촌댁도 시집 식구와 행동을 같이하지 않고원산의 친정으로 돌아가 있었다. 나는 삼촌을 좋아했는데 삼촌은 돌아오지 않았다. 아무도 삼촌에 대해 입에 담지 않았고 기다리는 것 같지도 않았다. 내가 삼촌을 좋아했다는 게 생각만 해도쓸쓸해지는 상처가 되었다. 삼촌에게선 우리 식구들에게는 없는분위기가 있었다. 옷자락에서 풍기는 냄새까지 향긋했고 무뚝뚝

한 식구들에게는 없는, 연민을 숨기지 못하는 우울한 표정을 하고 있었다. 삼촌을 통해 막연히 동경하게 된 교양인의 냄새가 사라진 우리 집은 어린 나에게 무지렁이들만 남은 것처럼 보였다. 왕년에 한학 좀 했다고 문자 쓰기 좋아하는 할아버지도 무지렁이의 우두머리 정도로밖에 안 보였다. 언제부터인가 할아버지가 또 그 어려운 문자를 쓰기 시작했다. 우리 집을 찾았다고는 하나 사랑채를 복원한 것은 아니어서 안방에서 우리 사남매 중 셋이 할아버지하고 같이 자고, 건넌방은 아버지하고 엄마가 막내를 데리고 잘 때였다. 한밤중에 밖의 어둠이 술렁거리고, 자는 막내를 엄마가 안방에 데려다 뉘고 나면 할아버지는 일어나 앉아 또 그 소리 '쇠문지화로다, 쇠문지화로다'를 주문처럼 떨리는 소리로 외곤 했다. 나는 그 소리가 무슨 소리인지 모르면서도 싫고 무서워서 가슴이 떨리곤 했다.

그날도 또 그 소리에 잠이 깬 것도 같고, 오줌이 마려워서 잠이 깬 것도 같았다. 벌떡 일어나보니 할아버지는 평상시처럼 주무시는 것 같은데 할아버지와 나 사이에 막냇동생이 누워 있었다. 쇠문지화 소리 없이도 바깥의 공기가 심상찮게 술렁이고 있는 게 느껴졌다. 뒷간에 가기 무서웠지만 오줌을 참을 수 없었다. 내가 일어나 나가는 걸 보고 할아버지가 요강에 누거라, 맹숭한 소리로 명령했다. 엄마 방 요강에 누고 올게요. 건넌방으로 건너가려고 툇마루로 나갔다가 나는 아버지와 엄마와 삼촌이 마당에 있는 걸 보았다. 내가 보는 앞에서 아름다운 달밤에 그 일이 일어났다. 아버지하고 엄마와 삼촌이 서로 다투고 있었다. 실은 다투고 있는 건 삼촌과 아버지고 엄마는 두 사람 주위에서 고사 지낼 때처럼 두 손을 싹싹 비비며 제발제발 그만하라고 말리다가 돌변해서 죽여버려, 저런 동기간은 없는 게 나아, 차라리 죽여버려, 내가 아는 엄마는 그런 모진 저주의 말을 할 사람이 아니었다. 그다음에 일어난 일 때문에 그들이 그런 말을 한 것으로 기억하고 있는지도 몰랐다. 그때 나는 겨우 열 살이었다. 아버지가 삽을 높이 쳐들었다. 계획적이었는지 위협용이었는지 그때까지 아버지는 삽을 땅에 꽂고 거기 의지해 서 있었다. 죽여버리라는 모진 말을 하던 엄마가 기겁을 하고 아버지의 허리에 매달렸다. 거구인 아버지의 힘찬 뿌리침에 엄마가 땅으로 나자빠진 것과 삽이 삼촌의 어깨를 후려친 것은 거의 동시였다. 그 순간 나는 두 손으로 얼굴을 가리고 비명을 삼켰다. 그러나 삼촌의 몸이 사선으로 번갯불 같은 균열을 일으키며 두 동강으로 갈라지는 걸 여실히 본 것처럼 느꼈다. 안방으로 돌아온 나는 밤새도록 이불을 뒤집어쓰고 귀를 막고도 아버지가 동생을 쳐 죽인 그 삽으로 땅을 파는 소리를 들었다. 새벽에 잠깐 눈을 붙인 악몽 속에서도 그 광경은 여실하게 재현돼 먼 훗날까지도 어디까지가 꿈이고 어디까지가 현실인지 구별이 잘 안 됐다. 다음날 아침에도 늦도록 이불 속에서 남몰래 떨고 있다가 밖에서 들리는 시골의 바람 소리, 부엌에서 그릇 부딪치는 소리, 마당에서 동생들이 장난치다 아버지에게 야단맞는 소리가 평상시와 다름이 없어서 살금살금 일어나 밖을 내다보았다. 어디쯤에 삼촌을 파묻었는지 흔적도 없이 우리 마당은 고루 평평하고 단단했다. 아버지는 동생을 쳐 죽인 삽 등으로 밤새도록 지경 다지기까지 해놓은 모양이다.

그후부터 우리 집엔 기이한 평화가 찾아왔다. 우리 집만의 평화여서 그렇게 기이하게 느껴졌을 것이다. 오랜 세월에 걸쳐 상부상조의 공동체를 유지해온 마을 사람들 사이엔 거의 숨기는 게 없었다. 숨기려도 숨겨지지 않게 사는 내막이 단순했다. 복잡해지기 시작한 건 해방이 되고 이 땅이 이북에 속하고부터였을 것이다. 그래도 그때는 있는 사람과 없는 사람 사이의 대결구도여서 단순한 사람들도 이해하기 복잡한 건 아니었다. 그러나 이북땅이었다가 이남땅이 되고부터는 사정이 복잡해지기 시작했다. 한 집도 온전한 식구들이 없었다. 인민군에 나갔거나 혹은 그쪽 체제에 적극적으로 협력한 경력 때문에 겁을 먹고 제집 제 땅떼기보다는 체제를 택해 이북에 남은 식구나 친척이 없는 집이 없었다. 그런 식구들이 우리 삼촌처럼 야밤을 틈타 다녀가는 건 남한 당국에선 간첩으로 간주돼 반드시 신고를 하기로 돼 있었다. 도무지 간첩질 같은 걸 할 것 같지 않은 자식이나 동기간이 돈이나 식량 등 물질을 요구하는 걸 거절하거나 신고할 수 있는 사람은 거의 없었다. 분명히 아무 눈에도 안 띄게 감쪽같이 다녀갔건만 다음날 경찰에 잡혀가 죽지 않을 만큼 얻어맞고 오는 일도 심심찮게 생겼다. 너무 얻어맞아서 병신이 되고 만 사람도 있었다. 도대체 누가 일러바쳤을까 서로 의심하고 넘겨짚어 다투기도 하면서 마을의 인심은 점차 예전 같지 않아졌다. 패가 망신한 집도 생겨나고 가산을 정리해 가까운 도시로 나가 장사 꾼으로 변신하기도 했다. 간첩을 신고하면 돈을 받을 수 있다고 했지만 그런 일로 돈을 버는 사람이 있을 것 같지 않게 마을은 피폐해지고 인심만 흉흉해졌다.

아버지가 삼촌을 삽으로 쳐 죽였다고 믿을 수밖에 없는 까닭 은 그후엔 한 번도 삼촌이 찾아온 일이 없었기 때문이다. 삼촌이 찾아올까봐 늘 마음 졸이고 살던 불안한 분위기는 기이한 평화 로 변했다. 그후에는 한 번도 할아버지 입에서 멸문지화 소리를 들을 수 없었다. 기이한 평화 속에서 할아버지도 돌아가시고 우 리 사남매도 차례로 마을을 등지고 인근의 소도시로, 맨 나중엔 서울에 정착했다. 그동안에 대대로 내려오던 전답과 산은 선산 만 남기고 우리들의 학비로 변했다. 남동생이 서울서 직장을 갖 게 된 뒤에도 아버지와 엄마는 그 집을 떠나려 하지 않았다. 텃 밭과 송이가 나는 선산을 어떻게 버리고 떠나냐는 부모님의 말 씀을 나는 시신을 숨긴 마당을 떠날 수 없다는 말로 알아들었다.

아무에게도 발설하지 못한 골육상잔의 기억은 돌파구를 찾지 못해 나하고 한 몸이 되었다. 내 몸은 툭하면 떨리고 아팠다. 떨 고 있는 내 몸을 보호하고 힘이 되어줄 보호막이 필요했다. 그건 권력이었다. 출세의 야망에 불타는 고시생을 애인으로 만들고 그의 뒷바라지를 하기 시작했다. 그건 나 같은 시골뜨기가 생각해낼 수 있는, 권력의 산하로 들어갈 수 있는 최선의 지름길이었다. 지금의 남편이 몇 번씩이나 낙방을 하는 바람에 그 길도 지름길은 아니었다. 그러나 오랫동안을 견디게 한 나의 지구력은 그의 신뢰감을 돈독히 해서 그가 고시에 붙은 후에 무난히 결혼에 골인할 수 있었다.

직장생활을 곧잘 하던 내 바로 밑의 남동생한테 미국바람이 들기 시작했다. 아마도 동기간이 그쪽에 많이 가서 자리잡은 처가의 영향일 것이다. 마침내 이민에 성공한 남동생이 그쪽에서 자리잡으면서 차례차례 동생들을 불러들였고 부모님까지 모셔갔다. 그 시골집은 내 차지가 되었다. 팔면 얼마간의 목돈을 쥐고 아들한테로 갈 수도 있을 텐데 그러지 않고 딸한테 넘겨주고 떠났다. 말씀인즉슨 시집갈 때 아무것도 못 해준 게 걸려서 마지막 남은 재산을 주고 싶다는 거였다. 그 듣기 좋은 말이 나에겐 마치 시한폭탄을 넘겨주면서 하는 감언이설로밖에 들리지 않았다. 하필 내가 그 최종적인 소유자가 되다니. 그러나 장인 장모가 차지하고 있을 때부터 그 집을 좋아해서 자주 찾아뵙던 남편이 좋아하는 걸 보면서 나도 그 선물을 고맙게 받을 수밖에 없었다. 우리의 소유가 되자마자 남편은 낡고 불편한 집을 헐고 별장풍의 멋진 집을 짓고 싶어했지만 내가 한사코 말렸다. 보나 마나 새집을 지으려면 불도저가 마당 먼저 파헤치게 될 것이다. 삼촌의 몸은 썩었을지라도 유골에는 타살된 흔적이 명백히 남아 있을 것이다. 몇천 년 전의 유골에서도 별의별 것들을 다 발견해내는 발달한 현대의학은 DNA인가 뭔가 하는 검사를 통해 그가 나의 삼촌이라는 것쯤 문제없이 밝혀낼 것이다.

만일 땅속에서 아무것도 나오지 않는다면? 실은 내가 더 무서워하는 건 삼촌이 그날 살해되지 않고 북쪽 어딘가에 살아 있을지도 모른다는 가능성이었다. 삼촌의 성품이나 행적으로 봐서 그럴 개연성은 충분했다. 남편이 법조계에 몸담고 승진도 순조로울 때는 세상이 요새보다 훨씬 경직돼 있을 때여서, 처가라도 이북과 연관이 있는 가족이 있으면 승진이나 출세는 물론 해외여행에도 지장을 받을 때였다. 남편은 나에게 그런 삼촌이 있는 것도 몰랐다. 나는 그 살해 현장을 단지 목격만 한 게 아니라 공범자였던 것이다. 나의 시골집 마당은 아직도 흙바닥이지만 양회 바닥처럼 단단하다. 내 친구의 어머니 시신까지 하룻밤 사이에 동해바다로 토해낸 폭우도 우리 마당의 견고함을 범하진 못했다. 나의 입과 우리 마당은 동일하다. 둘 다 폭력을 삼켰다. 폭력을 삼킨 몸은 목석같이 단단한 것 같지만 자주 아프다.

아침상에 앉은 세 사람은 모처럼 잘 잤다며 집터가 좋은가보다고 덕담까지 해주었다. 내 보기에도 그들은 어제보다 훨씬 맑고 개운해 보인다. 어디로 보나 망측하고 지저분한 비밀을 간직하고 사는 사람 같지가 않다. 나는 슬그머니 부아가 나고 샘도 났다. 그래서 전혀 생각지도 않은 말을 툭 한마디 내뱉었다.

"내가 풍기면 어쩌려고 생전 처음 보는 사람한테 그런 말들을 했죠?"

"어떻게 풍겨요. 우리가 어디 사는 누구인지 아무것도 모르면서. 우리끼리도 어제 같이 잤지만 서로 그런 거 안 물어봤거들랑요."

용용 죽겠지 하는 투의 '소아마비'의 대답은 옳았다. 나도 그렇게 알고 있었는데 바보처럼 왜 물어봤을까. 어떤 상처하고 만나도 하나가 될 수 없는 상처를 가진 내 몸이 나는 대책 없이 불쌍하다.

석양을 등에 지고 그림자를 밟다

　아버지에 대한 기억이 전혀 없다. 내가 젖먹이 때 돌아가셨다
니까. 시골집 안방 미닫이문 위에는 액자에 넣은 흑백사진들이
현판처럼 걸려 있었는데 그걸 우리 집 사람들은 '사진가구'라고
불렀다. 사진이 귀한 시절의 시골구석이라 독사진이나 가족사진
같은 건 없었다. 물론 흑백사진이었다. 그래도 그 사진가구는 이
십여 호 남짓한 동네에서 우리 집밖에 없는 귀물이었다. 아버지
와 삼촌들이 소학교 졸업할 때 찍은 단체사진들이었다. 소년들
이 제복처럼 입은 검정 두루마기의 흰 동정과 무릎 위에 얌전히
모은 두 손을 겨우 알아볼 수 있을 뿐, 얼굴을 개별적으로 식별
하는 건 거의 불가능했다. 어린 나에게 그 액자는 너무 높았다.
고모가 나를 뒤에서 안아 들어올려주면서 그 녹두알만한 얼굴
중에 하나가 아버지라고 일러주었다. 아버지의 얼굴은 졸업사진
말고도 양복 입고 친구들하고 박연폭포에 놀러가서 찍은 또다른

기념사진이 있었지만 폭포의 흰 물줄기를 한가운데 두어 강조하고, 잔뜩 폼 잡은 사람들은 가생이로 밀어내어 누가 누군지 식별할 수 없긴 마찬가지였다. 그래도 고모는 다섯 사람 중 맨 가운데가 아버지라는 걸 나에게 애타게 주입시키려 들었다. 내가 아버지의 얼굴도 모른다는 게 불쌍해서 그러는 것 같았다. 그럴 때마다 나는 고개를 획 구십 도로 돌려서 그 사진을 주목하기를 거부했다. 눈여겨봤댔자 그 단체사진 중에서 한 사람의 얼굴을 기억하는 건 불가능하다는 걸 어린 마음에도 알고 있었을 것이다. 고모가 시집가고 내 키가 더 커진 후에도 나는 의식적으로 사진가구를 쳐다보지 않았다. 그걸 쳐다본다는 건 청승을 떠는 것처럼 보일 테고 내가 청승을 떨면 식구들이 나를 불쌍해할 것 같아 싫었다. 나의 최초의 자의식이었다.

내 기억 속엔 없는 아버지의 공백을 채워준 건 엄마였다. 아버지가 아파서 자리에 누워 있을 때 나는 아버지 주위를 앙금앙금 기어다니면서 소리없이 잘 놀았다고 한다. 어린 딸을 눈으로 좇던 아버지가 귀여움에 겨워 '뽀뽀' 하면서 입술을 내밀면 얼른 기어가 아버지처럼 뾰족하게 만든 입술을 갖다대 아버지의 얼굴이 활짝 피어났다는 얘기였다. 그때 어린 딸의 뽀뽀로 잠시 고통을 잊은 병이 아버지의 마지막 병, 죽을병이었는지 감기몸살 같은 금방 털고 일어날 병이었는지는 물어보지 않았다. 그건 그닥 중요하지 않았다. 젊은 아버지가 딸을 사랑했다는 게 중요했다. 나 역시 그 장면을 사진가구보다 더 좋아했다.

고모가 시집간 후에는 작은엄마가 나를 업고 다니길 좋아했다. 숙모는 시집온 지 십 년이 지난 후에 첫아이를 가졌기 때문에 그전에는 나를 장난감처럼 갖고 놀지 않았나 싶다. 숙모가 마루 끝에서 '어부바' 하고 등을 들이대면 나는 업히기 싫다고 마루 구석까지 도망치던 생각이 어렴풋이 나는 걸 보면 꽤 클 때까지 숙모에게 업혀다녔던 것 같다. 숙모가 나중에 술회하기로는, 이웃에 마실을 가고 싶어도 맨몸으로 가기가 멋쩍어서 나를 달고 가려고 꼬셔도 내가 막무가내 그렇게 비싸게 굴었다는 것이었다. 숙모를 애먹인 얘기가 또하나 있는데, 그때도 나는 숙모 등에 업혀 있었다고 한다. 곧잘 업혀 있던 아이가 별안간 하늘을 가리키면서 무섭다고 몹시 울었다고 한다. 아이가 가리키는 쪽 하늘을 보니 마침 노을로 붉게 물들어 있었고 그날의 노을이 좀 유별나게 낭자하긴 했어도 울 정도로 무섭진 않았다고 한다. 천둥번개라면 모를까, 하늘이 어떻게 아이를 무섭게 할 수 있겠는가. 숙모가 그 사건을 못 잊는 건, 너무 오래도록 까무라칠듯 격렬한 울음을 안 그치니까 그대로 업고 들어갔다간 마치 아이를 떨어뜨리거나 꼬집은 꼴이 될 것 같아 어떡하든지 달래보려고 깡충깡충 뛰고 흔들고, 온갖 곡예를 다 부리면서 동네 한 바퀴를 도는 사이에 노을은 사위고 아이는 잠든 것으로 그 이야기는 끝난다. 이야기는 끝났지만 나에게는 영원히 결론 없는 이야기로 남아 있다. 아이에게 그렇게 크게 겁을 준 것의 정체는 무엇이었을까. 그후 나이를 많이 먹은 오늘날에도 유난히 곱고 낭자한 저녁노을을 볼 때면 내 의식이 기억 이전의 슬픔이나 무섬증에 가 닿을 듯한 안타까움에 헛되이 긴긴 시간의 심연 속으로 자맥질 할 때가 있다.

내 위로 오빠가 있었지만 나보다 열 살이나 위였고 아버지를 여읜 종손의 책임감 때문인지 점잖고 과묵하여 함부로 할 수 없는 위엄 같은 걸 갖추고 있어 동기간이라기보다는 숙부들과 동격의 어른으로 보였다. 온 집안의 기대가 소년을 일찍부터 그런 애늙은이로 만들었을 것이다. 할아버지가 장남인 우리 아버지뿐 아니라 둘째, 셋째까지 장가들인 후에도 세간을 내지 않고 한집안에 데리고 사신 것도 내가 아버지에 대한 결핍감을 모르고 자랄 수 있는 환경요인이었을 것이다. 집안의 우두머리인 할아버지가 나를 편애한다는 걸 나는 일찍부터 알고 있었던 것 같다. 어린 날의 온갖 행복했던 추억은 할아버지의 편애와 관계가 있다. 지금 생각해보면 편애는 맞지 않는 말이다. 나눌 상대가 있는 사랑이 한쪽으로만 치우쳤을 때 그걸 편애라고 하는 것이지 여러 식구 중 어린것이란 달랑 나 혼자뿐이었으니 하는 짓마다 어른들이 재롱으로 봐준 건 어쩔 수 없는 일이었다. 다만 나 어릴 적인 그 옛날은 점잖은 남자들이 자식이나 손자 들에 대한 사랑을 드러내놓고 표현하는 걸 군자답지 못한 경박한 짓으로 여길 때였으니까 할아버지처럼 동네 사람까지 어렵게 아는 양반이 손녀한테 드러내놓고 사족을 못 쓰는 것처럼 보인 것은 편애라기보다는 파격이었고, 애비 얼굴도 모르는 손녀에 대한 애달픈

연민이었을 것이다.

　나도 할아버지를 좋아했다. 할아버지는 송도나 서울 등 대처(大處) 나들이가 잦았다. 대처 나들이에서 돌아온 할아버지의 두루마기 자락에 매달리는 걸 할머니나 엄마의 치맛자락에 매달리는 것보다 더 좋아했다. 할아버지의 두루마기 자락에선 거나한 약주 냄새와 함께 달콤하고도 상큼한 대처의 냄새가 났다. 가슴을 울렁거리게 하던 상큼한 냄새는 아마도 내가 최초로 감지한 세련의 예감이 아니었을까. 할아버지는 대처 나들이 아니라도 출타 시는 사철 두루마기를 입고 다니셨다. 모시, 무명, 명주 등 다 손 가는 옷감들이었다. 대처에서 돌아온 할아버지의 옷자락에서 술냄새가 안 나는 적은 있어도 두루마기 주머니에서 미라사탕이 안 나온 적은 없었다. 미라사탕 아니면 잔칫집에 괬던 색색가지 꽃사탕이라도 나왔다. 한번은 꽃사탕의 물감이 옷에 번져서 할아버지가 할머니한테 된통 야단을 맞는 민망한 장면을 목격한 적도 있다. 훗날 서울 와서 알게 된 건데 우리가 미라사탕이라고 부르던 것을 서울선 눈깔사탕이라고 부르고 있었다. 미라사탕이 훨씬 더 예쁜데. 추측건대 미라는 아마도 호박(琥珀)의 그쪽 말이었을 것이다. 할아버지 마고자 단추를 우리는 미라단추라고 불렀는데 미라사탕처럼 반투명한 갈색 단추였다.

　늘 옷자락에 타관의 냄새를 묻혀오던 할아버지가 어느 날 중풍으로 쓰러지셨다. 그때 일이 아직까지도 내 머릿속에 선명한 영상으로 남아 있는 걸 보면 그때 내 나이가 적어도 여섯 살은 되지 않았나 싶다. 사랑채에서 뒷간으로 가려면 뽕나무 그늘을 지나 개울을 건너야 했다. 어른들은 껑충 뛰어넘을 수 있는 작은 개울이었지만 아이들을 위해 징검다리가 놓여 있었고 징검다리 건너에는 재를 모아두는 잿간과 뒷간을 겸한 큼지막한 초가집이 서 있었다. 초가지붕에서 달덩이 같은 박이 자라면 그 뒷간은 운치까지 있어졌다. 할아버지는 뒷간에 갔다 오다가 미처 사랑마루에 올라서기 전에 비틀비틀 넘어진 후 왼쪽을 못 쓰는 반신불수가 되셨다. 한동안은 침쟁이도 불러오고 탕약도 드시면서 치료에 힘써 지팡이 짚고 뒷간 출입도 하고, 사랑 높은 마루를 붙들고 오르내릴 수 있도록 추녀 끝에 늘어뜨려놓은 삼으로 꼬은 동아줄을 붙들고 힘겹게 사랑마루를 오르내리셨다. 내 눈엔 영원히 펄펄 날아다닐 것처럼 보이던 할아버지가 동아줄에 필사적으로 매달려 안간힘을 쓰는 걸 본다는 것은 환멸과 비애의 극치였다. 그나마 거동의 자유도 오래가지 않았다. 이차 중풍이 오고 할아버지는 사랑채에서 꼼짝을 못 하고 할머니한테 지청구를 맞아가며 요강에다 똥오줌을 눠야 하는 수모를 겪어야 했다.

오죽 답답했으면 일 년에 몇 번 마을에 나타나는 각설이떼를 할아버지는 전에 없이 반기셨다. 전에는 각설이타령 듣기 싫다고 얼른 찬밥이건 쌀이건 주어서 보내라고 호령을 치시던 할아버지가 실컷 놀고 난 후에 주라고 바가지를 들고 나가는 식구들을 만류하고 그들의 신바람을 끝까지 즐기셨다. 중이 동냥을 올 때도 마찬가지였다. 자세히 들어보면 다 덕담이니 중놈을 자르지 말고 끝까지 들어주라고 이르는 할아버지의 음성은, 그 까탈스러운 첫소리는 온데간데없고 바람 든 무처럼 퍼석했다.

불쌍한 할아버지. 그때 할아버지에게 위로가 된 건 그들의 신바람이나 덕담이 아니라 그들에게서 끼쳐오는 타관의 냄새가 아니었을까. 내가 할아버지 두루마기 자락에서 대처의 냄새를 즐겼듯이.

집안에 병자가 생기면 곧 경제적 궁핍이 따르게 돼 있는 건 그때나 이때나 피할 수 없는 수순인 것 같다. 형님 대신 부모 봉양의 책임을 떠맡게 된 큰삼촌 내외만 시골집에 남고 막냇삼촌 내외가 시골집을 등지고 서울로 가고 뒤따라 엄마도 오빠를 서울에 있는 중학교에 진학시키고 뒷바라지를 해야 한다는 핑계로 시골을 떠났다. 내가 명실공히 할아버지의 수족 노릇을 하게 되었다. 할아버지도 사랑에 서당을 열었다. 우리 집에 높이 걸린 소학교 졸업사진이 든 사진가꾸가 자랑스러운 가보(家寶)인 까닭은 삼형제를 다 신식교육을 시켰다는 증거물 같은 것이기 때문이었을 것이다. 홍씨들의 씨족마을이었고 다들 일 년 계량은 할 정도의 농토를 가진 자작농들이고 여자들이 부지런하여 집치장을 번듯하게 하고 넉넉하게 사는 편이었는데도 신식교육에는 둔한했다. 학교가 있는 읍내까지는 이십릿길이나 되는 궁벽한 고장이어서 일고여덟 살 적령기에 보내는 건 거의 불가능했다. 오빠도 열 살에 입학을 했고 삼촌들은 더 늦게 갔을 것이다. 열 살이 넘으면 일손이 달리는 농촌에서는 부려먹기 딱 좋은 나이다. 학교 간답시고 왕복 사십릿길에서 체력을 소모하게 할 필요가 없었다. 여자들은 언문이나 깨치면 되고 남자들은 천자문이나 떼면 관공서에 가서 볼일 보는 데 지장이 없다는 생각들을 가지고 있었다.

할아버지가 소일거리로 연 서당은 고개 넘어 이웃마을로 다니던 우리 동네 사내아이들을 다 흡수해 적막하던 사랑채가 시끌시끌 활기있어졌다. 할아버지 음성도 카랑카랑한 쇳소리를 회복했다. 나는 그때 언문을 깨친 뒤였다. 그때 우린 한글을 언문이라고 했던가. 언제 깨쳤는지 확실치 않고 누가 가르쳐준 것 같지도 않은데 저절로 읽을 수가 있었다. 집에 읽을거리라고는 오빠의 교과서가 전부였지만 꼼꼼히 모아두었기 때문에 제법 됐다. 오빠가 학교 다닐 때까지만 해도 일본말을 가르치는 국어 말고 조선어교과서가 따로 있었다. 오빠의 육학년 교과서까지 술술 읽는 걸 알게 된 할아버지가 나를 사랑으로 불러들여 맨 앞에 앉히고 천자문을 가르치셨다. 서당에 오는 학동들 수준은 천자문에서 공자 왈 맹자 왈까지 일정치가 않았다. 지금으로 치면 일학년부터 육학년까지 같은 반에서 수업을 하는 것과 마찬가지였다. 읽을 때는 각기 제 책을 목청껏 읽기 때문에 보통 사람 귀로는 악머구리 끓듯 시끄럽기만 한데 할아버지는 틀리게 읽거나 대충 얼버무려 넘어가는 건 영락없이 가려내어 그 아이 정수리에 장죽을 날렸다. 책 한 권을 떼면 그 아이 집에선 책거리로 떡을 해보내 아이들이 넉넉하게 나눠 먹게 했다. 나도 천자문을 뗀

날 숙모가 떡을 해서 사랑으로 내왔다. 할아버지는 서당에서 제일 어린 내가 그렇게 빨리 천자문을 뗀 걸 신통해하신 나머지 지나치게 소명하여 단명할까 걱정이라는 말씀까지 하셔서 할머니한테 구박을 받으셨다.

돌이켜보면 기억의 가장 밑바닥, 취학 전 시골에서 보낸 유년기는 온통 칭찬받고 사랑받은 기억밖에 없는데, 그건 내가 특별히 귀염성 있거나 출중하게 태어나서가 아니라 밑에 동생이 없고 생길 가망도 없는데다가 오빠와 십 년이라는 나이 차이 사이에는 삼남매가 더 있었고 그 아이들이 다 어려서 죽는 걸 봐온 어른들의 놀란 가슴 때문이었을 것이다. 할머니 할아버지만 해도 자식농사는 수적으로 으레 반타작이라는 당시의 상식을 받아들이는 쪽이었지만 엄마는 안 그랬다. 엄마는 서울 근교 출신이었고 서울에서 여고까지 다니는 사촌들과의 교류도 잦아서 신식 병원이 있는 도시에서만 살았어도 그렇게 어이없이 남편과 아이들을 잃지는 않았으리라는 확신을 가지고 있었다. 엄마는 할아버지가 툭하면 집안 식구나 동네 사람 들에게 남발하는 약방문을 우습게 여기는 유일한 사람이었고 무꾸리와 푸닥거리를 증오했다. 잃은 남편과 자식들의 적절한 치료 시기를 놓치게 한 원흉이기 때문이다. 할아버지는 할아버지대로 정식 한의사는 아니었지만 젊었을 적에 선비 교양의 일환으로 익혀둔 보약이나 급한 병을 위한 응급처방 같은 걸 써먹고 싶어하셨고, 당신 자손들에만 안 통했다 뿐 동네 사람들에게는 실질적인 도움을 준 경우가 많았다. 아래윗방으로 나뉘어 있는 사랑방 윗방 천장에는 약초 말린 것들과 누런 봉투들이 매달려 있었고 거기서 나는 냄새는 아랫방에 쌓인 한적(漢籍)에서 나는 냄새하고 섞여 할아버지만의 독특한 품격을 만들어내고 있었다. 엄마도 할아버지의 보약 처방만은 무시하지 않았던 것 같다. 서울에 와서 세 식구가 같이 살게 되면서 알게 된 건데, 계절이 바뀔 때마다 할아버지는 우편으로 오빠를 위한 보약처방을 부쳐왔다. 가미지황탕이라나, 지황탕 처방 원본에다가 오빠 체질을 감안한 약제를 가미한 것일 듯했다. 이 손녀를 위해 보약처방을 내주신 일은 한 번도 없었다. 그게 내가 지금까지 기억하는 할아버지로부터 받은 유일한 남녀차별이다.

여덟 살 되던 해 엄마가 나를 데리러 왔다. 서울서 소학교에 보내겠다는 것이었다. 엄마하고 할아버지 사이에 약간의 다툼이 있었지만 계집애도 학교에 보내야 하는 시대의 변화를 할아버지도 인정하는 선으로 잘 마무리가 되었다. 할아버지가 격노한 건 엄마가 가위로 내 꽁지머리를 자르고 급조한 단발머리 때문이었다. 뒤통수가 허옇게 드러나도록 올려 깎고, 이발소에서라면 면도질로 마무리해야 할 그 자리를 가위로 싹뚝싹뚝 잘라났으니 쥐 뜯어먹은 자리 같았을 것이다. 오죽했으면 인사하러 들어간 나에게 해괴한지고, 해괴한지고를 연발하며 고개를 돌리셨을까. 오십 전짜리 은전 한 닢도 다정하게 손에 쥐여주지 않고 던져주셨다. 할아버지의 이런 박대로 나는 가뜩이나 뒤통수가 서늘하고 허전한 단발머리에 자신을 잃고 잔뜩 위축된 채로 서울이라는 거대도시에 입성을 했다. 엄마도 내 머리 모양이 해괴한 것은 인정을 한듯 내 머리통을 옆구리에 끼고 당신 팔을 돌려 가려주면서 집까지 왔고, 다음날 당장 이발소에 가서 정리를 했다. 삐뚤삐뚤한 앞머리를 일자로 깎으니까 거울에 비친 내 모습이 한결 나아 보였다. 이발사가 머리는 금방 자란다고 나를 위로해주었다. 그러나 너무 높이 깎은 뒤통수는 면도질을 해봤댔자 더 허전하고 추워졌을 뿐이어서 보이지 않는 곳이 오래도록 신경이 쓰였다. 그건 단발이 아니라 폭력이었다. 딸에 대한 폭력이라기보다는 시아버지에 대한 폭력이 아니었을까. 무력해진 노인이 의지하고 끼고 도는 딸을 빼내기 위한 무자비한 폭력.

머리 모양 말고도 내가 적응해야 할 새로운 환경은 무궁무진했다. 엄마가 서울 사람 행세를 하며 그렇게 으스대던 서울이란 데가 고작 이거였나. 엄마는 인왕산 밑, 깎아지른 듯한 산동네에서도 눈에 띄게 허름한 초가집 문간방에 세를 들어 살고 있었다. 집들이 다닥다닥 붙어 있고 경사가 심한 좁은 골목들은 거미줄처럼 엉켜 있었다. 집에서 조금만 벗어나도 집을 찾아올 것 같지 않은 딸을 위해 엄마는 나에게 주소를 외우게 했다. 백 단위의 번지와 백 단위의 호수를 합하면 여섯 자리나 되는 무의미한 숫자를 어떻게 왼단 말인가. 물건을 세기 위해 하나, 둘, 셋, 넷은 백까지도 셀 수 있었지만 일, 이, 삼, 사는 미처 못 배웠다. 배웠다고 해도 집을 번지수가 있어야 찾을 수 있다는 걸 납득할 수 없었다. 시골 우리 마을의 집은 서로 멀찍멀찍 떨어져 있었고 한눈에 누구네 집이라는 걸 알아볼 수 있는 표정을 가지고 있었다. 영희네 집은 영희네 집같이 생겼고 수돌이네 집은 수돌이네 집같이 생겼다. 우리 집에 오는 편지는 할아버지의 성함만으로도 우리 집을 잘만 찾아왔다. 아무리 가르쳐도 주소를 제대로 못 외는 딸은 엄마를 실망시켰고 아둔하다는 탄식을 자아냈다. 소명하다는 칭찬을 듣던 아이가 환경이 바뀌자 하루아침에 아둔한 아이로 변했다.

엄마가 나를 부담스러워한다고 느낀 후의 모욕감, 엄마의 시선을 벗어날 길 없는 답답함, 그 집이 그 집 같은 집을 이어붙인 사이로 꼬불꼬불한 골목길에서 길을 잃으면 영영 집으로 못 돌아올 것 같은 공포감은 도저히 외지지 않는 길고 긴 번지수와 함께 나에게 엄청난 스트레스가 되었다. 나는 꿈 없이 잘 자는 편이고 그래서 이 나이까지 건강을 유지하고 있다고 믿는데 간혹 너무 일찍 눈뜨면 일어나기 싫어 이불 속에서 뭉그적대다가 다시 잠이 들 적이 있다. 그럴 때마다 똑같은 꿈을 꾼다. 집을 못 찾는 꿈이다. 어릴 적의 그 궁핍한 산동네는 아니고 인가라고는 없는 경사진 산비탈 속에 난 꼬불꼬불한 길이 마치 이란 영화 〈내 친구의 집은 어디인가〉에 나오는 길 같다. 내가 꿈속에서 찾는 건 친구네 집도 아니고 우리 집도 아니고 다만 사람 사는 동네다. 저 등성이만 넘으면 동네가 보이겠지, 혹은 인가로 통하는 찻길이나 교통편이라도. 그러나 길은 점점 더 험해지고 뛰어넘을 수 있을 것 같지 않은 협곡이나 직각으로 선 단애를 만나게 된다. 차라리 단애에서 추락을 하자, 그래야 꿈을 깰 수 있다는 걸 알면서도 그 고비만 넘으면 사람 사는 세상으로 통하는 길을 만날 수 있을 것 같은 미련을 못 버리고 계속 허우적대다가 깬다.

꿈 아닌 생시에도 유사한 체험을 반복하는데, 호텔이나 큰 식당에서 식사를 하다가 화장실에 가고 싶을 때가 있다. 식당 안에 화장실이 있는 경우는 거의 없고 나가서 우측으로 쭉 가다가 좌측으로 돌아서 우측이라는 식으로 가르쳐준다. 물어볼 것도 없었다 싶게 화장실 표시는 곧 눈에 들어온다. 돌아올 때를 대비해 처음엔 우측 다음은 좌측을 속으로 복창을 하면서 간다. 그래도 돌아올 때는 헷갈리고 무사히 돌아와서도 내가 식사하던 자리나 방을 웨이터한테 다시 물어보고 안내를 받아야 한다. 이런 일도 있었다. 외국여행중의 일이었다고 기억되는데, 혼자서 화장실을 갔다가 볼일 보고 나서 복도로 나가려고 눈앞에 보이는 문을 밀었다. 그러나 밖이 아니고 남자 화장실이었다. 질겁을 해서 다시 화장실로 돌아와 밖으로 나가는 문을 찾아 나간다는 게 또다시 남자 화장실 문을 열고 말았다. 보는 사람 없이도 자신이 너무 창피하고, 솔직히 이게 치매구나 겁도 났다. 정신을 가다듬고 딴 사람이 들어왔다 나가기를 기다렸다가 따라나갔다. 여자 화장실로 들어오는 문은 처음부터 열린 채로 있어서 따로 열고 나갈 필요가 없었던 것이다.

집을 안 잃어버리려면 외야 하는 번지수나, 집 안 잃어버리기나 나에게는 막상막하로 어렵기만 했다. 그러나 집에서 뒷간에만 가려 해도 개울까지 건너야 하는 너른 터전에 살면서 동네방네와 넓은 들판을 천방지축 뛰어다니던 촌년을 어두침침한 문간방에 가둬 키울 수만은 없는 일이었다. 더군다나 엄마는 바느질품을 팔고 있었다. 주로 기생 바느질을 했는데, 기생들이 일거리를 가져오는 게 아니라 엄마가 갖다주고 새로운 일거리를 맡아오곤 했다. 대문 밖 골목길에서 엄마를 기다리며 석필로 땅바닥에 그림도 그리고 언문 글씨도 쓰면서 노는 사이에 자연히 동네 아이들을 사귀게 되고, 그 아이들이 잘 가는 재미있는 놀이터도 알게 되었다. 길을 잘 아는 동무들을 따라다니는 것에 일단 안심을 한 엄마도 내가 미끄럼 타고 논 데가 감옥소 앞이었다는 걸 알고는 망연자실했다. 우리가 처음 정착한 산동네에서 꼬불꼬불한 골목길을 지나 아찔한 층층다리를 내려가면 전찻길이 나오고 그 건너가 바로 서대문형무소였다. 거기서 놀다가 용수를 쓴 전중이가 차에 실려오는 걸 보고 놀란 나도 그 놀이터가 뜨악하던 차에 딴 동무가 인왕산 중턱에 있는 굿당에 놀러가자고 꼬셨다. 인왕산엔 국사당이라는 큰 굿당이 있었다. 굿이 매일 드는 건 아니었다. 우리 집은 그 산동네에서도 제일 꼭대기라 덩덕궁 덩덕궁 굿하는 소리가 들렸다. 동무들과 덩달아 엉덩이를 흔들며 산으로 치달으면 굿 구경하고 나서 떡 같은 것을 얻어먹을 수 있었다. 길길이 뛰는 무당춤과 굿당 벽에 걸린 무서운 것도 같고 인자한 것도 같은 온갖 신령님들의 화상은 산동네에서의 나의 이

350

중생활이었다. 우리 엄마 같은 사람이 딸의 이중생활을 묵인할 리 만무했다. 굿당에서 전물 부스러기나 얻어먹고 다닌다는 걸 알게 된 엄마는 싹싹 빌어야 할 정도로 혹독하게 야단을 치면서 시골로 쫓아보내야겠다고 위협했다. 그때 나는 시골로 쫓아보내야겠다는 엄마의 공갈을 왜 그렇게 겁냈던가. 그때 이미 나의 어린 영혼은 도시의 활기와 썩은 냄새에 깊이 매료당한 뒤였던 것이다.

딸의 잘못을 전적으로 산동네의 열악한 환경 탓으로 돌린 엄마는 당연히 '맹모삼천지교'를 생각했을 법하다. 그래서 엄마가 궁리해낸 게 학교라도 학군이 다른 딴 동네 학교로 보내서 우리 동네 아이들과 떼어놓는 것이었다. 그 시절에도 학군이라는 말이 있었는지는 모르지만 소학교도 시험 치고 들어갈 때였다. 지금의 주민등록에 해당하는 기류계라는 게 있어서 공립학교마다 지원할 수 있는 해당지역이 정해져 있었다. 같은 인왕산 자락에 위치해 있으면서도 엄마가 동경해마지않는 문안이고 점잖은 중산층 주택가가 학군인 매동학교가 내가 갈 학교로 정해졌다. 갈 수 있고 가야만 하는 학교였다. 그 학군 지역인 사직동에 가까운 친척집이 있었다. 즉각 그 집으로 기류계를 옮겼다. 통학거리도 그리 멀지 않았다. 도리어 우리 동네 학군의 학교로 가려면 거쳐야 하는 시궁창을 겸한 꼬불꼬불한 골목길과 곤두선 듯 경사가 급한 층층다리를 지나서 전찻길을 건너야 하는 위험부담에다 대면 아무것도 아니었다. 인왕산 넘어 사직동으로 가는 길은 산길이지만 평탄한 외길이었다. 엄마도 나도 시골뜨기답게 산길을 혼자 넘어 통학한다는 걸 조금도 걱정하거나 두려워하지 않았다. 나에게 닥친 난관은 그것보다도 또다른 주소를 외야 하는 일이었다. 무조건 외야 하는 무의미한 숫자가 여섯 자리에서 열한 자리로 늘어났다. 엄마는 입시를 며칠 안 남겨놓고 집요하게 집 잃어버렸을 때 대야 하는 번지수와 입학시험 때 선생님한테 대야 하는 주소가 헷갈리지 않도록 반복연습을 시켰다. 입학시험 때 주소는 물어보지 않았다. 합격통지서가 오기로 예정된 날 엄마 손 잡고 사직동 친척집으로 갔다. 행랑어멈이 우리를 맞으면서 아가씨가 붙었다고 일러주었다. 안채에서는 친척어른들한테서도 축하인사를 받았다. 엄마는 신동 딸이라도 둔 것처럼 의기양양해했다. 그렇게 해서 엄마가 원하는 문안의 좋은 학교에 입학한 후에도 아무도 주소 같은 건 물어보지 않았다. 그럼에도 불구하고 엄마는 끝까지 엄마가 꾸민 거짓말에 철두철미하려고 했다.

일학년 처음 가정방문 날 엄마는 사직동 친척집 대청마루에서 안방마님 행세를 하면서 정중하게 선생님을 맞았다. 4월 입학이었으니 가정방문은 6월쯤이었던가. 행랑어멈이 미숫가루를 타서 선생님을 대접하던 생각이 난다. 딸을 위해 그런 정성을 다하면서 엄마는 딸이 공부를 잘하리라는 걸 조금도 의심하지 않았다. 언문을 저절로 깨친 아이, 천자문을 애아범 같은 사내녀석들보다도 빨리 뗀 아이라는 건 엄마도 알고 있었으니까. 그러나 나는 일학년을 마치고 이학년으로 진학할 때까지 공부를 지지리도 못하는 열등생이었다. 아마도 낙제제도가 없었기 때문에 진급을 시켜주었을 것이다. 걱정하던 산수는 도리어 쉬웠다. 무의미한 숫자를 외야 할 필요는 없었고 고작 10 미만의 더하기 빼기였다. 난관은 국어였다. 식민지하에서 우리는 일본어를 국어라고 했고 중점과목이었다. 상급학교 입시도 국어 산수 두 과목에 한정돼 있었다. 말하기는 곧 익혔지만 읽고 쓰기가 도무지 되질 않았다. 금방 반에서 지진아로 전락했다. 요새 애들이 웬만한 집에선 한글 정도는 익혀서 초등학교에 보내는 것처럼 그때도 중산층 이상의 가정에서는 취학 전에 일본어의 '가타카나' 정도는 익혀서 보냈다. 아무리 교육열이 유별난 엄마라지만 엄마 자신이 일본어에 까막눈인데 어쩔 것인가. 미리 언문을 외고 있었다는 게 오히려 장애가 되었다. 저절로 깨쳤다고 어른들이 믿는 것처럼 음과 기호가 동시에 입력이 돼 '가'자는 '가'라고 발음할 수밖에 없는 모양을 하고 있었다. '가'에다 'ㄱ'을 한 게 '각'이라면 '아'에다 'ㄱ'을 하면 당연히 '악'이라고 읽을 수밖에 없었다. 그러나 새로 배운 일본어의 '가타카나'는 왜 그 글씨를 '가'로 발음해야 하는지 '아'로 발음해야 하는지 도무지 납득할 수가 없었다. 식민지 백성에게 가장 중점을 두어 가르치는 국어가 제대로 안 되니 지진아로 뒤처질 수밖에 없었다.

공부도 못하는데다가 산동네 아이 티가 더덕더덕 나는 촌스러운 옷차림을 한 아이는 자연히 외톨이 신세였다. 그러나 그걸 그닥 고통스러워한 것 같지는 않다. 동네 아이들과 다른 학교를 다니니까 으슥한 인왕산길을 혼자서 등하교를 할 수밖에 없었다. 그러나 그걸 즐기면 즐겼지 무섬을 탄 것 같지도 않다. 아무에게도 방해받지 않고 마음껏 공상을 할 수 있었다. 그 길은 어린 날의 나의 꿈길이었다. 구질구질한 산동네와 나보다 잘난 아이만 있는 교실로부터의 해방구였다. 어려운 환경에서 나를 서울까지 데려다 공부시키면서 엄마가 나에게 건 꿈은 장차 선생님이 되는 거였다. 여자가 가질 수 있는 직업 중에서 엄마가 가장 우러러보는 직업이었다. 좋은 데로 시집가서 걱정 없이 살았으면 하는 것 이상의 기대를 딸한테는 안 하던 시대였다. 나만의 등굣길은 고독했지만 모범생 아니면 될 수 없는 기대를 걸머진 열등생이 일탈할 수 있는 유일한 샛길이었다.

그러나 뭐니 뭐니 해도 여름 겨울 두 차례의 긴 방학에 돌아갈 수 있는 고향집이 있다는 것처럼 도시와 학교에서의 소외감과 열등감을 위로받을 수 있는 큰 힘은 없었다. 방학을 앞두고 시작되는 더위 추위가 다 반가웠다. 시골집은 생각만 해도 가슴이 울렁거렸다. 그 가슴 울렁거림은 나만의 것이다. 아무도 이 기분을 모르리라는 건 촌뜨기의 유일한 자부심이기도 했다. 서울 아이들이 이 긴긴 여름과 겨울을 석탄가루 분분한 불모지에서 보낼 생각을 하면 안됐다는 생각이 들었다. 똘방똘방 잘난 서울 아이들을 불쌍하게 여길 수 있는 절호의 기회였다. 그때만 해도 보통으로 사는 일반 시민들에게 바캉스니 여름휴가니 하는 개념이 생겨나기 전이었다. 방학은 아이들에게 학교를 안 가는 날들일 뿐이고 부모에게는 아이들이 거치적대는 동안일 뿐이었다. 엄마는 귀향을 앞두고 내 새 옷을 장만했다. 서울서 딸이 시골뜨기티 나는 옷을 입고 다니는 것엔 거의 신경을 안 쓰는 엄마가 시골 가서는 딸이 서울 사람처럼 보이길 바랐다. 엄마의 소박한 금의환향의 꿈이었다. 그리고 무엇보다도 시골집에는 할아버지가 계셨다. 사랑에서 나를 학수고대하는. 나는 할아버지 품에 왈칵 안기면서 내가 돌아올 고향이 있어서 서울생활을 견딜 수 있었던 것처럼 할아버지도 서울 손녀를 기다리는 낙으로 앉은뱅이의 나날을 견딜 수 있었다는 걸 느꼈다. 그리고 내가 할아버지 두루마기 자락에서 대처의 냄새를 맡은 것처럼 할아버지도 내 단발머리 정수리에 당신 코를 파묻고 도시의 냄새를 맡고 있다는 것도 알아차렸다. 고향집을 지키던 숙부네한테서도 아이가 생겨 내가 언니 노릇을 할 수 있게 된 것도 귀향해서 맛볼 수 있는 새로운 기쁨이었다.

바닥을 기던 성적이 사학년 때부터 오르기 시작해 육학년 때는 상위권에 들어 엄마가 원하는 상급학교에 진학할 수 있었다. 지진아를 면하게 된 것은 집안 형편이 나아진 것하고도 관계가 있을 것 같다. 공립의 상업학교를 졸업한 오빠는 졸업과 동시에 취직이 돼 월급쟁이가 됐고 서울서 장사에 손을 댄 막냇삼촌도 장사가 잘돼 삼촌과 오빠가 합쳐서 집을 장만할 수 있었다. 처음 집은 같은 산동네였지만 훨씬 입지 조건이 좋은, 방이 세 개나 있는 기와집이었다. 막냇삼촌은 그때까지도 자식을 두지 못해 우리 남매를 친자식처럼 애지중지했다.

따로 집들이 잔치 같은 건 없었지만 서울 사는 친척들이 우리가 새로 장만한 집에 성냥 한 갑씩을 사들고 찾아와서는 자식 끌고 서울 온 지 단시일 내에 성공했다고 치하의 말을 해주고 갔다. 엄마는 장롱 위에다 그 성냥으로 성을 쌓았고, 그 성냥을 다 쓰기도 전에 조금 더 집을 늘려 이사를 다녔다.

내 생애에 다시는 셋방살이는 없었다. 자수성가한 한 남자한테 시집가서 국민소득이 오르는 것만큼 살림을 향상시켜가며 풍파 없이 평균치의 삶을 유지해왔다. 아이를 다섯이나 낳았는데 내가 다산성 체질인 탓도 있지만 전쟁중에 결혼해서 전후에 첫애를 낳고 막내를 낳은 것이 1963년이었으니 정확하게 베이비붐 시기에 해당한다. 피임법도 모르고 중절도 안 하고 생기는 대로 낳은 결과였다. 그것까지도 자연의 섭리에 맡긴 평균치의 삶이었다. 남편은 가부장적인 책임감이 강한 남자였다. 작은 사업이었지만 집안 식구 먹여살리는 것과 아이들 교육비에 모자람이 없을 만큼의 돈을 벌어왔다. 나는 돈 계산도 잘 못하고 재테크라는 것에도 소질이 없어서 식구가 느는 것에 맞추어 집을 늘리는 것도 남편이 알아서 했다. 이만하면 족하다 싶게 널찍한 한옥에서 이십 년이나 넘어 살다가 연탄 때는 집이 불편해지자 아파트 청약예금에 들고 당첨되기 위해 수시로 변하는 절차를 밟고 뭔가를 써내는 일도 그의 몫이지 내 일이 아니었다. 난 그런 일들을 남의 일 보듯 했다. 막내까지 초등학교에 들어가고 집에 잔손 갈 일이 없어지자 비로소 이제부터라도 엄두를 내야 할 것 같은 엄청난 욕구가 내 안에 있다는 걸 느꼈다. 그 걷잡을 수 없는 욕구는 증언의 욕구였다. 6·25 때 오빠하고, 끝내 자기 자식을 두지 못해 나에게는 아버지와 다름없었던 삼촌이 비참하게 죽었다. 남들이 다 남쪽으로 피난가 있는 동안 남아 있던 우리 식구들은 강제로 찢기고 일부는 북으로 끌려가야 하는 고난을 겪었다. 그러는 과정에서 살아남기 위해 무슨 일인들 안 당했겠는가. 인간 같지 않은 인간들로부터 온갖 수모를 겪을 때 그걸 견딜 수 있게 하는 힘은 언젠가는 저자들을 악인으로 등장시켜 마음껏 징벌하는 소설을 쓰리라는 복수심이었다. 왜 하필 소설이었을까. 소설로 어떻게 복수를 할 수 있단 말인가. 그래도 그렇게 생각하는 것만으로도 그 시기를 견딜 수 있게 하는 힘이 되었고, 위로가 되었다.

세상도 나도 그때로부터 너무 멀리 와 있었다. 전쟁이 할퀴고 간 상처를 다독이고 가난을 딛고 살림을 일으키기 위해 사람들은 과거를 잊고 현실에만 충실했다. 6·25 때 얘기만 나오면 아이들까지도 궁상떨지 말라고 핀잔을 줄 정도로 잊고 싶은 과거가 된 지 오래였다. 잘살아보자는 구호가 동회 옥상에서 온 동네로 울려퍼지던 경제제일주의시대였다. 그런 시대의 흐름에 뒤처지지 않으려고 부지런히 중간쯤을 달려온 중산층적인 삶에 안주해 있던 나에게 느닷없이 엄습해온 그 엄청난 욕구는 신선한 충격이자 이물감이었다. 내가 누려온 안일이 한없이 누추하게 여겨졌다. 사람이란 고통받을 때만 의지할 힘이나 위안이 필요한 게 아니라 안일에도 위안이 필요했던 것이다. 증언의 욕구가 이십 년 동안이나 뜸을 들였다가 결실을 맺게 된 것은 아마도 최초의 욕구가 증오와 복수심에서 비롯되었기 때문일 것이다. 증오와 복수심만으로는 글이 써지지 않는다. 우리 가족만 당한 것 같은 인명피해, 나만 만난 것 같은 인간 같지 않은 인간, 나만 겪은 것 같은 극빈의 고통이 실은 동족상잔의 보편적인 현상이었던 것이다. 훗날 나타난 통계숫자만 봐도 그렇다. 우린 특별히 운이 나빴던 것도 좋았던 것도 아니다. 그 끔찍한 전쟁에서 평균치의 화를 입었을 뿐이다. 그런 생각이 복수나 고발을 위한 글쓰기의 욕망을 식혀주었다. 그러나 세월이 지나도 식지 않고 날로 깊어지는 건 사랑이었다. 내 붙이의 죽음을 몇백만 명의 희생자 중의 하나, 곧 몇백만 분의 일로 만들어버리고 싶지 않았다. 그의 생명은 아무하고도 바꿔치기할 수 없는 그만의 고유한 우주였다는 게 보이고, 하나의 우주의 무의미한 소멸이 억울하고 통절했다. 그게 보인 게 사랑이 아니었을까. 내 집 창밖을 지나는 무수한 발소리 중에서도 내 식구가 귀가하는 발소리는 알아들을 수 있는 것처럼. 몇백, 몇천 명이 똑같은 제복을 입고 운동장에 모여 있어도 그 안에서 내 자식을 가려낼 수 있는 것처럼. 내 자식이 딴 애들보다 덜 똘방똘방하고 어리숙해 보일수록 사무치게 사랑스러운 것처럼.

마흔 살이란 늦은 나이답게 수줍게 문단을 두드린 게 처녀작

『나목』이었다. 사적인 경험을 우려낸 작품이니 유니크하지만 등단작으로 끝나는 일회적인 작가가 될지도 모른다는 한 심사위원의 조심스러운 전망이 기억에 남는다. 그분의 우려가 격려가 되어 그후 나는 열심히 글을 썼고 문단과 독자들의 반응도 나쁘지 않아 종종 인기작가 소리도 듣게 되었다. 초기에 쏟아낸 6·25를 소재로 한 작품들에 대해선 비극적인 가족사를 반복적으로 우려먹는다는 평도 들었지만 나는 반전소설로 읽히길 바라고 있다. 유연하게 성공적으로 가정주부에서 작가로 변신할 수 있었고, 그후의 작가생활도 결혼생활처럼 풍파 없이 순탄했다.

88서울올림픽으로 온 국민이 활기와 환희, 새로운 희망과 자신감으로 의기충천해 있을 때, 그 한 해 동안에 나는 남편과 아들을 석 달 간격으로 잃었다. 남편이 먼저였다. 우린 남들이 부러워한 금슬 좋은 부부였고, 특히 나는 생활인으로 결격사항이 많은 사람이라 전적으로 의존적이었다. 다행히 네 딸을 다 시집보낸 뒤였고, 막내로 아들 하나만 미혼이었지만 그 아들도 제 앞가림은 하고도 남을 만한 전문직으로 키워놨겠다. 내가 할 일은 아무것도 없었다. 혼자서 살 자신도 없었다. 극도의 무력감은 슬픔보다 더 나빴다. 아들이 들어오는지 나가는지 전혀 신경 안 쓰고 남편의 영정을 머리맡에 두고, 여보 나 좀 데려가줘요, 하는 소리만 주문처럼 외고 살았다. 그런 지 석 달 만에 남편이 데려간 건 내가 아니라 아들이었다. 나는 겁 없이 그런 주문을 왼 내입술을 짓찧어도 시원치가 않았고 내 소원에 그런 어깃장으로

답한 남편이 꼴도 보기 싫어 당장 영정사진을 치워버렸다. 이럴리가 없다. 제발 꿈이어라. 방을 헤매며 온몸을 벽에 부딪치는난동도 부려보았지만 악몽은 깨어나지지 않았다. 슬픔보다 더견딜 수 없는 건 수치심이었다. 내가 뭘 잘못했기에 이런 벌을받습니까, 라는 신에 대한 원망은 곧 사람들이 저 여자는 뭘 잘못했기에 그 외아들 하나 지니지 못했나, 하는 수군거림이 되어나에게로 되돌아왔다. 친지들의 정중한 조문의 말도 그런 비아냥거림을 포장한 말로 들렸다. 사람을 만나기 싫어 딸네 집에 방한 칸을 차지하고 숨어 있어도 부끄러움을 면할 길이 없었다. 혼자 있으면 하늘이 부끄럽고 땅이 부끄러웠다. 차라리 하느님과정면대결을 하려고 수녀원에 들어가 독방 차지를 하고 있어도보았다. 도대체 나에게 왜 이런 벌을 주셨나 항의도 해보고, 나도 아들 곁으로 데려다달라고 처절하게 기도도 해보았다. 그러나 내 절규는 하느님의 견고한 침묵의 변죽도 울리지 못했다. 그래도 그때 하느님과의 일 대 일 대결에서 깨달은 게 있다면 피조물은 길든 짧든 창조주가 정해준 수명에서 일 초도 더하거나 뺄수 없다는 사실이었다. 그 깨달음은 질책보다 더 엄혹했다.

딸들의 도움으로 일상으로 복귀했다. 그애들을 위해서라도 늠름해져야 할 것 같았다. 그러나 아들이 부재하는 일상은 가시방석처럼 나를 안절부절못하게 했다. 나도 내 집의 일상과 의무와책임으로부터 부재하고 싶었다. 집에 온 지 한 달도 안 돼 그때마침 미국에 나가 있던 막내네로 여행을 떠났다. 부재를 위한 여행에는 설렘도 계획도 없었다. 내가 부재하는 집에서 헛되게 울릴 전화벨 소리, 쌓여 있는 우편물 생각을 하면 누구에게랄 것 없이 고소한 생각이 드는 것 정도가 여행의 즐거움이었다. 아무런 의미를 못 느끼고 빠져나온 관계망이라고 해도 그 관계망은 나를 유의미한 존재로 유지시켜주길 바랐던 것 같다. 결국은 관계망을 아주 끊어버릴 수 없다는 책임감 때문에 석 달 만에 돌아왔다. 그러나 일상의 편안함은 돌아오지 않아 아들이 부재하는 집은 곧 나를 다시 안절부절못하게 했다. 어디든 상관없었다. 어디로든 떠나 이 집의 일상으로부터 나를 부재하게 만들고 싶었다. 단지 부재를 위한 여행에는 꿈도 설렘도 없었다. 기회만 닿으면 따라나섰고 내 돈 들이는 여행, 내가 할 수 있는 일이 따르는 돈 안 드는 여행, 가리지 않았다. 일 년에 서너 번 정도는 해외여행을 하지 않았나 싶다. 유니세프 일로 재난에 시달리는 나라도 많이 봤고, 멋모르고 따라나서다보니 같은 나라를 여러 번 가기도 하고, 험한 곳에서 내 나이의 체력으로는 감당하기 어려운 모험과 고행을 감행한 적도 있다. 그런 경우라 해도 성취감 같은 것도 남지 않았다. 아무리 신기한 나라를 다녀와도 식구에게도 누구에게도 여행담을 늘어놓는 일이 거의 없는데, 사물을 건성으로 보는 무감각증 때문에 할말도 생각나지 않았을 것이다.

재작년에 다녀온 이태리여행도 그런 설렘도 목적도 없는 여행이었다. 여행의 기쁨에 대한 기대를 안 한 지 오래됐다고 해도 괴로운 것을 참을 각오까지 하긴 싫었으므로 동행이 누구누구라는 건 신경을 쓰는 편이었다. 평소 존경해온 신부님이 이끄는 문화탐방팀이어서 그 점은 걱정 안 해도 될 것 같았지만 강행군이될 것 같은 예감이 들긴 했다. 마음 착하고 체력 든든한 룸메이트도 정해졌다. 떠날 때부터 몸상태가 어째 으스스했다. 몸살이올 것 같은 예감이 들었다. 푹 쉬고 싶었지만 비행기에서 한잠도못 자는 버릇은 여전해서 로마에 도착했을 때는 눕고 싶다는 생각밖에 안 들었다. 그것도 따끈한 온돌방에. 서울은 쾌적한 가을날씨였는데 로마의 가을은 뜻밖에 음습했다. 간간이 비도 뿌렸다. 습기와 한기가 사정없이 몸으로 스몄다. 신열이 느껴지고 현지 음식에 구역질이 났다. 감기긴 감긴데 내가 앓아본 어떤 감기하고도 달랐다. 불덩이 같은 신열과 아무리 껴입어도 덥혀지지 않는 한기의 이중성이 객지에서 죽을 것 같은 공포감을 불러일으켰다. 약 먹고 하루만 푹 쉬면 살 것 같은데 하루도 같은 호텔에묵지 않고 옮겨다니는 강행군이니 나만 처질 수는 없는 일이었다. 나만 떼어놓고 갈까봐 겁이 나서라도 아프다는 걸 감춰야 했다. 병보다 그게 더 힘들었다. 룸메이트에게까지는 감춰지지 않아서 그가 일행 중 의사선생님이 있다는 걸 알아내어 감기약을얻어왔다. 나는 타이레놀이나 소화제 등 최소한의 상비약도 가지고 있지 않았다. 의사가 처방한 감기약을 먹고 숙면은 했지만진흙탕 같은 잠이었다. 내복을 안 갖고 와서 입고 잔 패딩점퍼가흠뻑 젖을 정도의 땀을 흘리고 탈진상태에 빠졌다. 룸메이트가캐나다에서 온 또다른 여의사에게 청해서 당장 기운이 나는 주사라는 걸 배꼽 밑에 놔주었다. 나는 별안간 기운나는 주사 같은 건 믿지 않았지만 주사 기운이 들은 척이라도 할 수밖에 없었다. 나는 일행이 나를 떼어놓든지 병원에 가라고 할까봐 두려웠다. 이태리 의사에게 내 이 기분 나쁜 증상을 어떻게 표현한단 말인가. 설사 그가 영어를 안다고 해도 내가 영어로 지껄일 수 있는 병명이 고작 위통, 두통, 열이 있다 정도인데 무슨 소용인가. 나는 차가운 의료기기에 맡겨질 테고 의사는 그에 따라 처방을 할 것이다. 나는 오슬오슬 춥다가 오싹오싹 떨린다고 말하고 싶다. 내 몸은 지금 불화로를 얼음조각으로 포장해놓은 것 같다고 말하고 싶다. 삭신이 쑤신다고 말하고 싶다. 입맛이 소태 같다고 말하고 싶다. 죽어도 이 나라에선 죽고 싶지 않다고 말하고 싶다. 아무도 통역할 수 없을 것 같은 말만 생각났다. 그걸 참고 따라다니자니 하루가 여삼추였다.

일정의 반을 소화하고 카프리 섬으로 가기 위해 나폴리를 떠나 해안도로를 따라 소렌토로 가는 길이었다. 일행에게 폐 안 끼치고 일정의 반을 소화했다는 게 힘겹게 정상에 올라 내리막길을 굽어보는 것 같은 안도감을 주었다. 유난히 아름다운 해안도로였다. 고고학이나 미술을 전공했는지 잠시도 쉬지 않고 뭔가를 설명하고 싶어하던 가이드도 그때만은 조용히 입 다물고 파바로티의 노래를 틀어주는 것이었다. 그 버스의 음향기기 성능이 그렇게 좋을 줄은 몰랐다. 그걸 뭐라고 해야 할까. 행복감이라고 해야 할까, 슬픔이라고 해야 할까. 일종의 황홀경이었다.

파바로티의 기름진 고음이 절정에 달했을 때 목놓아 울고 싶은 격정에 사로잡혔다. 내 무감각을 울린 건 그러나 파바로티가 아니라 아들이었다.

아들이 인턴 때던가, 전공의 시절이던가. 출장갔다 온 날 밤 축 처진 쓸쓸한 모습으로 내 방에 들어와 말했다. 무슨 일이 있었는지 언짢은 표정이었다. 가망 없는 환자를 제주도 그의 집까지 데려다주고 병원에 들렀다 오는 길이라고 했다. 호흡기만 떼면 숨이 멎을, 이미 죽은 거나 다름없는 환자였지만 가족들은 집에서 임종과 장례를 치르기를 바랐다. 제주도까지 가는 동안 환자의 숨이 끊어지지 않도록 생명연장장치를 붙들고 갔다가 집에 도착하자마자 떼어주고 온 것이었다. 말단 의사에게 시킬 법한 일이었다. 그러나 목숨을 살리기를 꿈꾸고 들어선 의학도의 길에서 처음으로 맡겨진 일이 임종을 도와주는 일이었다는 게 아들을 우울하게 한 것 같았다. 아들은 아쉬운 듯이 한마디 더 했다. "엄마, 내가 처음 타본 비행기였는데……" 그때는 그냥 웃어넘기고 만 일이 이제 와서 이 아름다운 아말피 해안도로상에서 오열을 참을 수 없게 하는 것이었다. 스물여섯 살까지 비행기 한번 못 타보다니. 못살지도 잘살지도 않는 보통 집이었고, 자식을 특별히 검약하게 기르고자 하는 교육방침을 가진 집이었던 것도 아니다. 시대가 그랬던 것이다. 조기유학 붐도 없었고 어학연수 같은 풍조도 생겨나기 전이었다. 공부 잘하는 아이를 들쑤석거려 해외여행 같은 걸 시킬 생각을 뭣하러 하겠는가. 그게 그리

364

먼 옛날도 아닌데 그동안 먼 나라 이웃나라 가리지 않고 주책없이 싸돌아다닌 어미는 어찌 그런 세상이 다 있었을까. 원시시대의 일처럼 믿어지지 않다가. 그때가 현실이고 낯선 곳에서의 이 시간이 비현실 같은 착란이 왔다.

뱃길로 바람 찬 카프리 섬 관광을 마치고 다시 나폴리로 돌아와 시칠리 섬의 시라쿠사로 가기 위해 로마 중앙역에서 밤기차를 기다리는 동안 몸을 가누지 못할 정도로 상태가 나빠졌다. 가장 빡빡하고 고된 하루를 보내고 호텔에도 들지 못하고 밤기차를 타야 하다니, 죽을 것 같았다. 몸이 와들와들 떨리고 손발은 얼음장 같은데 눈동자만 뜨거웠다. 안에 있는 고열이 곧 얼음조각을 뚫고 폭발할 것 같은 위기의식을 느꼈다. 일행 중 나이 많은 쪽 의사선생님한테 내가 암만해도 폐렴이 될 것 같으니 항생제를 처방해줄 것을 부탁했다. 자정 가까운 중앙역의 찬바람 속에서 찬물로 여러 알의 알약을 삼켰다. 시칠리 섬은 기차에서 내리지 않고 갈 수 있다고 했다. 큰 배가 기차를 통째로 싣고 밤새도록 바다를 건넌다는 것이었다. 승용차나 트럭을 태우고 해협을 건너는 배는 더러 봐왔지만 기차를 태우는 배는 어떻게 생겼을까. 상상이 안 됐다. 그러나 가이드가 일러주지 않았으면 배 안이라는 것도 모를 정도로 기차는 요동 없이 고요하게 플랫폼에 서 있는 것처럼 보였다. 만약 지금 기차가 배 안에 있는 거라면 배를 볼 수 없는 건 당연했다. 나는 구약성경에 나오는 요나를 삼킨 큰 물고기를 상상했다. 사람을 삼킨 게 큰 물고기였다면 기차를 삼킨 건 고래 뱃속일 것이다. 고래 뱃속의 환상은 기차가 다음날 아침 시칠리 섬 시라쿠사에 도착할 때까지도 지워지지 않고 계속됐다. 그 모든 새로운 풍경이 고래 뱃속의 일로만 여겨졌다. 시칠리 섬에서 삼 박이나 하는 동안도 열은 내리지 않아 혼미한 상태에서 환상도 계속됐다. 어떤 항구에선지는 거대한 배에서 내린 많은 관광객들과도 마주쳤고 그 안에는 우리나라 사람들도 여럿 있어서 우리 일행과 만나 반가워서 어쩔 줄을 모르면서 같이 사진을 찍는 사람들도 있었다. 다행히 나를 아는 사람은 없었다. 말로만 듣던 크루즈여행을 온 사람들이었다. 항구에 정박해 있는 빌딩만한 배를 보고도 내 혼미한 의식은 여전히 그 모든 것이 고래 뱃속의 일처럼 비현실적으로 여겨졌다.

인천행 아시아나 항공기는 다행히 빈자리가 많았다. 그동안 걱정 많이 한 내 룸메이트가 연달아 비어 있는 좌석을 잡아주어서 편안히 누워서 올 수 있었다. 기내식은 여전히 당기지 않았지만 심한 공복감을 느꼈다. 그 공복감이 그렇게 기분좋을 수가 없었다. 길게 누워 있다고 잠이 오는 건 아니었다. 집에 가서 이것저것 먹을 걸 상상하고, 식구들에게 투정부릴 궁리를 했다. 딸들이 만일 잣죽이나 전복죽을 쒀온다면 냄새만 맡고도, 꼬라지만 보고도, 죽집에서 사왔다는 걸 알아맞히고 호통을 치리라. 콩나물죽이 먹고 싶다고 할까, 호박죽이 먹고 싶다고 할까. 아니 흰죽이 먹고 싶다고 해야지. 장조림 간장은 싫고, 장산적, 아니지 강된장에 맵지 않은 풋고추를 꼭꼭 찍어 먹고 싶다고 해야지, 상

366

상만으로도 입안에 군침이 돌고 살맛이 났다. 감기는 어지간히 물러간 것 같았다. 그래도 내가 그동안 얼마나 독한 감기를 앓았는지는 꼭 티를 내야지, 하고 별렀다.

드디어 인천공항에 내렸다. 입국수속을 마치고 짐 찾는 아래층에 안전하게 발을 디디자 비로소 고래 뱃속을 빠져나왔구나, 하는 현실감이 왔다. 이번 여행길을 통틀어 방금 내린 비행기까지가 다 고래 뱃속의 일로 여겨졌다. 어쩌면 지난 이십 년 동안의 설렘도 목적도 없는 여행이 다 고래 뱃속 안에서의 헤맴이 아니었을까. 오랜만에 내 땅에 첫발을 디딘 착지감은 눈 감고도 느낄 수 있는 첫사랑과의 터치처럼 에로틱하기조차 했다. 죽어서도 당신에게 스미고 싶어. 그런 황홀경이었다.

재작년에 그러고 나서 지난 일 년 동안 한 번도 해외에 나가지 않았다. 그래도 궁금하거나 답답하지 않았다. 가장 평화로운 한 해였다. 신종플룬가 뭔가 하는 독감이 유행할 때도 하나도 겁나지 않았다. 해마다 맞던 독감 예방주사도 맞지 않았다. 유럽에서 그 정도로 독하게 감기를 앓았으니 적어도 몇 년은 갈 면역이 생겼으려니 믿고 있다. 남이야 믿거나 말거나. 설렘도 볼일도 없는 여행은 다신 안 할 것이다.

'그리움'이라는 생의 송가

정홍수(문학평론가)

1

박완서는 자신의 글쓰기가 증언의 욕구로부터 비롯되었다는 것을 여러 차례 밝힌 바 있다. 등단작 『나목』(1970)이 처음에는 화가 박수근에 대한 전기 형식의 글로 구상되었다가, 결국 소설이라는 허구의 마당에서 좀더 자유로운 '증언'의 형식을 찾게 되었다는 사실 또한 우리는 익히 알고 있다. 그런데 나는 이 대목에서 작가가 토로한 '증언의 욕구'를 통상의 문학적 수사(修辭)나 주관적 의지의 영역에서 빼내어 박완서 문학을 정초하고 구성하는 내적 형식으로 호명하고픈 마음이 든다. 그러니까 작가의 삶과 글쓰기를 하나의 문학적 벡터로 묶어내는 중요한 누빔점의 자리에 놓이는 내적 형식으로서의 '증언'. 박완서 문학의 종착지에 해당하는 이번 소설집 『그리움을 위하여』(박완서 단편소설 전집 7)를 읽으며 『나목』에서 시작된 거대한 증언의 여로가 하나의 원환적 형식을 이루며 박완서 문학을 떠받치고 있다는 느낌을 떨치기 어려웠다. 어쩌면 이것은 박완서 문학이 이루어낸 '소설'에 대한 새로운 명명, 재정의의 이야기가 될 수 있을지도 모르겠다.

두말할 것도 없이 박완서 문학에서 증언의 핵심은 6·25 전쟁 체험이다. 그 체험의 실체는 "단지 살아남기 위해 온갖 수모와 만행을 견디어내야 했다"(『두부』, 창비, 2002, 191쪽)는 한 문장 안에 가늠할 길 없는 무게로 얹혀 있다. 등단작 『나목』에서부터 「부처님 근처」(1973), 「카메라와 워커」(1975), '엄마의 말뚝' 연작(1980, 1981, 1991), 『그 많던 싱아는 누가 다 먹었을까』(1992), 『그 산이 정말 거기 있었을까』(1995) 등을 거쳐 마지막 장편소설 『그 남자네 집』(2004)까지 처절하리만치 집요하게 반복된 그 비인간의 시간에 대한 증언은, 작가의 6·25 체험이 시간의 망각과 치유를 허락하지 않는 지대에 날것 그대로 꽁꽁 얼어붙은 채 떨칠 수 없는 현실로 지속되고 있었다는 것을 말해준다. 심지어는 이렇게까지 물어보고 싶을 정도다. 박완서 문학의 증언은 그 집요한 반복과 정밀한 재현에도 불구하고 작가가 체험한 비인간의 시간의 끔찍함에 도달하지 못했던 것은 아닐까. 온전한 진실의 참혹한 얼굴은 항상 그 증언 너머에서 기갈 들린 형상으로 작가의 도전을 부추기며 조소하고 있었던 것은 아닐까, 하고 말이다.

그러나 박완서 문학의 원점이자 최전선이랄 수 있는 이 난망한 기억과의 싸움은 박완서 문학으로 하여금 그 증언의 폭과 시야를 확대할 수 있도록 해주는 내적 동력이기도 했다. 우리가 아는 대로 박완서 문학은 일상의 평강과 욕망의 성채를 향해 질주하던 산업화 시대 한국사회의 인심과 풍속, 세태에 대한 가차없는 증언과 비판으로 나아갔는데, 이는 실상 살아남은 자로서 자기 자신의 부풀어오르는 일상에 대해 행한 도덕적, 윤리적 심문이 아니었던가. 『휘청거리는 오후』(1977)로 대표되는, 한국사회의 속물성에 대한 박완서 문학의 증언과 비판이 세태소설의 차원을 넘어설 수 있었던 내적 근거가 바로 여기에 있었다. 그 속물성이 사실은 작가 자신이 그토록 갈구했던 범상한 일상의 이면이라는 점은 '(증언을 위한) 살아남기'의 윤리적 위기이자 타락이었을 것이다. 그것은 동시에 견딜 수 없는 부끄러움으로 엄습해왔을 터인데, 이런 의미에서 박완서가 낸 첫 소설집의 표제작이기도 한 「부끄러움을 가르칩니다」(1974)에 나오는 화자의 고백은 작품의 개별 맥락을 떠나서도 다분히 상징적이다. "아아, 그것은 부끄러움이었다. 그 느낌은 고통스럽게 왔다. 전신이 마비됐던 환자가 어떤 신비한 자극에 의해 감각이 되돌아오는 일이 있다면, 필시 이렇게 고통스럽게 돌아오리라. 그리고 이렇게 환희롭게. 나는 내 부끄러움의 통증을 감수했고, 자랑을 느꼈다"(박완서 단편소설 전집 1, 327쪽). 그리고 소설의 마지막 문장은 이러한 박완서 문학의 실존적 위기가 시대성과 만나는 지점을 예비하고 있다. "아아, 꼭 그래야 할 것 같다. 모처럼 돌아온 내 부끄러움이 나만의 것이어서는 안 될 것 같다"(같은 책, 327쪽). 중요한 것은 위기의식과 부끄러움으로부터 비롯된 박완서 문학의 속물성 비판이 선악 이분법이나 도덕적 일도양단의 차원을 넘어 한결 깊은 곳에서 사안의 착잡한 복잡성을 들여다보고 있었다는 점이다. 그러니까 박완서 문학은 세상의 속악에 대해 고개 숙일 생각이 전혀 없지만, 그렇다고 해서 자신만의 고고하고 우월한 자리가 마련되어 있지도 않다는 것을 안다. 초기 대표작 중 하나인 「카메라와 워커」가 그 뚜렷한 증거다. 작가의 개인사가 짙게 투영되어 있는 이 작품에서 화자의 오빠 부부는 이념적 선택의 문제로 인해 전쟁중에 목숨을 잃는다. 홀로 남은 조카를 이념이나 체제 비판과는 무관한 이공계에 진학시킴으로써 한국사회에 순조롭게 착근시키고자 하는 화자의 집요한 노력은 '살아남기'라는 문제에 걸린 박완서 문학의 윤리적 딜레마를 아이러니하게 보여준다. 가까스로 이공계 대학을 졸업하지만, 조카가 휴일에 카메라를 메고 야외에 나가 가족과 함께 사람 사는 낙을 누릴 가능성은 요원해 보인다. 그에게는 고속도로 공사판의 먼지투성이 워커의 현실만이 버겁게 주어져 있을 뿐이다. 이 실패를 목도한 뒤 화자가 내뱉는 소설의 마지막 진술에는 근대 한국인의 삶의 방향성에 대한 막막한 질문과 함께, 도덕적 선택의 문제를 넘어서버린 현실에 대한 착잡하지만 묵직한 통찰이 담겨 있다. "뭐가 잘못된 것일까. 나는 가슴이 답답해서 절로 한숨을 쉬었다. 그러나 후회는 아니었다. 훈이를 키우는 일을 지금부터 다시 시작할 수 있다면 이러이러하게 키우리라는 새로운 방도를 전연 알고 있지 못하니, 후회라기보다는 혼란이었다"(같은 책, 381~382쪽). 여기서 '후회는 아니었다'라는 진술은 박완서 문학의 속물성 비판이 자신의 6·25 원체험과 연결되어 있되, 그 연결이 관념이나 이념적 전망의 차원이 아닌 생리적이고도 물리적인 '삶의 현재'를 통해 이루어졌다는 점을 웅변한다. 그것은 후회하거나 후퇴할 수 있는 사안이 아니다. 조금 과장되게 말한다면 6·25전쟁 체험 이후 박완서 문학에서 더이상 물러설 수 있는 전선은 사라져버렸다고 해야 옳다. 그런 만큼 속물성에 대한 윤리적 자기 심문이 6·25 원체험에 대한 근본적인 의미에서의 증언의 실패, 애도의 실패와 한몸의 아이러니를 이룬 채 때로는 길항하고 때로는 연대하면서 지속되었다는 점이야말로 박완서 문학의 문제성이라고 할 수 있을 것이다.

2

　박완서 문학이 증언의 자리를 고수하려고 할 때, 자기 정직성은 필수적인 조건이 된다. 박완서 문학에서 자기 정직성은 기억과의 싸움으로 현상한다. 밀어내고 싶고 떨쳐버리고 싶지만 낱낱이 떠올려 증언하지 않으면 안 된다는 점에서 그 '싸움'은 언제든

새로운 진실의 형식을 요구한다. 아마도 그 진실의 형식을 찾아내는 과정이 박완서에게는 소설쓰기였고, 이야기를 빚어내는 일이었을 것이다. 희랍어에서 '증인(martis)'은 '기억하다'라는 의미의 동사에서 파생된 말이라고 하는데, 살아남은 자의 소명으로서 '기억하기'는 박완서 문학의 본질인 동시에 형식이라고 할 수 있겠다. 박완서 문학의 가장 깊은 이해자인 김윤식은 박완서 문학의 핵심을 '기억과 묘사'로 요약하고, 박완서 소설의 "유려한 문체와 빈틈없는 언어구사"에 '천의무봉'이라는 표현을 얹어준 바 있다. 이때 '천의무봉'은 문체나 구성의 문제이기도 하지만(김윤식은 '천의무봉'이란 곧 박완서의 창작방법론이라고 말한다) 동시에 체험적 진실의 자기표현이 도달한 모종의 순수를 일컫는 것이라고 한다면, 그 순수는 훼손되어서는 안 될 박완서 문학의 물러설 수 없는 윤리이기도 하지 않을까. '문학은 작가의 삶과 함께 나아간다'라는 일반적 진술이 박완서 문학에 이르러서는 특별한 의미를 지니게 되는 것도 이 때문이다. 박완서 문학은 삶에서 얻거나 잃은 것 너머로 나아가지 않았고, 이 완강한 금칙은 박완서 문학의 리얼리티를 유례없는 밀도와 순도로 완성시켰다.

그러므로 1990년대부터 본격적으로 펼쳐지기 시작한 박완서 문학의 새로운 진경이란 작가에게 다가온 새로운 인생의 시간 그 자체였다고 해도 크게 어긋난 이야기는 아닐 것이다. 그런데다 알다시피, 작가는 1988년 한 해에 삼십오 년을 함께했던 부군을 암으로 잃고 연이어 참척의 아픔까지 겪는다. 이 두 죽음은 작가에게 문학을 놓아버리게 할 수 있을 정도의 충격이었을 터이다. 그러나 작가는 한동안의 은거 뒤에 다시 창작 현장으로 복귀했고, 저 6·25의 죽음과 지옥도의 시간에 이어 다시 찾아온 참혹한 절망의 시간을 자신의 문학으로 증언한다. 1990년부터 통곡의 일기를 「한 말씀만 하소서」란 제목으로 『생활성서』에 연재하기 시작했고, 부군과의 사별의 시간을 기록한 「여덟 개의 모자로 남은 당신」(1991), 그리고 참척의 아픔을 시대의 환부에 담아낸 「나의 가장 나종 지니인 것」(1993)을 발표한다. 그리고 박완서 문학의 숨은 증인이자 동반자인 어머니의 마지막 시간을 다룬 「엄마의 말뚝 3」(1991)이 비슷한 시기에 발표되기도 한다. 이제 '살아남은 자의 증언'으로서 박완서 문학은 역사의 폭력뿐만 아니라 생로병사의 덧없고 무자비한 인간 운명을 상대로 한 또다른 성좌를 그리게 된 것이다. 이 무렵 육십대에 접어든 작가의 연령은 차치하고라도, 시종 '인간에 대한 의문부호'를 놓지 않고 진행되어온 박완서 문학의 인간학은 참으로 다사다난했던 세월의 더께와 함께 새로운 증언의 시간으로 진입하고 있었다. 그런데 여기서 「여덟 개의 모자로 남은 당신」의 '여덟 개의 모자'가 하나도 더하거나 뺄 수 없는 사실의 숫자라는 점은 새삼 강조해둘 필요가 있다. 항암치료 탓에 남편이 민둥머리가 되자 머리를 가릴 모자가 필요해졌고, 그렇게 해서 하나둘 사들인 모자가 여덟 개가 되었다. 그런데 여기에 하나의 사실이 더 제시된다. 휴전 직후의 그 황량한 서울에서 화자가 장만한 유일한 혼수가 직장(미군 PX)의 마지막 월급으로 산 고급 중절모였다는 것. 이 순간 화자가 남편의 죽음 직전까지 예전의 그 중절모에 가까운 모자를 찾는 이야기는 아무런 상상적 휘장 없이도 문학적 울림을 증폭한다. 그리하여 미국에 있던 막내가 귀국길에 화자의 마음속 원형에 가장 가까운 모자를 사오고, 테가 너무 넓어 카우보이 모자를 연상시키던 그 '장고 모자'가 "그의 여덟번째 모자이자 마지막 모자가 되었다"는 이야기가 담담히 술회될 때 우리는 삶과 문학 사이의 빗장이 풀려버린 박완서 문학의 진경에 전율하지 않을 수 없다. 소설적 진실과 체험적 진실의 경계가 사라지는 비슷한 상황이 「엄마의 말뚝 3」에도 나온다. 개성 박적골에서 상경해 서울땅에 뿌리내리려 했던 엄마의 '말뚝'이 박완서 문학의 기원적 풍경임은 누구나 아는 바이지만, 어머니의 장례식 후 삼우날 다시 찾은 산소에는 "어머니의 성함이 한 개의 말뚝이 되어 꽂혀 있"었다는 것. 소설의 마지막 문장은 이렇다. "어머니의 함자는 몸 기(己)자, 잘 숙(宿)자여서 어려서부터 끝자가 맑을 숙자가 아닌 걸 참 이상하게 여겼었다." 여기에 제시된 어머니의 함자는 실명이거니와, 그 '기숙'이라는 함자가 본래의 의미를 찾아 '말뚝'으로 꽂혀 있는 이 장면은 이른바 '상상력' 따위로는 도무지 땅띔도 해볼 수 없는 영역이 아니겠는가. 적어도 박완서 문학에는 체험적 사실(진실)과 소설적 진실 사이에 영도(零度)로 수렴되는 미학의 순금지대가 존재하는바, 증언과 기억의 형식으로 빚어지는 그 장관을 일러 '천의무봉'이라 한다면 이는 기

실 소설에 대한 새로운 명명, 재정의의 문제가 되는지도 모를 일
이다.

3

『그리움을 위하여』에서 우리는 노대가가 증언하는 인간학의 정
화(精華)와 만난다. 수록작은 2001년부터 2010년까지 발표된 작
품들인데, 문학적 기품과 통찰의 그윽함에 고개를 숙이는 한편으
로 거칠 것 없는 정념이나 생동하는 욕망을 전하는 감각적 활력에
서 박완서 문학의 늘 푸른 젊음에 새삼 감탄하게 된다. 문학적 기
율은 전혀 흐트러짐이 없지만 공식화와는 거리가 먼 유연함 속에
서 그러하다. 모든 작품들이 그저 물 흐르듯이 흘러가되, 암중모
색의 저 고독한 시간들을 거쳤을 낱낱의 단어와 문장 들은 두터우
면서도 엽엽하다. 이야기를 풀어내는 리듬은 우리 삶이 딱 그렇게
맺히고 풀리면서 흘러간다는 것을 말해주는 듯하다. 작가는 마지
막 산문집 『못 가본 길이 더 아름답다』(현대문학, 2010)에서 스스
로를 "스무 살에 성장을 멈춘 영혼이다"라고 말하기도 했거니와,
그 '스무 살'은 단 한 발짝도 벗어날 수 없었던 6·25라는 고통스러
운 기억의 원점을 가리키는 동시에 타협을 모르는 젊음의 열정으
로 시종한 박완서 문학의 상징적 자리가 아닌가 하는 생각도 든
다. 그러긴 해도 일제강점기, 6·25, 산업화, 민주화를 거쳐 휘황한

전자문명의 세기에 이르기까지 '오백 년을 산 것 같다'고 술회하기도 한 작가 세대의 삶이 노년의 시간에 접어들면서, 박완서 문학이 새로운 성찰과 이야기의 장을 보여주게 된 것은 지극히 자연스러운 일일 것이다. 『그 여자네 집』(박완서 단편소설 전집 6)부터 본격화되기 시작한 노년의 시선과 욕망, 노년의 삶에 대한 이야기가 그것인데, 당연하게도 작가가 풀어놓는 그 이야기들은 으레 그러하리라 싶은 어떤 고정관념들을 부수면서 전혀 간단하지 않은 인간의 진실들을 풍성하게 보여준다. 그리고 그러는 한, 이것은 굳이 노년이라는 범주에 국한될 수 없는 박완서 문학의 증언으로서의 인간학이 될 터이다.

이번 소설집에서도 6·25의 시간을 둘러싼 증언의 문학은 계속된다. 전쟁중에 찾아왔던 첫사랑의 기억을, 오십 년의 시간을 두고 이야기하는 「그 남자네 집」(2002)이 그것인데, 작가는 이 작품을 이 년 후 장편소설로 다시 쓰기도 한다. 작가의 마지막 작품이 어린 시절 아버지의 죽음, 전란중 오빠와 삼촌의 죽음, 그리고 조금 살 만해진 세월에 닥친 남편과 아들의 죽음 등 고단했던 생을 돌아보는, 말 그대로의 자전소설 「석양을 등에 지고 그림자를 밟다」(2010)이고, 직전에 발표한 작품 역시 이념 갈등에 찢겨나간 우리네 삶의 어두운 바닥을 되새기는 「빨갱이 바이러스」(2009)라는 점을 상기해보면 원점의 기억에 대한 박완서 문학의 싸움이 얼마만큼 본질적이고 운명적인 것이었는지 새삼 놀라게 된다. 그렇기는 하지만 「그 남자네 집」은 떨치고 싶은 기억이라기보다는 세월의 너울에 기대 품어내고자 하는 기억의 이야기라는 점에서 회한의 배음이 없는 것은 아니지만 기본적인 소설의 정조는 따뜻하다. 소설의 백미는 화자 스스로 마음을 밀고 당기면서 조금씩 '그 남자'에 대한 기억으로 다가가고, 다시 오십 년 세월이 흐른 현재로 담담히 돌아오는 절묘한 마음의 리듬이라 할 만한데, 그 리듬의 한가운데 놓인 것이 '보리수나무'이다. '그 남자네 집'이 오십 년의 세월을 이기고 조선 기와집 그대로 남아 있는 것을 확인한 뒤, 화자를 안타깝게 한 것은 바깥마당에 빽빽하게 심은 나무들 탓에 그 집의 얼굴이랄 수 있는 홍예문을 들여다볼 수 없다는 사실이었다. 동행한 후배로부터 그 나무가 보리수라는 이야기를 듣고도 화자는 언젠가 여행중에 보았던 보리수를 떠올리며 고개를 젓는데, 화자는 이렇게 생각한다. "그가 보리수라면 보리수가 맞을 것이다. 그러나 내가 아는 보리수하고는 얼토당토않았다." 그러니까 풍성한 그늘을 드리운 보리수의 이미지가 아니었다는 이야기다. 조금은 억지스럽기까지 한 이러한 마음의 저항은 지금 화자에게 순금의 기억을 일깨우고 감쌀 환상의 자리가 필요하다는 사실을 웅변한다. 보리수는 바로 '단꿈'의 기억을 품어낼 환상의 자리, 바로 그것인 셈이다. 이제 홍예문을 가리고 있는 나무는 반드시 보리수여야 하는바, 그러기 위해서는 "단꿈을 꾸기에는 너무 옹졸"한 현재의 모습이 무성한 녹음의 환상으로 덮여야 한다. 물론 그 환상의 완성은 '시간'의 개입 없이는 불가능하다. 여기서 한번 물어보자.

화자는 같은 서울 하늘 아래 살면서 왜 이제야 이 집을 찾아왔던 것일까. 우연히 같은 동네에 집을 마련한 후배의 초대는 한갓 핑계일 터이다. 이유는 단 한 가지, 오십 년의 세월이 흘렀기 때문이다. '그 남자'의 기억을 소환하기 위해 박완서 문학이 스스로에게 설정한 시간의 기율은 이처럼 완강하다. 아마도 이것은 너무도 소중한 '단꿈'의 기억에 대한 예의일 것이다. 보리수라는 환상은 그러니까 이 시간, 세월의 다른 이름이다. 수목도감에서 가을이면 보리수의 작은 열매가 붉은색으로 변한다는 사실을 챙겨둔 화자는 가을을 기다렸다가 '그 남자네 집'을 다시 찾는다. 이 대목은 참으로 아름답다.

> 그러나 이파리 사이로 삐죽삐죽한 잔가장귀엔 서너 개씩 빨간 열매가 달려 있었다. 아마 여름엔 이파리하고 같은 색이어서 눈에 안 띄었나보다. 이 나무들은 얼마나 있어야 그 밑에서 단꿈을 꿀 만큼 자랄까. 한 오십 년쯤. 나는 보리수나무가 세월을 거꾸로 먹어 오십 년 전엔 그 무성한 그늘에서 관옥같이 아름다운 청년이 단꿈을 꾼 것 같은 착란에 빠졌다.
> ―「그 남자네 집」, 61쪽

여기서 "보리수나무가 세월을 거꾸로 먹"는 시간의 역행은 '진실'의 지위에 올라선다. '무성한 그늘'도 '관옥같이 아름다운 청년'도 '단꿈'도 한갓 '착란'일 수 없는 이유다. 기억의 봉인을 여는 데 걸린 오십 년의 시간은 '단꿈'의 기억에 대한 예의이자 포기할 수 없는 자존심이 아니었겠는가. 기억의 정화가 보리수의 '빨간 열매'로 스스로를 입증하는 순간은 그러므로 박완서 소설의 미학과 윤리가 한몸으로 밀어올리는 진실의 장관이다. 그리고 기억의 한가운데 가곡 〈보리수〉가 있다. 그 시절 '그 남자네 집'에서 전축으로 가장 많이 들었던 노래가 〈보리수〉였던 것인데, 〈보리수〉의 가사는 또한 고3 독일어 교과서에 나오는 시이기도 했다. 물론 박완서 소설에서 이러한 이야기는 너무나 견고한 사실의 질서로 제시되고 우리 또한 기꺼이 그 질서를 받아들인다. 그리고 〈보리수〉는 그 사실의 자리에서 전란으로 찢긴 청춘의 황망한 진실을 전한다. 화자는 묻는다. "그 시절부터 우리는 얼마나 멀리 와 있나. 그 시절이 우리에게 정말 있기나 있었을까. 여긴 어딘가." 혼동하지 말아야 한다. 여기서 '그 시절'은 기억 속의 현재, 그러니까 전시이긴 하나 온갖 5월의 꽃들이 흐드러지게 피어난 '그 남자네 집' 사랑마당에서 돌아보는 불과 몇 년 전의 여고 시절이다. 전쟁과 함께 '그 시절'의 꿈은 참담하게 파괴되었다. 〈보리수〉의 '단꿈'은 이미 파괴된 '단꿈'이다. 암담하고 흉흉한 전란의 도시 한가운데 피어난 꽃들 옆에서 〈보리수〉를 듣는 청춘의 사랑이 참을 수 없이 외설스러운 향유가 되는 까닭이 여기 있다.

홍등가의 등불 같은 석류꽃, 숨가쁜 치자꽃, 그런 것들이 불온

한 열정—화냥기처럼 걷잡을 수 없이 분출했다. (……) 그런 꽃들을 분출시킨 참을 수 없는 힘은 남아돌아 주춧돌과 문짝까지 흔들어대는 듯 오래된 조선 기와집이 표류하는 배처럼 출렁였다. 우리는 서로 부둥켜안고 싶을 만큼 아슬아슬한 위기의식을 느꼈다. 돈 안 드는 사치는 이렇게 위험했다.

—「그 남자네 집」, 76쪽

지금 우리는 만년의 박완서 문학이 오십 년의 세월을 기다렸다 기억의 봉인을 풀고 터뜨리는 성애학의 절정을 보고 있다. 그 표현의 농염함이라니! 그런데 그 외설스러운 욕망의 분출은 정확히 절망의 현실 앞에 선 생명의 위기의식이었다. 이 사실을 노년의 화자는 분노와 회한의 감정을 숨기지 않고 항변하듯 이렇게 정리한다. "그 암울하고 극빈하던 흉흉한 전시를 견디게 한 것은 내 꿈도 원한도 이념도 아니고 사치였다. 시였다." 이미 파괴된 단꿈을 다시 꾸어야 했던 그들에게 〈보리수〉는 '시'이자 사치였다. 그 시와 사치는 불가피했을지언정 결국 '착란'이었으리라. 휴전 후 화자가 '그 남자네 집'과 '그 남자'에게 등을 돌려야 했던 것도 그래서였다. '착란'의 시간이 지나자 화자에게 간절했던 것은 생활의 요구, "작아도 좋으니 하자 없이 탄탄하고 안전한 집에서 알콩달콩 새끼 까고 살고 싶"은 '그저 그런 꿈'이었으니까. '단꿈'보다 더 집요한 이 생존의지는 『나목』에서 '옥희도/황태수'의 대립구도를 통해 처음 모습을 드러냈고, 「카메라와 워커」에서 다시 한번 "그러나 후회는 아니었다"라는 진술과 함께 확인되지 않았는가. 특히 후자의 경우, '카메라'로 환유된 일상의 안락에 대한 의지는 '민주화'라는 1970년대의 시대정신조차 왜소하게 만들 정도였다. 결혼 사실을 알리며 '그 남자'에게 이별을 통보하는 장면에서 이 작품은 시종 '낭만적 허위'에 맞서야만 했던 박완서 문학의 '소설적 진실'을 가혹할 정도로 투명한 아이러니 속에서 다시 한번 상연한다.

> 나도 따라 울었다. 이별은 슬픈 것이니까. 나의 눈물에 거짓은 없었다. 그러나 졸업식 날 아무리 서럽게 우는 아이도 학교에 그냥 남아 있고 싶어 우는 건 아니다.
>
> —「그 남자네 집」, 76쪽

다만, 어떤 차이가 없는 것은 아니다. 아마도 그 차이는 '그 남자네 집'을 찾아보게 만든 '오십 년의 세월'이 불러왔을 텐데, 그것은 바로 『그리움을 위하여』의 표제에도 들어 있는 '그리움'의 이야기다. 가령 '그 남자'와 함께 드나들었던 포장마차의 칸델라 속 카바이드 냄새 섞인 구공탄 불의 추억 같은 것. "카바이드와 연탄불 냄새를 그리워하며 천천히 걸어가는 늙은이가 눈에 선하다. 그는 누구일까. 애무할 거라곤 추억밖에 없는 저 처량한 늙은이는." 그러나 아무리 스스로의 처량함을 적나라하게 드러내더라도 그리움은 그리움인 것. 그리움은 이미 승패와는 무관한 지점이 아니겠는가. 거기에 싱싱한 젊음을 향한 질투가 동반된다 한들 뭐 어떠랴. 오십 년을 기다려 품어낸「그 남자네 집」의 그리움에는 범접하기 힘든 인간적 기품이 있다. 그러면서 그 그리움에는 인간의 자리에서는 도저히 어째볼 수 없는 슬픔이 깃들어 있다. 역사나 이념의 횡포, 운명의 개별성을 포함하면서도 어느 면 그런 것들과는 무관한 지점에서 비롯되는 생로병사 속 인간이 갖는 슬픔. 만년의 박완서 문학이 증언하는 인간의 이야기에는 이 그리움, 슬픔의 자리가 그려내는 그윽하고 도저한 원무(圓舞)가 있다.

「그 남자네 집」에서 우리는 그 '그리움'의 자리에 이르기까지 박완서 문학이 스스로에게 부과한 기율과 자존의 위엄을 충분히 지켜보았지만, 표제작「그리움을 위하여」역시 '그리움'의 느낌이 인생의 시간에서 쉽게 도달하기 힘든 '마음의 향연'임을 알게 해준다. 일단은 박완서 소설 특유의 도남의재북(圖南意在北)이 압권이다. 집안일을 도와주던 사촌동생의 느닷없는 개가(改嫁) 선언에 화자(화자도 사촌동생도 모두 육십을 훌쩍 넘긴 과부)가 경악하며 내뱉는 말을 보자. "더 들을 것도 없었다. 삼십여 년을 해로한 제 영감 차례를 내팽개치고 어느 개뼉다귀인지 모를 늙은 뱃사람의 죽은 마누라 차례를 지내러 가겠다는 게 어디 제정신인가. 너 환장을 했구나." 이것이 참을 수 없는 질투의 감정임은 말할 것도 없다.「대범한 밥상」에서 우리는 사돈영감과 한집살이를 하는 경실이라는 여인의 이야기를 듣게 되고,「마흔아홉 살」에서는 오십을 앞둔 두 중년 여성의 뜻밖의 마음자리를 들여다보게 되는데, 으레 그러려니 싶은 세상의 관념이나 시선으로 덮을 수 없는 개개의 사정과 진실이 있다는 것을 작가는 세심하고 날카롭게 살펴 보여준다. 심지어 "나한테도 내가 모르는 면이 많더라구"(「마흔아홉 살」, 102쪽) 하는 대목에서 드러나듯, 도무지 요령부득이랄 수밖에 없는 '마음의 오지'에 대한 탐사는 특히 『그리움을 위하여』의 작품들에서 대가의 연륜과 원숙이 빚어내는 너르고 깊은 인간학의 결정(結晶)으로 빛을 발하고 있다. 열두 살 연상의 유부남과 연애해서 결혼하고, 이후 그닥 여유롭지 못한 삶을 살아 여름이면 젖은 옷을 입고 자야 하는 찜통 옥탑방에서 노년을 맞은 「그리움을 위하여」의 사촌동생을 화자인 '나'는 대등한 자매의 자리에서 바라본 적이 있었던가. 타인의 고통에 대해서도 그렇지만 타인의 행복을 지레 판정할 권리가 과연 누구에게 있을까. 사촌동생이 찾아낸 새로운 사랑은 그녀 자신의 욕망과 생명에 대한 충실성일 것이다. 사촌동생은 묻는다. "외로움을 이기지 못하는 게 왜 나빠." 화자는 사촌동생의 개가를 저지하기 위해 이리저리 전화를 돌리는 와중에 전쟁통에 떼과부가 된 집안의 여자들을 생각한다. "어쩌면 그 많은 떼과부들이 하나도 개가를 안 하고 수절을 했을까. 말을 하면서도 끔찍한 생각이 들었다." 하긴 박완서 문학은 얼마나 오랫동안 이 '역사의 과부들'을 지키고 옹호해왔는가. 그렇다면 이제 박완서 문학은 만년에 이르러 생명의 충실성, 그 욕망의 긍정으로 선회했다고 말해야 할까. "질투로 분기탱천"한 화자의 마음에서 사촌동생의 욕망과 겹쳐지는 화자의 욕망을 읽는 것은 너무도 쉬운 일이니 말이다. 그러나 박완서 문학은 이 욕망을 긍정하는 만큼, 그 욕망으로부터 거리를 둘 수밖에 없는 또다른 운명의 자리를 지키고자 한다. 그것은 아마도 '보리수'의 단꿈에 대한 놓을 수 없는 원망이자 예의일 것이다. 그리고 자존심일 것이다. 박완서 문학이 만년에 보여준 인간에 대한 어떤 심오한 통찰이나 문학적 원숙보다도 더 우리를 숙연하게 하는 것은 이 운명의 자리에 대한 가슴 시린 수락이자 승인이다. 그리고 그 수락의 대가로 박완서 문학이 우리에게 돌려주는 것은 '그리움'의 기품과 위엄이다. 여기서 '그리움'은 슬픔과 함께하는 생의 진정한 송가일 것이다.

칠십에도 색시한 어부가 방금 청정해역에서 낚아올린 분홍빛 도미를 자랑스럽게 들고 요리 잘하는 어여쁜 아내가 기다리는 집으로 돌아오는 풍경이 있는 섬, 그런 섬을 생각할 때마다 가슴에 그리움이 샘물처럼 고인다. 그립다는 느낌은 축복이다. 그동안 아무것도 그리워하지 않았다. 그릴 것 없이 살았음으로 내 마음이 얼마나 메말랐는지도 느끼지 못했다. 우리 아이들은 내년 여름엔 이모님이 시집간 섬으로 피서를 가자고 지금부터 벼르지만 난 안 가고 싶다. 나의 그리움을 위해.

—「그리움을 위하여」, 43~44쪽

1931년   10월 20일 경기도 개풍군 청교면 묵송리 박적골에서 출생.
아버지 박영노朴泳魯, 어머니 홍기숙洪己宿. 열 살 위인 오빠
있음.

1934년   아버지 별세. 어머니는 오빠만 데리고 서울로 떠남. 조부모
와 숙부모 밑에서 어린 시절을 보냄.

1938년   서울로 와서 살게 됨. 매동국민학교 입학.

1944년   숙명여고 입학.

1945년   소개령疏開令이 내려져 개성으로 이사, 호수돈여고로 전학.
고향에서 해방을 맞음. 서울로 와 학교를 계속 다님. 여중
5학년 때 담임을 맡은 소설가 박노갑 선생에게서 많은 영
향을 받음.

1950년   서울대학교 문리대 국문과 입학. 6월 초순에 입학식이 있
어서 학교를 다닌 기간은 며칠 되지 않음. 전쟁으로 오빠와
숙부가 죽고 대가족의 생계를 책임지게 됨. 미군 부대에 취
직, 미8군 PX(동화백화점, 곧 지금의 신세계백화점 자리)의
초상화부에 근무. 거기서 박수근 화백을 알게 됨.

1953년   호영진扈榮鎭과 결혼, 이후 1남 4녀의 자녀를 둠(1954년 원
숙, 1955년 원순, 1958년 원경, 1960년 원균, 1963년 원태).

1970년   『나목』으로 『여성동아』 여류장편소설 공모에 당선.

1975년   『도시의 흉년』을 『문학사상』에 연재.

1976년   첫 소설집 『부끄러움을 가르칩니다』(일지사) 출간. 『휘청거
         리는 오후』를 동아일보에 연재.

1977년   『휘청거리는 오후』(창작과비평사, 전2권), 중편집 『창 밖은
         봄』(열화당), 산문집 『꼴찌에게 보내는 갈채』(평민사), 『혼
         자 부르는 합창』(진문출판사) 출간.

1978년   소설집 『배반의 여름』(창작과비평사), 장편소설 『목마른 계
         절』(원제 『한발기』, 수문서관), 산문집 『여자와 남자가 있는
         풍경』(한길사) 출간.

1979년   『도시의 흉년』(문학사상사, 전3권), 『욕망의 응달』(수문서관,
         이 책은 1985년 같은 출판사에서 『인간의 꽃』으로, 1989년 원
         제대로 우리문학사에서 재출간), 창작동화 『달걀은 달걀로
         갚으렴』(샘터, 『마지막 임금님』으로 재출간) 출간.

1980년   「그 가을의 사흘 동안」으로 한국문학작가상 수상. 전해부
         터 동아일보에 연재했던 『살아 있는 날의 시작』(전예원) 출
         간. 「오만과 몽상」을 『한국문학』에 연재.

1981년   「엄마의 말뚝 2」로 제5회 이상문학상 수상. 제5회 이상문
         학상 수상작품집 『엄마의 말뚝 2』, 소설집 『도둑맞은 가난』
         (민음사, 「나목」이 재수록되어 있음), 콩트집 『이민가는 맷
         돌』(심설당) 출간. 20년간 살던 보문동 한옥을 떠나 강남의
         아파트로 이사.

1982년   10월, 11월 문공부 주최 문인해외연수에 참가하여 유럽과
         인도를 다녀옴. 소설집 『엄마의 말뚝』(일월서각), 장편소설

『오만과 몽상』(한국문학사, 1985년 고려원에서 재출간), 산문집 『살아 있는 날의 소망』(학원사) 출간. 『그해 겨울은 따뜻했네』를 한국일보에 연재.

1984년   7월 1일 영세 받음. 풍자소설집 『서울 사람들』(글수레) 출간.

1985년   11월에 '일본 국제기금재단'의 초청으로 일본을 여행함. 장편소설 『서 있는 여자』(학원사, 『떠도는 결혼』과 동일 작품), 작품선집 『그 가을의 사흘 동안』(나남) 출간.

1986년   산문집 『서 있는 여자의 갈등』(나남), 소설집 『꽃을 찾아서』(창작사, 1982년에서 1986년 사이에 창작한 중·단편을 수록) 출간.

1988년   남편과 아들을 연이어 잃음. 서울을 떠나는 일이 많아짐. 미국 여행을 다녀옴. 『문학사상』에 연재하던 『미망』을 10월부터 다음해 6월까지 쉼.

1989년   『그대 아직도 꿈꾸고 있는가』를 여성신문에 연재. 장편소설 『그대 아직도 꿈꾸고 있는가』(삼진기획) 출간.

1990년   『미망』(문학사상사, 전3권) 출간. 이 작품으로 대한민국문학상 우수상을 수상. 산문집 『나는 왜 작은 일에만 분개하는가』(햇빛출판사) 출간. 『그대 아직도 꿈꾸고 있는가』의 성공으로 출판사 주최 성지순례 해외여행을 다녀옴.

1991년   회갑 기념 소설집 『저문 날의 삽화』(문학과지성사), 콩트집 『나의 아름다운 이웃』(작가정신) 출간. 장편 『미망』으로 제 3회 이산문학상 수상.

1992년   『그 많던 싱아는 누가 다 먹었을까』『박완서 문학앨범』(웅

진출판사) 출간.

1993년   「꿈꾸는 인큐베이터」(『현대문학』 1월호)로 제38회 현대문학상 수상. 제38회 현대문학상 수상작품집 『꿈꾸는 인큐베이터』(현대문학) 출간. 제19회 중앙문화대상(예술 부문) 수상. 장편소설 『휘청거리는 오후』를 제1권으로 『박완서 소설전집』(세계사) 출간 시작. 소설전집 제2·3·4·5권으로 장편소설 『도시의 흉년』(상·하), 『살아 있는 날의 시작』 『욕망의 응달』 출간.

1994년   「나의 가장 나종 지니인 것」(『상상』 창간호, 1993)으로 제25회 동인문학상 수상. 제25회 동인문학상 수상작품집 『나의 가장 나종 지니인 것』(조선일보사), 소설집 『한 말씀만 하소서』(솔), 창작동화 『부숭이의 땅힘』(한양출판사), 소설전집 제6·7·8·9권으로 장편소설 『목마른 계절』, 소설집 『엄마의 말뚝』, 장편소설 『오만과 몽상』 『그해 겨울은 따뜻했네』 출간.

1995년   장편소설 『그 산이 정말 거기 있었을까』(웅진출판사), 산문집 『한 길 사람 속』(작가정신) 출간. 「환각의 나비」(『문학동네』 봄호)로 제1회 한무숙문학상 수상. 소설전집 제10·11권으로 장편 『나목』 『서 있는 여자』 출간.

1996년   소설전집 제12·13권으로 장편 『미망』(상·하) 출간.

1997년   티베트, 네팔 여행기 『모독冒瀆』(학고재), 동화집 『속삭임』(샘터) 출간. 장편소설 『그 산이 정말 거기 있었을까』로 제5회 대산문학상 수상.

1998년 　산문집 『어른 노릇 사람 노릇』(작가정신) 출간. 보관문화훈
　　　　　장(문화관광부) 받음. 소설집 『너무도 쓸쓸한 당신』(창작과
　　　　　비평사) 출간.

1999년 　묵상집 『님이여, 그 숲을 떠나지 마오』(여백) 출간. 『너무도
　　　　　쓸쓸한 당신』으로 제14회 만해문학상 수상. 『박완서 단편
　　　　　소설 전집』(문학동네, 전5권) 출간.

2000년 　장편소설 『아주 오래된 농담』(실천문학사) 출간. 제14회 인
　　　　　촌상 수상.

2001년 　단편소설 「그리움을 위하여」(『현대문학』 2월호)로 제1회 황
　　　　　순원문학상 수상.

2005년 　기행산문집 『잃어버린 여행가방』(실천문학사) 출간.

2006년 　『박완서 단편소설 전집』 개정판(문학동네, 전6권) 출간. 서
　　　　　울대학교 명예문학박사학위 수여. 제16회 호암상 예술상
　　　　　수상.

2007년 　산문집 『호미』(열림원), 소설집 『친절한 복희씨』(문학과지
　　　　　성사) 출간.

2009년 　동화집 『세 가지 소원』(마음산책), 장편동화 『이 세상에 태
　　　　　어나길 참 잘했다』(어린이작가정신) 출간. 『문학동네』 가을
　　　　　호에 단편소설 「빨갱이 바이러스」 발표.

2010년 　산문집 『못 가본 길이 더 아름답다』(현대문학) 출간.

2011년 　1월 22일, 담낭암 투병중 향년 81세를 일기로 별세. 1월
　　　　　24일, 정부로부터 금관문화훈장을 추서받음.

2012년 　산문집 『세상에 예쁜 것』(마음산책), 마지막 소설집 『기나

긴 하루』(문학동네) 출간.

2013년 『박완서 단편소설 전집』 개정판(문학동네, 전7권), 짧은 소설집 『노란집』(열림원) 출간.

2014년 티베트, 네팔 여행기 『모독』, 산문집 『호미』 개정판(열림원), 그림동화 『엄마 아빠 기다리신다』(어린이작가정신) 출간.

2015년 『박완서 산문집』(문학동네, 1~7권), 그림동화 『이 세상에서 제일 예쁜 못난이』 『7년 동안의 잠』(어린이작가정신) 출간.

2016년 대담집 『우리가 참 아끼던 사람』(달) 출간.

2017년 소설집 『꿈을 찍는 사진사』(문학판), 그림동화 『노인과 소년』(어린이작가정신) 출간.

2018년 『박완서 산문집』 제8·9권 『한 길 사람 속』 『나를 닮은 목소리로』(문학동네), 대담집 『박완서의 말』(마음산책) 출간.

2020년 『프롤로그 에필로그 박완서의 모든 책』(작가정신), 소설집 『복원되지 못한 것들을 위하여』(문학과지성사), 산문집 『모래알만 한 진실이라도』(세계사) 출간.

2021년 소설집 『지렁이 울음소리』(민음사), 장편소설 『그 많던 싱아는 누가 다 먹었을까』 『그 산이 정말 거기 있었을까』 개정판(웅진지식하우스), 장편소설 『그 남자네 집』 개정판(현대문학) 출간.

2024년 산문집 『사랑을 무게로 안 느끼게』(세계사), 장편소설 『미망』(민음사, 전3권) 개정판 출간.

2025년 『박완서 산문집』 제10권 『다만 여행자가 될 수 있다면』(문학동네) 출간.

2026년   『쥬디 할머니—소설가가 사랑하는 박완서 단편 베스트 10』

(문학동네) 출간.

| 단편 소설 연보 (2001.2~2010.2) |

「그리움을 위하여」,『현대문학』, 2001. 2

「그 남자네 집」,『문학과사회』, 2002. 여름

「마흔아홉 살」,『문학동네』, 2003. 봄

「후남아, 밥 먹어라」,『창작과비평』, 2003. 여름

「거저나 마찬가지」,『문학과사회』, 2005. 봄

「촛불 밝힌 식탁」,『촛불 밝힌 식탁』, 2005. 4

「대범한 밥상」,『현대문학』, 2006. 1

「친절한 복희씨」,『창작과비평』, 2006. 봄

「그래도 해피엔드」,『문학관』, 2006. 겨울

「갱년기의 기나긴 하루」,『문학의문학』, 2008. 가을

「빨갱이 바이러스」,『문학동네』, 2009. 가을

「석양을 등에 지고 그림자를 밟다」,『현대문학』, 2010. 2

박완서(1931~2011)

1931년 경기도 개풍 출생. 서울대 문리대 국문과 재학중 육이오전쟁을 겪고 학업을 중단했다. 1970년 불혹의 나이에 『나목(裸木)』으로 『여성동아』 장편소설 공모에 당선되어 작품활동을 시작한 이래 2011년 향년 81세를 일기로 영면에 들기까지 사십여 년간 수많은 걸작들을 선보였다.

『부끄러움을 가르칩니다』 『배반의 여름』 『엄마의 말뚝』 『그해 겨울은 따뜻했네』 『꽃을 찾아서』 『미망』 『친절한 복희씨』 『기나긴 하루』 등 다수의 작품이 있고, 한국문학작가상(1980) 이상문학상(1981) 대한민국문학상(1990) 이산문학상(1991) 중앙문화대상(1993) 현대문학상(1993) 동인문학상(1994) 한무숙문학상(1995) 대산문학상(1997) 만해문학상(1999) 인촌상(2000) 황순원문학상(2001) 등을 수상했다. 2006년 호암상, 서울대 명예문학박사학위를 받았다. 타계 후 금관문화훈장을 추서받았다.

박완서 단편소설 전집 7

그리움을 위하여

ⓒ 박완서 2013

1판 1쇄 2013년 6월 4일
1판 15쇄 2026년 2월 10일

지은이 박완서

펴낸곳 (주)문학동네 | 펴낸이 김소영
출판등록 1993년 10월 22일 제2003-000045호
주소 10881 경기도 파주시 회동길 210
전자우편 editor@munhak.com | 대표전화 031) 955-8888 | 팩스 031) 955-8855
문학동네카페 http://cafe.naver.com/mhdn
인스타그램 @munhakdongne | 트위터 @munhakdongne
북클럽문학동네 http://bookclubmunhak.com

ISBN 978-89-546-2150-2 04810
 89-546-0192-8 04810 (세트)

* 이 책의 판권은 지은이와 문학동네에 있습니다.
 이 책 내용의 전부 또는 일부를 재사용하려면 반드시 양측의 서면 동의를 받아야 합니다.

잘못된 책은 구입하신 서점에서 교환해드립니다.
기타 교환 문의 031) 955-2661, 3580

www.munhak.com